Doce vingança

Nora Roberts

Romances

A Pousada do Fim do Rio
O Testamento
Traições Legítimas
Três Destinos
Lua de Sangue
Doce Vingança
Segredos
O Amuleto
Santuário
Resgatado pelo Amor
A Villa
Tesouro Secreto
Pecados Sagrados
Virtude Indecente
Bellíssima
Mentiras Genuínas
Riquezas Ocultas
Escândalos Privados
Ilusões Honestas
A Testemunha
A Casa da Praia
A Mentira
O Colecionador
A Obsessão

Trilogia do Sonho

Um Sonho de Amor
Um Sonho de Vida
Um Sonho de Esperança

Trilogia do Coração

Diamantes do Sol
Lágrimas da Lua
Coração do Mar

Trilogia da Magia

Dançando no Ar
Entre o Céu e a Terra
Enfrentando o Fogo

Trilogia da Gratidão

Arrebatado pelo Mar
Movido pela Maré
Protegido pelo Porto

Trilogia da Fraternidade

Laços de Fogo
Laços de Gelo
Laços de Pecado

Trilogia do Círculo

A Cruz de Morrigan
O Baile dos Deuses
O Vale do Silêncio

Trilogia das Flores

Dália Azul
Rosa Negra
Lírio Vermelho

Nora ROBERTS

Doce vingança

12ª edição

Tradução
A. B. Pinheiro de Lemos

BERTRAND BRASIL
Rio de Janeiro | 2017

Copyright © 1988 by Nora Roberts

Publicado mediante acordo com Bantam Books,
um selo da Random House, divisão da Penguin Random House, LLC.

Título original: *Sweet revenge*

Texto revisado segundo o novo
Acordo Ortográfico da Língua Portuguesa

2017
Impresso no Brasil
Printed in Brazil

CIP-BRASIL. CATALOGAÇÃO NA PUBLICAÇÃO
SINDICATO NACIONAL DOS EDITORES DE LIVROS, RJ

R549d
12ª ed.

Roberts, Nora, 1950-
   Doce vingança / Nora Roberts; tradução de A. B. Pinheiro de Lemos. –
12ª ed. – Rio de Janeiro: Bertrand Brasil, 2017.
   23 cm.

   Tradução de: Sweet revenge
   ISBN 978-85-286-2263-8

   1. Ficção americana. I. Lemos, A. B. Pinheiro de. II. Título.

17-45164

CDD: 813
CDU: 821.111(73)-3

Todos os direitos reservados pela:
EDITORA BERTRAND BRASIL LTDA.
Rua Argentina, 171 – 2º andar – São Cristóvão
20921-380 – Rio de Janeiro – RJ
Tel.: (21) 2585-2000 – Fax: (21) 2585-2084

Não é permitida a reprodução total ou parcial desta obra, por
quaisquer meios, sem a prévia autorização por escrito da Editora.

Atendimento e venda direta ao leitor:
mdireto@record.com.br ou (21) 2585-2002

Para Carolyn Nichols,
pelo apoio e pela amizade

Parte Um

O Amargo

As mulheres são seus campos.
Pois vá para seus campos e faça o que bem quiser.

O Alcorão

Ele era seu homem, mas errou com ela.

"Frankie and Johnny"

Capítulo 1

◆ ◆ ◆ ◆

Nova York, 1989

Stuart Spencer detestava aquele quarto de hotel. A única vantagem de estar em Nova York era o fato de a sua esposa estar em Londres e não poder persegui-lo por causa da dieta. Ele pedira um sanduíche que levava peru, bacon, maionese, alface e tomate, tudo espalhado entre três fatias de pão, e saboreava cada mordida.

Era um homem corpulento e calvo, com a disposição jovial esperada de alguém com sua aparência. Uma bolha no calcanhar o atormentava, assim como um resfriado persistente. Depois de tomar meia xícara de chá, ele concluiu, com o excêntrico humor britânico, que os americanos não sabiam fazer um chá aceitável por mais que tentassem.

Queria um banho quente, um bom Earl Grey e uma hora de sossego, mas desconfiava que o homem irrequieto, em pé junto da janela, o obrigaria a adiar tudo isso... talvez indefinidamente.

— Bem, estou aqui, droga.

De cara amarrada, observou Philip Chamberlain puxar a cortina.

— Uma vista adorável. — Philip olhava para a parede de outro prédio. — Proporciona a este quarto uma sensação de aconchego.

— Philip, sinto-me compelido a lembrá-lo que detesto voar através do Atlântico no inverno. Além disso, tenho muito trabalho acumulado para fazer em Londres... e a maior parte é por sua causa e por causa dos seus procedimentos irregulares. Portanto, se tiver alguma informação para mim, transmita logo de uma vez, por favor. Imediatamente, se não for pedir demais.

Philip continuou a olhar pela janela. Estava apreensivo com o resultado da reunião informal que solicitara, mas nada em sua atitude calma insinuava a tensão que sentia.

— Preciso levá-lo a algum espetáculo enquanto está aqui, Stuart. Um musical. Você ficou azedo na velhice.

— Fale logo o que quer.

Philip largou a cortina e se virou para o homem a quem estivera subordinado durante os últimos anos. Seu trabalho exigia uma graça confiante e atlética. Tinha 35 anos, mas já contava com um quarto de século de experiência profissional. Nascera em um bairro pobre de Londres. Quando jovem, já era capaz de conseguir convites para as melhores festas da sociedade. O que não era pouca coisa, nos tempos antes da rígida consciência de classe dos britânicos sucumbir diante da investida de artistas e roqueiros. Sabia o que era passar fome, mas também sabia o que era ter sua porção de beluga. Porque preferia caviar, tratara de levar uma vida que o incluísse. Era bom no que fazia, muito bom mesmo, mas o sucesso não viera com facilidade.

— Tenho uma proposta hipotética para lhe fazer, Stuart. — Philip se sentou e se serviu de chá. — Mas quero perguntar antes se, durante os últimos anos, tenho sido útil para você.

Spencer deu uma mordida no sanduíche, torcendo para que a conversa de Philip não lhe provocasse uma indigestão.

— Está querendo um aumento de salário?

— É uma possibilidade, mas não exatamente o que pretendo. — Philip era capaz de exibir um sorriso encantador, que podia usar com grande efeito quando assim decidia. E foi o que decidiu naquele momento. — A questão é a seguinte: tem valido a pena contar com um ladrão na folha de pagamento da Interpol?

Spencer fungou, tirou um lenço do bolso e assoou o nariz.

— De vez em quando.

Philip notou, ao mesmo tempo em que especulava se Stuart também percebera, que dessa vez não usara o qualificativo "aposentado" depois de "ladrão". Também notou que Stuart não corrigira a omissão.

— Você se tornou absolutamente avarento em seus elogios.

— Não estou aqui para elogiá-lo, Philip, mas apenas para saber por que achou que o assunto era tão importante a ponto de insistir que eu viesse até Nova York em pleno inverno.

— Você se importaria de ter dois?

— Dois o quê?

— Ladrões. — Philip pegou um triângulo do sanduíche. — Deveria experimentar com o pão de trigo integral.

— Onde está querendo chegar?

Havia muita coisa em jogo nos próximos momentos, mas Philip levara a maior parte da vida com seu futuro em jogo, até seu pescoço, tudo na dependência de uns poucos minutos. Fora um ladrão — e dos melhores —, a ponto de levar o capitão Stuart Spencer e outros homens como ele a procurá-lo por becos sem saída de Londres a Paris, de Paris ao Marrocos, do Marrocos a qualquer lugar em que o próximo grande prêmio esperasse. Depois, dera meia-volta e passara a trabalhar para Spencer e a Interpol em vez de contra eles.

Fora uma decisão profissional, lembrou Philip a si mesmo. Apenas uma questão de calcular os custos e benefícios. Mas o que estava prestes a propor era pessoal.

— Digamos, em termos hipotéticos, que conheço um ladrão muito hábil que há dez anos vem conseguindo se esquivar da Interpol. Agora, essa pessoa decidiu deixar o crime e oferece seus conhecimentos profissionais em troca de clemência.

— Está falando do Sombra.

Meticuloso, Philip removeu as migalhas das pontas dos dedos. Sempre fora um homem meticuloso, por hábito e necessidade.

— Em termos hipotéticos.

O Sombra... Spencer esqueceu o calcanhar dolorido e o cansaço da viagem. Milhões de dólares em joias haviam sido roubados pelo ladrão conhecido apenas como O Sombra. Havia dez anos que Spencer o perseguia, procurava e nada. Nos últimos 18 meses, a Interpol intensificara as investigações, chegando a ponto de contratar um ladrão para pegar um ladrão: Philip Chamberlain, o único homem que Spencer conhecia cujos feitos superavam os do Sombra. O homem em quem confiara, pensou Spencer, em um súbito acesso de fúria.

— Você sabe quem ele é. Isso mesmo, sabe quem ele é e onde podemos encontrá-lo. — Stuart pôs as mãos em cima da mesa. — Dez anos! Há dez anos que estamos atrás desse homem. E há muitos meses que você é pago para descobri-lo, mas nos deixou na ignorância! E sabia sua identidade e seu paradeiro durante todo esse tempo!

— Talvez soubesse. — Philip abriu os dedos longos de artista. — Talvez não.

— Tenho vontade de trancá-lo numa cela e jogar a chave no Tâmisa.

— Mas não vai fazer isso, porque sou como o filho que você nunca teve.

— Não se esqueça de que tenho um filho!

— Não como eu. — Philip inclinou a cadeira para trás. — Estou propondo o mesmo negócio que fizemos há cinco anos. Você teve a visão necessária na ocasião para compreender que contratar o melhor tinha nítidas vantagens sobre perseguir o melhor.

— Você foi incumbido de pegar esse homem, não de negociar por ele. Se tem um nome, quero esse nome. Se tem uma descrição, quero ouvi-la. Fatos, Philip, não propostas hipotéticas.

— Você não tem nada — declarou Philip abruptamente. — Absolutamente nada, depois de dez anos. Se eu sair deste quarto, continuará não tendo nada.

— Terei você. — A voz de Spencer era bastante incisiva para fazer com que Philip contraísse os olhos. — Um homem com seus gostos acharia a prisão muito desagradável.

— Ameaças?

Um calafrio breve, mas muito real, percorreu a pele de Philip. Ele cruzou as mãos. Manteve os olhos sob controle, apegando-se à certeza de que Stuart apenas blefava. O que não acontecia com Philip.

— Já esqueceu que recebi clemência? Foi esse o acordo.

— Mas é você quem está mudando as regras agora. Dê-me o nome, Philip, e me deixe fazer o meu trabalho.

— Você pensa pequeno, Stuart. Por isso recuperou apenas alguns diamantes enquanto eu consegui muito mais. Se puser O Sombra na cadeia, terá apenas prendido mais uma pessoa. Acha mesmo que poderá recuperar uma fração do que foi roubado nos últimos dez anos?

— É uma questão de justiça.

— Concordo.

O tom de Philip mudara, percebeu Spencer; e, pela primeira vez na conversa, ele baixara os olhos. Não por vergonha. Spencer o conhecia muito bem para acreditar que Philip pudesse se sentir envergonhado por um momento que fosse.

— É uma questão de justiça, e logo chegaremos a esse ponto. — Philip levantou-se, irrequieto demais para permanecer sentado. — Quando você me designou para o caso, aceitei porque esse ladrão em particular me interessava. Isso não mudou. Na verdade, pode-se até dizer que meu interesse aumentou de forma considerável.

Não daria certo pressionar Spencer demais. Era verdade que haviam desenvolvido uma relutante admiração um pelo outro ao longo dos anos, mas Spencer continuava a se apegar — e sempre seria assim — à lei.

— Digamos, ainda em termos hipotéticos, é claro, que conheço a identidade do Sombra. Digamos que tivemos algumas conversas que me levaram a acreditar que você poderia usar os talentos dessa pessoa, oferecidos pela pequena recompensa de uma ficha limpa.

— *Pequena* recompensa? O desgraçado roubou muito mais do que você!

Philip arqueou as sobrancelhas. Com o rosto franzido, removeu uma migalha da manga do paletó.

— Não creio que seja necessário me insultar. Ninguém jamais roubou joias com um valor total maior do que o meu ao longo da minha carreira.

— Orgulha-se dos seus feitos, não é mesmo? — Uma mancha vermelha se espalhava de uma maneira alarmante pelo rosto de Spencer. — Levar uma vida de ladrão não é algo de que eu me gabaria.

— É essa a diferença entre nós.

— Infiltrar-se por janelas, fazer negócios em becos escuros...

— Por favor, não me deixe sentimental. Calma, Stuart. É melhor contar até dez. Não quero ser responsável por uma subida alarmante da sua pressão. — Philip tornou a pegar o bule de chá. — Talvez esta seja uma boa ocasião para lhe dizer que, enquanto eu arrombava cofres, desenvolvi o maior respeito por você. Imagino que ainda estaria em minha antiga profissão se não fosse pelo fato de você chegar mais perto a cada vez. Mas não me arrependo da maneira como vivia, assim como não me arrependo de ter mudado de lado.

Stuart se acalmou o suficiente para tomar o chá que Philip servira.

— Isso não vem ao caso. — Mas ele tinha que reconhecer que a admissão de Philip o deixara satisfeito. — O fato é que você agora trabalha para mim.

— Não esqueci. — Philip tornou a olhar para a janela. Era um dia claro e gelado que o fazia ansiar pela primavera. Ele tornou a fitar Stuart. — Para continuar, eu me sinto na obrigação, como um leal servidor, de tentar recrutar uma pessoa que acho que poderá ser muito útil.

— Um ladrão.

— Isso mesmo, mas um excelente ladrão. — O sorriso envolvente surgiu de novo. — Além do mais, estou disposto a apostar que nem a sua organização policial nem qualquer outra jamais conseguirão descobrir a identidade dessa pessoa.

Philip voltou a ficar sério. Inclinou-se para a frente.

— Nem agora nem nunca, Stuart, posso garantir.

— Ele vai agir de novo.

— Não vai haver mais nenhum roubo.

— Como pode ter certeza?

Philip cruzou as mãos. A aliança de casamento se destacava em seu dedo.

— Providenciarei para que assim seja, pessoalmente.

— O que ele representa para você?

— É difícil explicar. Quero que me escute, Stuart. Há cinco anos trabalho para você. Com você. Sei que alguns serviços foram sórdidos, outros mais sórdidos ainda e perigosos. Nunca lhe pedi nada. Mas agora peço: clemência para essa pessoa hipotética.

— Não posso garantir...

— Para mim, sua palavra é garantia suficiente — interrompeu Philip. — Em troca, recuperarei o Rubens para você. E, melhor ainda, creio que posso lhe assegurar um prêmio que proporcionará a força política necessária para controlar uma situação crítica.

Spencer não teve dificuldade para somar dois e dois.

— No Oriente Médio?

Philip tornou a encher sua xícara. Deu de ombros.

— Hipoteticamente falando.

Não importava qual fosse a resposta, ele tencionava levar Stuart ao Rubens e a Abdu. Apesar disso, nunca fora de mostrar as cartas que tinha na mão antes do momento final.

— Pode-se dizer que minhas informações servirão para que a Inglaterra possa pressionar onde é mais necessário.

Spencer olhou firme para Philip. Inesperadamente, haviam passado além da discussão sobre diamantes e rubis, crime e castigo.

— Está jogando muito alto, Philip.

— Agradeço a preocupação. — Por sentir que a maré começava a mudar, ele se recostou. — Mas posso lhe assegurar de que sei exatamente o que estou fazendo.

— Está se metendo num jogo delicado.

O mais delicado possível, pensou Philip. E também o mais importante.

— Um jogo que nós dois podemos vencer, Stuart.

Um pouco ofegante, Spencer se levantou para abrir uma garrafa de uísque. Serviu uma dose generosa em um copo pequeno, hesitou por um instante e depois despejou mais uísque num segundo copo.

— Agora, Philip, conte-me o que sabe. Farei tudo o que estiver ao meu alcance.

Philip deixou passar um momento, avaliando as palavras.

— Porei em suas mãos a única coisa que tem importância para mim. Lembre-se disso, Stuart. — Ele largou a xícara de chá e aceitou o copo oferecido. — Vi o Rubens quando entrei na sala do tesouro do rei Abdu, de Jaquir.

Os olhos normalmente controlados de Spencer de repente se arregalaram.

— E o que estava fazendo na caixa-forte do rei?

— É uma longa história. — Philip ergueu seu copo, num brinde a Stuart, depois tomou um grande gole. — É melhor começar pelo início, com Phoebe Spring.

Capítulo 2

◆ ◆ ◆ ◆

Jaquir, 1968

ENROSCADA DE LADO, sem conseguir dormir de tanta excitação, Adrianne observou o relógio marcar meia-noite. Seu aniversário. Cinco anos. Virou de costas, guardando a satisfação para si mesma. Ao seu redor, no palácio, todos dormiam, mas, dentro de poucas horas, o sol nasceria e o muezim subiria os degraus da mesquita para chamar os fiéis à oração. E o dia, o mais maravilhoso da sua vida, começaria de verdade.

Lá pela tarde, haveria música, presentes e bandejas de chocolates. Todas as mulheres vestiriam as roupas mais lindas. Haveria danças. Todas viriam: vovó para contar suas histórias; tia Latifa, que sempre sorria e nunca repreendia, traria Duja; Favel, com seu riso alegre, estaria à frente da sua prole. Adrianne sorriu. Os aposentos das mulheres ressoariam com as risadas e todas diriam que ela era muito bonita.

Mamãe prometera que seria um dia muito especial. Seu dia especial. Com permissão do pai, haveria um passeio até a praia, à tarde. Tinha um vestido novo, lindo, de seda listrada de todas as cores do arco-íris. Mordendo o lábio, Adrianne virou a cabeça para contemplar a mãe.

Phoebe dormia, o rosto como mármore ao luar. Por uma vez, a expressão era serena. Adrianne adorava as ocasiões em que a mãe lhe permitia dormir em sua cama enorme e macia. Era um prazer muito especial. Ela se aconchegava nos braços de Phoebe. Fascinada, ouvia as histórias que a mãe contava sobre lugares como Nova York e Paris. Às vezes as duas riam juntas.

Com todo cuidado, pois não queria acordá-la, Adrianne estendeu a mão para afagar os cabelos dela. Fascinavam-na. Pareciam de fogo contra o travesseiro, um fogo ardente, deslumbrante. Os seus eram volumosos e pretos, como os das outras mulheres em Jaquir. Só Phoebe tinha cabelos vermelhos e pele branca. Só Phoebe era americana. Adrianne era meio americana, mas a mãe só a lembrava disso quando estavam a sós.

Porque essas coisas deixavam seu pai furioso.

Adrianne era especialista em evitar assuntos que podiam enfurecer o pai, embora não pudesse compreender por que lembrar que Phoebe era americana o deixava com os olhos frios e os lábios comprimidos. Ela fora estrela de cinema. A descrição confundia Adrianne, mas ela gostava da sonoridade: *estrela de cinema*. As palavras a faziam pensar em luzes bonitas num céu escuro.

A mãe fora uma estrela, e agora era uma rainha, a primeira esposa de Abdu ibn Faisal Rahman al-Jaquir, soberano de Jaquir, o xeique dos xeiques. A mãe era a mais linda das mulheres, com seus enormes olhos azuis, os lábios cheios e macios. Pairava acima das outras no harém, fazendo com que parecessem passarinhos irrequietos. Adrianne só gostaria que a mãe fosse feliz. Agora que tinha 5 anos, esperava compreender por que ela parecia triste com tanta frequência e por que chorava quando pensava que estava sozinha.

As mulheres eram protegidas em Jaquir; e as mulheres da Casa de Jaquir não deveriam trabalhar nem se preocupar. Tinham tudo o que precisavam: bons aposentos, os perfumes mais deliciosos. Sua mãe tinha as mais lindas roupas e joias. Tinha o Sol e a Lua.

Adrianne fechou os olhos para lembrar melhor a imagem fascinante do colar no pescoço da mãe. Como faiscava o enorme diamante, o Sol, e como reluzia a pérola de valor inestimável, a Lua. Algum dia, prometera Phoebe, Adrianne usaria aquele colar.

Quando estivesse crescida. Confortável, contente com o som da respiração regular da mãe, com os pensamentos sobre o dia seguinte, Adrianne deixou a imaginação vagar. Quando fosse adulta, mulher em vez de menina, usaria o véu. Um dia seria escolhido um marido para ela e se casaria. Usaria o Sol e a Lua no dia de seu casamento. E seria uma esposa dedicada e fértil.

Ofereceria festas para as outras mulheres, nas quais serviria bolos com cobertura enquanto as criadas circulariam com bandejas de chocolates. O marido seria bonito e poderoso, como seu pai. Talvez fosse um rei também, e a estimaria acima de todas as coisas.

Enquanto pegava no sono, Adrianne enrolou a extremidade de uma mecha dos cabelos compridos no dedo indicador. O marido a amaria como queria que o pai a amasse. Haveria de lhe dar bons filhos, filhos maravilhosos, para que as outras mulheres a vissem com inveja e respeito. Não com compaixão. Não com o tipo de compaixão que demonstravam por sua mãe.

Uma luz no corredor a acordou. Projetou-se enviesada pelo quarto quando a porta foi aberta, depois em linha reta pelo chão. Através do véu que cercava a cama como um casulo, ela viu a sombra.

O amor aflorou primeiro, num ímpeto frustrado, que ela reconheceu, mas era jovem demais para compreender. Depois veio o medo, o medo que sempre acompanhava de perto o amor que sentia quando via o pai.

Ele ficaria furioso ao encontrá-la ali na cama da mãe. Adrianne sabia, porque a conversa no harém era franca, que o pai quase nunca visitava aqueles aposentos desde que os médicos tinham dito que Phoebe não teria mais filhos. Adrianne pensou que talvez ele quisesse apenas olhar para Phoebe, porque era uma mulher bonita, mas, quando o pai se adiantou, o medo subiu por sua garganta. Depressa, sem fazer barulho, ela saiu da cama e se agachou nas sombras ao lado.

Abdu, olhando para Phoebe, puxou o véu. Não se dera ao trabalho de fechar a porta. Ninguém ousaria incomodá-lo.

O luar iluminava os cabelos dela, realçava seu rosto. Parecia uma deusa, como na primeira vez em que Abdu a vira. O rosto ocupara a tela, em sua beleza deslumbrante, irradiando sexualidade. Phoebe Spring, a atriz americana, a mulher que os homens ao mesmo tempo desejavam e temiam, por seu corpo exuberante e seus olhos inocentes. Abdu era um homem acostumado a ter o melhor, o maior, o mais caro. Desejara-a naquele momento como jamais desejara outra mulher. Procurara-a e cortejara-a no estilo que a mulher ocidental preferia. E fizera dela sua rainha.

Phoebe o fascinara. Por sua causa, traíra a herança, desafiara a tradição. Tomara como esposa uma ocidental, uma atriz, uma cristã. Fora punido. Phoebe lhe dera apenas uma criança... uma menina.

Ainda assim, fazia com que Abdu a desejasse. Seu ventre era estéril, mas sua beleza o provocava. Mesmo quando o fascínio se transformara em repulsa, ele ainda a desejava. Phoebe o envergonhava, profanava seu *sharaf*, sua honra, com sua ignorância a respeito do Islã. Mas seu corpo nunca deixara de ansiar por aquela mulher.

Quando cravava sua virilidade em outra mulher, era com Phoebe que fazia amor, era a fragrância da pele de Phoebe que sentia, eram os gritos de Phoebe que ouvia. Essa era a sua vergonha secreta. Poderia odiá-la apenas por isso. Mas era a vergonha pública, a filha única que ela lhe dera, que o fazia desprezá-la.

Queria que Phoebe sofresse, que pagasse caro, assim como ele sofrera, assim como ele pagara. Abdu estendeu a mão, pegou o lençol e o puxou para o lado.

Phoebe acordou, confusa, o coração batendo forte. Viu-o parado ao lado da cama, na claridade difusa. A princípio, pensou que era um sonho, em que ele voltava para amá-la, como outrora a amara. Depois, viu seus olhos e compreendeu que não era um sonho... e não havia amor.

— Abdu...

Ela se lembrou da criança e se apressou a olhar a seu redor. A cama estava vazia. Adrianne fora embora. Ela agradeceu a Deus por isso.

— Já é tarde...

Phoebe sentia a garganta tão ressecada que as palavras mal podiam ser ouvidas. Numa reação de defesa, já começava a recuar, os lençóis de cetim sussurrando em seu corpo enquanto se enroscava no canto. Ele não disse nada, apenas tirou o *throbe* branco.

— Por favor... — Embora soubesse que era inútil, começou a chorar. — Não faça isso!

— Uma mulher não tem o direito de recusar o que o marido deseja.

Só de contemplá-la, o corpo maduro tremendo contra os travesseiros, Abdu se sentia poderoso, outra vez no comando de seu destino. Independentemente de qualquer outra coisa que ela pudesse ser, Phoebe era sua propriedade... tanto quanto os anéis em seus dedos, os cavalos em seus estábulos. Ele a agarrou pelo corpete da camisola e a puxou.

Nas sombras, no outro lado da cama, Adrianne começou a tremer.

A mãe chorava. Os dois brigavam, gritando palavras que ela não conseguia entender. O pai estava nu ao luar, a pele escura brilhando com um suor que vinha do desejo, não do calor sufocante. Adrianne nunca vira um corpo de homem antes, mas não ficou transtornada com a cena. Sabia alguma coisa sobre sexo, que a virilidade do pai, que parecia tão dura e ameaçadora, podia ser usada para penetrar a mãe e fazer uma criança. Sabia que havia prazer nisso, que uma mulher desejava aquele ato acima de todo o resto. Na verdade, já ouvira isso mil vezes em sua jovem vida, porque as conversas sobre sexo no harém eram incessantes.

Mas a mãe não podia mais ter filhos, e, se havia tanto prazer no ato, por que ela chorava e suplicava ao marido que a deixasse em paz?

Uma mulher deveria sempre acolher o marido no leito conjugal, pensou Adrianne, seus olhos se enchendo de lágrimas. Devia oferecer qualquer coisa que ele desejasse. Devia se regozijar por ser desejada, por ser o instrumento para gerar filhos.

Ouviu a palavra *prostituta*. Não a conhecia, mas soou horrível nos lábios do pai, e Adrianne nunca mais a esqueceria.

— Como pode me chamar assim? — A voz de Phoebe tremia com os soluços enquanto tentava se desvencilhar. Houvera um tempo em que encontrava uma profunda satisfação na sensação daqueles braços em torno do seu corpo, em que se deliciava com a maneira como a pele brilhava ao luar. Agora, sentia apenas medo. — Nunca estive com outro homem. Apenas com você. E foi você quem tomou outra esposa, mesmo depois que tivemos uma filha.

— Você não me deu nada. — Abdu enrolou os cabelos da mulher em torno da mão, fascinado, mas ao mesmo tempo detestando seu fogo. — Uma menina. Menos do que nada. Basta vê-la para sentir a minha desgraça!

Phoebe aproveitou esse momento para golpeá-lo com força suficiente para fazer a cabeça do marido recuar. Mas não tinha para onde fugir, mesmo que fosse mais rápida. O dorso da mão do marido acertou seu rosto, deixando-a atordoada. Impelido pelo desejo e pela fúria, Abdu rasgou a camisola dela.

Ela era como uma deusa, a fantasia de todo homem. Os seios opulentos vibravam com o terror que fazia seu coração disparar. Ao luar, a pele alva brilhava, já exibindo as sombras das equimoses causadas por suas mãos. Os quadris eram arredondados. Quando a paixão a dominava, podiam se movimentar com a rapidez de um raio, acompanhando cada arremetida do homem. Uma falta de vergonha. O desejo era como uma dor que o afligia, como as garras de um demônio que o dilaceravam. Um lampião caiu da mesa enquanto lutavam, os cacos de vidro se espalhando pelo chão.

Paralisada pelo horror, Adrianne observou quando ele comprimiu com os dedos os seios brancos e cheios de Phoebe. A mãe ainda suplicava, ainda se debatia. Um homem tinha o direito de bater na esposa. Ela não podia recusá-lo no leito conjugal. Era assim que tinha que ser. E no entanto... Adrianne comprimiu as mãos contra os ouvidos, a fim de bloquear os gritos da mãe, enquanto Abdu se projetava por cima dela e mergulhava em seu corpo com extrema violência repetidas vezes.

O rosto molhado pelas lágrimas, Adrianne rastejou para baixo da cama. As mãos continuaram a apertar os ouvidos até doerem, mas, ainda assim, podia ouvir os grunhidos do pai e o choro desesperado da mãe. Por cima dela, a cama tremia. Adrianne se enroscou numa bola, tentando se tornar pequena, tão pequena que nem ouviria ou existiria.

Nunca ouvira a palavra estupro, mas, depois daquela noite, nunca mais precisaria que alguém definisse o que era.

— Está muito quieta, Addy.

Phoebe escovava os cabelos da filha, que desciam até a cintura, em movimentos longos e lentos. Addy... Abdu desdenhava o apelido e só tolerava o Adrianne mais formal porque a primogênita era uma mulher de sangue misto. Mesmo assim, por orgulho muçulmano, determinara que a filha recebesse um nome árabe apropriado. Por isso, nos documentos oficiais, "Adrianne" aparecia como Ad Riyadh An, seguido por um punhado de nomes de família de Abdu. Phoebe repetiu o apelido e indagou:

— Não gostou dos seus presentes?

— Gosto muito.

Adrianne usava o vestido novo, só que não a agradava mais. No espelho, podia ver o rosto da mãe por trás do seu. Phoebe tivera o maior cuidado em encobrir as equimoses com maquiagem, mas Adrianne ainda podia perceber a pele mais escura.

— Você está linda.

Phoebe a virou para abraçá-la. Em qualquer outro dia, Adrianne poderia não perceber a força com que a mãe a apertava, poderia não reconhecer o tom de desespero em sua voz.

— Minha pequena princesa... — acrescentou Phoebe. — Eu a amo demais, Addy. Mais do que qualquer outra coisa no mundo.

Ela recendia a flores, como as que havia no jardim lá fora. Adrianne aspirou o perfume da mãe enquanto comprimia o rosto contra seus seios. Beijou-os, lembrando como o pai os tratara brutalmente na noite anterior.

— Você não vai embora? Não vai me deixar?

— De onde tirou essa ideia?

Com uma meia risada, Phoebe afastou um pouco a filha para fitá-la. Quando viu as lágrimas, o riso cessou.

— O que houve, querida?

— Sonhei que ele tinha mandado você embora. E que eu nunca mais a veria.

A mão de Phoebe hesitou por um instante, depois continuou a afagar a filha.

— Foi apenas um sonho, meu bem. Nunca a deixarei.

Adrianne foi para o colo da mãe, contente em ser embalada e acalmada. Através da treliça nas janelas, raios de sol atravessavam o quarto, fazendo desenhos no tapete.

— Se eu fosse um menino, ele nos amaria.

A raiva dominou Phoebe com tanta intensidade que ela pôde sentir seu gosto na língua. Quase no mesmo instante, a raiva se transformou em desespero. Mas ainda era uma atriz. Se não podia usar seu talento para mais nada, podia pelo menos aproveitá-lo para proteger o que era seu.

— Mas que conversa boba... e logo no dia do seu aniversário! Que diversão pode haver num menino? Eles não usam vestidos bonitos.

Adrianne riu e se aconchegou ainda mais.

— Se eu pusesse um vestido em Fahid, ele pareceria uma boneca.

Phoebe comprimiu os lábios, tentando ignorar a pontada de angústia. Fahid, o filho que a segunda esposa de Abdu gerara depois que ela fracassara. Não, não fracassara, disse a si mesma. Começava a pensar como uma muçulmana. Como podia ter fracassado quando tinha uma linda criança nos braços?

Você não me deu nada. Uma menina. Menos do que nada.

Tudo, pensou Phoebe, furiosa. Eu lhe dei tudo.

— Mamãe?

— Eu estava pensando. — Phoebe sorriu, enquanto tirava a filha do colo. — Acho que você precisa de mais um presente... um presente secreto.

— Um presente secreto?

Adrianne bateu palmas, as lágrimas foram esquecidas.

— Sente-se e feche os olhos.

Na maior alegria, Adrianne obedeceu, contorcendo-se na cadeira enquanto tentava ser paciente. Phoebe escondera a pequena bola de vidro entre camadas de roupas. Não fora fácil contrabandeá-la para o país, mas estava aprendendo a ser inventiva. Também fora difícil conseguir as pílulas, as pequenas pílulas rosa que lhe tornavam possível chegar ao fim de cada dia. Abrandavam sua angústia e aliviavam seu coração. As melhores amigas de uma mulher. E Deus sabia que, naquele país, uma mulher precisava de qualquer amigo que pudesse obter. Se as pílulas fossem descobertas, ela correria o risco de enfrentar uma execução pública. Mas, se não as tivesse, não teria certeza de que seria capaz de sobreviver.

Um círculo vicioso. Adrianne era a única coisa que a segurava.

— Aqui está.

Phoebe se ajoelhou ao lado da cadeira. A filha usava um colar de safiras e brincos de brilhantes. Phoebe torceu para que o pequeno presente significasse muito mais para a filha.

— Pode abrir os olhos.

Era algo simples, de uma simplicidade quase ridícula. Podia-se comprar por uns poucos dólares em milhares de lojas nos Estados Unidos. Adrianne arregalou os olhos, como se tivesse um objeto mágico nas mãos.

— É neve. — Phoebe virou a bola, fazendo os flocos flutuar. — Nos Estados Unidos, neva no inverno. Quer dizer, na maioria dos lugares. Na época do Natal, enfeitamos as árvores com luzes e bolas coloridas. Pinheiros, como os que você vê aqui. Eu andava com o meu avô num trenó como esse.

Com a cabeça encostada na filha, ela olhou para o cavalo e o trenó em miniatura dentro da bola de vidro.

— Um dia, Addy, vou levar você lá.

— Isso dói?

— A neve?

Phoebe soltou uma risada. Sacudiu a bola. A neve tornou a se agitar, girando em torno do pinheiro ornamentado e do homenzinho no trenó vermelho por trás do cavalo castanho. Era uma ilusão. Só lhe restavam suas ilusões e uma menina pequena para proteger.

— Não, querida. É fria e úmida. E você pode construir coisas com a neve. Bonecos, bolas, fortes. Fica linda nas árvores. Está vendo? Como aqui.

A própria Adrianne inclinou a bola.

— É mais bonita do que o meu vestido novo. Quero mostrar a Duja.

— Não. — Phoebe sabia o que aconteceria se Abdu descobrisse. A bola era um símbolo de um dia sagrado cristão. Desde o nascimento de Adrianne que ele se tornara um fanático em relação à religião e à tradição. — É o nosso segredo, lembra? Quando estivermos sozinhas, você pode olhar à vontade. Mas nunca quando houver outra pessoa presente.

Ela pegou a bola e a escondeu na gaveta.

— Agora está na hora de nos aprontarmos para a festa.

Fazia calor no harém, embora os ventiladores girassem e as treliças estivessem fechadas para aplacar a força do sol. A claridade emanada pelos lampiões de copas filigranadas era suave e lisonjeira. As mulheres haviam vestido suas melhores roupas. Deixavam os véus e *abaayas* pretos na porta, passando de corvos a pavões num piscar de olhos.

Junto com os véus; elas também descartavam seu silêncio. Passavam a conversar sobre crianças, sexo, moda e fertilidade. Em poucos minutos, o harém, com os lampiões suaves e as almofadas macias, era preenchido por incenso e perfume forte.

Por causa da sua posição, Adrianne recebia as convidadas com um beijo em cada face. O chá verde e o café temperado eram servidos em xícaras pequenas e frágeis, sem alça. Havia tias e primas, uma vintena de princesas menores, que exibiam com igual orgulho, como as outras mulheres, suas joias e crianças, os dois grandes símbolos do sucesso em seu mundo.

Adrianne achava-as lindas em seus vestidos compridos, farfalhando a todo instante, cor competindo com cor. Por trás dela, Phoebe pensou que era um desfile de moda apropriado ao século XVIII. Aceitou os olhares compadecidos lançados em sua direção com a mesma expressão estoica com que recebia os presunçosos. Sabia muito bem que era a intrusa ali, a mulher do Ocidente que não fora capaz de dar um herdeiro ao rei. Não tinha importância, disse a si mesma, se a aceitavam ou não. Desde que fossem gentis com Adrianne.

Nesse ponto, é verdade, não podia encontrar qualquer senão. Adrianne era uma delas, como a mãe nunca poderia ser.

Todas se lançaram famintas sobre o bufê, provando de tudo. Usavam os dedos com a mesma frequência que as colheres de prata. Se ficavam gordas demais para seus vestidos, compravam outros. Era fazer compras, pensou Phoebe, que fazia as mulheres árabes aguentarem o dia, assim como era a pílula rosa que a ajudava a suportar aquela vida. Nenhum homem que não fosse marido, pai ou irmão podia vê-las naquelas roupas ridículas. Quando deixavam o harém, tornavam a vestir o manto preto, cobriam o rosto com o véu, escondiam os cabelos. Fora daquelas paredes eram *aurat*, coisas que não podem ser mostradas.

E que jogos elas faziam!, pensou Phoebe, cansada. Com sua hena, seus perfumes e anéis nos dedos. Podiam pensar que eram felizes, mas até mesmo ela, que não se importava mais, percebia o tédio em seus rostos. Pediu a Deus que Adrianne nunca exibisse aquela expressão.

Mesmo aos 5 anos de idade, Adrianne já tinha equilíbrio suficiente para garantir que as convidadas se divertissem. Falava árabe agora, a voz suave e musical. Adrianne nunca fora capaz de dizer à mãe que falava o árabe com mais facilidade do que o inglês.

Pensava em árabe, até mesmo sentia em árabe. Muitas vezes, pensamentos e emoções tinham que ser traduzidos para o inglês antes que pudesse comunicá-los à mãe.

Sentia-se feliz ali, naquela sala, povoada por vozes femininas e perfumes de mulher. O mundo do que a sua mãe falava de vez em quando não passava de um conto de fadas para ela. A neve era apenas algo que flutuava dentro de uma bola de vidro.

— Duja!

Adrianne correu pela sala para beijar as faces da prima predileta. Duja tinha quase 10 anos. Para inveja e admiração de Adrianne, já era quase uma mulher. Duja retribuiu o abraço.

— Seu vestido é bonito.

— Eu sei.

Adrianne não conseguiu resistir à tentação de passar a mão pela manga do vestido da prima.

— É de veludo — declarou Duja, com ar de importância.

O fato de o tecido grosso ser insuportavelmente quente não era nada em comparação com a imagem que ela via no espelho.

— O meu pai comprou para mim em Paris. — Ela deu uma volta completa; era uma menina esguia, morena, com o rosto fino e olhos grandes. — Ele prometeu que vai me levar na próxima viagem.

— É mesmo? — Adrianne tratou de reprimir a inveja que a dominou. Não era segredo para ninguém que Duja era a predileta do pai, o irmão do rei. — A minha mãe já esteve lá.

Porque tinha um coração generoso e sentia-se feliz com o vestido de veludo, Duja afagou os cabelos de Adrianne.

— Você também irá um dia. Talvez possamos viajar juntas quando crescermos.

Adrianne sentiu um puxão na saia. Baixou os olhos e viu o meio-irmão Fahid. Pegou-o no colo para beijar todo seu rosto, o que o fez cair na gargalhada.

— Você é o menino mais bonito de Jaquir!

Ele era pesado, embora fosse dois anos mais novo. Adrianne teve que fazer força para aguentar o peso. Cambaleou um pouco enquanto o levava até a mesa para pegar um doce.

Outros meninos também eram beijados e acariciados. Meninas da idade de Adrianne e até menores sempre mimavam os meninos. Desde o nascimento, as mulheres eram ensinadas a devotar todo seu tempo e energia para agradar os homens. Adrianne sabia apenas que adorava o irmão menor e queria fazê-lo sorrir sempre.

Algo que Phoebe não conseguia suportar. Ficou observando enquanto Adrianne servia o filho da mulher que tomara seu lugar na cama e no coração do marido. Que diferença fazia se a lei dizia que um homem podia ter quatro esposas? Não era sua lei, não era seu mundo. Vivia em Jaquir havia seis anos e poderia continuar a viver por mais 60, e aquele jamais seria o seu mundo. Detestava os cheiros dali, densos e enjoativos, que tinham que ser tolerados enquanto um dia apático sucedia outro. Phoebe passou a mão pela têmpora, onde uma dor começava a latejar. O incenso, as flores, as camadas de perfume sobre perfume.

Detestava o calor, o calor sufocante e implacável.

Queria um drinque, não o café e o chá que sempre eram servidos, mas um vinho. Apenas um copo de vinho gelado. Contudo, nenhum vinho era permitido em Jaquir, ao passo que o estupro sim, pensou ela ao encostar um dedo no rosto dolorido. Surras e véus, chamadas para a oração e poligamia, mas não uma gota de Chablis ou um cálice de Sancerre.

Como pudera achar o país lindo quando o vira pela primeira vez, quando noiva? Contemplara o deserto, o mar, os muros altos e brancos do palácio e achara que era o lugar mais misterioso e exótico do mundo.

Estava apaixonada naquela época. E que Deus a ajudasse, pois continuava apaixonada.

Naqueles primeiros dias, Abdu fizera-a perceber a beleza do país e a riqueza de sua cultura. Phoebe renunciara a seu país, aos costumes segundo os quais fora criada, para tentar ser o que ele queria. E o que ele queria, logo ficou claro, era a mulher que vira na tela, o símbolo de sexo e inocência que ela aprendera a representar. O problema era que Phoebe era humana.

Abdu desejara um filho. Ela lhe dera uma filha. Queria que a esposa se tornasse uma filha de Alá, mas ela era e sempre seria o produto de sua criação.

Phoebe não queria pensar em nada disso — no marido, em sua vida, em seu sofrimento. Precisava escapar por algum tempo. Tomaria apenas mais uma pílula, disse a si mesma, para ajudá-la a aguentar o resto do dia.

Capítulo 3

♦ ♦ ♦ ♦

Quando estava prestes a completar 13 anos, Philip Chamberlain já era um ladrão consumado. Aos 10 anos, já se graduara em esvaziar os bolsos recheados de prósperos executivos, corretores e advogados e em bater carteiras de turistas descuidados nos quais esbarrava na Trafalgar Square. Era um arrombador de casas e apartamentos, embora quem o visse não pudesse imaginar que fosse algo além de um menino bonito, bem-arrumado e um pouco magro.

Tinha mãos hábeis, olhos perceptivos e o instinto nato de um ladrão. Com astúcia, trapaça e punhos fortes, evitou ser atraído para uma das gangues de rua que vagueavam por Londres durante os últimos dias dos anos 1960. Aos 14 anos, Philip não era moderninho nem roqueiro. Trabalhava sozinho, e não via o menor sentido em usar um emblema de fidelidade. Era um ladrão, não um arruaceiro. Sentia apenas desprezo pelos delinquentes que aterrorizavam as velhinhas e roubavam seu dinheiro separado para as compras no mercado. Era um homem de negócios e achava graça das pessoas de sua geração que falavam em vida comunitária ou tocavam guitarras de segunda mão enquanto povoavam a cabeça com sonhos de grandeza.

Tinha outros planos para si mesmo... grandes planos.

E a mãe estava no centro desses planos. Tencionava abandonar a existência pobre. Sonhava com uma casa grande no campo, um carro de luxo, roupas elegantes e festas. Ao longo do último ano, começara a fantasiar também sobre mulheres elegantes. Por enquanto, porém, a única mulher em sua vida era Mary Chamberlain, a mulher que o gerara e criara sozinha. Mais do que qualquer outra coisa, queria proporcionar à mãe o melhor que a vida tinha a oferecer, trocar as bijuterias reluzentes que ela usava por joias verdadeiras, tirá-la do pequeno apartamento à beira do que estava se tornando rapidamente o elegante distrito de Chelsea.

Fazia frio em Londres. O vento soprava a neve úmida no rosto de Philip enquanto ele seguia apressado para o Faraday's Cinema, onde Mary trabalhava. Philip se vestia bem. Um guarda na esquina quase nunca olhava duas vezes para um garoto bem-vestido e com a gola limpa. De qualquer forma, detestava calças remendadas e punhos puídos. Era ambicioso, autossuficiente e sempre de olho no futuro, Philip descobrira uma maneira de ter o que queria.

Nascera pobre e órfão de pai. Aos 14 anos, não era bastante maduro para pensar nisso como uma vantagem, uma determinação que fortalecia a sua disposição. Ressentia-se da pobreza... e ainda mais do homem que entrara e saíra da vida da mãe depois de gerá-lo. Para ele, Mary merecia o melhor. E, por Deus, ele também! Desde cedo, começara a usar os dedos ágeis e a inteligência para providenciar uma vida melhor para ambos.

Tinha no bolso uma pulseira de pérolas e diamantes com brincos combinando. Ficara um pouco desapontado ao examiná-los com a lupa. Os diamantes não eram de primeira categoria, e o maior deles tinha menos de meio quilate. Mas as pérolas tinham um brilho ótimo e ele achava que seu receptador na Broad Street lhe daria um bom dinheiro pelas joias. Philip era tão eficiente nas negociações quanto na arte de abrir fechaduras. Sabia exatamente quanto queria pelas joias em seu bolso. O suficiente para comprar um casaco novo para a mãe, com uma gola de pele, como presente de Natal, e ainda dispor de uma quantia razoável para guardar no que chamava de seu fundo do futuro.

Havia uma fila sinuosa na frente da bilheteria do Faraday's. O letreiro anunciava o programa especial de feriado, *Cinderela*, de Walt Disney. Por isso, havia muitas crianças na maior animação, as vozes estridentes, acompanhadas por babás e mães exaustas. Philip sorriu ao passar pela porta. Podia apostar que a mãe já assistira ao filme pelo menos uma dúzia de vezes. Nada a deixava mais satisfeita do que um final no estilo "felizes para sempre".

— Oi, mãe.

Ele entrou pela porta de trás da bilheteria a fim de beijá-la no rosto. Ali dentro não estava muito mais quente do que lá fora, onde batia um vento frio. Philip pensou no casaco vermelho de lã que vira na vitrine da Harrods. A mãe ficaria linda de vermelho.

— Oi, Phil.

Como sempre, o prazer iluminou os olhos de Mary ao vê-lo. Um menino muito bonito, de rosto estreito, expressão estudiosa e cabelos dourados. Ela não sentiu uma pontada de angústia como poderia acontecer com muitas mulheres ao ver o homem que amaram com tanta intensidade — e por tão pouco tempo — refletido no rosto do filho. Philip era seu. Todo seu. Nunca lhe dera muito trabalho, nem mesmo quando era bebê. Nem uma única vez ela se arrependera da decisão de tê-lo, embora sozinha, sem marido e sem o apoio da família. Na verdade, nunca ocorrera a Mary procurar uma dessas salas pequenas, clandestinas, onde uma mulher podia se livrar de um problema antes mesmo que ele surgisse.

Philip fora uma alegria para ela desde o momento da concepção. Se tinha um arrependimento, era saber que ele se ressentia do pai que jamais conhecera e que o procurava no rosto de cada homem que via.

— Suas mãos estão geladas, mamãe. Deveria usar luvas.

— Não consigo dar o troco direito com luvas.

Mary sorriu para a jovem que levava um menino no cangote. Nunca tivera que carregar seu Phil dessa maneira.

— Aqui está o troco, minha querida. Divirta-se.

A mãe trabalhava demais, pensou Philip. Muito tempo para pouco dinheiro. Embora fosse reservada em relação à idade, ele sabia que Mary mal completara 30 anos. E era muito bonita. A aparência suave e jovem da mãe era uma fonte de orgulho para Philip. Ela podia não ter condições de se vestir com as roupas de Mary Quant, mas escolhia o pouco que tinha com cuidado, prestando atenção às cores ousadas. Adorava revistas de moda e cinema, apreciava os novos penteados. Podia cerzir suas meias, mas Mary Chamberlain não era desmazelada e gostava de andar na moda.

Philip sempre esperava que outro homem entrasse na vida da mãe e a mudasse por completo. Correu os olhos pela pequena bilheteria, que tinha um cheiro permanente dos vapores da descarga dos carros na rua. Trataria de mudar tudo primeiro.

— Devia dizer a Faraday para pôr algo melhor do que aquele velho aquecedor aqui, mamãe.

— Não se preocupe com essas coisas, Phil.

Mary contou o troco para duas adolescentes risonhas que tentavam desesperadamente flertar com seu filho. Empurrou as moedas pelo buraco no vidro enquanto reprimia uma risada. Não podia culpá-las pela atitude. Afinal, já surpreendera até a sobrinha da vizinha — que tinha 25 anos — tentando seduzir Phil. Sempre lhe oferecia um chá. Pedia-lhe para consertar a porta que rangia. Pois sim. Mary bateu com o troco no vidro com força suficiente para arrancar um grunhido de uma babá de rosto redondo, o que acabaria com aquilo imediatamente. Sabia que Phil a deixaria um dia, e seria por causa de outra mulher, mas não por uma vaca de seios enormes, dez anos mais velha. Não enquanto Mary Chamberlain estivesse viva.

— Algum problema, mamãe?

— Como? — Ela recuperou o controle, quase corando. — Não, querido, nenhum problema. Não quer entrar para ver o filme? O Sr. Faraday não se importaria.

Desde que ele não me veja, pensou Philip, sorrindo. Agradecia a Deus por ter eliminado Faraday de sua lista de possíveis pais havia muito tempo.

— Não, obrigado. Só passei para avisar que tenho alguns serviços para fazer. Quer que eu compre alguma coisa no mercado?

— Um frango seria ótimo.

Mary soprou as mãos, distraída, enquanto se recostava. Fazia frio na bilheteria e ficaria ainda pior à medida que o inverno avançasse. No verão, era como um daqueles banhos turcos sobre os quais lera. Mas era um emprego. Quando uma mulher tinha um filho para criar e não possuía muita instrução, tinha que aceitar o que aparecia. Ela fez menção de estender a mão para a bolsa de couro falso. Nunca passaria por sua cabeça pegar uma ou duas notas de libra do caixa.

— Ainda tenho algum dinheiro.

— Está bem. Não deixe de verificar se o frango está fresco.

Ela estendeu quatro ingressos para uma mulher aflita, acompanhada por dois garotos brigando e uma menina com lágrimas nos enormes olhos.

A sessão começaria dentro de cinco minutos. Mary teria que permanecer na bilheteria por mais vinte, para o caso de aparecer algum retardatário.

— E não deixe de pegar o dinheiro do frango na lata da despesa quando chegar em casa.

Ela já sabia que o filho não faria isso. Ao contrário, Philip sempre colocava dinheiro na lata em vez de tirar.

— Mas você não deveria estar na escola?

— Hoje é sábado, mãe.

— Sábado? Ah, é, hoje é sábado... — Com um esforço para não suspirar, Mary esticou as costas. Pegou uma revista lustrosa, já muito folheada. — O Sr. Faraday vai apresentar um festival de Cary Grant no próximo mês. Até me pediu para ajudá-lo a escolher os filmes.

— Isso é ótimo.

O pequeno saco de couro começava a pesar no bolso de Philip, que ansiava por sair dali.

— Vamos começar pelo meu filme predileto, *Ladrão de casaca*. Tenho certeza de que você vai adorar.

— Talvez.

Philip estudou atentamente os olhos inocentes da mãe. Costumava especular sobre quanto ela sabia. A mãe nunca perguntava, jamais questionava os pequenos extras que ele levava para casa. Mary não era idiota, apenas otimista. Tornou a beijá-la no rosto e acrescentou:

— Por que não a levo para assistir ao filme na sua noite de folga? — Seria maravilhoso. — Mary resistiu ao impulso de acariciar os cabelos do filho, sabendo que isso o deixaria embaraçado. — Grace Kelly trabalha no filme. Imagine, uma princesa da vida real. Pensei sobre isso hoje de manhã quando abri uma revista e deparei com uma reportagem sobre Phoebe Spring.

— Quem?

— Oh, Philip... — Mary estalou a língua e abriu a revista na página da reportagem. — Phoebe Spring, a mulher mais linda do mundo.

— A minha mãe é a mulher mais linda do mundo.

Philip fez a declaração porque sabia que isso a faria rir e corar.

— Você é mesmo especial! — Mary riu, uma risada vigorosa, como ele adorava ouvir. — Mas olhe só para ela. Era uma atriz, uma atriz maravilhosa. Casou com um rei. Agora, vive com o homem dos seus sonhos num palácio fabuloso em Jaquir. Parece um filme. E essa é a filha deles. A princesa. Não tem 5 anos, mas já possui uma beleza extraordinária... não acha?

Philip lançou um olhar desinteressado para a foto.

— É só uma criança.

— Mas tem alguma coisa estranha nela. A pobre menina tem os olhos mais tristes que já vi.

— Está inventando histórias de novo, mamãe.

Philip enfiou a mão no bolso, apertando o pequeno saco de couro. Deixaria a mãe com suas fantasias, os sonhos de Hollywood, realeza e limusines brancas. Mas ainda daria um jeito para que ela andasse num carro assim. Mais do que isso, compraria uma limusine para a mãe. Agora, ela só podia ler sobre rainhas, mas algum dia viveria como uma rainha.

— Tenho que ir agora.

— Divirta-se, querido.

Mary já estava absorta de novo na revista. Uma linda menina, pensou ela de novo, sentindo um anseio maternal.

Capítulo 4

♦ ♦ ♦ ♦

*A*DRIANNE ADORAVA os suques, os mercados árabes. Aos 8 anos, aprendera a avaliar a diferença entre diamantes e vidro cintilante, entre rubis birmaneses e pedras de cor e qualidade inferiores. Com Jiddah, sua avó, aprendera a julgar, com a mesma eficiência de um mestre joalheiro, a lapidação, a pureza e a cor. Vagueava por horas, acompanhando Jiddah, admirando as melhores pedras que os suques tinham a oferecer.

As joias que uma mulher podia usar eram sua segurança, comentava Jiddah. De que serviam para uma mulher barras de ouro e dinheiro guardados num banco? Diamantes, esmeraldas, safiras podiam ser pregados nas lapelas, pendurados no pescoço ou nas orelhas para que uma mulher mostrasse ao mundo quanto valia.

Nada agradava mais a Adrianne do que observar a avó barganhar nos mercados, enquanto o calor subia em ondas, tornando o ar mais tremeluzente. Com frequência, bandos de mulheres, vestidas de preto como corvos, iam até lá para apalpar cordões de ouro e prata, enfiar nos dedos anéis de pedras polidas ou apenas estudar o brilho das joias através do vidro empoeirado, enquanto os cheiros de animais e condimentos pairavam no ar e os *matawain* vagueavam com suas barbas desgrenhadas, as pontas pintadas de hena, prontos para punir qualquer violação da lei religiosa. Adrianne nunca temia os *matawain* quando estava com Jiddah. A antiga rainha era reverenciada em Jaquir. Tivera 12 filhos. Quando faziam compras, o ar ressoava com os sons, os gritos das negociações, o zurro de um jumento, o barulho de sandálias no chão duro.

Quando o chamado para a oração soava, os suques fechavam. As mulheres esperavam enquanto os homens baixavam o rosto para o chão. Adrianne escutava os estalidos das contas de oração com a cabeça inclinada, como as outras mulheres. Ainda não usava véu, mas já não era uma criança. Naqueles últimos dias do verão mediterrâneo, esperava, suspensa à beira da mudança.

O mesmo acontecia com Jaquir. Embora o país lutasse contra a pobreza, a Casa de Jaquir era rica. Como a primeira filha do rei, Adrianne tinha direito aos símbolos e sinais da sua posição, mas o coração de Abdu nunca se abrira para ela.

A segunda esposa lhe dera duas filhas depois de Fahid. Circulava no harém o rumor de que Abdu tivera um acesso de raiva depois da segunda menina e quase se divorciara de Leiha. O príncipe herdeiro, porém, era forte e bonito. E especulava-se que Leiha estaria grávida de novo. Para garantir sua linhagem, Abdu tomou uma terceira esposa, que logo engravidou.

Phoebe passou a tomar todos os dias uma pílula. Escapava agora para seus sonhos durante todo o tempo, dormindo ou acordada.

No harém, com a cabeça aninhada confortavelmente no colo da mãe e os olhos contraídos por causa da fumaça do incenso, Adrianne observava as primas dançarem. A tarde longa e quente se estendia diante dela. Pensara em sair para fazer compras, talvez adquirir uma seda nova ou uma pulseira de ouro, como a que Duja lhe mostrara no dia anterior, mas a mãe parecia apática demais pela manhã.

Fariam compras no dia seguinte. Naquele dia, os ventiladores agitavam o ar impregnado de incenso enquanto os tambores ressoavam num ritmo lento. Latifa levara para o harém, às escondidas, um catálogo da Frederick's, de Hollywood. As mulheres examinavam as ofertas e riam. Como sempre, a conversa era sobre sexo. Adrianne estava acostumada demais às palavras francas e às descrições excitadas para se interessar por aquilo. Gostava de observar a dança, os movimentos longos e sinuosos, o fluxo dos cabelos escuros, as voltas dos corpos.

Adrianne olhou para Meri, a terceira esposa do pai, com a barriga estufada, contente e presunçosa, sentada ali perto, conversando sobre o parto. Leiha, o rosto contraído enquanto amamentava a filha mais nova, lançava olhares furtivos para a mulher. Fahid, um menino corpulento, de 5 anos, aproximou-se da mãe, pedindo atenção. Sem a menor hesitação, Leiha largou a filha. Seu sorriso era de triunfo quando levou o menino ao seio.

— É de admirar que eles cresçam para abusar de nós? — murmurou Phoebe.

— O que disse, mamãe?

— Não foi nada.

Distraída, ela acariciou os cabelos da filha. A batida dos tambores vibrava em sua cabeça, monótona, inexorável, como os dias passados no harém.

— Nos Estados Unidos, todos os bebês são amados, meninos e meninas. E não se espera que as mulheres passem a vida tendo filhos.

— Como uma tribo permanece forte?

Phoebe suspirou. Havia dias em que não pensava mais com clareza. Tinha que culpar as pílulas por isso... e também agradecer. O último suprimento lhe custara um anel de esmeralda, mas ganhara como bonificação uma garrafa de meio litro de vodca russa. Consumia a bebida da maneira mais comedida, tomando apenas um pequeno copo depois que Abdu aparecia em seu quarto. Não lutava mais contra ele, não se importava mais; suportava-o pensando no conforto que sentiria ao tomar a vodca assim que ele se retirasse.

Podia ir embora. Se tivesse coragem, pegaria Adrianne e fugiria para o mundo real, onde as mulheres não eram obrigadas a cobrir o corpo em vergonha e se submeter aos mais cruéis caprichos dos homens. Podia voltar para os Estados Unidos, onde era amada, onde as pessoas lotavam os cinemas para lhe assistir. Ainda sabia atuar. Não era o que fazia todos os dias? Nos Estados Unidos poderia proporcionar uma boa vida a Adrianne.

Só que não podia partir. Phoebe fechou os olhos, tentando bloquear o som dos tambores. Para deixar Jaquir, uma mulher precisava de autorização por escrito de um homem da família. Abdu nunca lhe daria permissão, pois continuava a desejá-la, por mais que a odiasse.

Phoebe já suplicara para que ele a deixasse ir embora, mas Abdu recusara. A fuga exigiria milhares de dólares, e um risco que ela estava quase disposta a assumir; porém nunca deixaria Jaquir sem Adrianne. E não havia suborno grande o bastante para tentar alguém a fornecer uma passagem ilegal para a filha do rei.

Phoebe também tinha medo. Medo do que ele poderia fazer com Adrianne. Ele a tomaria da mãe, pensou Phoebe. Não haveria nada que pudesse impedi-lo, nenhum tribunal para o qual apelar senão o seu próprio, nenhuma polícia à qual recorrer senão sua própria polícia. Ela nunca arriscaria Adrianne.

Mais de uma vez, pensara em suicídio. A suprema fuga. Pensava nisso como antes pensava no ato de amor: uma coisa a ser desejada, apreciada, prolongada. Às vezes, nas tardes quentes e intermináveis, olhava para o vidro de pílulas e especulava qual seria a sensação de tomar tudo de uma só vez, partindo por completo para o nebuloso mundo dos sonhos. Algo glorioso. Chegara a ponto de despejar todas as pílulas na mão, contando-as e acariciando-as.

Mas havia Adrianne. Sempre Adrianne.

Por ela, ficaria. Drogava-se e continuaria se drogando até que a realidade se tornasse suportável. E daria alguma coisa sua para a filha.

— Quero o sol — disse Phoebe, abruptamente. — Vamos para o jardim.

Adrianne queria ficar onde estava, embalada pelas fragrâncias e pelos sons, mas levantou-se, obediente, e saiu com a mãe.

O calor seco as envolveu. Como sempre, doía nos olhos de Phoebe, fazendo-a ansiar pela brisa do Pacífico. Já tivera uma casa em Malibu, onde adorava se sentar na varanda grande e espaçosa e contemplar as ondas no mar azul.

Ali havia flores, viçosas e exóticas, exalando um perfume intenso. Os muros eram altos, evitando que qualquer mulher que entrasse ali tentasse algum homem que porventura estivesse passando. O Islã era assim. Mulheres eram criaturas sexuais fracas, sem força ou inteligência para guardar sua virtude. Os homens a guardavam por elas.

O ar no oásis do jardim vibrava com o canto dos passarinhos. Na primeira vez em que vira aquele jardim, com sua exuberância de flores e perfumes inebriantes, Phoebe pensara que tinha saído de um filme. Ao redor, as areias do deserto se movimentavam, mas ali havia jasmins, oleandros e hibiscos. Laranjeiras e limoeiros em miniatura vicejavam. Ela sabia que os frutos, assim como os olhos do marido, eram amargos.

De uma maneira irresistível, foi atraída para o chafariz. Fora o presente que Abdu lhe dera quando a trouxe para o país como sua rainha. Um símbolo do fluxo constante do seu amor. O amor secara havia muito tempo, mas o chafariz continuava jorrando.

Phoebe ainda era sua esposa, a primeira das quatro que a lei lhe permitia ter. Em Jaquir, porém, o casamento se tornara sua prisão. Ela girou o anel de diamante no dedo, observando a água murmurar no chafariz. Adrianne começou a jogar pedrinhas na água, fazendo a carpa brilhante nadar.

— Não gosto de Meri — disse Adrianne. Em um mundo tão restrito como o de um harém havia pouco do que falar, exceto das outras mulheres e crianças. — Ela estufa aquela barriga e sorri assim.

Adrianne fez uma careta e Phoebe não pôde deixar de soltar uma risada.

— Ah, como você é boa para mim... — Phoebe beijou o topo da cabeça da filha. — Minha pequena atriz!

Ela tinha os olhos do pai, pensou Phoebe, enquanto afastava os cabelos do rosto da menina. Ajudavam-na a se lembrar do tempo em que Abdu a contemplava com amor e afeto.

— Nos Estados Unidos, as pessoas enfrentariam filas quilométricas só para ver você.

Satisfeita com a ideia, Adrianne sorriu.

— Como acontecia com você?

— Isso mesmo. — Phoebe olhou para a água. Às vezes era difícil lembrar a outra pessoa que ela fora. — Era o que faziam para me ver. Eu sempre quis deixar as pessoas felizes, Addy.

— Quando a repórter veio, disse que sentiam saudades de você.

— Repórter?

Fora dois ou três anos antes. Não, havia mais tempo. Talvez quatro anos. Era estranho como o tempo se tornava indistinto. Abdu concordara com a entrevista para silenciar qualquer rumor sobre o casamento. Ela não esperava que a menina lembrasse. Afinal, Addy não devia ter mais do que 4 ou 5 anos na ocasião.

— O que você achou dela?

— Falava de um jeito esquisito, às vezes muito depressa. Os cabelos eram muito curtos, como os de um menino, cor de palha. Ela ficou zangada porque só a deixaram bater algumas fotos e depois tiraram a câmera.

Phoebe se sentou num banco de mármore. Adrianne continuou a jogar pedrinhas na água.

— Ela disse também que você era a mulher mais linda e mais invejada do mundo. Perguntou se usava um véu.

— Você não esquece nada, não é?

Phoebe também lembrava. Inventara uma história sobre o calor e a poeira, o uso do véu para proteger a pele.

— Gostei muito quando ela falou sobre você. — Adrianne também lembrava que a mãe chorara muito depois que a repórter fora embora. — Ela vai voltar?

— Talvez algum dia.

Mas Phoebe sabia que as pessoas esqueciam. Havia novos rostos, novos nomes em Hollywood. Até mesmo ela conhecia uns poucos, pois Abdu permitia que algumas cartas lhe fossem entregues. Faye Dunaway, Jane Fonda, Ann-Margret. Atrizes jovens e lindas, deixando sua marca, ocupando o lugar que outrora lhe pertencera.

Tocou no próprio rosto, sabendo que agora havia rugas no canto dos olhos. Um rosto que já aparecera na capa de todas as revistas. Mulheres pintavam os cabelos para que ficassem iguais aos seus. Fora comparada a Monroe, Gardner, Loren. Depois, não fora mais comparada a ninguém; iniciara um padrão.

— Houve uma ocasião em que quase ganhei um Oscar. É o maior prêmio para uma atriz. Não ganhei, mas mesmo assim houve uma festa maravilhosa. Todos riam, conversavam, faziam planos. Era muito diferente de Nebraska, o lugar onde eu morava na idade que você tem agora, querida.

— Havia neve lá?

— Havia. — Phoebe sorriu e estendeu os braços. — Muita neve. Eu morava com os meus avós, porque o meu pai e a minha mãe já haviam partido. Eu era muito feliz, mas nem sempre soube disso. Queria ser atriz, usar roupas lindas e ter muitas pessoas me amando.

— E se tornou uma estrela do cinema.

— Isso mesmo. — Phoebe roçou o rosto nos cabelos da filha. — Parece que foi há centenas de anos. Não nevava na Califórnia, mas eu tinha o mar. Para mim era como um conto de fadas. E eu era a princesa sobre quem tinha lido em todos os livros. Era um trabalho muito árduo, mas eu adorava. Tinha uma casa na praia só para mim.

— Devia se sentir solitária.

— Não, não me sentia. Tinha amigos, pessoas com quem podia conversar. E viajei para lugares que nunca imaginei que conheceria... Paris, Nova York, Londres... Conheci seu pai em Londres.

— Onde fica Londres?

— Na Inglaterra, na Europa. Está esquecendo as lições.

— Não gosto de lições. Gosto de histórias. — Mas Adrianne pensou um pouco, porque sabia que as lições eram importantes para a mãe, outro segredo entre as duas. — Uma rainha mora em Londres com um marido que é só um príncipe.

Adrianne esperou, certa de que a mãe a corrigiria dessa vez. Era uma ideia absurda: uma mulher reinando sobre um país. Contudo, Phoebe limitou-se a sorrir e acenar com a cabeça em confirmação.

— Faz frio em Londres — acrescentou Adrianne. — E chove muito. Em Jaquir, o sol sempre brilha.

— Londres é uma cidade linda. — Uma das maiores habilidades de Phoebe sempre fora a facilidade que tinha de se situar em um lugar, real ou imaginário, e vê-lo com absoluta nitidez. — Pensei que era o lugar mais lindo que já tinha conhecido. Filmávamos lá, e as pessoas ficavam atrás das barreiras para assistir. Gritavam o meu nome. Às vezes eu dava autógrafos e também posava para fotos. Foi quando conheci o seu pai. Ele era muito bonito. E elegante.

— Elegante?

Um sorriso sonhador no rosto, Phoebe fechou os olhos.

— Não importa. Fiquei muito nervosa, porque ele era um rei. Havia um protocolo para lembrar e fotógrafos por toda parte. Mas, depois que conversamos, nada mais tinha importância. Ele me levou para jantar e depois para dançar.

— Dançou para ele?

— Com ele. — Phoebe pôs Adrianne no banco, a seu lado. Ali perto, uma abelha zumbia, absorvendo néctar. O som era agradável aos seus ouvidos, tornado musical pela droga. — Na Europa e na América, homens e mulheres dançam juntos.

Os olhos de Adrianne se contraíram.

— Isso é permitido?

— É. Uma mulher pode dançar com um homem, conversar, passear, ir ao teatro. Muitas coisas são permitidas. As pessoas saem juntas em um encontro romântico.

— Saem? — Adrianne ainda tinha dificuldades com o inglês.

Phoebe riu de novo. Sentia-se sonolenta ao sol. Podia lembrar como era dançar nos braços de Abdu. Como seu rosto era forte, e as mãos, gentis.

— É um encontro, acontece quando um homem convida uma mulher para sair. Vai buscá-la em casa. Às vezes, leva flores. — Rosas, lembrou Phoebe, sonhadora. Abdu lhe enviara dúzias e mais dúzias de rosas brancas. — Podem jantar fora, ir ao teatro e cear depois. Ou podem dançar em alguma casa noturna superlotada.

— Dançou com o meu pai porque eram casados?

— Não. Dançamos, nos apaixonamos e depois casamos. É diferente, Adrianne, muito difícil de explicar. A maior parte do mundo não é como Jaquir.

O medo insidioso com que Adrianne convivia desde que testemunhara o estupro da mãe aflorou.

— Você quer voltar.

Phoebe não percebeu o medo. Estava absorvida em seu pesar.

— É muito longe, Addy. Longe demais. Quando casei com Abdu, deixei tudo para trás. Mais do que imaginei na ocasião. Eu o amava e ele me queria. O dia do casamento foi o mais feliz da minha vida. Ele me deu o Sol e a Lua.

Ela levou a mão ao corpete, quase sentindo o peso e o poder do colar.

— Quando o usei, senti-me como uma rainha. Parecia que todos aqueles sonhos que eu tinha quando menina, em Nebraska, estavam se tornando realidade. Ele me deu parte de si mesmo na ocasião, parte do seu país. Significou tudo para mim quando ele prendeu o colar no meu pescoço.

— É o tesouro mais precioso de Jaquir. Mostrava que ele a prezava acima de qualquer outra coisa.

— Tem razão. Era o que realmente acontecia. Só que ele não me ama mais, Addy.

Adrianne sabia disso, sabia já havia algum tempo, mas não queria aceitar.

— Você é esposa dele.

Phoebe baixou os olhos para aquele anel de casamento que outrora significara tanto.

— Uma de três esposas.

— Ele só tomou as outras porque precisa de filhos. Um homem precisa ter filhos.

Phoebe pegou o rosto da filha entre as mãos. Viu as lágrimas e a angústia. Talvez tivesse falado demais, mas era tarde para retirar as palavras.

— Sei que ele a ignora, e que isso a deixa magoada. Tente compreender que o problema não é com você, mas comigo.

— Ele me odeia.

— Não.

Mas era verdade. Abdu odiava a filha, pensou Phoebe enquanto puxava Adrianne. E a assustava o ódio frio que percebia nos olhos do marido sempre que fitava a menina.

— Não, ele não a odeia — continuou Phoebe. — Tem um ressentimento de mim, pelo que sou e pelo que não sou. E só percebe isso quando olha para você. Não vê a parte de si mesmo, talvez a melhor parte de si mesmo, que existe em você.

— Eu o odeio.

O medo se tornou mais intenso. Ela olhou ao redor. Estavam a sós no jardim, mas as vozes se projetavam para longe, e sempre havia ouvidos para escutá-las.

— Não deve dizer isso, querida. Não deve nem pensar. Não pode compreender o que há entre mim e Abdu, Addy. Nem deve.

— Ele bate em você. — Adrianne recuou. Tinha os olhos secos agora, parecendo subitamente envelhecidos. — Por isso, eu o odeio. Ele olha para mim e não me vê. O odeio por isso também.

— Não diga isso...

Sem saber o que fazer, Phoebe tornou a puxar a filha para seus braços e a balançou.

Adrianne não disse mais nada. Nunca tivera a intenção de deixar a mãe transtornada. Até as palavras saírem, nem mesmo tinha noção de que as guardava no coração. Agora que as expressara, tinha que aceitá-las. O ódio já se enraizara antes mesmo da noite em que vira o pai abusar da mãe. Crescera desde então, alimentado pela negligência e pelo desinteresse de Abdu, os insultos sutis que a distinguiam das outras crianças.

Ela odiava, mas o ódio a envergonhava. Uma criança devia reverenciar os pais. Por isso, não falou mais a respeito.

Ao longo das semanas seguintes, Adrianne passou mais tempo do que nunca com a mãe, passeando pelo jardim, ouvindo histórias de outros mundos. Continuavam parecendo irreais para ela, mas as apreciava, da mesma maneira como gostava das histórias de piratas e dragões da avó.

Quando Meri deu à luz uma menina e foi punida com um divórcio sumário, Adrianne ficou contente.

— Estou feliz porque ela foi embora.

Adrianne jogava uma partida de três-marias com Duja. O jogo fora permitido no harém depois de muito debate e discussão.

— Para onde vão mandá-la?

Embora Duja fosse mais velha, era um fato aceito que Adrianne tinha mais habilidade para obter informações.

— Ela vai ter uma casa na cidade. Pequena.

Adrianne riu e pegou as três pedras com dedos ágeis. Poderia ter compaixão pelo destino de Meri, mas a ex-esposa do rei fizera tudo para ser detestada pelas outras mulheres.

— Fico contente porque ela não vai mais viver aqui. — Duja jogou os cabelos para trás, enquanto esperava sua vez. — Agora não teremos mais que ouvir enquanto ela se gaba da frequência com que o rei a visita e de quantas maneiras ele planta sua semente.

Adrianne errou a jogada. Olhou ao redor, à procura da mãe, mas como falavam em árabe, concluiu que ela não entenderia.

— Você quer fazer sexo?

— Claro! — Duja jogou as pedras e estudou o resultado. — Quando me casar, o meu marido vai me visitar todas as noites. E eu vou lhe dar tanto prazer que ele nunca vai precisar de outra esposa. Vou manter a minha pele macia, os seios firmes. E as pernas abertas.

Adrianne notou que uma das pedras tremeu, mas deixou a infração passar. Suas mãos eram mais rápidas e mais ágeis do que as de Duja, e era a vez de a prima ganhar.

— Pois eu não quero fazer sexo.

— Não diga bobagem! Todas as mulheres querem fazer sexo. A lei nos mantém separadas dos homens porque somos fracas demais para resistir. Só paramos quando ficamos velhas como a vovó.

— Então sou tão velha quanto a vovó.

As duas riram e voltaram ao jogo.

Duja não entenderia, pensou Adrianne enquanto jogavam. Sua mãe não queria fazer sexo e era jovem e bonita. Leiha tinha medo porque dera ao marido duas filhas. Adrianne não queria porque já vira que era cruel e feio.

Apesar disso, não havia outro jeito de ter bebês, e ela gostava muito de bebês. Talvez até encontrasse um marido gentil que já tivesse esposas e filhos. Nesse caso, ele não ia querer fazer sexo com ela, que poderia cuidar das crianças da casa.

Quando se cansaram do jogo, Adrianne encontrou a avó e subiu em seu colo. Jiddah era viúva e já fora uma rainha. O amor por doces estava lhe custando os dentes, mas os olhos continuavam penetrantes.

— Aqui está a minha linda Adrianne.

Jiddah abriu a mão e lhe ofereceu um chocolate embrulhado em papel laminado. Com uma risada, Adrianne o pegou. Porque gostava do lindo papel, tanto quanto do chocolate, abriu-o devagar e com todo cuidado. Um hábito que nunca deixava de acalmá-la. Jiddah pegou uma escova e começou a passá-la nos cabelos da neta.

— Vai visitar o novo bebê, vovó?

— Claro. Amo todos os meus netos. Até aqueles que roubam os meus chocolates. Por que parece tão triste?

— Acha que o rei vai se divorciar da minha mãe?

Jiddah já notara e se preocupava com o fato de Adrianne não chamar mais Abdu de pai.

— Não sei. Mas ele não fez isso em nove anos.

— Se ele se divorciasse, nós iríamos embora e eu sentiria muita saudade sua.

— Eu também. — A criança já não era criança sob muitos aspectos, pensou Jiddah, largando a escova. — Não deve se preocupar com isso, Adrianne. Você está crescendo. Um dia, muito em breve, vai se casar. E eu terei bisnetos.

— E dará chocolates e contará histórias.

— Isso mesmo. *Inshallah*. — Ela deu um beijo nos cabelos de Adrianne. Eram um pouco perfumados e escuros como a noite. — E amarei meus bisnetos como amo você.

Adrianne se virou e passou os braços pelo pescoço de Jiddah. A fragrância de papoulas e condimentos em sua pele era tão confortadora quanto a pressão do corpo franzino.

— Eu sempre vou amar você, vovó.

— Adrianne. *Yellah*.

Fahid puxava sua saia. Tinha a boca já suja de chocolate de uma visita anterior à avó. O *throbe* de seda que a mãe fizera para ela estava sujo.

— Venha comigo — disse ele, em árabe, dando outro puxão na saia.

— Ir aonde?

Como já estava disposta a brincar com o irmão, Adrianne deixou o colo da avó e fez cócegas nas costelas do menino.

— Quero o pião. — Ele gritou e se contorceu, antes de dar um beijo estalado em Adrianne. — Quero ver o pião!

Ela embolsou outro punhado de chocolates antes de deixar que Fahid a levasse embora. Riam em disparada pelos corredores, Adrianne soltando gemidos e ofegos exagerados enquanto Fahid a puxava pela mão. Tinha um quarto menor do que o da maioria das outras crianças, um dos insultos sutis do pai. A única janela dava para a beira do jardim. Ainda assim, era bonito, decorado de tons de rosa e branco que ela mesma escolhera. Em um canto havia prateleiras com brinquedos, muitos dos quais enviados dos Estados Unidos por uma mulher chamada Celeste, a melhor amiga da mãe.

O pião chegara anos antes. Era um brinquedo simples, mas muito colorido. Quando a alça era puxada, girava depressa, emitindo um zumbido agradável e misturando o vermelho, o azul e o verde. Logo se tornara o brinquedo predileto de Fahid... a tal ponto que recentemente Adrianne o tirara das prateleiras e o escondera.

— Quero o pião.

— Sei disso. Na última vez em que quis, bateu com a cabeça no chão ao tentar subir para pegá-la quando eu não estava aqui. — E quando o rei soube Adrianne passou uma semana de castigo em seu quarto. — Feche os olhos.

Ele sorriu e sacudiu a cabeça em negativa.

Também sorrindo, Adrianne se abaixou, até que ficaram com os narizes quase encostados.

— Feche os olhos, meu irmão, ou não terá o pião.

O menino fechou os olhos.

— Se for bonzinho, deixarei que fique com o pião o dia inteiro.

Ela recuou enquanto falava e se enfiou embaixo da cama, onde guardava seus maiores tesouros. No momento mesmo em que estendia a mão para o pião, Fahid rastejou a seu lado.

— Fahid! — Com a exasperação que as mães demonstram com os filhos prediletos, ela beliscou de leve o rosto do menino. — Você é muito mau.

— Eu amo Adrianne.

Como sempre, o coração de Adrianne se derreteu. Afastou do rosto do irmão os cabelos desgrenhados.

— Eu amo Fahid. Mesmo quando ele é mau.

Ela pegou o pião e começou a sair de debaixo da cama. Mas os olhos penetrantes de Fahid já haviam focalizado a bola de Natal.

— Que linda! — Com uma intensa satisfação, ele pegou a bola com as mãos sujas de chocolate. — É minha!

— Não, não é sua! — Adrianne o segurou pelos calcanhares para puxá-lo. — E é um segredo.

Os dois se acomodaram no tapete. Adrianne pôs as mãos em cima das mãos do irmão e as sacudiu. O pião foi esquecido, enquanto observavam a neve cair dentro da bola.

— É o meu tesouro mais precioso. — Ela suspendeu as mãos para que a luz passasse através do vidro. — Uma bola mágica.

— Mágica! — Fahid ficou com a boca entreaberta, enquanto a irmã tornava a inclinar a bola. — Dá para mim!

Ele tirou a bola de Adrianne e se levantou de um pulo.

— Mágica! Quero mostrar para mamãe!

— Não, Fahid, não!

Adrianne também se levantou enquanto o irmão corria para a porta. Encantado com o novo brinquedo, o menino acionou as pernas curtas e roliças. Sua risada ressoava pelas paredes enquanto corria, brandindo a bola de vidro como se fosse um troféu. Para animar a brincadeira, entrou no túnel que ligava a ala das mulheres aos aposentos do rei.

Adrianne sentiu nesse instante uma pontada de preocupação que a fez hesitar. Como uma filha da casa, o túnel era proibido para ela. Então se adiantou, pensando em atrair Fahid de volta com a promessa de uma nova e fascinante brincadeira. Porém, quando o riso do irmão cessou abruptamente, ela entrou no túnel. Ele estava esparramado no chão, os lábios tremendo, aos pés de Abdu.

O rei parecia muito alto e poderoso, parado ali, as pernas entreabertas, olhando para o filho. Seu *throbe* branco roçava no chão no lugar onde Fahid caíra. Não havia muita luz no túnel, mas Adrianne podia ver o brilho de raiva nos olhos de Abdu.

— Onde está a sua mãe?

— Por favor, senhor. — Adrianne se adiantou, apressada. Manteve a cabeça baixa, em submissão, enquanto o coração batia forte. — Estava cuidando do meu irmão.

Abdu a fitou. Viu os cabelos desgrenhados, a poeira no vestido, as mãos úmidas e nervosas. Poderia empurrá-la para o lado com um simples movimento do braço, mas seu orgulho lhe dizia que ela não valia nem mesmo isso.

— Faz um péssimo trabalho ao cuidar do príncipe.

Ela não disse nada, pois sabia que nenhuma resposta era esperada. Manteve a cabeça baixa para que o pai não percebesse o brilho de fúria em seus olhos.

— Lágrimas não são para os homens, muito menos para os reis. — E se abaixou com alguma gentileza para levantar Fahid. Foi então que notou a bola que o filho ainda segurava.

— Onde conseguiu isso? — A raiva estava de volta, cortante como uma espada. — É uma coisa proibida!

Abdu arrancou a bola do filho, fazendo-o choramingar.

— Vai me envergonhar? E envergonhar a nossa casa?

Porque sabia que a mão do pai podia golpear depressa e com força, Adrianne se interpôs entre os dois.

— A bola é minha. Eu a dei para ele.

Ela se preparou para o golpe, mas ele não veio. Em vez de fúria deparou-se com gelo. Adrianne descobriu que a indiferença fria podia ser mais dolorosa do que as punições. As lágrimas afloraram aos olhos, mas ela fez um esforço para contê-las enquanto fitava o pai. Tinha certeza de que Abdu queria que ela chorasse. E, se olhos secos eram sua única defesa, então não permitiria que as lágrimas rolassem.

— Então quer corromper o meu filho? Oferecer símbolos cristãos sob o disfarce de um brinquedo? Eu já deveria esperar a traição de alguém como você!

Ele jogou a bola contra a parede, espatifando-a. Apavorado, Fahid agarrou-se nas pernas da irmã.

— Volte para as mulheres, que é o seu lugar! E daqui por diante está proibida de tomar conta de Fahid!

Abdu pegou o filho e se virou. Fahid, o rosto inchado e molhado de lágrimas, estendeu os braços, gritando o nome da irmã.

Capítulo 5

◆ ◆ ◆ ◆

A DESGRAÇA A TORNOU forte. E calada. E orgulhosa. Ao longo dos meses seguintes, Phoebe preocupou-se com a filha. Havia anos que convivia com a própria infelicidade, usando-a como uma muleta, porque não via opção. Seu modo de vida americano terminara quando pisara no país do marido. Desde o início, as leis e as tradições de Jaquir tinham estado contra ela. Era uma mulher e, como tal, apesar das suas convicções e dos seus desejos, era obrigada a se conformar.

Ao longo dos anos, Phoebe encontrara apenas um conforto para aliviar seu encarceramento. Aos seus olhos, Adrianne era uma menina contente, até mesmo apropriada para a vida em Jaquir. Tinha uma herança, um título, uma posição que nem mesmo o desfavor do rei podia tirar dela. Tinha família, companheiras. Tinha segurança.

Phoebe sabia que os ocidentais começavam a vir em levas para Jaquir e outros países do Oriente Médio, atraídos pelo petróleo. E, por causa dessa nova situação, tornava a se encontrar com repórteres, desempenhando o papel de rainha do deserto dos contos de fadas. Com os ocidentais em Jaquir, haveria progresso. Com o tempo, poderia até haver uma liberação. Ela se apegava a essa possibilidade... não mais por si mesma, mas por Adrianne. À medida que os meses foram passando, no entanto, começou a compreender que, se novas liberdades viessem para Jaquir, chegariam tarde demais para beneficiar a filha.

Adrianne era quieta e obediente, mas não se mostrava muito feliz. Brincava com as outras meninas e escutava as histórias da avó, mas não era mais criança. Phoebe passou a ansiar por sua terra com mais intensidade do que antes. Sonhava em voltar, levando Adrianne, e mostrar à filha um mundo além das leis e limitações de Jaquir.

Contudo, apesar de sonhar, ela não acreditava que fosse possível. Por isso, recorria aos tranquilizantes e às bebidas alcoólicas proibidas como o único refúgio que conseguia encontrar.

Não era uma mulher sofisticada. Apesar da sua ascensão no mundo do entretenimento, permanecera a moça ingênua da pequena fazenda em Nebraska. Em seus dias no cinema, testemunhara o consumo excessivo de bebidas e drogas, mas, de uma maneira que lhe era natural, passava por cima do que era desagradável e acreditava em ilusões.

Em Jaquir, tornara-se uma viciada, embora ignorasse o fato. As drogas tornavam seus dias suportáveis, e as noites, indistintas. Vivia no Oriente Médio havia quase tanto tempo quanto vivera na Califórnia, mas, com as drogas, perdera a noção do tempo. Tornara-se uma ilusão, tal como as mulheres que representara no cinema.

Ser chamada aos aposentos de Abdu a deixou com muito medo. Nunca se falavam em particular agora. Em público, quando ele desejava, apresentavam-se como um casal de romance. A deslumbrante estrela de cinema e o rei elegante. Embora detestasse câmeras, Abdu permitia que a imprensa os fotografasse juntos. Ele trilhava um caminho delicado entre o líder tradicional de sua cultura e o símbolo do progresso. Entretanto, os dólares, marcos alemães e ienes entravam em jorros no país enquanto o petróleo saía.

Era um homem que estudara no Ocidente. Podia jantar com presidentes e primeiros-ministros, deixando-os com a impressão de uma mente brilhante e aberta, mas fora criado em Jaquir, educado no Islã. Na juventude, acreditara que poderia haver uma fusão. Agora, via o Ocidente apenas como uma ameaça, até mesmo uma abominação para Alá. Convicções que haviam se consolidado por causa de Phoebe. Ela era seu símbolo de corrupção e desonra.

Fitou-a, parada à sua frente, em um traje preto que a cobria do pescoço aos tornozelos. Os cabelos estavam cobertos por um lenço de tal maneira que nenhuma insinuação do brilho de fogo podia ser vista. A pele era pálida, não tão sedosa quanto antes, e os olhos continuavam opacos.

Drogas, pensou Abdu, repugnado. Sabia tudo a respeito, mas optara por ignorar. Bateu com um dedo na escrivaninha de ébano, sabendo que o medo de Phoebe aumentava a cada momento que a deixava esperando.

— Você foi convidada a ir a Paris para um baile de caridade.

— Paris?

— Parece que houve um festival com os seus filmes. Talvez as pessoas achem divertido ver a esposa do rei de Jaquir se expor.

Phoebe levantou a cabeça em um movimento abrupto. Ele sorriu, esperando que ela protestasse, a fim de que pudesse esmagar até mesmo aquele pequeno desafio, mas Phoebe falou em voz suave:

— Houve um tempo em que o rei de Jaquir também ficava satisfeito em assistir Phoebe Spring no cinema.

O sorriso desapareceu. Abdu lembrou as horas de repulsa por si mesmo que passara vendo os filmes dela, desejando-a.

— Consideram que sua presença seria de interesse das pessoas que costumam comparecer a essas festas de caridade.

Phoebe fez um esforço para manter a voz calma, sob controle.

— Vai permitir a minha viagem a Paris?

— Tenho negócios para tratar lá. Seria conveniente que a minha esposa americana me acompanhasse, mostrando a ligação de Jaquir com o Ocidente. E tenho certeza de que compreende o que espero de você.

— Claro que compreendo. — Phoebe sabia que não devia se mostrar muito satisfeita, mas não pôde evitar um sorriso. — Um baile... em Paris?

— Já mandei fazer um vestido. Você vai usar o Sol e a Lua e se comportará como se espera que a esposa do rei de Jaquir se comporte. Se me causar algum constrangimento, terá uma "indisposição" e será mandada de volta no mesmo instante.

— Compreendo perfeitamente. — A perspectiva de voltar a Paris, a simples perspectiva, já a deixava mais forte. — Adrianne...

— Já foram tomadas as providências para ela — interrompeu Abdu.

— Providências? — Phoebe sentiu o bafo gelado do medo na nuca. Deveria ter se lembrado de que Abdu sempre que dava com uma das mãos tirava com a outra. — Que tipo de providências?

— Não lhe interessam.

— Por favor... — Sabia que tinha que ser muito cuidadosa. — Só quero prepará-la para ter certeza de que ela será uma glória para a Casa de Jaquir. — Phoebe baixou a cabeça, mas não pôde evitar que os dedos se retorcessem e entrelaçassem. — Sou apenas uma mulher e ela é minha única filha.

Abdu puxou a cadeira atrás da mesa, mas não gesticulou para Phoebe sentar.

— Ela vai para uma escola na Alemanha. Achamos que é um bom arranjo para as mulheres da sua posição antes do casamento.

— Oh, não! Pelo amor de Deus, Abdu, não a mande para uma escola tão longe! — Com o orgulho e a cautela esquecidos, Phoebe contornou a mesa para se jogar aos pés dele. — Não pode levá-la! Adrianne é tudo o que tenho! E você não se importa com o que lhe possa acontecer. Não vai fazer diferença para você se ela ficar comigo.

Ele a agarrou pelos pulsos, afastando as mãos dela do seu *throbe*.

— Ela faz parte da Casa de Jaquir. O fato de que seu sangue corre pelas veias da menina é mais uma razão para que ela seja separada de você e educada de uma maneira apropriada antes do noivado com Kadeem al-Misha.

— Noivado? — Tremendo de medo, Phoebe tornou a segurá-lo. — Ela é apenas uma criança! Nem mesmo em Jaquir casam as crianças.

— Ela vai se casar quando completar 15 anos. Os acertos já estão quase concluídos. Finalmente terá algum proveito para mim como esposa de um aliado.

Abdu tornou a agarrá-la pelos pulsos, mas dessa vez a puxou ao encontro do seu corpo.

— Devia ficar agradecida por eu não entregá-la a um inimigo.

A respiração de Phoebe era forte, o rosto quase encontrando o de Abdu. Por um instante, atordoada, teve vontade de matá-lo com as próprias mãos, cravando as unhas em seu rosto e vendo o sangue correr. Se servisse para salvar Adrianne, ela o teria feito, mas a força de nada adiantaria. Nem a razão. Só restava a astúcia.

— Perdoe-me. — Ela murchou, deixando os olhos brilharem com lágrimas. — Sou fraca e egoísta. Pensei apenas em perder a minha filha, não na sua generosidade em providenciar um bom casamento para ela.

Phoebe tornou a se ajoelhar, tomando cuidado para manter a pose subserviente ao máximo. Enxugou os olhos, como se recuperasse o bom-senso.

— Sou uma mulher tola, Abdu, mas não tão tola que não possa me sentir agradecida. Ela aprenderá a ser uma boa esposa na Alemanha. Espero que se orgulhe da sua filha.

— Cumprirei o meu dever para com ela.

Impaciente, ele gesticulou para que Phoebe se levantasse.

— Talvez permita que ela nos acompanhe na viagem a Paris. — O coração batendo forte, ela cruzou as mãos. — Muitos homens preferem uma esposa que já viajou, que possa acompanhá-lo nas viagens de negócios ou de turismo para que seja uma ajuda em vez de um estorvo. Por causa da sua posição, muito vai se esperar dela. A educação que você teve na Europa e as suas experiências lá com certeza serviram para proporcionar uma melhor compreensão do mundo e do papel de Jaquir.

O primeiro pensamento de Abdu foi o de descartar a ideia no mesmo instante. Mas as últimas palavras de Phoebe acertaram o alvo. Ele estava absolutamente convencido de que o tempo que passara em cidades como Paris, Londres e Nova York o haviam transformado em um rei melhor, num filho mais puro de Alá.

— Pensarei a respeito.

Phoebe resistiu ao impulso de suplicar. Baixou a cabeça.

— Obrigada.

O coração ainda batia forte quando voltou aos seus aposentos. Queria beber, tomar uma pílula, esquecer sua situação. Em vez disso, deitou na cama e se forçou a pensar.

Todos aqueles anos desperdiçados, esperando que Abdu voltasse a ser o homem que era antes, esperando que sua vida voltasse a ser a mesma. Permanecera em Jaquir porque ele exigira e porque, mesmo que conseguisse fugir, Abdu ficaria com Adrianne.

Porque fora fraca, confusa e medrosa, vivera quase dez anos da sua vida como escrava. Mas isso não aconteceria com Adrianne. Nunca! Não importava o que fosse preciso fazer, não permitiria que Adrianne lhe fosse tirada, entregue a algum estranho, para levar uma vida de prisioneira.

O primeiro passo era Paris, disse a si mesma, enquanto enxugava o suor da testa. Levaria Adrianne para Paris e nunca mais voltariam.

— Quando eu for a Paris, comprarei uma porção de roupas bonitas. — Duja observou Adrianne ajeitar no braço uma pulseira de ouro e tentou não sentir inveja. — O meu pai diz que vai comer num lugar chamado Maxim's e que eu vou ter qualquer coisa que quiser.

Adrianne se virou. Tinha as palmas sempre úmidas de nervosismo, mas sentia medo de limpá-las no vestido.

— Trarei um presente para você.

A inveja esquecida, Duja sorriu.

— Só um?

— Um presente especial. Vamos subir na Torre Eiffel e ir a um lugar em que há milhares de quadros. E depois... — Ela comprimiu a mão contra a barriga. — Estou me sentindo mal.

— Se estiver doente, não vai poder viajar. Então é melhor não ficar. Leiha está zangada.

Ela falou apenas na esperança de fazer Adrianne se sentir melhor. As criadas já haviam levado as malas. Duja passou o braço pelos ombros de Adrianne para acompanhá-la.

— Ela quer ir, mas o rei só vai levar você e a sua mãe. Leiha tem que se contentar com a nova gravidez.

— Se eu comprar presentes para o Fahid e para as minhas irmãs, você pode entregar?

— Claro. — Ela beijou o rosto de Adrianne. — Sentirei saudade.

— Voltaremos logo.

— Mas você nunca viajou.

O harém estava cheio de mulheres, todas dominadas pela agitação da viagem que só duas delas fariam. Havia abraços para serem trocados e risos para serem partilhados. Phoebe estava de véu e *abaaya*, as mãos cruzadas na cintura, o rosto impassível. As fragrâncias e os cheiros intensos do harém a sufocavam quase a ponto de poder vê-los. Se houvesse um Deus, ela nunca mais veria aquelas pessoas nem aquele lugar. Dessa vez, sentiu-se grata por ter o rosto quase todo coberto. Significava que só precisava controlar os olhos.

A onda de pesar a surpreendeu enquanto beijava as cunhadas, a sogra e as primas pelo casamento. Todas as mulheres com quem convivera por quase dez anos.

— Adrianne deve se sentar à janela — disse Jiddah a Phoebe, enquanto beijava e abraçava as duas. — Assim poderá ver Jaquir enquanto o avião sobe.

Ela sorriu, satisfeita, porque o filho finalmente demonstrava algum interesse pela criança, que era, secretamente, sua predileta.

— Não coma muito creme francês, minha doce menina.

Adrianne sorriu e, erguendo-se na ponta dos pés, beijou Jiddah pela última vez.

— Comerei tanto que ficarei gorda. Não vai me reconhecer quando eu voltar.

Jiddah riu. Afagou o rosto de Adrianne com a mão ornamentada com hena.

— Sempre a reconhecerei. Vá agora. E volte sã e salva. *Inshallah*.

Elas deixaram o harém, atravessaram o jardim e passaram por um portão no muro. O carro as esperava ali. Os nervos de Adrianne estavam tensos demais para perceber o silêncio da mãe. Falou sobre a viagem de avião, Paris, o que veriam, o que comprariam. Fez uma pergunta e depois continuou a falar, sem esperar pela resposta.

Ao chegarem ao aeroporto, Adrianne se sentia mal de tanta ansiedade; Phoebe passava mal de medo.

Até então, a vinda dos executivos ocidentais apenas complicara o procedimento no aeroporto. Os aviões pousavam e partiam com mais frequência e o transporte em terra se limitava a alguns táxis cujos motoristas falavam em inglês. O pequeno terminal estava lotado, as mulheres de um lado, os homens, do outro.

Americanos e europeus, confusos, esforçavam-se em proteger suas bagagens de carregadores com algum excesso de entusiasmo, enquanto esperavam desesperados por voos de conexão que às vezes demoravam dias. Esses czares do capitalismo eram quase sempre obrigados a esperar, vítimas de um hiato cultural que se alargara para um abismo ao longo dos séculos.

O ar vibrava com o barulho dos aviões, a cacofonia de vozes em línguas diferentes, que subiam e desciam, muitas vezes sem que o interlocutor entendesse. Adrianne avistou uma mulher sentada ao lado de uma pilha de bagagem, o rosto molhado de lágrimas, pálida de exaustão. Outra conduzia três crianças pequenas, que olhavam e apontavam para as mulheres árabes vestindo mantos pretos e véus.

— Há muitos estrangeiros aqui — murmurou Adrianne enquanto eram conduzidas através da multidão pelos seguranças. — Por que eles vêm?

— Pelo dinheiro. — Phoebe olhou para a esquerda e para a direita. Fazia tanto calor que tinha medo de desmaiar, mas as mãos estavam geladas. — Vamos depressa.

Ela pegou a filha pela mão e a levou para fora do terminal. O novo avião particular de Abdu, comprado com dinheiro do petróleo, esperava por ambas na pista.

Adrianne sentiu a boca ressequida ao ver o avião.

— É muito pequeno.

— Não se preocupe. Estarei com você.

Lá dentro, a cabine era luxuosa apesar do tamanho. As poltronas eram estofadas com um tecido cinza-escuro. O tapete era vermelho tinto. Havia pequenas lâmpadas junto de cada poltrona. Maravilhosamente fresco, o ar recendia a sândalo, a fragrância preferida do rei. Os criados, esperando para servir as comidas e bebidas, fizeram uma reverência, em silêncio.

Abdu já embarcara. Examinava uma pilha de documentos com seu secretário. Trocara o *throbe* por um terno feito em Londres, mas o usava com turbante do Oriente Médio. Não olhou quando as duas embarcaram e se sentaram. Limitou-se a fazer um sinal indiferente para um dos seus homens. O motor começou a funcionar momentos depois. Adrianne sentiu um frio no estômago quando o avião começou a subir.

— Mamãe!

— Estaremos acima das nuvens num instante. — Phoebe manteve a voz baixa, agradecida por Abdu ignorá-las. — Assim como as aves, Addy. Fique olhando.

Ela encostou o rosto na cabeça de Adrianne enquanto acrescentava:

— Jaquir está ficando para trás.

Adrianne tinha vontade de vomitar, mas sentia medo por causa da presença do pai. Com determinação, cerrou os dentes, engoliu em seco e observou o mundo diminuir lá embaixo. Depois de algum tempo, o embrulho no estômago ficou mais leve. Foi a vez de Phoebe falar. E ela falou em voz tão baixa que embalou Adrianne para o sono. Phoebe ficou olhando para as águas azuis do Mediterrâneo enquanto rezava.

*P*ARIS ERA uma festa para os sentidos. Adrianne segurava a mão da mãe e olhava aturdida para tudo enquanto atravessavam o aeroporto apressadas. Sempre pensara que as histórias da mãe sobre outros lugares não passavam de contos de fadas. Agora, passava por uma porta e entrava em um mundo que só existira na sua imaginação.

Até mesmo a mãe estava diferente. Tirara a *abaaya* e o véu. Por baixo, usava um elegante tailleur ocidental da mesma tonalidade de seus olhos. Os cabelos estavam soltos, gloriosamente ruivos, espalhando-se pelos ombros. Ela até falara com um homem, um estranho, ao passarem pela alfândega. Adrianne olhara para o pai, amedrontada, esperando a punição, mas ele nada fez.

Mulheres passavam a todo o momento, às vezes sozinhas, às vezes de braço dado com um homem. Usavam saias e calças compridas justas, mostrando os contornos das pernas. Andavam de cabeça erguida, os quadris balançando, mas ninguém olhava aturdido para elas. Espantada, Adrianne viu até um casal se beijar e se abraçar enquanto outras pessoas passavam ao redor. Não havia *matawain* com o chicote de pelo de camelo e a ponta da barba pintada de hena para prendê-los.

O sol se punha quando deixaram o terminal. Adrianne esperou para ouvir o chamado para a oração, mas não houve nada. Também havia confusão ali, mas era mais rápida e um pouco mais organizada do que a confusão no aeroporto de Jaquir. As pessoas se espremiam em táxis, homens e mulheres juntos, sem inibição ou segredo. Phoebe teve que puxá-la para a limusine enquanto ela se empenhava em descobrir mais coisas.

Ver Paris pela primeira vez ao pôr do sol... Sempre que Adrianne pensasse de novo na cidade, lembraria a magia daquele primeiro momento, quando a luz pairava entre o dia e a noite. Os prédios antigos se projetavam, fascinantes, de certa forma femininos, com um brilho rosa, dourado e branco suave ao sol poente. O carro enorme desceu rápido pela avenida para o coração da cidade, mas não foi a velocidade que deixou Adrianne atordoada e sem fôlego.

Ela imaginou que devia haver música. Em um lugar assim, não podia deixar de haver música, mas não se arriscou a pedir permissão para baixar a janela. Em vez disso, deixou que a música tocasse em sua cabeça, grandiosa, gloriosa, enquanto seguiam ao longo do Sena.

Casais andavam na rua de mãos dadas, os cabelos e as saias curtas das mulheres à brisa que recendia a água e flores. Que recendia a Paris. Ela viu cafés em que as pessoas se agrupavam em torno de mesinhas redondas, bebendo de copos que faiscavam vermelhos e dourados, como a luz do sol.

Se fosse informada de que o avião os levara para outro planeta e para outra época, Adrianne teria acreditado. Quando o carro parou no hotel, esperou que o pai saltasse e perguntou à mãe:

— Podemos ver mais?

— Amanhã. — Phoebe apertou a mão da filha com tanta força que ela estremeceu. — Amanhã.

A menina teve que fazer um esforço para não tremer no ar fragrante do anoitecer. O hotel parecia um palácio, e ela estava cansada de palácios.

Com a comitiva de criadas, seguranças e secretários, eles ocuparam um andar inteiro no Crillon. Para desapontamento de Adrianne, ela e a mãe foram levadas para sua suíte e deixadas sozinhas.

— Podemos sair para jantar no lugar chamado Maxim's?

— Não essa noite, querida.

Phoebe espiou pelo olho mágico. Já havia um guarda postado do lado de fora da porta. Seria como um harém, mesmo em Paris.

O rosto estava pálido quando se virou, mas sorriu e fez um esforço para manter a voz jovial.

— Teremos que pedir alguma coisa para comer aqui. O que você quiser.

— Estar aqui não é muito diferente de Jaquir.

Adrianne correu os olhos pela elegante suíte. Como os aposentos das mulheres, era luxuosa e isolada. Ao contrário do harém, no entanto, havia janelas abertas para a noite. Atravessou a sala e contemplou Paris. As luzes faiscavam, dando à cidade uma aparência festiva, de conto de fadas. Estava em Paris, mas não tinha permissão para participar da vida na cidade. Era como se tivesse recebido a joia mais gloriosa do mundo e só pudesse admirá-la por uns poucos momentos antes de ser arrebatada dela e trancada de novo no cofre.

— Addy, querida, você deve ser paciente.

Como a filha, Phoebe foi atraída para a janela. Contemplou as luzes e a vida nas ruas. Seu anseio era ainda mais forte porque outrora fora livre.

— Amanhã... amanhã vai ser o dia mais emocionante da sua vida. — Ela abraçou e beijou a filha. — Confia em mim, não é?

— Claro que confio, mamãe.

— Vou fazer o que é melhor para você. Juro. — Phoebe apertou a menina. Abruptamente, soltou-a e riu. — Agora, fique apreciando a vista. Voltarei num instante.

— Aonde vai?

— Apenas até o quarto ao lado. — Ela sorriu, tranquilizando as duas. — Olhe pela janela, meu bem. Paris é linda a essa hora.

Phoebe fechou a porta entre a sala e o quarto. Era arriscado usar o telefone. Passara dias tentando encontrar uma maneira melhor e mais segura. Embora precisasse de alívio, não tomava um tranquilizante ou uma bebida desde que Abdu anunciara a viagem. Tinha a mente lúcida, como não acontecia havia anos. Tão lúcida que até doía. Mesmo assim, não fora capaz de imaginar outro meio que não o telefone. Sua única esperança era que Abdu não esperasse a traição de uma mulher que tolerara seus abusos por tanto tempo.

Ela pegou o fone. Parecia estranho em sua mão, como uma coisa de outro século. Quase riu. Era uma mulher adulta, vivendo no século XX, mas fazia quase dez anos que não tocava em um telefone. Os dedos tremiam quando ligou. Foi atendida por uma voz falando num francês rápido.

— Você fala inglês?

— Falo, madame. Em que posso ajudá-la?

Havia um Deus, pensou Phoebe enquanto se sentava na beira da cama.

— Quero mandar um telegrama. Urgente. Para os Estados Unidos. Nova York.

Adrianne continuava na janela, as mãos comprimidas contra o vidro, como se pudesse dissolvê-lo pela força da vontade e se tornar parte do mundo que passava apressado lá fora. Havia alguma coisa errada com a mãe. Seu medo mais profundo era de que Phoebe estivesse doente, o que faria com que as duas fossem mandadas de volta para Jaquir. Sabia que, se partissem agora, nunca mais veria um lugar como Paris. Não veria mulheres com as pernas à mostra e os rostos pintados, nem os edifícios com centenas de luzes. Imaginou que o pai ficaria contente por ela ter visto, mas não tocado, e ter sentido o cheiro, mas não saboreado. Seria outra maneira de puni-la por ser mulher e ter sangue misto.

Como se os seus pensamentos o conjurassem, Abdu passou pela porta, entrando na suíte. Adrianne se virou. Era pequena para sua idade, tão delicada quanto uma boneca. Já havia insinuações da beleza morena e sedutora do seu sangue beduíno. Abdu viu apenas uma garota magricela, de olhos grandes e queixo erguido numa atitude obstinada. Como sempre, seus olhos se tornaram gelados ao contemplá-la.

— Onde está a sua mãe?

— Está ali.

Quando o pai se encaminhou para o quarto, Adrianne deu um passo rápido à frente.

— Podemos sair essa noite?

Abdu lhe lançou apenas um olhar rápido e desinteressado.

— Vocês vão ficar aqui.

Porque era jovem, Adrianne insistiu quando outras teriam recuado.

— Não é muito tarde. O sol acabou de se pôr. A vovó disse que havia muito para fazer em Paris à noite.

Ele parou de repente. Era raro que a filha tivesse coragem de falar com ele, mais raro ainda que o pai se desse ao trabalho de escutar.

— Você vai ficar no hotel. Só está aqui porque eu permiti.

— E por que permitiu?

A temeridade da filha ao fazer a pergunta fez com que Abdu contraísse os olhos.

— As minhas razões não são da sua conta. E devo adverti-la de que, se me lembrar da sua presença com muita frequência, tratarei de me livrar de você.

Os olhos de Adrianne faiscavam com uma mistura de pesar e raiva que ela não podia compreender.

— Sou sangue de seu sangue — murmurou ela. — Que motivo tem para me odiar?

— Você é sangue do sangue dela.

Abdu se virou para abrir a porta. Phoebe se apressou em sair. Tinha o rosto corado, os olhos arregalados, como uma corça quando fareja o caçador.

— Queria me ver, Abdu? Eu precisava ir ao banheiro depois da viagem.

Ele percebeu o nervosismo dela. Sentiu o cheiro do medo. Agradou-o que ela não se considerasse segura nem mesmo fora das paredes do harém.

— Já foi marcada uma entrevista. Tomaremos o café da manhã aqui, às nove horas, com a repórter. Você vai se vestir de acordo e providenciar para que ela esteja preparada.

Phoebe olhou para Adrianne.

— Claro. Depois da entrevista, eu gostaria de fazer compras, talvez levar a Adrianne a um museu.

— Pode fazer o que desejar entre dez da manhã e quatro da tarde. Depois quero você comigo.

— Obrigada. Somos gratas pela oportunidade de visitar Paris.

— Cuide para que a menina controle a língua ou ela só verá Paris através daquela janela.

Depois que ele se retirou, Phoebe deixou que as pernas trêmulas se dobrassem um pouco.

— Por favor, Addy, não o irrite.

— Só preciso *existir* para irritá-lo.

Quando viu as primeiras lágrimas, Phoebe abriu os braços.

— Você é muito pequena — murmurou ela, embalando Adrianne em seu colo. — Pequena demais para tudo isso. Mas prometo compensá-la. — Por cima da cabeça da filha, os olhos focalizados e decididos, Phoebe acrescentou: — Juro que vou compensar tudo.

𝒜DRIANNE NUNCA fizera uma refeição com o pai. Porque tinha a flexibilidade de uma menina de 8 anos, descobriu que era fácil esquecer as palavras ditas na noite anterior e aguardar ansiosa para seu primeiro dia em Paris.

Se ficou desapontada porque fariam a refeição na suíte, não disse nada. Gostara demais do vestido azul novo com um casaco combinando para se queixar de qualquer coisa. Dentro de uma hora, começaria de verdade sua semana em Paris.

— Não tenho palavras para dizer o quanto me sinto grata pela entrevista, alteza.

A repórter, já encantada com Abdu, sentou-se à mesa. Adrianne manteve as mãos cruzadas no colo, fazendo um esforço para não fitá-la fixamente. A jovem tinha cabelos muito compridos, da cor de pêssegos maduros. As unhas eram pintadas de vermelho, assim como a boca. O vestido era justo, da mesma tonalidade. A saia subiu pelas suas coxas quando cruzou as pernas. Falava inglês com um suave sotaque francês. Para Adrianne, era tão exótica quanto uma ave da selva e igualmente fascinante.

— O prazer é nosso, *mademoiselle* Grandeau.

Abdu fez um sinal para o café. Um criado se apressou em obedecer.

— Espero que aprecie a sua estada em Paris.

— Sempre aprecio Paris.

Abdu sorriu de uma maneira que Adrianne nunca vira. Depois, seus olhos passaram por ela como se a cadeira estivesse vazia enquanto ele acrescentava:

— Minha esposa e eu estamos ansiosos para ir ao baile essa noite.

— A sociedade parisiense também espera ansiosa para cumprimentá-lo e à sua linda esposa. — *Mademoiselle* Grandeau se virou para Phoebe. — Seus fãs estão emocionados, alteza. Acham que os abandonou por amor.

O café queimou amargo na garganta de Phoebe quando ela sorriu. Seria capaz de trocar todas suas joias por uma dose de uísque.

— Quem já esteve apaixonado pode compreender que nenhum sacrifício e nenhum risco são grandes demais.

— Posso perguntar se tem algum arrependimento por renunciar à sua brilhante carreira no cinema?

Phoebe olhou para Adrianne, e seus olhos se tornaram mais suaves.

— Como posso me arrepender quando tenho tudo?

— É como um conto de fadas, não é mesmo? A linda mulher levada pelo xeique do deserto para uma terra misteriosa e exótica... Uma terra que se torna cada dia mais rica por causa do petróleo. — *Mademoiselle* Grandeau tornou a olhar para Abdu. — O que acha da crescente presença dos ocidentais em seu país?

— Jaquir é um pequeno país que acolhe com satisfação os avanços que o petróleo proporciona, mas, como rei, tenho a responsabilidade de preservar a nossa cultura ao mesmo tempo em que abro as portas para o progresso.

— Obviamente sente atração pelo Ocidente, já que se apaixonou e se casou com uma americana, mas é verdade, alteza, que tem outra esposa?

Abdu levantou um copo de cristal com suco de fruta. A expressão era afável, um pouco divertida, mas os dedos apertavam o copo com força. Abominava ser interrogado por uma mulher.

— Na minha religião, um homem tem permissão para tomar quatro esposas, desde que possa tratar todas igualmente.

— Com o movimento feminista se tornando mais forte nos Estados Unidos e na Europa, acha que esse choque cultural vai causar problemas para os países que vão realizar obras no Oriente Médio?

— Somos diferentes, *mademoiselle*, na maneira de vestir e nas convicções. As pessoas em Jaquir ficariam igualmente chocadas pelo fato de que, em seu país, uma mulher pode ter intimidades com um homem antes do casamento. Contudo, essas diferenças não vão prejudicar os interesses financeiros dos dois lados.

— Concordo.

Mademoiselle Grandeau não estava ali para falar sobre política. Os leitores queriam saber se Phoebe Spring ainda era linda. Se seu casamento ainda era romântico. Ela cortou o crepe e sorriu para Adrianne. A menina era impressionante, com os olhos pretos e ardentes do rei, mas com os lábios cheios e impecáveis de Phoebe. Embora a cor da pele indicasse os ancestrais beduínos, tinha a estampa da mãe. As feições eram menores e mais delicadas do que as da mulher que fora outrora chamada de "rainha das amazonas" do cinema. A pureza da estrutura óssea, o perfil espetacular e a vulnerabilidade dos olhos penetrantes também podiam ser vistos na filha.

— Princesa Adrianne, o que acha do fato de que sua mãe foi considerada a mulher mais linda do cinema?

Ela ficou atordoada. O olhar breve e duro do pai fez com que se empertigasse.

— Sinto muito orgulho. A minha mãe é mesmo a mulher mais bonita do mundo.

Mademoiselle Grandeau riu. Comeu outro pedaço de crepe.

— Seria difícil encontrar alguém que discordasse de você. Talvez um dia possa seguir os passos da sua mãe em Hollywood. Há alguma possibilidade de fazer outro filme, alteza?

Phoebe tomou mais café, torcendo para que permanecesse no estômago.

— A minha prioridade é a família. — Tocou a mão de Adrianne por baixo da mesa. — Claro que fiquei encantada por ser convidada a vir a Paris, pela oportunidade de rever velhos amigos, mas a opção que fiz, como você disse, foi por amor. — Por cima da mesa, seus olhos se encontraram com os de Abdu. E não se desviaram. — Quando há amor, há poucas coisas que uma mulher não faria.

— A perda de Hollywood é um ganho óbvio para Jaquir. Há muita especulação, todos querem saber se vai usar o Sol e a Lua essa noite. O colar é considerado um dos maiores tesouros do mundo. E, como todas as grandes joias do mundo, o Sol e a Lua é um colar envolto em lendas, mistério e romance. As pessoas estão ansiosas para ver essa fabulosa joia. Vai usá-la?

— O Sol e a Lua foi um presente do meu marido no nosso casamento. Em Jaquir, é considerado o preço da noiva, uma espécie de dote ao contrário. Perde apenas para Adrianne, o presente mais precioso que Abdu já me deu. — Ela tornou a fitá-lo com uma insinuação de desafio. — Sinto orgulho em usar o colar.

— Não haverá uma mulher no mundo que não a inveje essa noite, alteza.

Ainda segurando a mão da filha, Phoebe sorriu.

— Só posso dizer que aguardo ansiosa por essa noite, mais do que qualquer outra em anos. Será gloriosa. — Seus olhos tornaram a se encontrar com os de Abdu. — *Inshallah*.

Como Phoebe já esperava, elas foram acompanhadas por dois guardas e um motorista quando deixaram o hotel. Sentia-se extasiada por sua primeira vitória. Passara pela recepção e pedira seu passaporte, no qual Adrianne fora incluída como criança. Os guardas estavam conversando, aparentemente pensando que perguntava por algum serviço trivial. Não notaram quando o recepcionista voltou do escritório, no outro lado do balcão, e lhe entregou o documento encadernado em couro. Phoebe podia ter chorado de alegria... e pelo primeiro ímpeto de orgulho que experimentava em anos. Mas se disciplinara a não deixar transparecer sentimentos. Não tinha nenhum plano definido, apenas uma determinação profunda e nervosa. Ao seu lado, na limusine, Adrianne não parara quieta de tanta animação. Estavam mesmo em Paris com horas de folga antes de terem que voltar ao hotel. Ela queria subir na Torre Eiffel, sentar-se num café, andar e andar e andar, ouvir a música da cidade que apenas imaginara.

— Vamos fazer umas compras. — Phoebe tinha a boca tão seca que teve que fazer um esforço para desgrudar a língua do palato. — Podemos ir à Chanel, à Dior. Espere só até ver todas as lindas roupas, Addy. As cores, os tecidos. Mas você vai ter de ficar bem perto de mim. Não quero perdê-la. Não se afaste. Prometa.

— Prometo.

Adrianne sentiu que seu próprio nervosismo começava a aumentar. Às vezes, quando a mãe falava assim — muito depressa, com as palavras juntas, quase se atropelando —, costumava cair em depressão logo em seguida. Ficava muito quieta, distante, fechada em si mesma, indiferente às outras pessoas, num estado que sempre deixava Adrianne apavorada. Apreensiva com o que tinha certeza que estava prestes a acontecer, Adrianne não parava de falar, sempre grudada na mãe, enquanto visitavam as lojas mais exclusivas da Europa.

Era como outro sonho, diferente da visão de Paris ao crepúsculo. Os salões brilhavam, com mesas douradas e cadeiras de veludo. Em cada uma, foram tratadas com uma deferência que Adrianne nunca recebera em seu próprio país. Era cortejada por mulheres de rosto maquiado, que serviam limonada ou chá e ofereciam biscoitos, enquanto modelos de aparência frágil deslizavam de um lado para o outro, mostrando a última moda.

Phoebe encomendou, despreocupada, dezenas de vestidos de coquetel, com alças mínimas e camadas de contas, tailleurs de seda e linho. Se o plano desse certo, não usaria um único daqueles vestidos que comprava de maneira tão negligente. Parecia-lhe uma espécie de justiça, a menor e mais doce das vinganças. Ela foi de salão em salão, acompanhada de guardas silenciosos carregando caixas e bolsas.

— Visitaremos o Louvre antes do almoço — disse ela a Adrianne, ao se acomodarem de novo na limusine.

Phoebe olhou para o relógio. Recostou-se e fechou os olhos.

— Podemos comer num café?

— Veremos. — Ela pegou a mão de Adrianne. — Quero que você seja feliz, querida. Feliz e segura. Isso é tudo que importa.

— Gosto de estar aqui com você. — Apesar de todos os biscoitos, do chá e da limonada nas casas de *haute couture*, ela estava faminta, mas não queria dizê-lo. — Há muita coisa para ver. Quando você me falava sobre lugares assim, pensei que inventava histórias. É melhor do que uma história.

Phoebe abriu os olhos para olhar pela janela. Seguiam ao longo do rio, na cidade mais romântica do mundo. Ela baixou o vidro e respirou fundo.

— Pode sentir o cheiro, Addy?

Com uma risada, Adrianne inclinou o rosto para a janela, como um cachorrinho, para deixar a brisa envolver seu rosto.

— Da água?

— Da liberdade — murmurou Phoebe. — Quero que se lembre desse momento.

Quando o carro parou, Phoebe desembarcou devagar, imponente, sem dirigir um único olhar aos guardas. Com a mão de Adrianne na sua, entrou no Louvre. Havia uma multidão ali... estudantes, turistas, namorados. Adrianne achou as pessoas tão fascinantes quanto as obras de arte que sua mãe mostrava enquanto passavam pelas galerias. As vozes ressoavam nos tetos altos, uma ampla variedade de tons e sotaques. Ela viu um homem com os cabelos tão compridos quanto os de uma mulher, usando um jeans rasgado no joelho e carregando uma mochila velha. Quando percebeu que Adrianne o observava, ele sorriu e piscou, depois levantou dois dedos em V. Embaraçada, Adrianne baixou os olhos para os sapatos.

— Muita coisa mudou — disse Phoebe. — Parece um mundo diferente. A maneira como as pessoas se vestem e como falam. Eu me sinto como Rip Van Winkle.

— Quem?

Com um som próximo ao de um soluço, Phoebe se abaixou para abraçá-la.

— É apenas uma história.

Ao se erguer, ela olhou para os guardas. Estavam poucos passos atrás, entediados.

— Quero que faça exatamente o que eu disser — sussurrou Phoebe. — Sem perguntas. Segure firme a minha mão.

Antes que Adrianne pudesse concordar, Phoebe a puxou para um grupo de estudantes. Andou depressa, empurrando as pessoas quando necessário, saiu pelo outro lado do grupo e correu por um longo corredor.

Soaram gritos por trás. Sem alterar o ritmo, pegou Adrianne no colo e desceu um lance de escadas. Precisava de uma porta, qualquer porta que a levasse para fora dali. Se pudesse alcançar a rua e pegar um táxi, teria uma chance. Sempre que um corredor aparecia à frente, ela seguia, passando por visitantes e funcionários. Não importava se ia para uma saída do prédio ou se se embrenhava mais fundo. Precisava despistar os guardas. Ouvia passos em seu encalço e corria às cegas, como uma lebre tentando desesperadamente escapar de uma raposa.

Os quadros pareciam faiscar enquanto corria. A respiração ofegante foi se tornando mais alta à medida que passava sem ver pelas obras de arte mais valiosas do mundo. As pessoas as olhavam, aturdidas. Os cabelos haviam se soltado do coque meticuloso e esvoaçavam em torno dos seus ombros, como uma nuvem vermelha. Ela viu a porta. Quase tropeçou. Apertou Adrianne ainda mais, o coração prestes a explodir, e saiu do prédio, mas não parou de correr.

Podia outra vez sentir o cheiro do rio, o cheiro da liberdade. Parou, com dificuldade para respirar — uma linda mulher, apavorada, apertando uma criança no colo. Bastou levantar a mão para que um táxi parasse.

— Aeroporto de Orly — balbuciou Phoebe, enquanto entrava com Adrianne, olhando para os dois lados. — Depressa, por favor!

— *Oui*, madame.

O motorista levantou o quepe e pisou no acelerador.

— O que aconteceu, mamãe? Por que fugimos? Para onde vamos?

Phoebe cobriu o rosto com as mãos. Não havia como voltar agora.

— Confie em mim, Addy. Ainda não posso explicar.

Quando a mãe começou a tremer, Adrianne a abraçou. Ficaram enlaçadas enquanto o táxi deixava Paris. Os lábios da menina tremeram quando ouviu o barulho dos aviões.

— Vamos voltar para Jaquir?

Phoebe abriu a carteira. Deu ao motorista o dobro do preço da corrida. O medo ainda a dominava, um gosto metálico e horrível na língua. Abdu a mataria se a pegasse agora. E depois descarregaria o resto da sua vingança em Adrianne.

— Não. — Ela se agachou na calçada, o rosto no mesmo nível do de Adrianne. — Nunca mais voltaremos para Jaquir.

Ela olhou para trás, por cima do ombro, certa de que Abdu saltaria do carro seguinte e faria suas palavras se tornarem uma mentira.

— Vou levar você para os Estados Unidos, Addy. Para Nova York. E acredite em mim: faço isso porque amo você. Agora, vamos andar depressa.

Phoebe entrou com a filha no terminal. Por um instante, o barulho e a agitação a confundiram. Havia anos que não ia a nenhum lugar sozinha. Antes do casamento, sempre viajava com uma comitiva de divulgadores, secretárias, costureiras. O pânico quase a dominou, até que sentiu os dedos pequenos e tensos de Adrianne se ligarem aos seus.

Pan American. Pedira a Celeste para providenciar que as passagens estivessem à espera no balcão da Pan American. Enquanto avançava apressada pelo terminal, Phoebe rezou para que a amiga tivesse resolvido tudo. No balcão, tirou o passaporte da bolsa e ofereceu seu sorriso mais encantador ao atendente.

— Tenho duas passagens reservadas, já pagas, para Nova York.

O sorriso o deixou tão atordoado que ele piscou.

— *Oui*, madame. — Deslumbrado, o homem mexeu nos papéis. — Assisti a todos os seus filmes. É uma atriz magnífica.

— Obrigada. — Phoebe sentiu que um pouco da sua coragem voltava. Não fora esquecida. — As passagens estão em ordem?

— *Pardon*? Ah, sim... Claro, claro... — Ele carimbou e escreveu. Apontou. — Esse é o número do seu voo. O portão. Tem 45 minutos.

Ela tinha as palmas pegajosas de suor quando pegou as passagens e pôs na bolsa.

— Obrigada.

— Espere, por favor.

Phoebe ficou imóvel, apertando a mão de Adrianne, pronta para sair correndo.

— Pode me dar um autógrafo?

Ela comprimiu os dedos contra os olhos, o gesto acompanhado por uma pequena risada.

— Claro. Terei o maior prazer. Qual é o seu nome?

— Henri, madame. — Ele estendeu um papel. — Nunca a esquecerei.

Phoebe deu o autógrafo, as letras largas e generosas, como sempre.

— Pode ter certeza, Henri, de que também nunca o esquecerei. — Ela devolveu o papel, com um sorriso. — Vamos embora, Adrianne. Não queremos perder o avião.

Enquanto andavam, ela murmurou:

— Deus abençoe Celeste. Ela vai estar nos esperando em Nova York, Addy. É a minha melhor amiga.

— Como Duja?

— Isso mesmo. — Com um esforço para manter a calma, Phoebe olhou para baixo e deu outro sorriso. — Isso mesmo, como Duja é para você. Ela vai nos ajudar.

O terminal não mais interessava a Adrianne. Tinha medo, porque a mãe tinha o rosto pálido e a mão trêmula.

— Ele vai ficar zangado.

— Ele não vai magoá-la de novo. — Phoebe parou novamente e segurou Adrianne pelos ombros. — Prometo a você. Não importa o que eu tenha de fazer, ele não a magoará outra vez.

Foi nesse instante que transbordou a tensão de tantos dias e noites de espera. Uma das mãos comprimidas contra o estômago embrulhado, Phoebe correu com Adrianne para o banheiro, onde teve um violento acesso de vômito.

— Por favor, mamãe! — Apavorada, Adrianne segurava a cintura da mãe, que se inclinava para o vaso. — Devemos voltar antes que ele descubra. Diremos que nos perdemos e por isso nos separamos dos guardas. Ele vai ficar só um pouco zangado. A culpa é minha. Direi que a culpa foi toda minha.

— Não posso. — Phoebe se encostou na parede do reservado e esperou que a náusea passasse. — Não podemos voltar. Nunca mais. Ele ia mandar você embora, querida.

— Mandar embora?

— Para a Alemanha. — Com a mão trêmula, Phoebe pegou um lenço de papel e enxugou o rosto úmido. — Eu não podia deixar que seu pai mandasse você embora e depois a casasse com um homem igual a ele.

Mais firme, Phoebe se abaixou e passou os braços em torno da filha.

— Não podia admitir que você levasse a vida que eu tive. Isso me mataria!

Lentamente, o medo nos olhos de Adrianne se desvaneceu. No reservado estreito, ainda recendendo a vômito, as duas cruzaram um novo limiar em suas vidas. Gentilmente, Adrianne ajudou Phoebe a se levantar.

— Sente-se melhor, mamãe? Apoie-se em mim.

Phoebe estava ainda mais pálida quando embarcaram, sentaram-se em suas poltronas, afivelaram os cintos de segurança e escutaram o zumbido dos motores. O coração deixou de disparar. Agora era apenas um tamborilar em sua cabeça, lembrando-a do harém e do calor opressivo. O gosto de vômito ainda persistia quando fechou os olhos.

— Com licença, madame. A senhora e a menina desejam beber alguma coisa depois que decolarmos?

— Por favor. — Phoebe não se deu ao trabalho de abrir os olhos. — Traga alguma coisa gelada e doce para a minha filha.

— E para a senhora?

— Um uísque — respondeu ela, cansada. — Duplo.

Capítulo 6

◆ ◆ ◆ ◆

CELESTE MICHAELS adorava um bom drama. Quando criança, decidira que queria ser atriz... e não apenas atriz, mas uma estrela. Suplicara, argumentara, brigara e conseguira fazer com que os pais pagassem um curso de arte dramática. Indulgentes, acharam que era apenas uma fase. Continuaram a pensar assim mesmo enquanto levavam Celeste a testes, ensaios e apresentações em teatros comunitários. Andrew Michaels era um contador que preferia encarar a vida como um balanço de lucros e perdas. Nancy Michaels era uma linda dona de casa que adorava fazer sobremesas extravagantes para os eventos sociais da igreja. Ambos acreditavam, mesmo depois que o teatro começou a dominar suas vidas, que a pequena Celeste superaria sua paixão pela maquiagem e a chamada dos atores para receber os aplausos da plateia.

Aos 15 anos, Celeste decidiu que nascera para ser loura. Pintou os cabelos castanhos de um louro dourado que se tornaria sua marca registrada. A mãe protestara, o pai fizera um sermão. Os cabelos de Celeste continuaram louros. E ela obteve o papel de Marion na produção da escola de *The Music Man*.

Certa vez, Nancy se queixou a Andrew que saberia melhor como agir se Celeste estivesse envolvida com rapazes e bebidas alcoólicas em vez de Shakespeare e Tennessee Williams.

Um dia depois de receber o diploma do ensino médio, Celeste deixou a aconchegante comunidade suburbana de Nova Jersey, onde passara a infância e boa parte da adolescência, e se mudou para Manhattan. Os pais a acompanharam até o trem com uma mistura de alívio e perplexidade.

Ela não perdia um teste. Ganhava o suficiente para pagar as aulas de teatro e o aluguel do apartamento no quarto andar, sem elevador, virando hambúrgueres e fritando ovos em uma lanchonete. Casou-se aos 20 anos, um relacionamento que começou com uma profunda emoção e terminou em lágrimas um ano depois. A essa altura, Celeste já deixara de olhar para trás.

Pouco mais de dez anos depois, era a rainha do teatro, com uma trilha de sucessos, três prêmios Tony e um apartamento de cobertura no Central Park West. Mandara para os pais um Lincoln de presente em seu último aniversário de casamento. Eles ainda acreditavam que Celeste voltaria para Nova Jersey quando se cansasse de ser atriz e assentaria no casamento com um bom rapaz metodista.

Naquele momento, andando de um lado para outro do terminal do aeroporto, ela se sentia satisfeita com o relativo anonimato de atriz de teatro. Se as pessoas a notavam, viam uma loura atraente, um tanto robusta, estatura mediana. Não viam a sensual Maggie the Cat, nem a ambiciosa Lady Macbeth. A não ser que Celeste quisesse que vissem.

Olhou para o relógio e especulou mais uma vez se Phoebe estaria no avião.

Quase dez anos, pensou ela, enquanto se sentava e revistava a bolsa à procura de um cigarro. Haviam se tornado grandes amigas quando Phoebe fora a Nova York para as filmagens externas de seu primeiro filme. Celeste acabara de terminar o casamento e se sentia um pouco amargurada. Phoebe fora como um sopro de ar fresco, divertida e meiga. Uma se tornara a irmã que a outra nunca tivera. Visitavam-se sempre que podiam e acumulavam enormes contas de ligações interurbanas quando viajar não era possível.

Ninguém ficara mais contente do que Celeste quando Phoebe fora indicada para o Oscar. Ninguém aplaudira com mais entusiasmo do que Phoebe quando Celeste ganhara seu primeiro Tony.

Eram diferentes em muitos aspectos. Celeste era firme e determinada. Phoebe era maleável e confiante. Sem perceber, uma havia proporcionado equilíbrio à outra com uma amizade que sempre haveriam de acalentar.

Depois, Phoebe se casara e fora para seu reino no deserto. A correspondência se tornara esporádica depois do primeiro ano até se tornar quase inexistente. E doera muito. Celeste nunca admitiria para ninguém, mas o encerramento gradativo da amizade, por parte de Phoebe, a deixara bastante magoada. Superficialmente, ainda encarava o problema em termos filosóficos. Sua vida era plena e rica, progredindo pelo caminho que delineara quando era menina em Nova Jersey, mas havia um lugar em seu coração que se angustiava. Ao longo dos anos, Celeste continuara a mandar presentes para a menina, que considerava sua afilhada. Achava engraçado os bilhetes de agradecimento que Adrianne enviava, sempre formais e solenes.

Estava pronta para amá-la. Em parte porque era casada com o teatro, e essa paixão nunca geraria filhos. Em parte porque Adrianne era filha de Phoebe.

Celeste apagou o cigarro antes de enfiar a mão numa sacola de compras e pegar uma boneca de porcelana com os cabelos vermelhos. Tinha um vestido de veludo azul com debruns brancos. Celeste a escolhera porque imaginara que a menina gostaria de ter uma boneca com a mesma cor dos cabelos da mãe. Não tinha a menor ideia do que dizer para a menina ou para Phoebe.

Quando ouviu o aviso sobre a chegada do voo, levantou-se e recomeçou a andar de um lado para outro. Não demoraria muito agora. O desembarque, a passagem pela alfândega. Não havia razão para a preocupação insistente na base de seu crânio.

Exceto pelo telegrama que dissera muito pouco.

Celeste lembrava cada palavra. Como uma boa atriz, acrescentara sua própria inflexão ao texto.

Celeste. Preciso da sua ajuda. Por favor, providencie duas passagens para Nova York a serem entregues no balcão da Pan American em Paris. Voo às duas horas da tarde de amanhã. Se puder, espere por mim em Nova York. Não tenho mais ninguém. Phoebe.

Ela viu quando as duas passaram pelas portas, a ruiva alta e deslumbrante, a menina que parecia uma boneca. As duas estavam juntas, de mãos dadas, os corpos se roçando. Celeste estranhou o fato de, por um momento, não conseguir determinar quem tranquilizava quem.

Depois, Phoebe levantou os olhos. Uma ampla gama de emoções passou por seu rosto, o alívio predominante. Antes do alívio, porém, Celeste reconheceu o terror. E se adiantou apressada ao encontro da amiga.

— Phoebe! — Celeste pôs tudo o que sentia, sua imensa amizade, no abraço. — É um prazer ver você de novo!

— Graças a Deus, Celeste! Graças a Deus que você está aqui!

O desespero deixou Celeste muito mais preocupada do que a percepção de que as palavras estavam engroladas pela bebida. Com o cuidado de manter o sorriso, ela olhou para Adrianne.

— Então essa é a sua Addy. — Celeste encostou a mão de leve nos cabelos da menina, notando as olheiras e os sinais de exaustão. Lembrou-a das fotos de sobreviventes de desastres, a mesma expressão de choque, apatia e vulnerabilidade. — Fizeram uma longa viagem, mas agora acabou. Tenho um carro à espera lá fora.

— Nunca vou poder lhe pagar pelo que fez — balbuciou Phoebe.

— Não diga bobagem. — Ela deu um último abraço apertado na amiga e depois entregou a sacola de compras a Adrianne. — Trouxe um presente para celebrar sua visita aos Estados Unidos.

Adrianne olhou para a boneca. Invocou energia suficiente para passar um dedo pela manga do vestido. O veludo fez com que se lembrasse de Duja, mas estava cansada demais para chorar.

— É muito bonita. Obrigada.

Celeste ergueu uma sobrancelha, surpresa. A criança falava de uma maneira tão exótica e estranha quanto sua aparência.

— Vamos pegar a bagagem e ir para o meu apartamento, onde poderão descansar.

— Não temos bagagem. — Phoebe quase cambaleou, mas se firmou a tempo com a mão no ombro de Celeste. — Não temos nada.

— Tudo bem.

As perguntas podiam esperar, decidiu Celeste, enquanto passava o braço pela cintura de Phoebe. Com um olhar, constatou que a criança podia andar sozinha.

— Vamos para casa.

*A*o CONTRÁRIO de sua experiência em Paris, Adrianne pouco notou na viagem entre o aeroporto e Manhattan. A limusine era silenciosa e aquecida, mas ela não conseguia relaxar. Como fizera durante o longo voo através do Atlântico, observava atentamente a mãe. Pôs a boneca que ganhara de Celeste debaixo do braço e manteve a mão de Phoebe na sua. Sentia-se cansada demais para fazer perguntas, mas estava preparada para fugir.

— Já faz muito tempo... — Phoebe olhou ao redor, como se saísse de um transe. Sentia uma pulsação ao lado da boca, enquanto os olhos se deslocavam de uma janela para outra. — Mudou, mas ao mesmo tempo não mudou.

— Sempre se pode contar com Nova York. — Celeste soprou uma nuvem de fumaça. Viu que Adrianne observava seu cigarro com os olhos escuros e fascinados. — Talvez amanhã a Addy queira dar um passeio pelo parque ou fazer compras. Alguma vez andou em um carrossel, Adrianne?

— O que é isso?

— São cavalos de madeira em que se pode andar num círculo ao som de música. Há um no parque em frente ao meu prédio.

Ela sorriu para Adrianne. Já havia notado que Phoebe tinha um sobressalto cada vez que o carro parava. Se a mãe era uma massa de nervos à flor da pele, a criança parecia uma torre de controle. Mas, em nome de Deus, o que se podia dizer para uma criança que não sabia o que era um carrossel?

— Não poderia escolher melhor ocasião para visitar Nova York — acrescentou ela. — Todas as lojas estão enfeitadas para o Natal.

Adrianne pensou na bola de vidro e no irmão. Subitamente, queria apenas encostar a cabeça no colo da mãe e chorar. Queria ir para casa, ver a avó, as tias, sentir os cheiros do harém, mas não havia como voltar.

— Vai nevar? — perguntou ela.

— Mais cedo ou mais tarde. — O impulso de pegar a criança no colo e confortá-la surpreendeu Celeste. Nunca se considerara maternal. Havia alguma coisa muito triste, mas ao mesmo tempo forte, na maneira como Adrianne afagava a mão de Phoebe. — Estamos passando por um período de calor. Duvido que dure muito mais tempo.

Por Deus, ela estava falando sobre o tempo! Com algum alívio, inclinou-se para a frente quando o carro diminuiu a velocidade.

— Chegamos — anunciou Celeste, quando o carro parou. — Mudei para cá há cinco anos, Phoebe, e gosto tanto que só saio se for expulsa à força.

Passaram pelo segurança e entraram no saguão do prédio, elegante e antigo, no Central Park West. Celeste levou Phoebe e Adrianne para o elevador. Para Adrianne, foi como uma lenta viagem para o nada, pois a fadiga dominava cada parte do seu corpo. No avião, resistira ao sono, fazendo muito esforço para acordar de cochilos irrequietos, a fim de se certificar de que ninguém a estava separando de Phoebe. Agora, nervosa, entrou entre as duas mulheres na cobertura de Celeste.

— Mostrarei todo o apartamento depois que estiverem descansadas. — Celeste largou seu casaco no encosto de uma cadeira, pensando no que fazer em seguida. — Devem estar famintas. Posso mandar fazer um omelete?

— Eu não consigo comer. — Com extremo cuidado, Phoebe se sentou em um sofá. Tinha a sensação de que todos os ossos do seu corpo quebrariam se fizesse movimentos bruscos. — Está com fome, Addy?

— Não.

O simples pensamento de comida já deixava seu estômago embrulhado.

— A pobre coitada está dormindo em pé. — Celeste se adiantou e passou o braço pelos ombros de Adrianne. — Não quer dormir um pouco?

— Pode ir com a Celeste — disse Phoebe, antes que Adrianne tivesse tempo de protestar. — Ela cuidará de você.

— Mas você não vai embora, não é, mamãe?

— Não. Vou estar aqui quando você acordar. — Phoebe beijou as faces da filha. — Prometo.

— Venha comigo, querida.

Celeste quase carregou a criança exausta pela escada. Murmurando palavras gentis, tirou o casaco e os sapatos de Adrianne e a ajeitou na cama.

— Teve um dia longo e cansativo.

— Se ele vier, vai me acordar para que eu possa tomar conta da mamãe?

A mão de Celeste hesitou quando quis afagar os cabelos da menina. A pele por baixo dos olhos estava contraída de cansaço, com olheiras, mas os olhos se mantinham alertas e exigentes.

— Não se preocupe. — Meio embaraçada, beijou a testa de Adrianne. — Eu também a amo, querida. Nós duas vamos cuidar dela.

Satisfeita com isso, Adrianne fechou os olhos.

Celeste fechou as cortinas e deixou a porta entreaberta. Ao sair do quarto, Adrianne já mergulhara em um sono profundo. E, quando desceu, descobriu que Phoebe também dormia.

O PESADELO ACORDOU ADRIANNE. Tinha o mesmo sonho esporadicamente desde que completara 5 anos: o pai entrando no quarto da mãe, o choro, os gritos, o vidro espatifado. Ela própria rastejando para baixo da cama, as mãos nos ouvidos.

Despertou com o rosto molhado de lágrimas, reprimindo um grito, porque tinha medo de incomodar as mulheres no harém. Mas não estava no harém. Seu senso de tempo e lugar havia se tornado tão confuso que teve que se sentar na cama, imóvel, por alguns minutos, antes que os acontecimentos se ajustassem numa progressão ordenada em sua mente.

Viajaram para Paris no avião pequeno, e ela sentira medo. A cidade parecia ter saído de um livro de histórias, com pessoas vestidas de uma maneira estranha e flores por toda parte. As lojas, todas as cores, as sedas, os cetins. A mãe lhe comprara um vestido rosa com a gola branca. Não haviam subido na Torre Eiffel. Mas foram ao Louvre. E fugiram. A mãe ficara apavorada. Vomitara.

Agora, estavam em Nova York, com a mulher loura de voz bonita.

Só que ela não queria estar em Nova York. Queria ficar em Jaquir, com Jiddah, tia Latifa e as primas. Adrianne esfregou os olhos, fungando, enquanto saía da cama. Queria voltar para casa, onde os cheiros eram cheiros que reconhecia e as vozes falavam uma língua que entendia. Pegou como conforto a boneca que Celeste lhe dera e foi procurar a mãe.

Ouviu as vozes quando chegou no topo da escada curva. Desceu até o meio da escada. Dali, podia ver a mãe e Celeste sentadas numa enorme sala branca com as janelas pretas. Ela se sentou num degrau, abraçando a boneca, e escutou.

— Nunca vou poder retribuir o que fez por mim.

— Não diga bobagem. — Com um gesto teatral, Celeste descartou tudo. — Somos amigas.

— Não pode imaginar o quanto precisei de uma amiga durante esses últimos anos.

Tensa demais para permanecer sentada, Phoebe se levantou, com um copo na mão, para dar uma volta pela sala.

— Não, não posso. — Celeste falou devagar, preocupada com o nervosismo que percebia em cada movimento brusco. — Mas gostaria de saber.

— Não sei por onde começar.

— Parecia radiante na última vez em que a vi, em quilômetros de tule e seda branca, usando um colar que saiu direto das Mil e uma Noites.

— O Sol e a Lua. — Phoebe fechou os olhos. Tomou um gole prolongado. — Era a coisa mais linda que eu já tinha visto. Pensei que era uma dádiva...

o mais extraordinário símbolo de amor com que uma mulher pode sonhar. O que eu não sabia era que ele me tinha me comprado com isso.

— Do que está falando?

— Nunca consegui fazer com que você entendesse a vida em Jaquir.

Phoebe se virou. Tinha os olhos azuis injetados. Embora estivesse bebendo desde que acordara do seu sono irrequieto, a bebida não a relaxara.

— Tente.

— No início, foi adorável. Ou pelo menos eu queria acreditar que era assim. Abdu era gentil, atencioso. E lá estava eu, a menina de Nebraska, uma rainha. Porque parecia importante para Abdu, tentei viver de acordo com os costumes locais... as roupas, as atitudes, essas coisas. Na primeira vez em que pus um véu, senti-me muito sensual e exótica.

— Como em *Jeannie é um gênio*? — indagou Celeste, com um sorriso. Ao olhar impassível de Phoebe, ela se apressou em acrescentar: — Não importa. Foi uma piada de mau gosto.

— Não me importei com o véu. Parecia uma coisa insignificante, e Abdu só insistia que eu o usasse quando estávamos em Jaquir. Viajamos muito naquele primeiro ano, e tudo parecia uma aventura. Durante a gravidez, fui tratada como uma espécie de joia muito preciosa. Houve complicações, e Abdu não poderia ter sido mais afetuoso e preocupado. Então Adrianne nasceu. — Phoebe baixou os olhos para seu copo. — Preciso de outra dose.

— Pode se servir.

Phoebe foi até o bar. Encheu o copo curto até quase a borda.

— Fiquei surpresa quando Abdu se mostrou transtornado. Era uma criança linda e saudável. Parecia um milagre, porque eu quase tinha abortado duas vezes. Sei que ele falava incessantemente em ter um menino, mas não achei que fosse ficar furioso quando nasceu uma menina. Fiquei magoada. Tinha sido um parto longo e difícil, e a reação dele diante de Adrianne me deixou perturbada. Tivemos uma briga terrível ainda no hospital. Depois, a situação piorou... e ainda mais quando os médicos disseram que eu não poderia mais ter filhos.

Phoebe tomou outro gole, estremecendo quando a bebida alcançou o estômago.

— Ele mudou, Celeste, e me culpava não apenas por lhe dar uma filha que ele não queria, mas também por seduzi-lo, afastando-o do seu dever e da sua tradição.

— Seduzi-lo? Mas que absurdo! — Celeste tirou os sapatos. — O homem nunca deu a menor chance a você, cortejando-a com centenas de rosas brancas, alugando restaurantes inteiros para que pudessem ter jantares íntimos. Ele queria você e fez tudo para alcançar esse objetivo.

— Nada disso importava mais. Ele me via como um teste, uma espécie de teste no qual fracassara, e me odiava por isso. Via Adrianne como uma punição em vez de uma dádiva, uma punição por ter se casado com uma mulher ocidental, uma cristã, uma atriz. Não queria contato com a filha, e o mínimo possível comigo. Fui relegada para o harém, e deveria ficar feliz por não ter havido um divórcio.

— Harém? Está mesmo se referindo ao lugar em que só há mulheres? Véus e romãs?

Phoebe tornou a se sentar, envolvendo o copo com as mãos.

— Não há nada de romântico nisso. O aposento das mulheres. Você fica sentada ali, num dia a dia interminável, enquanto elas falam sobre sexo, parto e moda. A sua posição depende da quantidade de filhos homens que gerou. Uma mulher que não pode ter filhos é posta de lado, digna de compaixão.

— Obviamente, nenhuma delas leu Gloria Steinem — comentou Celeste.

— As mulheres do harém não leem. Não trabalham, não dirigem. Não há nada para fazer além de se sentar, tomar chá e esperar que o dia termine. Ou sair em grupos para fazer compras, cobertas de preto da cabeça aos pés, para não tentar os homens.

— Está brincando comigo, Phoebe...

— É a pura verdade. A polícia religiosa está em toda parte. Você pode ser açoitada por dizer a coisa errada, fazer a coisa errada, vestir a coisa errada. Não pode nem sequer falar com um homem que não seja membro da sua família.

— Estamos em 1971, Phoebe!

— Não em Jaquir. — Com uma meia risada, ela comprimiu a mão contra os olhos. — O tempo não existe em Jaquir, Celeste. Perdi quase dez anos da minha vida. Às vezes parece que foram cem anos, outras apenas alguns meses. A vida é assim em Jaquir. Como eu não podia mais ter filhos, Abdu tomou uma segunda esposa. A lei permite. O homem é a lei.

Celeste tirou um cigarro da caixa de porcelana na mesinha baixa. Examinou-o enquanto tentava compreender o que Phoebe descrevia.

— Li algumas reportagens. Saíram várias, nos últimos anos, sobre você e Abdu. Nunca falou nada disso.

— Nem podia. Eu só tinha permissão para falar com a imprensa porque ele queria publicidade para o petróleo do Oriente Médio.

— Entendo — murmurou Celeste secamente.

— Teria que estar lá para compreender. Nem mesmo a imprensa tem permissão para contar toda a história. Se tentassem, a ligação seria rompida. Há bilhões de dólares em jogo. Abdu é um homem ambicioso e inteligente. Enquanto eu tivesse algum proveito, seria mantida.

Celeste acendeu o cigarro. Soprou lentamente a fumaça. Tinha a impressão de que metade do que Phoebe dizia era um produto da sua abundante imaginação. Se fosse verdade, mesmo que apenas em parte, haveria uma questão que não podia ser resolvida.

— Por que ficou? Se era tratada assim, se era tão infeliz, por que não fez as malas e foi embora?

— Ameacei ir. Nessa ocasião, logo depois que a Addy nasceu, ainda acreditava que poderia salvar alguma coisa se assumisse uma posição firme. Ele me deu uma surra.

— Deus, Phoebe!

Celeste foi para junto da amiga.

— Em todos os meus pesadelos, nada foi tão horrível. Gritei e gritei, mas ninguém me ajudou. — Ela sacudiu a cabeça, secando as lágrimas à medida que escorriam. — Ninguém ousava ajudar. Ele me bateu e bateu, até que eu não conseguia sentir mais nada. E depois me estuprou.

— Mas isso é uma insanidade! — Com os braços em torno de Phoebe, Celeste a levou para o sofá. — Devia haver alguma coisa que você pudesse fazer para se proteger. Foi à polícia?

Com uma risada sem humor, Phoebe tomou mais um gole do drinque.

— É legal um homem bater na esposa em Jaquir. Quando tem um motivo. As mulheres cuidaram de mim. Foram muito gentis.

— Por que não me escreveu para contar o que estava acontecendo, Phoebe? Eu poderia ajudar. Teria ajudado.

— Mesmo que eu conseguisse enviar uma carta às escondidas, não haveria nada que você pudesse fazer. Abdu é o poder absoluto em Jaquir, em termos religiosos, políticos e legais. Você nunca experimentou nada parecido. Sei que deve ser quase impossível para alguém como você imaginar como eu vivia lá. Comecei a sonhar em fugir. Legalmente, precisaria da permissão de Abdu para ir embora, mas fantasiava uma fuga, por causa de Adrianne. Não poderia partir sem levá-la. Ela é a coisa mais preciosa da minha vida, Celeste. Acho que teria acabado com tudo uma dúzia de vezes se não fosse por ela.

— Quanto ela sabe?

— Muito pouco, eu espero. Não tenho certeza. Percebe os sentimentos do pai por ela, mas tentei explicar que são apenas o reflexo de seus sentimentos por mim. As mulheres a adoravam, e acho que ela era feliz com a vida no harém. Afinal, nunca conheceu outra coisa. Abdu ia mandá-la embora.

— Para onde?

— Para uma escola na Alemanha. Foi quando compreendi que tinha que fazer alguma coisa. Então ele começou os acertos para casá-la assim que completasse 15 anos.

— Pobre criança...

— Não pude suportar a perspectiva de Adrianne enfrentar tudo pelo que eu estava passando. A viagem a Paris foi como um aviso. Era agora ou nunca. E sem você eu não teria conseguido.

— Eu só gostaria de poder fazer mais. Por exemplo, pegar o desgraçado e castrá-lo com uma faca de manteiga.

— Nunca mais posso voltar, Celeste.

A amiga levantou os olhos, surpresa.

— Claro que não.

— Nunca mesmo. — Phoebe se serviu mais bebida, deixando escorrer um pouco pela borda. — Se ele vier me buscar, prefiro me matar a voltar.

— Não fale assim. Você está segura em Nova York.

— Mas tem a Addy.

— Ela também está segura. — Celeste lembrou os olhos escuros e intensos, com as olheiras de cansaço. — Ele teria que passar por cima de mim. A primeira coisa que precisamos fazer agora é procurar a imprensa, talvez o Departamento de Estado.

— Não quero publicidade. Não ouso me arriscar por causa da Addy. Ela já sabe mais do que deveria.

Celeste abriu a boca para protestar, mas logo tornou a fechá-la.

— Tem razão nesse ponto.

— Preciso deixar tudo isso para trás. Quero voltar a trabalhar, recomeçar a viver.

— Por que não começa a viver primeiro? Quando estiver um pouco mais segura, poderá pensar em voltar ao trabalho.

— Tenho que arrumar um lugar para a Addy morar, pensar na escola, comprar roupas.

— Vai haver tempo para tudo isso. Por enquanto, você pode ficar aqui, recuperar o fôlego, dar a vocês duas algum tempo para se acertarem.

Phoebe balançou a cabeça enquanto as lágrimas voltavam a escorrer.

— Quer saber do pior, Celeste? Eu ainda o amo.

Em silêncio, Adrianne subiu a escada.

Capítulo 7

••••

O SOL ENTRAVA pelas brechas das cortinas quando Adrianne acordou de novo. Sentia os olhos pesados de chorar, a cabeça atordoada. Ainda assim, tinha apenas 8 anos, e comida foi a primeira coisa em que pensou. Pôs o vestido que usara em Paris e resolveu descer.

O apartamento era muito maior do que imaginara na noite anterior. Havia várias portas no corredor. Como sentia muita fome para explorações, desceu direto, esperando encontrar frutas e pão.

Ouviu pessoas falando. Um homem e uma mulher. Havia risos, muitos risos. As pessoas voltaram a falar, discutindo, a mulher em uma voz estridente e chata, o homem num estranho tipo de inglês. Quanto mais eles falavam, mais risos Adrianne ouvia. Cautelosa, seguiu na direção dos sons. Descobriu-se na cozinha de Celeste.

Estava vazia, mas as vozes continuavam a soar. Adrianne descobriu que saíam de uma caixa pequena, onde havia pessoas pequenas. Encantada, adiantou-se para tocá-la. As pessoas nem notaram sua presença e continuaram a discutir.

Não eram pessoas, compreendeu Adrianne, sorrindo. Eram imagens de pessoas. Imagens se movimentando e falando, o que significava que as pessoas na caixa eram artistas de cinema, como sua mãe.

Esqueceu a vontade de comer, apoiou os cotovelos no balcão e ficou olhando.

— Ponha tudo ali. Ei, Adrianne, já se levantou!

A menina se empertigou no mesmo instante, à espera de uma repreensão.

— Isso é ótimo.

Celeste esperou até que o entregador pusesse as sacolas no balcão antes de acrescentar:

— Agora terei mais companhia do que *I Love Lucy*. — Ela entregou algumas notas ao garoto. — Obrigada.

— Eu é que agradeço, Srta. Michaels.

O garoto deu uma piscadela para Adrianne e saiu.

— A sua mãe ainda está dormindo, mas eu pensei que o estômago faria você acordar. Como não tinha ideia do que meninas na sua idade costumam comer, pedi ao dono da mercearia para escolher. — Ela tirou uma caixa de sucrilhos de uma sacola. — Parece um bom começo.

Adrianne ficou admirada com a confusão de cores e som do comercial de alvejante que passava na tevê.

— Incrível, não é mesmo? — Celeste colocou a mão no ombro de Adrianne. — Não tem televisão em Jaquir?

Impressionada demais para falar, Adrianne se limitou a sacudir a cabeça em negativa.

— Pode assistir todo o tempo que quiser durante os próximos dias. Tenho uma televisão maior na sala. Mantenho essa aqui para deixar a empregada feliz. Quer comer alguma coisa?

— Seria ótimo.

— Sucrilhos?

Adrianne olhou para a caixa. Tinha desenhos de pessoas pequenas e engraçadas usando chapéus brancos.

— Acho que sim.

A um gesto de Celeste, Adrianne se sentou. Da mesa, podia ao mesmo tempo olhar para a televisão e para Celeste.

— Primeiro, você despeja um pouco numa tigela. Depois... — Em um gesto teatral, divertindo-se com a cena, Celeste acrescentou o leite. — Agora escute. — Ela mexeu os dedos para Adrianne. — Ponha o ouvido mais perto.

— Parece assobiar.

— Estala, crepita e estoura — corrigiu Celeste, enquanto punha um pouco de açúcar. — Cereal assobiando não seria gostoso. Experimente.

Hesitante. Adrianne enfiou a colher. Não conseguia entender por que alguém gostaria de comer uma coisa que fazia barulho, mas era bem-educada demais para ser grosseira. Pôs a colher com o cereal na boca, depois outra, e recompensou Celeste com seu primeiro sorriso genuíno.

— É muito bom. Obrigada. Gostei.

— Acho que também vou comer um pouco — disse Celeste, passando a mão pelos cabelos da menina.

Entre todas as suas recordações dos primeiros dias nos Estados Unidos, aquela hora que passou com Celeste permaneceu como uma das prediletas. Não foi muito diferente do harém. Celeste era mulher, e conversaram sobre coisas de mulher. Compras, a comida que ela ajudou Celeste a guardar. Havia coisas estranhas, como manteiga feita de amendoim e sopa de letras. Para alívio de Adrianne, também havia chocolate.

Celeste era diferente: tinha os cabelos dourados bem curtos e usava calça comprida. Adrianne gostou do som gracioso da sua voz, o jeito com que usava as mãos e os braços, até mesmo o corpo, para enfatizar as palavras.

Quando Phoebe desceu, Adrianne sentava empertigada no sofá de Celeste, assistindo à sua primeira novela na televisão.

— Puxa, há muito tempo que eu não dormia tanto! Olá, querida.

— Mamãe!

Adrianne se levantou de um pulo para abraçar Phoebe. Apesar da cabeça latejante da ressaca, apertou a filha contra si.

— A melhor maneira de começar o dia. — Com um sorriso, recuou. — Como começou o seu, querida?

— Comi cereais e assisti televisão.

Celeste entrou à frente de uma nuvem de fumaça de cigarro.

— Como pode perceber, a Addy já está ficando americanizada. Como vai a cabeça?

— Pior.

— Você, mais do que qualquer outra pessoa, tinha o direito de tomar um porre.

Celeste olhou para a tevê, especulando se o programa era apropriado para uma menina de 8 anos, mas, pelo que Phoebe lhe contara, Adrianne ficaria mais chocada com *Vila Sésamo* do que com as paixões de *Hospital Geral*.

— Agora que se levantou, sugiro que tome um café e coma alguma coisa antes de sairmos — acrescentou Celeste.

A claridade que passava pelas janelas doía nos olhos de Phoebe; por isso, virou as costas.

— Vamos sair?

— Querida, sabe que partilharia qualquer coisa do meu guarda-roupa com você, mas nenhuma das minhas roupas cabe direito em você, nem na Adrianne. Sei que tem muito com que se preocupar, mas achei que devíamos cuidar de uma coisa de cada vez.

Phoebe pressionou os dedos contra os olhos. Resistiu ao impulso de voltar correndo para a cama e puxar as cobertas por cima da cabeça.

— Tem razão. Addy, por que não sobe, penteia os cabelos e se arruma? Depois vamos sair para conhecer Nova York.

— Você quer?

— Claro. — Phoebe deu um beijo na ponta do nariz da filha. — Vá logo se arrumar. Eu a chamarei assim que estivermos prontas.

Celeste esperou que Adrianne subisse para comentar:

— Ela adora você.

— Sei disso. — Phoebe se sentou, cedendo à cabeça que latejava. — Às vezes acho que ela foi a recompensa por tudo que passei.

— Meu bem, se não está com vontade de sair...

— Não. — Phoebe interrompeu a amiga, balançando a cabeça. — Você tem razão. Devemos começar pelo básico. Além do mais, não quero manter a Addy presa aqui em cima. Ela já passou a vida inteira presa. O problema é dinheiro.

— Se isso é tudo...

— Já me aproveitei demais de você, Celeste. Não me restou muito orgulho, e por isso tenho que me apegar ao que tenho.

— Está certo. Farei um empréstimo.

— Quando fui embora, nossa situação era igual. — Com um suspiro, Phoebe correu os olhos pelo apartamento de cobertura. — Você subiu, e eu não fui a parte alguma.

Celeste se sentou no braço do sofá.

— Phoebe, você seguiu pelo caminho errado. Pode acontecer com qualquer um.

— Tem razão. — Ela queria desesperadamente tomar um drinque. Para resistir, pensou em Adrianne e na vida que queria proporcionar a ela. — Tenho algumas joias. Fui obrigada a deixar a maior parte, mas trouxe algumas. Vou vender tudo. Com o divórcio, o acordo com Abdu vai nos dar o suficiente para vivermos bem. E, como logo voltarei a trabalhar, então o dinheiro não vai ser problema por muito tempo.

Phoebe se virou e olhou pela janela.

— Darei tudo à Addy... o melhor de tudo. Tenho que fazer isso.

— Vamos nos preocupar com isso mais tarde. No momento, acho que a Addy pode aproveitar alguns jeans e tênis.

ADRIANNE PAROU na esquina da Quinta Avenida com a Rua 52, segurando a mão de Phoebe, enquanto a outra mão, irrequieta, mexia nos botões do casaco novo, de gola de pele. Se o breve vislumbre de Paris fizera com que a cidade parecesse de outro mundo, Nova York era outro universo. E ela era parte dele.

Havia pessoas por todo lado, milhões de pessoas, pela impressão que ela tinha, e nenhuma parecia com a outra. Não havia uniformidade na maneira de vestir, como acontecia em Jaquir. À primeira vista, muitas vezes era difícil distinguir homens e mulheres. Ambos tendiam a usar cabelos compridos. E algumas mulheres vestiam calça comprida. Em Nova York não havia lei contra isso, nem contra as outras roupas que as mulheres usavam... como as saias pequenas, que subiam acima dos joelhos. Viu homens com colares de contas e turbante, homens de terno e sobretudo. Havia mulheres envoltas em casacos de pele, enquanto outras usavam roupas de brim bem justas.

Independentemente do que vestissem, as pessoas andavam depressa. Adrianne atravessou a rua entre a mãe e Celeste, tentando ver tudo ao mesmo tempo. As pessoas ocupavam toda a cidade, cada palmo, cada esquina, e o barulho da sua existência se elevava do chão como uma celebração. Andavam em bandos ou sozinhas. Vestiam-se como mendigos e como reis. Milhares de palavras, em milhares de vozes, ressoavam em seus ouvidos.

E havia também os prédios. Projetavam-se para o céu, mais altos do que qualquer mesquita, mais grandiosos do que qualquer palácio. Adrianne especulou se teriam sido construídos para homenagear Alá. Só que ainda não ouvira qualquer oração. As pessoas entravam e saíam apressadas deles, mas ela ainda não vira nenhum em que fosse proibida a entrada de mulheres.

Alguns comerciantes espalhavam suas mercadorias pela calçada, mas, quando Adrianne parava e olhava, a mãe a puxava.

Ela entrava nas lojas, paciente, mas, pela primeira vez na vida, não queria comprar. Queria ficar do lado de fora, absorvendo tudo. Havia cheiros para lembrar. O fedor do cano de descarga de centenas de carros, caminhões e ônibus que se arrastavam pelas ruas tocando a buzina. Havia uma fumaça de aroma penetrante que ela soube ser de castanhas assando. E havia a fragrância forte da carne de tanta humanidade.

Era uma cidade suja, muitas vezes implacável, mas Adrianne não viu as camadas de fuligem, nem os contornos agressivos. Viu apenas a vida, numa variedade e com uma animação que nunca imaginara existir. E queria mais.

— Tênis...

Com uma exaustão agradável, Celeste se jogou numa cadeira no departamento de calçados da Lord & Taylor. Sorriu para Adrianne. O rosto da menina, pensou ela, contava mil histórias. Todas de espanto e admiração. Estava contente por terem dispensado o motorista e optado por andar, embora seus pés a estivessem matando.

— O que achou até agora da nossa cidade grande e má, Addy?

— Podemos ver mais?

— Claro. — Já apaixonada, Celeste empurrou os cabelos de Adrianne para trás das orelhas. — Podemos ver tudo o que você quiser. Como se sente, Phoebe?

— Muito bem.

Phoebe forçou um sorriso e desabotoou o casaco. Tinha os nervos à flor da pele. O barulho, as pessoas, depois de tantos anos de silêncio e solidão. As decisões. Parecia haver centenas de decisões a tomar depois que passara tanto tempo sem tomar nenhuma. Queria um drinque. Oh, Deus, seria capaz de matar por um drinque! Ou por uma pílula.

— Phoebe?

— O que foi? — Com um suspiro profundo, recuperou o controle e sorriu calmamente para Celeste. — Desculpe. Minha mente estava em outro lugar.

— Estava dizendo que você parecia cansada. Quer voltar para casa?

Ela começou a acenar com a cabeça em concordância, mas depois percebeu a expressão de desapontamento da filha.

— Não. Só preciso recuperar o fôlego. — Inclinou-se para beijar o rosto da menina. — Está se divertindo?

— É melhor do que uma festa.

Celeste soltou uma risada e flexionou os dedos dos pés.

— Meu bem, Nova York é a maior festa deste país. — Ela cruzou as pernas e deu um sorriso provocante para o vendedor. — Queremos ver alguns tênis apropriados para uma menina. Pode trazer aquele par rosa, com flores, que está ali? E talvez outro par todo branco.

— Pois não.

O homem se abaixou e sorriu para Adrianne. Recendia ao creme de hortelã que Jiddah às vezes comia e tinha apenas uma orla de cabelos grisalhos na cabeça.

— Que tamanho calça, minha jovem?

O homem falava com ela. Diretamente com ela. Adrianne o fitou, aturdida, sem ter a menor ideia de como agir. Não era um membro da sua família. Olhou para a mãe, desamparada, mas Phoebe tinha o olhar perdido no espaço.

— Por que não mede? — sugeriu Celeste.

Ela apertou a mão de Adrianne. Percebeu, com uma combinação de divertimento e aflição, como os olhos da menina ficaram arregalados quando o homem pegou seu pé para tirar o sapato.

— Ele vai medir o seu pé para saber qual é o tamanho.

— Isso mesmo. — Com uma expressão jovial, o vendedor ajeitou o pé de Adrianne na placa de medição. — Levante-se, meu bem.

Adrianne engoliu em seco. Levantou-se, olhando direto por cima da cabeça do homem enquanto seu rosto ficava vermelho. Perguntou-se se o vendedor de sapatos seria como um médico.

— Hum... Vamos ver o que temos em estoque.

— Por que não tira o outro sapato também, Addy? Assim, poderá experimentar os novos para saber se são confortáveis.

Adrianne se abaixou para abrir a fivela.

— O homem dos sapatos tem permissão para tocar na gente?

Celeste teve que morder o lábio para reprimir um sorriso.

— Tem. O trabalho dele é vender sapatos que caibam nos seus pés. Para ter certeza, ele precisa medir. E, como parte do serviço, tira os sapatos velhos e calça os novos.

— Um ritual?

Sem saber o que responder, Celeste se recostou.

— De certa forma, é isso mesmo.

Satisfeita, Adrianne cruzou as mãos e ficou esperando, imóvel, até que o vendedor voltou com as caixas. Observou com uma expressão solene enquanto ele calçava os tênis rosa e floridos em seus pés, puxava os cadarços e os prendia num laço.

— Pronto, querida. — O vendedor bateu de leve no pé da menina. — Pode experimentar.

Ao gesto de Celeste, Adrianne se levantou e deu alguns passos.

— São diferentes.

— Diferentes bons ou diferentes ruins? — indagou Celeste.

— Diferentes bons.

Ela sorriu à ideia de usar flores nos pés. Não se importou quando o vendedor fez sinal.

— Coube direitinho.

Adrianne respirou fundo e sorriu para o homem.

— Gosto muito deles. Obrigada.

Ela deixou o ar escapar numa risadinha. Pela primeira vez na vida falara com um homem que não era da sua família.

AS TRÊS SEMANAS que Adrianne passou em Nova York se destacaram entre os dias mais felizes e mais tristes da sua vida. Havia muita coisa para aprender, muita coisa para ver. Parte dela, a parte que fora criada com as normas estritas e inflexíveis de comportamento, desaprovava a impudência da cidade grande. Outra parte, a que começava a se abrir, ficou encantada. Nova York era os Estados Unidos para Adrianne. Permaneceria nos Estados Unidos para sempre, no que tinha de melhor e pior.

As regras haviam mudado. Ela também tinha um quarto só seu, mas era maior e mais claro do que o quarto que ocupava no palácio do pai. Não era uma princesa ali, mas era estimada. Continuava a se esgueirar para o quarto da mãe à noite, a fim de confortá-la se ela chorava, e ficar acordada se ela dormia. Compreendia que havia demônios dentro da mãe, e isso a assustava. Havia dias em que Phoebe parecia transbordar de energia, alegria e otimismo. Falava sobre as glórias do passado e as do futuro. Planos e promessas eram feitos, num turbilhão de palavras risonhas. No entanto, um ou dois dias depois a animação desaparecia. Phoebe se queixava de dores de cabeça e cansaço e passava horas sozinha no quarto.

Nesses dias, Celeste saía para passear no parque com Adrianne ou a levava ao teatro.

Até mesmo a comida era diferente, e a menina tinha permissão para comer o que quisesse e quando quisesse. Logo ficou viciada no gosto forte e borbulhante de Pepsi, que tomava direto da garrafa gelada. Comeu seu primeiro cachorro-quente sem fazer a menor ideia de que era feito de carne de porco, proibida para os muçulmanos.

A televisão se tornou sua mestra e diversão. Sentia-se ao mesmo tempo envergonhada e fascinada quando via mulheres abraçando homens... de uma maneira ostensiva, até agressiva. As histórias muitas vezes tinham finais de contos de fadas, com as pessoas se apaixonando ou se desiludindo. Nas histórias, as mulheres escolhiam o homem com quem queriam casar e, às vezes, nem casavam. Assistia em silêncio, aturdida. Bette Davis em *Jezebel*, Katharine Hepburn em *Núpcias de escândalo* e Phoebe Spring em *Noites de paixão*. Passou a sentir a maior admiração por mulheres fortes, capazes de vencer no mundo dos homens.

Contudo, eram os comerciais, nos quais as pessoas se vestiam de maneira estranha e resolviam seus problemas em segundos, que a fascinavam, mais do que as comédias e os dramas. E foi por intermédio dos comerciais que Adrianne refinou seu inglês ao estilo americano.

Naquelas três semanas, aprendeu mais do que poderia aprender em três anos de escola. Sua mente era como uma esponja, ansiosa por absorver tudo.

Era seu espírito, tão em sintonia com o de Phoebe, que sofria os altos e baixos.

E, então, a carta chegou. Adrianne sabia do divórcio. Ainda tinha o hábito de descer pela escada à noite, sem fazer barulho, e ouvir a mãe e Celeste conversarem sobre coisas que nunca lhe contavam. Por isso, sabia que a mãe ia se divorciar de Abdu. O que a deixava contente. Se houvesse o divórcio, não haveria mais surras, não haveria mais estupros.

Quando a carta chegou — a carta de Jaquir —, Phoebe foi para o quarto. Passou o dia inteiro lá. Não saiu para comer, e quando Celeste batia na porta pedia que a deixasse em sozinha.

Perto da meia-noite, Adrianne foi despertada de um sono irrequieto pelo riso da mãe. Saiu da cama e foi até a porta do quarto de Phoebe.

— Fiquei muito preocupada com você.

Celeste andava de um lado para outro do quarto, o pijama de seda sussurrando.

— Desculpe, querida, mas eu precisava de algum tempo sozinha.

Adrianne encostou o rosto na fresta da porta. Viu Phoebe esparramada numa poltrona, os cabelos soltos, os olhos brilhando, os dedos tamborilando numa melodia interior acelerada.

— Receber uma notícia de Abdu me deixou abalada — continuou Phoebe. — Eu sabia que ia acontecer, mas não estava preparada. Pode me dar os parabéns, Celeste. Sou uma mulher livre!

— Do que está falando?

Com movimentos bruscos, Phoebe se levantou para encher seu copo de uma garrafa de cristal. Sorriu, levantou o copo num brinde e tomou um enorme gole.

— Abdu me concedeu o divórcio.

— Em três semanas?

— Poderia fazê-lo em três segundos, e foi o que aconteceu. Ainda tenho que cuidar das formalidades aqui, mas o divórcio está consumado.

Celeste notou o nível de uísque na garrafa de cristal.

— Por que não desce e toma um café?

— Isso é uma comemoração. — Ela comprimiu o copo contra a testa e começou a chorar. — O desgraçado nem sequer me deu a chance de terminar à minha maneira. Nem uma única vez, durante todos esses anos, tive uma opção... nem mesmo nisso.

— Vamos nos sentar.

Celeste estendeu a mão para puxá-la, mas Phoebe sacudiu a cabeça e tornou a pegar a garrafa.

— Não se preocupe. Estou bem. Apenas precisava me embriagar. O caminho dos covardes.

— Ninguém que fez o que você fez, Phoebe, poderia ser chamado de covarde. — Celeste tirou o copo da mão da amiga, depois a levou para se sentar na cama. — Sei que é difícil. O divórcio faz com que você sinta que reassumiu o controle, que sabe para onde está indo, apenas para descobrir que não há nada lá. Mais cedo ou mais tarde, porém, pode ter certeza de que vai encontrar um solo firme de novo.

— Não há mais ninguém para mim.

— Não diga bobagem. Você é jovem e bonita. O divórcio é um começo para você, não um fim.

— Ele tirou alguma coisa de mim, Celeste. E parece que não consigo recuperar. — Phoebe cobriu o rosto com as mãos. — Mas não importa. Só a Addy é importante agora.

— Ela está bem.

— Addy precisa de conforto. Merece conforto. — Phoebe pegou um lenço de papel. — Preciso ter certeza de que ela vai ser bem cuidada.

— Claro que vai ser.

Phoebe enxugou os olhos. Respirou fundo.

— Não vai haver acordo.

— Como assim?

— Ele não quer fazer nenhum acerto financeiro para a Addy. Nada. Nem um fundo de investimentos, nem o dinheiro para o seu sustento, absolutamente nada. Ela tem apenas um título que não vale nada, mas que nem mesmo Abdu pode tirar dela. Ele vai ficar com tudo o que eu tinha quando casei e o que me deu depois. Não vou poder ter nem mesmo o Sol e a Lua, o colar com o qual ele me comprou.

— Não é possível, Phoebe. Arrume um bom advogado. Pode levar algum tempo e esforço, mas Abdu tem uma responsabilidade com você e Adrianne.

— Não. As condições dele foram bastante claras. Se eu tentar lutar contra isso, vai tirar a Adrianne de mim. — O uísque deixara a língua engrolada. Ela bebeu mais para tentar soltá-la. — E pode ter certeza, Celeste, de que ele é capaz de conseguir. Não a quer na própria casa, e só Deus sabe a que a submeteria lá, mas não hesitaria em tirá-la de mim se tivesse de brigar. E nada vale isso, Celeste, nem o Sol e a Lua, nem nenhuma outra coisa.

Pela segunda vez, Celeste tirou o copo da mão de Phoebe. Pousou-o na mesinha de cabeceira.

— Muito bem, concordo com você que o bem-estar da Addy vem em primeiro lugar. O que vai fazer?

— Já fiz. — Phoebe se levantou. Pôs-se a andar de um lado para outro, a camisola branca esvoaçando. — Tomei um porre. Vomitei. E depois telefonei para Larry Curtis.

— O seu agente?

— Isso mesmo. — Phoebe se virou. Tinha o rosto vivo de novo, ainda pálido, mas fascinante. — Ele está vindo para cá.

Esplêndido, pensou Celeste... como o fogo quando se torna brilhante demais.

— Tem certeza de que está preparada, querida?

— Tenho que estar.

— Está certo. — Celeste levantou a mão. — Mas Larry Curtis? Falam muito sobre ele... e os comentários não são nada lisonjeiros.

— Sempre se fala dos outros em Hollywood.

— Sei disso, mas... Larry é um desgraçado atraente, mas muito escorregadio. Lembro-me de que você pensou em trocar de agente antes de parar de atuar.

— Isso ficou para trás. — Phoebe tornou a pegar o copo. Sentia-se no topo do mundo. E com um enjoo monumental. — Larry foi bom para mim no passado, e vai ser de novo. Eu vou voltar, Celeste. Vou ser alguém outra vez.

$\mathcal{A}$DRIANNE NÃO soube explicar por que seu primeiro vislumbre de Larry Curtis a deixou apreensiva; tampouco pôde determinar por que ele lembrava seu pai. Não havia, com toda certeza, semelhança física. Curtis era atarracado e um pouco mais baixo que o 1,78 metro de Phoebe. Tinha uma massa de cabelos louros encrespados que emolduravam um rosto liso e bronzeado, quase quadrado. E sorria sem parar, exibindo dentes brancos e grandes, retos e uniformes.

Adrianne gostou do seu traje. A camisa era cor de lavanda, com mangas largas, aberta no pescoço para deixar à mostra uma grossa corrente de ouro. A calça, em quadrados bem pequenos, abria-se nos tornozelos, mas era apertada na cintura por um cinto preto bem largo.

A mãe pareceu contente ao vê-lo. Abraçou-o quando ele entrou. Adrianne ficou constrangida e desviou os olhos quando Larry bateu de leve na bunda de Phoebe.

— Seja bem-vinda de volta, querida.

— Não imagina como fico contente de ver você, Larry.

Ela riu e manteve o tom jovial, mas Larry era bastante esperto para perceber o desespero por trás daquele rosto. E tratou de se aproveitar.

— Também fico satisfeito em ver você, meu bem. Vamos dar uma olhada. — Ele afastou Phoebe um pouco, examinando-a de alto a baixo, de uma maneira que deixou Adrianne com as faces ardendo. — Parece muito bem. Emagreceu um pouco, mas isso agora está na moda.

Larry lamentou as rugas nos cantos dos olhos e da boca, mas concluiu que uma pequena cirurgia resolveria o problema. Phoebe Spring era uma mina de ouro quando deixara Hollywood. Com um pouco de esforço e alguma habilidade, voltaria a ser como antes. Ainda com o braço em torno dos ombros dela, ele comentou:

— Belo apartamento, Celeste.

— Obrigada. — Celeste teve que lembrar a si mesma que Phoebe o queria, talvez precisasse dele. Larry tinha a reputação de fazer as manobras certas. E os rumores, em especial os insidiosos e desfavoráveis, muitas vezes não passavam de rumores. — Como foi o seu voo?

— Suave como seda. — Ele sorriu, os dedos subindo e descendo pelo braço de Phoebe. — Mas preciso de um drinque.

— Vou buscar. — Phoebe se levantou de um pulo, de uma maneira que fez Celeste estremecer. — Gosta de uísque, não é, Larry?

— Isso mesmo, querida. — Ele se acomodou, à vontade, no sofá branco de Celeste. — E quem é essa coisinha bonita?

Ele deu um sorriso para Adrianne, sentada numa cadeira junto da janela, rígida.

— É a minha filha. — Phoebe entregou o copo e se sentou ao lado do agente. — Adrianne, venha cumprimentar o Sr. Curtis. É um antigo amigo meu e muito querido.

Relutante, mas com uma atitude imponente, da qual não tinha consciência, Adrianne se levantou e atravessou a sala.

— Prazer em conhecê-lo, Sr. Curtis.

Ele riu e pegou a mão de Adrianne antes que ela pudesse evitar.

— Nada de Sr. Curtis, meu bem. Somos praticamente uma família. Pode me chamar de tio Larry.

Os olhos de Adrianne se contraíram. Não gostava do contato. Era quente e ávido, diferente do toque do homem dos sapatos.

— Você é irmão da minha mãe?

Larry se recostou e caiu na gargalhada, como se tivesse acabado de ouvir uma piada muito engraçada.

— Ela é demais!

— Addy leva as coisas ao pé da letra — explicou Phoebe, dando um sorriso nervoso para a filha.

— Vamos nos dar muito bem.

Larry tomou um gole, avaliando Adrianne por cima do copo, como se fosse um carro novo ou um terno caro. Havia potencial, concluiu ele. Mais alguns anos, mais algumas curvas, e poderia ser muito interessante.

— Adrianne e eu pensamos em terminar as nossas compras de Natal. — Celeste estendeu a mão, e Adrianne a pegou, agradecida. — Deixaremos vocês dois conversando sobre negócios.

— Obrigada, Celeste. Divirta-se, querida.

— Trate de se agasalhar, menina. — Larry piscou para Adrianne. — Está frio lá fora.

Ele esperou que a porta fosse fechada e tornou a se recostar nas almofadas.

— Como disse, querida, é bom ter você de volta, mas está na costa errada.

— Eu precisava de um tempo. — Phoebe entrelaçou os dedos. — Celeste tem sido maravilhosa conosco. Não sei o que eu faria sem ela.

— É para isso que servem os amigos.

Ele afagou a coxa de Phoebe. Ficou satisfeito por ela não protestar quando sua mão permaneceu ali. De modo geral, preferia o tipo menos voluptuoso, mas não havia nada como sexo para pôr um homem no comando.

— Quanto tempo pretende ficar, meu bem?

— Voltei de vez.

Quando ele tomou o último gole do uísque, Phoebe se levantou para tornar a encher o copo. Dessa vez se serviu também de uma dose. Larry levantou uma sobrancelha. A Phoebe da qual se lembrava nunca tomava qualquer bebida mais forte do que vinho.

— E o tal xeique?
— Entrei com o pedido de divórcio. — Phoebe passou a língua pelos lábios. Olhou ao redor, como se alguém pudesse agredi-la pela declaração. — Não posso mais viver com ele. — Tomou um gole. Tinha medo de também não ser capaz de viver sem Abdu. — Ele mudou, Larry. Não dá nem para começar a descrever o quanto. Se vier atrás de mim...

— Você está nos Estados Unidos agora, meu bem. — Larry a puxou, mais uma vez avaliando seu corpo. Calculou que ela já avançara um pouco pela casa dos 30 anos. Mais velha do que sua escolha habitual. Mas estava vulnerável. E ele preferia suas mulheres... e clientes... vulneráveis.

— Não cuidei sempre de você?
— Cuidou.

Phoebe fez um esforço para se controlar, pronta para chorar de alívio. Sabia que sua aparência começara a se deteriorar. Não tinha importância, disse a si mesma, enquanto Larry acariciava suas costas. Ele cuidaria dela.

— Quero um papel, Larry. Qualquer coisa para começar. Tenho que pensar na Adrianne. Ela precisa de conforto... e merece o melhor.

— Deixe comigo. Vamos começar com uma entrevista antes do seu retorno à Costa Oeste. "A rainha está de volta", alguma coisa nessa linha. — Ele apertou o seio de Phoebe de maneira rápida e casual antes de tornar a pegar seu copo. — Vamos tirar uma foto sua com a princesinha. Crianças sempre despertam interesse. E começarei logo a abrir caminhos, a conversar, negociar. Confie em mim. Todos vão estar em nossas mãos dentro de seis semanas.

— Espero que sim. — Phoebe fechou os olhos, apertando-os com toda força. — Passei muito tempo longe... e tanta coisa mudou...

— Faça as malas e viaje para Los Angeles no final da semana. Cuidarei de tudo lá.

O mero nome de Phoebe seria suficiente para fechar alguns contratos, concluiu Larry. E, mesmo que ela fracassasse no retorno, ainda o ajudaria a ganhar um bom dinheiro. E havia também a menina. Ele tinha o pressentimento de que a criança ainda seria muito útil.

— Não tenho muito dinheiro. — Ela ergueu o queixo, determinada a enfrentar a vergonha. — Vendi algumas joias, o que já é suficiente para me sustentar durante algum tempo, mas preciso de mais dinheiro para pagar uma boa escola para Adrianne. E sei como a vida é cara em Los Angeles.

Era verdade, a criança seria muito conveniente. Enquanto ela estivesse em cena, Phoebe se disporia a fazer qualquer coisa.

— Não disse que ia cuidar de você?

Ele baixou o zíper nas costas do vestido.

— Larry...

— Vamos, querida, demonstre que confia em mim. Vou arrumar um papel para você, uma casa, uma escola para a menina. A melhor. Não é o que você quer?

— É. Quero que a Addy tenha o melhor.

— E você também. Vou fazer todos os holofotes se direcionarem para você de novo. Desde que coopere.

Que diferença fazia?, perguntou a si mesma enquanto Larry a despia. Abdu possuíra seu corpo sempre que quisera e nada dera em troca, nem para ela nem para Adrianne. Com Larry, havia uma promessa de proteção, talvez até um pouco de afeição.

— Você ainda tem seios maravilhosos, meu bem.

Phoebe fechou os olhos e o deixou fazer o que queria.

Capítulo 8

••••

Philip Chamberlain escutava o zunido e as batidas secas das bolas de tênis enquanto tomava seu gim com tônica. Parecia ainda melhor no traje branco de tênis depois de ter se bronzeado nas três semanas que passara na Califórnia. Ele cruzou os tornozelos, olhando para as quadras através dos óculos escuros espelhados.

Fazer amizade com Eddie Treewalter III não fora nem um pouco agradável para Philip, mas compensara pelos convites para ir ao country club. Philip fora a Beverly Hills a trabalho, mas nunca fazia mal aproveitar um pouco o sol. Uma vez que deixara Eddie vencê-lo nos dois últimos games da partida, o jovem americano se mostrava agora expansivo.

— Tem certeza de que não quer almoçar, meu velho?

Para crédito de Philip, ele não estremeceu ao ouvir o "meu velho", que Eddie pensava ser o máximo da camaradagem entre os ingleses.

— Eu bem que gostaria, mas tenho que sair às pressas daqui a pouco se quiser chegar ao meu compromisso na hora marcada.

— Um belo dia para tratar de negócios.

Eddie levantou os óculos escuros, as lentes cor de âmbar; um relógio de ouro faiscava em seu pulso. Os dentes, que haviam sido corrigidos por um aparelho apenas dois anos antes, também faiscaram. Tinha um saquinho com a melhor maconha colombiana em sua bolsa de tênis de couro com monograma.

Como filho de um dos mais bem-sucedidos cirurgiões plásticos da Califórnia, não precisara trabalhar um único dia na vida. Treewalter II cortava e esculpia as estrelas, enquanto o filho passava indiferente pelo curso superior, vendia drogas como passatempo e se divertia no country club.

— Vai à festa na casa de Stoneway essa noite?

— Não perderia por nada nesse mundo.

Eddie terminou de tomar sua vodca com gelo e fez sinal para que o garçom trouxesse outra.

— O homem faz os piores filmes, mas sabe como oferecer uma festa. Vai ter pó e erva em quantidade suficiente para abastecer um exército. — Ele sorriu. — Esqueci. Você não gosta dessas coisas, não é mesmo?

— Prefiro apreciar outras coisas.

— Como quiser, mas Stoneway serve coca em bandejas de prata. Muito chique. — Eddie olhou para uma loura magricela vestindo um short de tênis bem apertado. — Sempre pode aproveitar aquilo. Dê um pouco de pó para a pequena Marci cheirar e ela trepa com qualquer um!

— Ela é uma adolescente.

Philip usou o gim para tirar da boca o gosto ruim causado pela estupidez e pela arrogância juvenil de Eddie.

— Ninguém nessa cidade é adolescente. E por falar em trepada fácil... — Eddie acenou com a cabeça para uma ruiva exuberante com um vestido leve de verão. — A velha e infalível Phoebe.

E soltou uma risada antes de acrescentar:

— Está sempre pronta para saltar em cima de qualquer homem. Acho que até o meu velho já a comeu. Um pouco passada, mas ainda tem seios maravilhosos.

Talvez aturar a companhia de Eddie não valesse a recompensa que teria depois, pensou Philip.

— É melhor eu ir agora.

— Claro. Ei, ela veio com a filha! — Eddie passou a língua pelos lábios. — Aí está uma garota que vai ser muito gostosa. Doce e pura. Vai estar pronta para ser comida muito em breve. A mamãe não vai levá-la para a festa essa noite, mas não pode mantê-la trancafiada para sempre.

Philip olhou, disfarçando a irritação. E sentiu o impacto. Teve apenas um vislumbre de um rosto jovem e delicado. Uma massa de cabelos pretos, lisos e gloriosos. E pernas. Mesmo contra a vontade, Philip não pôde deixar de admirá-las. Pernas realmente deslumbrantes. Soltou um grunhido de autorrepulsa. A garota era tão jovem que fazia Marci parecer de meia-idade. Ele se levantou abruptamente e virou as costas.

— Um pouco jovem para o meu gosto... meu velho. Até de noite.

Filho da puta!, pensou Philip sobre Eddie, enquanto se afastava da mesa. Dentro de um ou dois dias não precisaria mais do seu "companheiro" e poderia voltar para casa. Voltar para Londres. Encontraria o verde e o frescor em Londres, e poderia remover dos olhos a poluição de Los Angeles. Precisava providenciar alguns suvenires para a mãe. Sabia que Mary adoraria ter um mapa das casas dos artistas de cinema.

Que ela continuasse a romancear Hollywood. Não havia necessidade de contar que, por trás do brilho, havia uma sórdida camada de sujeira. Drogas, sexo e traição. Nem tudo era assim, é claro, mas havia o suficiente para que ficasse contente por ela não ter insistido no sonho de virar atriz. Apesar de tudo, porém, teria que trazê-la a Hollywood um dia. Levá-la para almoçar no Grauman's Chinese Theater, deixar que pusesse os pés sobre as pegadas de Marilyn Monroe. Poderia apreciar um pouco a cidade se a mãe estivesse ao lado para se mostrar impressionada e emocionada.

Uma bola de tênis rolou à sua frente. Ele se abaixou para pegá-la. A garota de pernas sensacionais pusera enormes óculos escuros. Sorriu, fazendo Philip sentir de novo o mesmo impacto enquanto lhe devolvia a bola.

— Obrigada.
— De nada.

Philip enfiou as mãos nos bolsos e relegou para o fundo da mente a filha muito jovem de Phoebe Spring. Tinha um trabalho a fazer.

Vinte minutos depois, seguia para Bel Air numa van branca fechada. O letreiro no lado anunciava KARPETS KLEANED. A mãe de Eddie ficaria muito infeliz quando descobrisse que suas joias também seriam limpas. De graça.

Com uma peruca castanha cobrindo os cabelos agora clareados pelo sol, um elegante bigode por cima dos lábios finos, Philip saltou da van. Ainda estava vestido de branco, mas agora era um macacão, com enchimento para dar a ilusão de corpulência. Precisara de duas semanas para fazer um levantamento da casa dos Treewalters e descobrir a rotina da família e dos criados. Dispunha de 25 minutos para entrar e sair antes que a governanta voltasse da ida semanal ao supermercado.

Era quase fácil demais. Uma semana antes, tirara os moldes das chaves de Eddie. Na ocasião, Eddie estava drogado demais para passar sozinho pela porta da frente. Depois que entrou, Philip desligou o alarme. Quebrou um vidro na porta que dava para o pátio, a fim de causar a impressão de arrombamento.

Em movimentos rápidos, subiu até o quarto principal. Ficou satisfeito ao descobrir que o modelo do cofre era o mesmo dos Mezzeni, em Veneza. Levara apenas 12 minutos para arrombar o cofre e aliviar a amorosa matrona italiana de um dos mais valiosos colares de esmeraldas da Europa. Mas isso acontecera seis meses antes. E Philip não era um homem de descansar sobre os louros conquistados.

A concentração era tudo. Embora fosse quase tímido, aos 21 anos Philip sabia como se concentrar de forma absoluta, num cofre, num alarme ou numa mulher. Era fascinante descobrir os segredos de cada um.

Ouviu as primeiras linguetas se soltando.

Era tão eficiente ali quanto durante os coquetéis ou entre os lençóis de uma cama. Aprendera muito bem. Como se vestir, como falar, como seduzir. Seus talentos lhe abriram as portas da sociedade e dos cofres. Conseguira instalar a mãe em um apartamento espaçoso. Ela agora passava as tardes fazendo compras ou jogando bridge em vez de tremer de frio ou suar de calor na bilheteria do Faraday's. Cuidaria para que continuasse a viver assim. Havia outras mulheres em sua vida, mas Mary ainda era seu primeiro amor.

Ouviu os mecanismos se movimentarem através do estetoscópio.

Saíra-se bem em seu trabalho e tencionava conseguir ainda mais. Tinha uma casa pequena e elegante em Londres. Em breve, muito em breve, começaria a fazer um reconhecimento da região ao redor, à procura de uma casa de campo. Com um jardim. Tinha uma fraqueza por coisas pequenas e bonitas que precisavam ser bem cuidadas.

Philip estava parado, a mão deslocando o botão de segredo com toda delicadeza, os olhos meio fechados, como um homem ouvindo música ou apreciando as carícias de uma mulher afetuosa.

Abriu o cofre sem qualquer ruído.

Desenrolou a bolsa de veludo que estava lá dentro e encontrou tempo para examinar as pedras com uma lupa. Nem tudo o que reluzia, ele sabia, era ouro. Ou diamantes. Entretanto, aquelas pedras eram genuínas. Grau D, indubitavelmente russas. Estudou a safira maior. A gota central era defeituosa, como era de esperar em uma pedra daquele tamanho. Era linda e valiosa, com um azul na tonalidade da centáurea. Como um médico meticuloso fazendo um exame, verificou cada pulseira, cada anel e cada uma das outras joias. Achou que os brincos de rubi eram feios demais... e, como um homem que se considerava um artista, concluiu que era um crime produzir uma coisa tão desagradável, em termos estéticos, com uma pedra tão ardente, mas levou os brincos assim mesmo, calculando que deveriam valer cerca de 35 mil dólares. Artista ou não, era acima de tudo um homem de negócios.

Satisfeito, ajeitou tudo no meio do tapete Aubusson, que enrolou em seguida.

Vinte minutos depois de entrar na casa, Philip se encaminhou para a van com o tapete no ombro. Sentou ao volante e partiu. Passou pela governanta dos Treewalters no momento em que ela virava a esquina.

Eddie tinha razão, pensou Phil enquanto ligava o rádio: era um belo dia para tratar de negócios.

NADA ERA exatamente como parecia em Hollywood. A primeira impressão de Adrianne foi de admiração. Aquela parte dos Estados Unidos era muito diferente da de Nova York. As pessoas eram mais atraentes, tinham menos pressa, e todo mundo parecia conhecer todo mundo. Adrianne refletiu que era como uma pequena aldeia. Só que os nativos não eram tão cordiais quanto fingiam ser.

Ao completar 14 anos, já aprendera que as atitudes eram muitas vezes tão falsas quanto os cenários de estúdio de cinema. E também sabia que o retorno de Phoebe fora um fracasso.

Tinham uma casa, ela estudava numa boa escola, mas a carreira da mãe entrara em decadência. Mais do que apenas a beleza começara a se desvanecer em Jaquir; o talento fora erodido tão depressa quanto a autoestima.

— Ainda não está pronta?

Phoebe entrou apressada no quarto de Adrianne. Os olhos muito brilhantes e a voz agitada indicavam que a mãe obtivera um novo suprimento de anfetaminas. Fez um esforço para reprimir o sentimento de desamparo e conseguiu sorrir. Não suportaria outra briga naquela noite, nem as lágrimas e promessas inúteis da mãe.

— Quase.

Adrianne prendeu a faixa na cintura do terninho estilo smoking. Queria dizer que a mãe estava linda, mas o vestido de Phoebe a deixava arrepiada. O decote era profundo demais, quase constrangedor, e o vestido era tão apertado quanto uma segunda pele de lantejoulas douradas. Uma ideia de Larry, pensou Adrianne. Larry Curtis ainda era o agente da mãe, amante ocasional e manipulador constante.

— Ainda temos bastante tempo — acrescentou ela.

— Eu sei. — Phoebe circulou pelo quarto, esfuziante, estimulada pela energia das pílulas e por suas imprevisíveis oscilações de ânimo. — Mas as estreias são sempre emocionantes. As pessoas, as câmeras... — Ela parou diante do espelho de Adrianne e se viu como outrora, sem as marcas da doença e dos desapontamentos. — Todos vão estar presentes. Vai ser como nos velhos tempos.

Confrontada por seu reflexo, Phoebe se pôs a sonhar, como fazia com muita frequência. Viu-se no centro dos refletores, cercada por fãs e colegas que demonstravam toda sua admiração. As pessoas a amavam, queriam estar perto dela, falar com ela, escutar, tocar...

— Mamãe...

Apreensiva com o silêncio abrupto de Phoebe, Adrianne colocou a mão em seu ombro. Havia dias em que a mãe perdia o contato com a realidade e não voltava durante horas.

— Mamãe... — repetiu ela, apertando o ombro de Phoebe com medo de que a mãe tivesse se aprofundado pelo comprido túnel das suas fantasias.

— Hein? — Phoebe se voltou, espantada, piscando. Sorriu ao focalizar o rosto de Adrianne. — Minha princesinha... Está tão crescida!

— Amo você, mamãe.

Com esforço para reprimir as lágrimas, Adrianne abraçou a mãe. No último ano, as oscilações de ânimo de Phoebe haviam se tornado mais e mais como a montanha-russa em que haviam andado uma vez na Disneylândia. Uma confusão de altos vertiginosos e baixos depressivos. Nunca conseguia ter certeza se encontraria Phoebe cheia de risos e promessas delirantes ou dominada pelas lágrimas e arrependimentos.

— Também amo você, Addy. — Ela acariciou os cabelos da filha, desejando que sua cor e textura não a fizessem lembrar tanto de Abdu. — Estamos progredindo, não é mesmo? — Phoebe se desvencilhou do abraço e passou a andar pelo quarto. — Em poucos meses vamos ter a minha estreia. Sei que não é um filme tão importante quanto esse, mas também não podemos nos esquecer de que esses filmes de baixo orçamento são muito populares. E, como diz Larry, tenho que me manter disponível. Com a publicidade que ele está planejando...

Ela pensou no ensaio nu para o qual posara na semana anterior. Ainda não era o momento de falar com Adrianne a respeito. Era trabalho, lembrou a si mesma, torcendo os dedos. Apenas trabalho.

— Tenho certeza de que vai ser um filme maravilhoso.

Mas os outros não tinham sido, refletiu Adrianne. As críticas haviam sido insultuosas. Detestara ver a mãe se envergonhando na tela, usando o corpo em vez do talento. Mesmo agora, depois de cinco anos na Califórnia, Adrianne tinha plena consciência de que Phoebe apenas trocara um tipo de servidão por outro.

— Quando o filme se tornar um sucesso, um grande sucesso, vamos ter aquela casa na praia que prometi.

— Já temos uma boa casa.

— É tão pequena...

Phoebe olhou pela janela para o jardim modesto que separava a casa da rua. Não havia muro imponente, nem portão de ferro batido, nem um gramado extenso. Estavam na margem de Beverly Hills, na margem do sucesso. O nome de Phoebe caíra para a lista B das anfitriãs importantes de Hollywood. Grandes produtores não lhe enviavam mais seus roteiros.

Ela pensou no palácio de onde tirara Adrianne, com todos os seus luxos. Era mais fácil, à medida que o tempo passava, esquecer as restrições de Jaquir e se lembrar apenas da opulência.

— Não é o que quero para você, nem de longe é o que você merece, mas reconstruir uma carreira leva tempo.

— Sei disso. — Já haviam conversado antes a respeito muitas vezes. — As aulas acabam daqui a duas semanas. Pensei que poderíamos ir para Nova York visitar Celeste. Você precisa relaxar.

— Hum... Vamos ter que esperar um pouco, Larry está negociando um novo papel para mim.

Adrianne sentiu um profundo desânimo. Não precisava que ninguém lhe dissesse que o papel seria medíocre ou que a mãe passaria horas fora de casa, manipulada por homens que só queriam explorar seu corpo. Quanto mais tentava provar que podia voltar ao topo, mais Phoebe resvalava para o abismo.

Queria uma casa na beira da praia e seu nome na luz dos refletores. Adrianne poderia se ressentir da ambição de Phoebe, talvez até lutasse contra ela, se os motivos fossem egoístas. Mas o que a mãe fazia era por amor, pela necessidade de ser generosa. Não havia como Adrianne fazê-la compreender que estava construindo uma prisão tão forte quanto a outra da qual escapara.

— Mamãe, você não tira uma folga de verdade há meses. Podemos assistir à nova peça de Celeste, visitar alguns museus. Seria bom para você.

— Vai me fazer mais bem ainda ver todo mundo cortejar a princesa Adrianne essa noite. Está linda, querida. — Ela passou o braço pelos ombros de Adrianne. As duas se encaminharam para a porta. — Aposto que os garotos vão ficar de coração partido por você.

Adrianne deu de ombros. Não estava interessada em garotos nem em seus corações.

— Essa é a nossa noite. Uma pena que o Larry tenha viajado. Seria ótimo se tivéssemos um homem bonito para nos acompanhar.

— Não precisamos de ninguém, apenas uma da outra.

$\mathcal{A}$DRIANNE ESTAVA acostumada às multidões, luzes fortes e câmeras. Phoebe preocupava-se de vez em quando, achando que a filha era séria demais, mas não precisava se preocupar com o equilíbrio de Adrianne. Embora fosse jovem, a menina tratava a imprensa como a realeza, sorrindo quando devia, respondendo a perguntas sem revelar muita coisa e se mantendo em segundo plano quando alcançava o limite da sua tolerância. Em consequência, a imprensa a adorava. Era do conhecimento geral que as colunas se mostravam mais gentis do que o necessário com Phoebe Spring porque eram apaixonadas por sua filha. Adrianne sabia disso e tratava de aproveitar com a habilidade de alguém com o dobro da sua idade.

Deixou Phoebe sair primeiro do carro que haviam contratado. As duas ficaram paradas, de braços dados, enquanto as câmeras as focalizavam. Todas as fotos publicadas seriam das duas.

Phoebe adquiriu vida subitamente. Adrianne já vira isso acontecer antes. E, sempre que ocorria, diminuía o fervor do seu desejo de que a mãe abandonasse a carreira no cinema. Havia felicidade no rosto de Phoebe, o tipo de alegria simples que Adrianne quase nunca via. Phoebe não precisava de pílulas agora, nem de bebida, nem de devaneios.

A multidão se agitou ao seu redor, as luzes aumentaram, a música se tornou mais alta. Por um instante, ela era de novo uma estrela.

Os espectadores, espremidos contra as grades, esperavam por um vislumbre das celebridades prediletas e se contentavam com atrações menores. Bem-humorados, aclamavam todos, enquanto algumas carteiras eram roubadas e inúmeros pacotes de drogas trocavam de mãos.

Phoebe, vendo apenas os sorrisos, parou para acenar. Exultou com os aplausos enquanto se encaminhava para o cinema. Com a devida discrição, Adrianne a conduziu para o saguão, já lotado de homens e mulheres do mundo da sétima arte. Havia muita cintilação, muitos decotes e muitas fofocas.

— Querida, que prazer em revê-la! — Althea Gray, uma atriz esguia, que deixara sua marca em uma série de televisão, aproximou-se para dar um beijo no ar, a alguns centímetros do rosto de Phoebe. Deu um sorriso neutro para Adrianne, acompanhado por um irritante tapinha em sua cabeça. — Continua tão linda como sempre, não é mesmo? Um smoking... que ideia fascinante!

Ela especulou depressa quanto tempo levaria para fazer um igual. Phoebe ficou surpresa com a recepção efusiva. Althea a esnobara ostensivamente na última vez em que haviam se encontrado.

— Você está maravilhosa, Althea.

— Obrigada, querida.

Ela esperou até um cinegrafista focalizar as duas antes de bater de leve no rosto de Phoebe, num gesto de intimidade.

— Fico contente por encontrar rostos amigos no circo. — Ela acendeu o isqueiro na extremidade do cigarro comprido, dando um jeito para que a esmeralda em seu dedo faiscasse. — Não pretendia vir essa noite, mas o meu divulgador teria um ataque! O que tem feito ultimamente, querida? Não a vejo há séculos!

— Acabo de rodar um filme. — Agradecida pelo interesse, Phoebe sorriu e ignorou a fumaça ardendo em seus olhos. Tratou de elevar o filme de horror barato ao acrescentar: — Um thriller. Deve ser lançado no inverno.

— Maravilhoso. Também estou prestes a fazer um filme, agora que me livrei do atoleiro da televisão. O roteiro é de Dan Bitterman. Não ouviu falar a respeito de... *Tormento*? — Ela fez uma pausa, lançando um olhar insinuante para Phoebe. — Acabei de assinar o contrato para o papel de Melanie. — Com outra pausa, apenas o suficiente para ter certeza de que a farpa atingira o alvo, Althea tornou a sorrir. — Tenho que voltar para junto do meu acompanhante antes que ele fique inquieto. Foi maravilhoso vê-la, querida. Precisamos nos encontrar para almoçar um dia desses.

— Mamãe, qual é o problema? — perguntou Adrianne.

— Não foi nada.

Phoebe fixou um sorriso no rosto enquanto alguém chamava seu nome. *Melanie*... Larry lhe prometera o papel. Era apenas uma questão de acertar alguns detalhes nas negociações, garantira ele, prometendo que o filme a levaria de volta ao lugar de destaque que já ocupara.

— Quer voltar para casa?

— Voltar? — Phoebe aumentou a voltagem do sorriso, até parecer crepitar. — Claro que não, mas adoraria tomar um drinque antes de entrar. Ei, lá está Michael!

Ela acenou e atraiu a atenção do ator que fora seu primeiro par em um papel principal. Michael Adams. Havia alguns fios brancos em suas têmporas que ele não se dava ao trabalho de pintar. Também havia umas poucas rugas no rosto que ele não se preocupava em esconder. Ainda representava o papel masculino principal em muitos filmes, embora já se aproximasse dos 50 anos e a cintura tivesse se avolumado.

— Phoebe... — Com afeição e um pouco de compaixão, ele se inclinou para beijá-la. — E quem é essa linda jovem?

Ele sorriu para Adrianne, aparentemente sem reconhecê-la.

— Olá, Michael.

Adrianne se ergueu na ponta dos pés para beijá-lo no rosto, gesto que em geral fazia com uma relutância evidente. Com Michael, no entanto, fazia-o com prazer. Era o único homem, entre todos os que conhecia, com quem Adrianne se sentia à vontade.

— Não pode ser a nossa pequena Addy! Você ofusca por completo todas as nossas estrelas. — Michael riu e beliscou o queixo de Adrianne, fazendo-a sorrir. — Aqui está a sua melhor obra, Phoebe.

— Sei disso.

Ela apertou o lábio entre os dentes antes que tremesse. Conseguiu exibir outro sorriso. Problemas, pensou Michael, bastante perceptivo para interpretar o excesso de brilho nos olhos de Phoebe. Mas sempre havia problemas com Phoebe.

— Não me diga que veio desacompanhada.

— Larry teve que viajar.

— Ahn... — Não era o momento de fazer outra preleção para Phoebe sobre Larry Curtis. — Será que eu poderia persuadi-la a fazer companhia a um homem solitário?

— Você nunca está solitário — interveio Adrianne. — Li na semana passada que teve um romance em Aspen com Ginger Frye.

— Uma menina precoce. Na verdade, passei o fim de semana esquiando e tive sorte de escapar sem ossos quebrados. Ginger estava presente para o caso de eu precisar de cuidados médicos.

Adrianne sorriu.

— E precisou?

— Tome aqui. — Michael tirou uma nota de seu clipe com dinheiro. — Vá comprar um refrigerante, como uma boa menina.

Ela se afastou, rindo.

Michael a observou, admirando a maneira como ela se esgueirava pela multidão. Dentro de um ou dois anos Adrianne teria a seus pés os homens daquela cidade... de qualquer cidade.

— Ela é um tesouro, Phoebe. A minha filha Marjorie tem 17 anos. Há três anos que não a vejo vestir outra coisa a não ser jeans rasgados. E ela sempre faz tudo que pode para infernizar a minha vida. Eu invejo você.

— Addy nunca me deu problema. Com toda a sinceridade, não sei o que eu faria sem ela.

— Ela é muito dedicada a você. — Michael baixou a voz. — Já pensou em procurar o médico que sugeri?

— Não tive tempo. — Phoebe queria que ele a deixasse em paz para poder ir ao banheiro e tomar outra pílula. — E, para dizer a verdade, tenho me sentido muito melhor. Superestimam demais a psicoterapia, Michael. Às vezes acho que a indústria do cinema foi criada para sustentar os psiquiatras e os cirurgiões plásticos.

Ele reprimiu um suspiro. Era evidente que ela estava sob o efeito de alguma coisa que tomara, mas que agora passava depressa.

— Nunca faz mal conversar com alguém.

— Vou pensar a respeito.

Adrianne não se apressou em voltar. Sabia que Michael, se tivesse a oportunidade, falaria com a mãe sobre terapia. Já conversara com Adrianne a respeito, quando a encontrara quase histérica por não conseguir fazer com que Phoebe reagisse numa tarde depois das aulas. Phoebe ficara sentada em seu quarto, muda, olhando fixamente pela janela.

Dera muitas desculpas quando se recuperara. Fadiga, excesso de trabalho, tranquilizantes. Michael conversara com as duas sobre procurar ajuda, mas Phoebe relutava. Era por isso que Adrianne queria desesperadamente levar a mãe para Nova York, longe de Larry Curtis e de seu abundante estoque de drogas.

Ela não precisava ser adulta para saber que "nevava" no sul da Califórnia. A cocaína se tornara a droga da moda na indústria do cinema. Com bastante frequência, era servida nos sets de filmes de maneira tão natural quanto o almoço. Até agora, Phoebe recusara, preferindo o inferno das suas pílulas ao inferno do pó. Mas Adrianne sabia que mais cedo ou mais tarde o dia chegaria. Tinha que afastar a mãe antes que essa última fronteira fosse cruzada.

Adrianne tomou um gole da Pepsi. Deu uma volta lenta pela sala. Não podia dizer que detestava todas as pessoas no mundo que sua mãe escolhera. Muitas eram como Michael Adams, tinham um talento genuíno, eram leais com os amigos, dedicados a um ofício que muitas vezes exigia horários extenuantes sem o menor glamour.

E ela gostava do glamour, das refeições em restaurantes elegantes, das roupas maravilhosas. Compreendia-se bastante bem para saber que teria dificuldades para se satisfazer com o ordinário, mas não queria o extraordinário à custa da sanidade da mãe.

— Viu só aquele vestido? — Althea Gray deu uma tragada no cigarro e acenou com a cabeça na direção de Phoebe, enquanto Adrianne estava parada logo atrás dela. — Parece até que ela quer mostrar a todo mundo que ainda tem aqueles seios.

— Depois dos seus últimos filmes, ninguém pode ter mais qualquer dúvida a respeito — comentou seu companheiro. — Deviam ter cobrado dois ingressos.

Althea riu.

— Parece uma amazona que já passou do ponto. Ela acreditava de verdade que ia ficar com o papel de Melanie. Todo mundo sabe que a Phoebe nunca mais vai ter outro papel decente. Se não fosse tão patético, seria até engraçado.

— Ela tinha alguma coisa no passado — comentou o homem ao lado de Althea. — Nunca houve ninguém igual a ela.

— Pare com isso, querido. — Althea apagou o cigarro. — As excursões pela estrada do passado são muito chatas.

— Não tão chatas quanto ouvir o lamento de uma atriz de segunda classe.

Adrianne falou em tom incisivo e não se intimidou quando as cabeças se viraram em sua direção.

— Essa não! — Althea bateu no lábio inferior com a ponta do dedo. — Jarros pequenos têm orelhas grandes.

Adrianne a fitou, de mulher para mulher.

— E talentos pequenos têm egos enormes.

Quando seu companheiro riu, Althea lhe lançou um olhar fulminante. Depois, sacudiu os cabelos.

— Dá o fora, querida. Essa é uma conversa de adultos.

— É mesmo? — Adrianne controlou o impulso de jogar o refrigerante na cara de Althea. Em vez disso, tomou um gole. — Pois me parecia bastante imatura.

— Pirralha mal-educada... — Althea se desvencilhou do braço do companheiro, que tentava contê-la, e deu um passo à frente. — Alguém deveria lhe ensinar boas maneiras.

— Não preciso de aulas de boas maneiras de uma mulher como você. — Adrianne avaliou Althea de alto a baixo, depois olhou para o grupo ao redor. Foi um olhar longo e firme, bastante frio e adulto para deixar todos contrafeitos. — Não estou vendo ninguém aqui que possa me ensinar qualquer coisa além de hipocrisia.

— Que desclassificadazinha! — murmurou Althea quando Adrianne virou e se afastou.

— Cale a boca, Althea — aconselhou seu companheiro. — Ela demonstrou mais classe do que você.

— *Meu bem*, eu gostaria que me dissesse se há alguma coisa errada.

Adrianne empurrou a porta lateral que dava para o pequeno jardim. Havia bem pouco que a cativava na Califórnia, mas aprendera a apreciar o sol.

— Não há nada errado. Tenho muitos deveres de casa, só isso.

Era a melhor maneira de ficar sozinha e pensar nas coisas que ouvira desde a noite da première. Já lidara com o rumor de que Phoebe posara nua para uma revista masculina. Duzentos mil dólares fora o preço pelo autor-respeito da mãe.

Era difícil, muito difícil justificar a vergonha por meio do amor. Adrianne passara anos se esforçando para aprender um novo modo de vida. Adotara com todo entusiasmo a igualdade da mulher, sua liberdade de escolha, o direito de ser ela própria, em vez de um mero símbolo de fragilidade ou desejo. Queria acreditar, precisava acreditar, mas a mãe se despira, vendera seu corpo para que qualquer homem pudesse abrir as páginas de uma revista e possuí-la.

A escola era cara demais. Adrianne observou a rosa enorme largar suas pétalas e pensou nas mensalidades que a mãe pagava para mantê-la na escola particular. Phoebe vendia seu orgulho pela educação da filha.

Havia também as roupas... as roupas que a mãe insistia que Adrianne precisava. E o motorista... a combinação de motorista e segurança que Phoebe achava necessário para manter a filha a salvo do terrorismo... e de Abdu. O Oriente Médio estava agora permanentemente atormentado por uma terrível violência. Quer Abdu a reconhecesse ou não, Adrianne ainda era a filha do rei de Jaquir.

— Mamãe, eu estava pensando em ir para uma escola pública no ano que vem.

— Escola pública? — Phoebe verificou a bolsa para ter certeza de que incluíra o cartão de crédito. Até Larry voltar, estava com pouco dinheiro. — Não seja ridícula, Addy. Quero que você tenha a melhor educação.

Ela fez uma pausa, desorientada por um momento. O que procurava na bolsa? Phoebe olhou para o cartão de crédito de plástico, balançou a cabeça e tornou a guardá-lo na carteira.

— Não está feliz na sua escola? As professoras sempre me dizem que você é brilhante, mas, se as outras meninas são um problema, podemos procurar outra escola.

— Não, as outras garotas não são um problema. — Em particular, Adrianne achava que a maioria era arrogante e egocêntrica, mas inofensiva. — Apenas parece um desperdício de dinheiro quando eu poderia aprender as mesmas coisas em outra escola.

— É esse o problema? — Phoebe atravessou a sala para beijar a filha, rindo. — O dinheiro é a última coisa com que você deve se preocupar. É importante para mim, Addy, muito importante, que você tenha o melhor. Sem isso... ora, não importa. — E deu outro beijo na filha antes de acrescentar: — Você vai ter sempre o melhor, e, no próximo ano, estará vendo o mar ao olhar pela janela.

— Já tenho o melhor — murmurou Adrianne. — Tenho você.

— Você é muito boa para mim. Tem certeza de que não quer ir comigo fazer as unhas?

— Tenho uma prova de espanhol na segunda-feira. Preciso estudar.

— Você dá duro demais.

Dessa vez, Adrianne sorriu.

— A minha mãe também.

— Então ambas merecemos um presente. — Phoebe abriu a bolsa outra vez. Estava com o cartão de crédito. — Vamos àquele restaurante italiano de que você gosta tanto e vamos comer espaguete até nos mandarem embora.

— Com alho extra?

— O suficiente para que ninguém chegue perto de nós. E depois vamos ao cinema assistir ao tal *Guerra nas Estrelas* de que todo mundo fala. Vou estar de volta lá pelas cinco.

— Estarei pronta.

Tudo vai acabar dando certo, decidiu Adrianne quando ficou só. Phoebe estava bem... as duas estavam bem enquanto tivessem uma à outra. Ligou o rádio. Foi mudando a sintonia até encontrar uma emissora de rock. Música americana. Adrianne sorriu e cantou alguns versos com Linda Ronstadt.

Gostava de música americana, carros americanos, roupas americanas. Phoebe providenciara para que a filha tivesse a cidadania, mas Adrianne não conseguia se ver como uma adolescente americana.

Era cautelosa com os meninos, enquanto as garotas da sua idade os perseguiam por todos os meios. Riam e falavam em beijo de língua, em carícias. Duvidava que qualquer uma daquelas garotas já tivesse testemunhado um estupro. Até mesmo suas melhores amigas pareciam fazer da rebelião sua maior prioridade. Como Adrianne podia se rebelar contra a mulher que arriscara a vida para mantê-la sã e salva?

Algumas levavam maconha para a escola e fumavam no banheiro. Aceitavam as drogas com a maior tranquilidade; já ela, sentia pavor.

Havia o título que a separava das colegas. Mais do que uma palavra, estava em seu sangue; um vínculo com o mundo em que vivera durante os oito primeiros anos da sua vida. Um mundo que nenhuma daquelas privilegiadas garotas americanas poderia compreender.

Adrianne partilhava sua cultura, grata por muitas coisas que elas consideravam corriqueiras. Mas ainda havia momentos, momentos só dela, em que sentia saudade do harém e do conforto da família.

Pensou em Duja, que se casara com um milionário americano do petróleo, mas que vivia tão distante da sua vida quanto Jiddah ou Fahid... ou o irmão e a irmã que haviam nascido depois que ela deixara Jaquir.

Adrianne tratou de remover o passado para o fundo da mente e abriu os livros, sentada a uma mesa perto da janela do jardim.

Passou uma tarde agradável com a música mais alta do que Phoebe gostava e um saco de batatas fritas como almoço. Estudar era uma alegria para ela, outra coisa que deixava as amigas espantadas. Elas, no caso, pensavam na educação como um direito, até mesmo como uma necessidade chata, não como um privilégio. Nove anos da vida de Adrianne haviam se passado antes que aprendesse a ler, mas compensara o tempo perdido, agradando e surpreendendo Phoebe ao se tornar uma aluna destacada. Aprender exercia tanto fascínio sobre Adrianne quanto o rock agitado que saía do rádio. Tinha sonhos. Aos 14 anos, queria se tornar engenheira. A matemática era como uma linguagem para ela, e era fluente em álgebra. Com a ajuda de uma professora interessada, estudava cálculo. Também se sentia atraída por computadores e eletrônica.

Adrianne tentava resolver uma equação difícil quando ouviu a porta se abrir.

— Voltou cedo, hein?

O sorriso de saudação se desvaneceu quando ela levantou os olhos e se deparou com Larry Curtis.

— Sentiu saudade de mim, querida?

Ele jogou a valise no sofá e sorriu para Adrianne. Aspirara uma carreira de cocaína no banheiro do avião antes do pouso e se sentia muito bem.

— Que tal um beijo no Larry?

— A minha mãe não está.

Adrianne parou de balançar as pernas e se empertigou na cadeira. Ele avaliou o short curto e os seios pequenos por baixo da camiseta. Com Larry, ela queria ter a proteção da *abaaya* e do véu.

— Deixou você sozinha?

Era raro encontrar Adrianne sozinha em casa. Larry foi pegar uma garrafa de uísque, sentindo-se à vontade. Ela o observava num silêncio desaprovador.

— Mamãe não esperava que você voltasse tão cedo.

— Resolvi tudo mais depressa do que imaginava. — Larry tomou um gole do uísque. Virou-se para admirar as pernas morenas por baixo da mesa. Há meses que vinha querendo enfiar a mão entre aquelas coxas lindas. — Dê-me os parabéns, querida. Acabo de fechar um negócio que vai me manter no topo pelos próximos cinco anos.

— Meus parabéns.

Adrianne começou a empilhar os livros. Iria para o quarto e trancaria a porta.

— É isso que você costuma fazer numa linda tarde de sábado? — Larry pôs a mão sobre a dela, em cima do livro de espanhol.

Adrianne ficou imóvel, esperando que a pulsação na nuca diminuísse. Sabia quando um homem desejava uma mulher. Sentiu um frio no estômago ao fitá-lo.

Ele mudara pouco desde a primeira vez que o vira. Os cabelos estavam um pouco mais curtos, e as correntes e camisas em tons pastel haviam sido trocadas por trajes esportes e tênis. Por baixo de tudo aquilo, no entanto, continuava exatamente o que sempre fora. Celeste o chamara de untuoso. Adrianne pensou agora em outra palavra: seboso.

— Vou guardar os meus livros.

Ela manteve os olhos firmes, mas o nervosismo aflorou em sua voz. Ao perceber, Larry sorriu.

— Você fica muito atraente com todos os seus livros empilhados... estudiosa.

Ele terminou de tomar o uísque enquanto mantinha a mão sobre a dela. Adrianne estava excitada, pensou ele, enquanto sentia o pulso bater forte sob seus dedos. Era assim que gostava das garotas.

— Você cresceu um bocado, meu bem.

Quanto a isso, não resta a menor dúvida, pensou Larry. Os cabelos desciam até a cintura, pretos e lisos. A pele era viçosa, parecendo coberta de orvalho, da cor do pó de ouro. Os olhos, tão escuros quanto os cabelos, arregalavam-se de medo. A garota sabia o que ele estava pensando. O que o deixava excitado, tanto quanto aquele corpo firme que ainda não amadurecera de todo.

— Há anos que estou de olho em você, meu bem. Podemos formar uma dupla e tanto. — Larry passou a língua pelos lábios. — Depois, num gesto deliberado, esfregou a mão livre em sua própria virilha. — Posso ensinar a você muito mais do que vai aprender nesses livros.

— Você faz sexo com a minha mãe.

Os dentes de Larry faiscaram. Gostava da maneira como ela falava abertamente.

— Isso mesmo. Vamos manter isso em família.

— Você é nojento! — Adrianne desvencilhou a mão e levantou os livros, como um escudo. — Quando eu contar à minha mãe...

— Não vai contar nada. — Ele continuou a sorrir. A droga fazia com que se sentisse alto, forte, sensual; o álcool o deixava confiante, duro e determinado. — Não se esqueça de que sou eu quem paga a comida aqui.

— Você trabalha para a minha mãe. Não é ela quem trabalha para você.

— Caia na real. Sem a minha ajuda, Phoebe Spring não conseguiria o trabalho de vender sacos de lixo num comercial de trinta segundos. Sou eu quem põe um teto sobre a sua cabeça, meu bem. Arrumo um trabalho para ela de vez em quando e escondo da imprensa que a sua mãe é uma alcoólatra viciada em drogas. Você devia demonstrar um pouco de gratidão.

Ele avançou tão depressa que o grito de Adrianne ficou preso na garganta. Os livros caíram no chão quando ele a puxou através da mesa. Ela resistiu, chutando e o golpeando com as mãos, mas só conseguiu fazer um arranhão em seu rosto antes que Larry imobilizasse seus braços.

— Ainda vai me agradecer por isso — disse ele antes de comprimir a boca contra os lábios de Adrianne.

Ela sentiu a náusea subir pela garganta, quente e amarga. Deixou-a sufocada e teve que ofegar para respirar. Larry a estendeu em cima da mesa. Quando Adrianne manteve os lábios fechados, ele deslocou a boca, passando a sugar-lhe um seio através da camiseta. Houve dor, uma dor intensa, mas a vergonha foi ainda mais profunda.

Adrianne desatou a gritar, várias vezes, contorcendo-se, tentando desesperadamente se desvencilhar. O copo que Larry deixara em cima da mesa caiu no chão, espatifando-se. O barulho a levou de volta a Jaquir, ao quarto da mãe.

Através de olhos aterrorizados, Adrianne viu o pai assomando por cima dela, sentiu que suas mãos a violavam, rasgando a camiseta. Seus gritos se transformaram em soluços quando a mão de Larry subiu por sua perna e se enfiou por baixo do short para sondar e penetrar.

A maneira como Adrianne se debatia, angustiada, levava-o a um frenesi sexual. Para ele, a garota era como um fruto novo, firme, saboroso, úmido. Seu corpo era tão esguio quanto o de um menino, mas macio como manteiga. Larry se sentia duro e pesado como uma pedra. Não havia nada igual a uma virgem, pensou ele, enquanto a arrastava para o chão. Nada igual a uma virgem. Ofegante, apertou-lhe os pequenos seios e observou as lágrimas escorrerem de seus olhos. Ela estava perdendo a disposição para lutar. Larry a puxou para baixo do seu corpo com alguma facilidade quando ela tentou se afastar.

Adrianne mal podia senti-lo agora. Corpo e mente haviam se separado. Ouvia o choro, mas tinha a sensação de que vinha de outra pessoa. Havia dor, mas era vaga, superada pelo choque.

Uma mulher era mais fraca do que um homem, submissa a um homem, feita para ser guiada por um homem.

De repente, Larry não estava mais em cima dela. Adrianne ouviu gritos, um estrépito. Não a envolviam. Ela rolou de lado, enroscando-se como uma bola.

— Seu filho da puta!

Phoebe agarrara Larry pela garganta. Os olhos desvairados, os dentes à mostra, ela o deixou sem fôlego. Surpreso, ele cambaleou para trás. Conseguiu remover os dedos de Phoebe de sua garganta, sorvendo o máximo de ar possível, um instante antes de as unhas bem-cuidadas cortarem o rosto.

— Sua puta maluca! — Com um uivo de dor, Larry a empurrou para trás.

— Ela pediu por isso! Estava querendo!

Phoebe tornou a atacá-lo, como uma tigresa, aos socos, cravando unhas e dentes nele. Rasgou sua roupa e carne. Eram mais ou menos iguais em peso e altura, mas Phoebe estava impulsionada por uma raiva tão intensa, tão profunda, que só o assassinato poderia saciá-la.

— Você vai morrer! Vou matar você por tocar na minha filha com suas mãos imundas!

Ela deu uma mordida profunda no ombro dele, sentindo o gosto de sangue. Larry desferiu um soco e, mais por sorte do que por habilidade, acertou-a no queixo, deixando-a atordoada.

— Sua vagabunda!

Larry também chorava, soluços profundos, espantado por descobrir que uma mulher podia machucá-lo. O rosto sangrava, o peito e os braços estavam doloridos. Uma dor intensa subiu pela sua perna quando fez um esforço para se levantar.

— Ficou com ciúme porque eu queria experimentar a garota. — Ele passou a mão por baixo do nariz e procurou um lenço para estancar o sangue. — Você quebrou o meu nariz!

Ofegante, Phoebe também se levantou. Viu a garrafa de uísque aberta no balcão do bar. Pegou-a, quebrou-a e levantou-a com os fragmentos afiados. O rosto glorioso estava contorcido em fúria. Havia sangue em seus lábios... o sangue de Larry.

— Saia... saia daqui antes que eu o retalhe em pedacinhos!

— Já vou sair!

Capengando, ele se encaminhou para a porta, o lenço ensanguentado comprimindo o rosto.

— Acabou, meu bem. E se pensa que outro agente vai aceitá-la vai ter uma surpresa. Está acabada, querida. Não passa de uma piada nessa cidade.

— Larry se apressou em abrir a porta quando Phoebe avançou. — E não me ligue quando ficar sem pílulas e sem dinheiro!

Quando a porta foi batida, ela jogou a garrafa em sua direção. Tinha vontade de gritar... parar no meio da sala, erguer o rosto e gritar. Mas havia Adrianne. Phoebe se ajoelhou ao lado da filha e gentilmente a enlaçou.

— Calma, querida, calma. Não precisa ter medo. A mamãe está aqui.

Adrianne, estremecendo, aconchegou-se à mãe.

— Estou aqui, Addy, com você. Ele já foi embora, e nunca mais vai voltar. Ninguém mais vai ousar machucar você.

Com a camiseta toda rasgada, Phoebe apertou a filha com força e a embalou. Não havia sangue. Larry não chegara a estuprá-la. Só Deus sabia o que o desgraçado fizera com Adrianne antes de ela os encontrar, mas não estuprara sua filha.

Quando Adrianne começou a chorar, a mãe fechou os olhos e continuou a embalá-la. As lágrimas ajudaram. Só ela sabia disso tão bem, ninguém mais.

— Tudo vai ficar bem, Addy. Prometo. Vou fazer o que for melhor para você.

Capítulo 9

◆ ◆ ◆ ◆

Adrianne tinha 18 anos. Estava no tranquilo consultório em tom pastel do Dr. Horace Schroeder, uma das maiores autoridades em distúrbios comportamentais no país. Era seu aniversário, mas ela não sentia alegria, não sentia ânimo.

Além da janela, estendia-se um vasto gramado, cruzado por caminhos de lajotas, pelos quais pessoas andavam ou eram empurradas em cadeiras de rodas por serventes e enfermeiras de uniforme branco. Havia uma cerejeira em flor e uma sebe ornamental de azaleias. Podia ver abelhas pairando sobre as flores e depois se afastando, cheias de néctar. O sol se refletia na água da banheira de passarinho feita de mármore, mas os tordos e pardais que faziam ninho no bosque de carvalhos próximo não se sentiam tentados naquele dia.

Através da janela, além do gramado e das árvores, ela podia avistar as sombras das Montanhas Catskills, ao norte. Ofereciam uma vista de abertura, de liberdade. Adrianne especulou se a sensação seria a mesma quando a janela fosse gradeada.

— Ah, mamãe... — Ela encostou a testa no vidro por um momento, deixando os olhos se fecharem e os ombros baixarem. — Como chegamos a esse ponto?

Empertigou-se no instante em que ouviu a porta se abrir. O Dr. Schroeder entrou e deparou com uma jovem calma, um pouco magra, usando um tailleur azul-claro. Tinha os cabelos presos no alto da cabeça para aumentar a altura e a impressão de maturidade.

— Princesa Adrianne... — Ele atravessou a sala, apertando a mão estendida. — Perdoe-me por deixá-la esperando.

— Não foi muito tempo. — Para Adrianne, cinco minutos naquele lugar já eram demais. — Queria falar comigo antes de eu levar mamãe para casa.

— Isso mesmo. Sente-se, por favor.

Ele indicou uma das bergères que faziam com que o consultório parecesse uma sala de estar aconchegante. Havia uma mesinha redonda ao lado, antiga, toda esculpida, com uma caixa de lenços de papel em cima. Adrianne lembrou que usara os lenços de papel em sua primeira visita, dois anos antes. Agora, cruzou as mãos no colo e ofereceu um pequeno sorriso ao Dr. Schroeder. Com o rosto de queixo comprido e olhos castanhos empapuçados, ele a fazia pensar num cachorro enorme e triste.

— Deseja um café ou um chá?

— Não, obrigada. Quero que saiba como fico agradecida por tudo o que fez pela minha mãe... e por mim. — Quando o médico fez menção de descartar o assunto, como se não tivesse importância, ela ergueu a mão. — Falo sério. Ela se sente bem na sua presença, e isso significa muito para mim. Também sei que fez mais do que devia para evitar que a imprensa tomasse conhecimento dos detalhes da doença.

— Todos os meus pacientes têm direito à privacidade. — O Dr. Schroeder se sentou, escolhendo a poltrona ao lado de Adrianne, em vez de ir para trás de sua mesa. — Minha cara, sei o quanto sua mãe significa para você e o quanto se preocupa com o bem-estar dela. Eu gostaria que reconsiderasse a decisão de levá-la para casa.

Adrianne se preparou para um golpe. Embora os olhos não se alterassem, os dedos se contraíram em seu colo.

— Está querendo dizer que ela teve uma recaída?

— Não, não foi isso. O progresso de Phoebe é satisfatório. A medicação e o tratamento fizeram muito para estabilizar sua condição. — Ele fez uma pausa, deixando escapar um longo suspiro. — Não quero encher a conversa de termos técnicos. Já ouviu todos antes. Também não quero subestimar a doença ou o prognóstico.

— Eu compreendo. — Adrianne resistiu ao impulso de se levantar e andar de um lado para o outro. — Dr. Schroeder, sei qual é o problema da minha mãe. Sei também por que acontece e o que é preciso fazer para ajudá-la.

— Minha cara, a depressão é uma doença muito difícil e angustiante... para o paciente e para a família. Você já sabe muito bem, a essa altura, que as depressões e a hiperatividade podem ter inícios abruptos e recuperações repentinas. A reação de Phoebe, ao longo dos dois últimos meses, tem sido boa, mas são apenas dois meses.

— Dessa vez — lembrou Adrianne. — Nos últimos dois anos ela tem passado tanto tempo nessa clínica quanto em casa. Não havia nada que eu pudesse fazer até agora para mudar isso. Mas fiz 18 anos hoje, doutor. Para a lei, agora sou adulta. Posso assumir a responsabilidade pela minha mãe, e é o que quero fazer.

— Nós dois sabemos que você assumiu a responsabilidade pela sua mãe há muito tempo. Admiro-a por isso mais do que posso dizer.

— Não há nada para admirar. — Dessa vez Adrianne se levantou. Precisava ver o sol, as montanhas. A liberdade. — Ela é a minha mãe. Nada nem ninguém significam mais para mim. Ninguém sabe tanto quanto o senhor sobre a nossa vida. No meu lugar, Dr. Schroeder, poderia fazer menos?

Ele a estudou quando Adrianne se virou para fitá-lo. Tinha os olhos muito escuros, muito adultos, muito determinados.

— Eu esperaria que não. Você ainda é muito jovem, princesa Adrianne. E a sua mãe pode precisar de cuidado constante e intensivo pelo resto da vida.

— Ela vai ter. Contratei uma enfermeira da lista de candidatas que me forneceu. Arrumei os meus horários para que mamãe nunca fique sozinha. O nosso apartamento é num bairro sossegado, perto da residência da maior e mais antiga amiga dela.

— Amor e amizade, com toda certeza, desempenharão um papel importante na saúde emocional e mental da sua mãe.

Adrianne sorriu.

— Essa é a parte fácil.

— Ela vai ter que ser trazida até aqui para a terapia todas as semanas, pelo menos por enquanto.

— Darei um jeito.

— Não posso insistir para que deixe Phoebe conosco por mais um ou dois meses, mas tenho que recomendar com veemência, para o seu próprio bem, tanto quanto para o dela.

— Não é possível. — Porque respeitava o médico, Adrianne queria que ele compreendesse. — Prometi a ela. Quando a trouxe dessa vez, jurei que a levaria de volta para casa na primavera.

— Não preciso lembrá-la que Phoebe estava comatosa quando chegou. Não vai se lembrar dessa promessa.

— Mas eu me lembro. — Adrianne tornou a se adiantar, estendendo a mão. — Obrigada por tudo que fez e por tudo que tenho certeza de que continuará a fazer. Vou levar mamãe para casa agora.

O Dr. Schroeder sabia que desperdiçava seu tempo em insistir. Segurou a mão de Adrianne um pouco mais.

— Telefone, mesmo que precise apenas conversar.

— Pode deixar. — Adrianne teve medo de chorar de novo, como acontecera na primeira vez em que o encontrara. — Pode estar certo de que vou cuidar muito bem dela.

Mas quem vai cuidar de você?, especulou o médico enquanto saíam para o corredor.

Ela foi andando ao lado dele em silêncio. Era muito fácil lembrar outras visitas, outras caminhadas pelos largos corredores. Nem sempre fora tranquilo. Às vezes, houvera choro. Ou pior, muito pior, risadas. Na primeira vez em que fora hospitalizada, a mãe parecia uma boneca quebrada, os olhos arregalados e fixos, o corpo inerte. Adrianne tinha 16 anos, mas conseguira alugar um quarto em um motel a 30 quilômetros de distância para poder visitar a mãe todos os dias. Três semanas haviam transcorrido antes que Phoebe pronunciasse qualquer palavra.

Pânico. Adrianne sentiu uma pequena bolha de pânico percorrer seu corpo. Era o mesmo tipo de pânico que experimentara na primeira vez. Tinha certeza de que Phoebe morreria na cama estreita e branca para pacientes de cuidados crônicos, cercada por estranhos. E então Phoebe falara. Apenas uma palavra. Adrianne.

Daquele momento em diante, a vida das duas entrara em uma nova fase. Adrianne fizera tudo o que podia para que Phoebe recebesse o melhor tratamento. Tudo mesmo, inclusive escrever para Abdu e suplicar ajuda. Quando o pai recusara, ela encontrara outro jeito. Respirou fundo ao virarem uma esquina no corredor. E continuava encontrando outro jeito.

No Instituto Richardson, os pacientes não violentos tinham quartos espaçosos, mobiliados com a mesma elegância de uma suíte num hotel cinco estrelas. A segurança era discreta, ao contrário da ala leste, com as grades de ferro, os cadeados e o vidro reforçado, onde Phoebe passara duas semanas angustiantes no ano anterior.

Adrianne a encontrou sentada junto à janela de seu quarto, os cabelos ruivos lavados e penteados para trás. Usava um vestido azul brilhante com uma borboleta de ouro presa na gola.

— Olá, mamãe.

Phoebe virou a cabeça rapidamente. O rosto, que controlara com todo cuidado para o caso de uma enfermeira olhar, animou-se no mesmo instante. Ela conseguiu, com a habilidade de atriz que ainda lhe restava, esconder o desespero que sentia, enquanto se levantava e abria os braços.

— Addy!

— Você está maravilhosa. — Adrianne a apertou com força, aspirando o perfume que a mãe usava. Por um momento, teve vontade de se aconchegar nos braços dela, ser criança de novo, mas recuou, com um sorriso, para disfarçar a cuidadosa avaliação no rosto da mãe. — Relaxada — murmurou ela, com algum alívio.

— Eu me sinto muito bem, ainda mais agora que você está aqui. Já arrumei as minhas coisas. — Era difícil evitar que o nervosismo transparecesse em sua voz. — Vamos para casa, não é?

— Claro que vamos. — Era a decisão certa, pensou Adrianne, enquanto acariciava o rosto da mãe. Tinha que ser. — Quer falar com alguém antes de irmos?

— Não. Já me despedi de todo mundo.

Phoebe estendeu a mão. Queria sair dali o mais depressa possível, mas sabia que uma boa atriz fazia com que sua saída fosse em grande estilo, tanto quanto a entrada.

— Foi muita gentileza sua ter vindo, Dr. Schroeder. Quero lhe agradecer por tudo.

— Cuide-se bem, e esse será todo o agradecimento de que preciso. — Ele pegou a mão de Phoebe entre as suas. — Você é uma mulher muito especial, Phoebe. E tem uma filha muito especial. Nos vemos na próxima semana.

— Na próxima semana?

Phoebe contraiu o braço que envolvia a filha.

— Virá para a terapia — explicou Adrianne, tranquilizadora. — Como paciente externa.

— Mas vou morar em casa com você.

— Isso mesmo. Eu a trarei de carro para as sessões. Poderá conversar com o Dr. Schroeder sobre qualquer coisa que quiser.

— Está bem. — Ela relaxou o suficiente para sorrir. — Estamos prontas para ir embora?

— Só vou pegar a sua mala.

Adrianne pegou a pequena mala. Depois, porque sabia que Phoebe precisava, tornou a segurar sua mão.

— Obrigada de novo, doutor — disse ela enquanto saíam pelo corredor. — Está um lindo dia. Foi maravilhoso ver todas as árvores cobertas de botões no caminho... sem falar das flores. — Saíram para o sol. Uma fragrância delicada pairava no ar. — Cada vez que venho de carro até aqui, fico pensando como deve ser agradável ter uma casa no campo. Obrigada, Robert. — O agradecimento foi para o motorista, que pegou a mala. Adrianne entrou com a mãe no banco traseiro da limusine. — Mas depois volto para Nova York e não sei como as pessoas podem viver em qualquer outro lugar.

— Você é feliz lá.

Phoebe engoliu em seco quando a limusine partiu, afastando-se do instituto. Fuga. Estavam escapando de novo.

— Sempre gostei de Nova York, desde a primeira vez. Lembra-se daquela primeira tarde, quando você, Celeste e eu passeamos pelo centro? Achei que era o lugar mais fabuloso do mundo.

— Celeste vai estar esperando?

Celeste tinha comprado as passagens. Fora esperá-las no aeroporto.

— Ela disse que só vai aparecer mais tarde hoje. Está prestes a estrear uma nova peça.

Phoebe piscou, enquanto focalizava o rosto de Adrianne. Sua menina estava crescida. E estavam apenas indo para casa em vez de fugirem de Abdu. Ninguém jamais magoaria Adrianne de novo.

— Fico contente que você tenha ficado com ela por algum tempo... enquanto eu não estava bem. — Phoebe olhou pela janela. Adrianne tinha razão. Estava mesmo um lindo dia. Talvez o dia mais lindo que ela já vira. — Mas estou melhor agora. — Ela deu um beijo rápido e risonho na filha. — Na verdade, nunca me senti melhor em toda a minha vida. Mal posso esperar para voltar ao trabalho.

— Mamãe...

Ela sentia a adrenalina subir como as borbulhas de champanhe, rápidas e espumantes.

— Não comece a me dizer que preciso descansar. Já descansei o suficiente. Só preciso de um bom roteiro. — Phoebe cruzou as mãos, convencida de que havia um à espera. — Está na hora de eu voltar a tomar conta da minha filha. Assim que se espalhar a notícia de que estou disponível, as ofertas vão começar a aparecer. Não se preocupe.

Phoebe parecia incapaz de conter o fluxo de palavras otimistas sobre os papéis que a aguardavam, os produtores que a convidariam para almoçar, as viagens que Adrianne e ela fariam juntas. Adrianne pouco falou. Conhecia aquela euforia. O planejamento totalmente irrealista era tão sintomático da doença da mãe quanto as depressões profundas. Depois de testemunhar o sofrimento de Phoebe, contudo, era impossível sequer tentar destruir suas ilusões.

— Detestei pensar em você morando aqui sozinha — disse Phoebe quando entraram no apartamento.

— Quase não tenho ficado sozinha. — Depois de largar a mala, Adrianne tirou o casaco de seu tailleur. — Celeste passa mais tempo aqui do que em sua própria casa. Leva muito a sério o fato de você tê-la escolhido para minha guardiã.

A preocupação ressurgiu nos olhos de Phoebe. Sem o casaco, Adrianne parecia de novo uma criança. Vulnerável.

— Eu sabia que ela ia agir assim. Contava com isso.

— Não temos mais com que nos preocupar. Celeste pode voltar a ser apenas minha amiga. Ah, mamãe... — Adrianne a abraçou, balançando um pouco. — É tão bom ter você em casa!

— Meu bebê... — Phoebe pegou o rosto da filha entre as mãos, dando um passo para trás. — Só que você não é mais um bebê. Faz 18 anos hoje. Não esqueci. Ainda não pude comprar um presente, mas...

— Já ganhei o presente, e adorei. Gostaria de vê-lo?

Satisfeita com o riso nos olhos de Adrianne, Phoebe disse, jovial:

— Oh, querida, espero que seja de bom gosto!

— O melhor!

Ela levou Phoebe para a sala. Havia um retrato em cima da lareira. Phoebe tinha 22 anos quando fora tirada a foto em que o pintor se baseara. Estava no auge da beleza, com um rosto que fazia os homens estremecer, olhos que os faziam acreditar. Era uma deusa usando as joias de uma rainha. Em seu pescoço, o Sol e a Lua reluzia.

— Oh, Addy...

— Foi Lieberitz quem pintou. É o melhor. Um pouco excêntrico e, sem dúvida, um tanto dramático, mas um mestre. Não queria entregar o quadro depois que ficou pronto.

— Obrigada.

— É meu presente — lembrou Adrianne, jovial. — A única coisa que eu mais queria era ter o original.

— O colar... — Phoebe passou a mão pelo pescoço e a desceu para os seios. — Ainda me lembro da sensação de usá-lo, a noção do seu peso. Era mágico, Addy.

— Ainda pertence a você. — Adrianne olhou para o retrato e lembrou. De tudo. — Um dia você o terá de volta.

— Um dia... — Phoebe sorriu, apreciando o momento. — Vou ser melhor dessa vez. Prometo. Sem bebida, sem pílulas, sem cometer os erros do passado.

— Era isso que eu queria ouvir.

Ela foi atender o interfone.

— Alô? Está bem. Pode mandar subir.

Adrianne desligou. Fitou a mãe, ainda sorrindo.

— É a enfermeira. Já expliquei que o Dr. Schroeder recomendou que mantivéssemos uma enfermeira, pelo menos temporariamente.

— Sei...

Phoebe virou as costas para o retrato e se sentou.

— Por favor, mamãe, não fique assim.

— Não ficar como? — Phoebe deixou os ombros pender. — Não quero que ela use um daqueles horríveis uniformes brancos.

— Vou falar com ela.

— E não quero que fique me olhando enquanto durmo.

— Ninguém vai vigiá-la durante o sono, mamãe.

— Seria a mesma coisa que voltar para o sanatório.

— Não, não seria. — Adrianne estendeu a mão, mas Phoebe se esquivou. — Esse é um passo para a frente, não para trás. A enfermeira é muito simpática, e acho que você vai gostar dela. Por favor, não... não resista ao tratamento.

— Vou tentar.

E ELA BEM que tentou. Durante os dois anos e meio seguintes, Phoebe lutou contra uma doença que parecia dominá-la a todo instante. Queria ser forte e saudável, mas era mais fácil, muito mais fácil, fechar os olhos e resvalar para a maneira como as coisas haviam sido ou, melhor, para a ilusão da maneira como as coisas poderiam ter sido.

Quando renunciava ao controle, imaginava que estava entre trabalhos, um filme sendo editado, um novo roteiro sendo avaliado. Podia flutuar por dias na euforia da fantasia que criava em sua mente. Gostava de pensar em Adrianne como uma jovem socialite feliz, sem a menor preocupação no mundo, passando pela vida com a riqueza e o prestígio com que nascera.

Até que de repente o mundo virava pelo avesso, agitava-se irrequieto por um terreno intermediário, deixando-a mergulhada numa depressão tão profunda, tão desesperada, que perdia a noção dos dias. Imaginava-se de volta no harém, com os mesmos cheiros, uma claridade mínima, as horas intermináveis de calor e frustração. Acuada, ouvia Adrianne chamar, suplicar, mas não conseguia encontrar energia para responder.

Vezes sem conta lutava para voltar; e a cada vez era mais difícil, mais doloroso.

— Feliz Natal!

Celeste entrou, com um casaco de lince russo nos ombros, os braços cheios de caixas embrulhadas em papel prateado.

Adrianne se levantou em um pulo para pegar as caixas. Olhou para o casaco com uma mistura de inveja e divertimento.

— Papai Noel chegou mais cedo este ano?

— É apenas um presentinho para mim por uma temporada de oito meses de sucesso em *Windows*. — Ela tocou na gola antes de tirar o casaco e largá-lo em cima de uma cadeira. — Phoebe, você está maravilhosa.

Era uma gentileza e uma mentira. Ainda assim, Celeste achou que a amiga parecia melhor do que em qualquer outra ocasião nas últimas semanas. A palidez estava menos acentuada. Adrianne contratara uma cabeleireira para pintar e arrumar os cabelos de Phoebe naquela tarde. Pareciam quase tão cheios e brilhantes quanto no passado.

— É doce da sua parte ter vindo. Sei que deve ter sido convidada para uma dúzia de festas.

— Variando das detestáveis às chatas. — Com um suspiro, Celeste se jogou no sofá. Esticou as pernas ainda firmes e bem torneadas. — Sabe muito bem que não há ninguém com quem eu prefira passar o Natal do que você e a Addy.

— Nem mesmo Kenneth Twee? — indagou Phoebe, conseguindo exibir um sorriso.

— Isso já é notícia velha, querida. — Também sorrindo, ela esticou os braços por cima do encosto do sofá. — Cheguei à conclusão de que Kenneth era sério demais.

Celeste sentiu Adrianne às suas costas e ergueu a mão.

— Você se superou com a árvore este ano.

— Queria uma coisa especial.

Adrianne pegou a mão estendida. Celeste sentiu a vibração dos nervos.

— E deu certo. — Celeste examinou o pinheiro. Em cada galho havia ornamentos pintados à mão diferentes. Elfos dançavam, renas voavam, anjos cintilavam. — São os enfeites que você encomendou para a campanha das crianças vítimas de maus-tratos?

— Isso mesmo. Acho que ficaram muito bons.

— E parece que você mesma comprou todos.

— Nem todos. — Rindo, Adrianne foi endireitar um enfeite que tinha o formato de uma lágrima. — Mas o projeto superou os objetivos. O sucesso foi tão grande que estou pensando em transformá-lo em um evento anual.

Satisfeita, ela se virou. Atrás, as luzes da árvore piscavam.

— Que tal gemada?

Adrianne sabia que Celeste gostava muito do drinque típico do Natal.

— Leu os meus pensamentos, minha querida. — Celeste tirou os sapatos. — Será que a Sra. Grange ainda tem aqueles biscoitos especiais das festas?

— Ela preparou uma fornada essa manhã.

— Pode trazê-los também. — Celeste passou a mão pela barriga. — Renovei a minha matrícula na academia.

— Volto num instante.

Adrianne lançou um olhar preocupado para a mãe antes de deixar a sala apressada.

— Adrianne está esperando a neve. — Phoebe olhou pela janela, deixando que as lâmpadas coloridas que Adrianne pendurara na moldura ofuscassem sua visão. — Lembra-se daquele primeiro Natal antes da nossa partida para Hollywood? Jamais vou esquecer a expressão de Adrianne quando acendemos a árvore.

— Nem eu.

— Há muito tempo eu dei para ela uma dessas pequenas bolas de vidro que criam uma nevasca quando são sacudidas. Gostaria de saber o que aconteceu com o presente. — Distraída, Phoebe esfregou as têmporas, preocupada e com dor de cabeça. Parecia tê-las constantemente. — Seria ótimo se a Adrianne saísse essa noite na companhia de jovens.

— O Natal é melhor quando se passa com a família.

— Tem razão. — Phoebe sacudiu os cabelos, determinada a ser alegre. — Ela anda muito ocupada com as obras de caridade e as festas. E também passa horas no computador. Não tenho a menor ideia do que ela faz, mas isso a deixa feliz.

— Seria ótimo se pudéssemos juntar as nossas cabeças e promover o casamento dela com um homem maravilhoso e de uma beleza fantástica.

Com uma risada, Phoebe abriu os braços.

— Seria sensacional, não é mesmo? Não demoraria muito para nos tornarmos avós.

— Fale por você. — Celeste levantou uma sobrancelha enquanto batia com o dorso da mão sob o queixo. — Sou jovem demais para me tornar avó.

— A alegria do Natal? — Adrianne voltou à sala com uma bandeja grande. — Do que vocês duas estão dando risadinhas?

— Risadinha é pouco indigno — ressaltou Celeste. — Sua mãe e eu estamos partilhando um riso sofisticado. Ah, Deus, esses biscoitos doces?

— O biscoito certo para o paladar sofisticado. — Adrianne ofereceu o biscoito, depois serviu a gemada, temperada apenas com noz-moscada.

— A outro Natal com as minhas duas pessoas prediletas.

— E a dezenas de outros — acrescentou Celeste enquanto tomava um gole.

Dezenas de outros. As palavras ressoaram na mente de Phoebe, zombeteiras. Ela forçou um sorriso e levou o copo aos lábios. Como podia celebrar o pensamento de anos, quando cada dia era um tormento para viver? Mas Adrianne não devia saber. Phoebe desviou os olhos e percebeu que a filha a observava com um princípio de preocupação no rosto. Conseguiu exibir seu sorriso mais exuberante, embora a mão tremesse um pouco quando largou o copo.

— Devíamos ouvir alguma música.

Phoebe entrelaçou os dedos trêmulos. Nem mesmo quando Adrianne levantou para ligar o som ela relaxou. Tinha a sensação de que centenas de olhos a observavam, esperando que cometesse um erro. Se tomasse um drinque, apenas um, então o latejamento na cabeça cessaria e poderia pensar com clareza.

— Phoebe?

— O que é?

Ela teve um sobressalto, apavorada. Celeste lera seus pensamentos. Celeste sempre via demais, queria demais. Por que todos queriam tanto?

— Perguntei o que achava dos planos de Adrianne para a festa de caridade no réveillon. — Preocupada, Celeste se inclinou para apertar a mão da amiga. — Não acha maravilhosa a reputação que Addy está adquirindo como organizadora?

— É.

"Silent Night"... Não era "Silent Night" que estava tocando no rádio? Phoebe lembrou que ensinara a canção a Adrianne muito tempo antes, nos aposentos quentes e silenciosos em Jaquir. Era um segredo entre as duas. Tinham muitos segredos. E continuavam a ter segredos agora.

Tudo é calmo, tudo é alegre... Ela tinha que se manter calma, porque todos a observavam.

— Tenho certeza de que será um sucesso estrondoso.

Celeste olhou para Adrianne, e as duas trocaram uma mensagem silenciosa.

— Estou contando com isso.

Num hábito antigo, ela se sentou junto de Phoebe e pegou sua mão. Num dia bom, esse pequeno contato era tudo de que a mãe precisava.

— Esperamos levantar cerca de 200 mil dólares para os desabrigados, mas tenho me preocupado com a ideia de que um baile de gala, com um jantar, champanhe e trufas não seja o mais apropriado para ajudar os desabrigados de Nova York.

— Qualquer coisa que levante dinheiro para uma boa causa é apropriada — argumentou Celeste.

Adrianne deu um sorriso rápido para Celeste, sem humor, antes de olhar para Phoebe.

— Acredito nisso. E acredito com toda a sinceridade. Quando o fim é bastante importante, mais do que justifica os meios.

— Estou cansada. — Se a voz parecia petulante, Phoebe não se importava. Queria escapar dos olhos vigilantes, das expectativas veladas. — Acho que vou me deitar.

— Eu subo com você.

— Não precisa.

A reação de Phoebe foi de irritação, que se desvaneceu no instante seguinte, quando viu o rosto da filha.

— Fique aqui com a Celeste e admirem a árvore de Natal. — Ela abraçou Adrianne, apertando-a com força. — Até amanhã, querida. Vamos levantar cedo e abrir os presentes, como fazíamos quando você era pequena.

— Está bem. — Adrianne virou o rosto para um beijo, tentando ignorar o fato de que o corpo outrora vigoroso de Phoebe parecia agora muito frágil. — Amo você, mamãe.

— Também amo você, Addy. Feliz Natal. — Ela se virou, estendendo as mãos para Celeste. — Feliz Natal, Celeste.

— Feliz Natal, Phoebe. — Celeste roçou os lábios nas faces de Phoebe. Depois, em um súbito impulso, abraçou-a. — Durma bem.

Phoebe se encaminhou para a escada. Parou, antes de subir, e olhou para trás. Adrianne estava abaixo do retrato, o retrato de Phoebe Spring no auge da beleza e da juventude, sob o poder e a glória do Sol e a Lua. Com um último sorriso, Phoebe se virou e subiu os degraus.

— Que tal mais uma gemada?

Celeste pegou a mão de Adrianne antes que alcançasse a tigela de ponche.

— Sente-se, meu bem. Não precisa ser forte para mim.

Era angustiante observar, camada por camada, grau a grau, o controle de Adrianne desmoronar. A princípio foi apenas um tremor nos lábios, uma turvação dos olhos. A força se desmanchou em desespero, até que ela se sentou, baixou o rosto para as mãos e chorou.

Sem dizer nada, Celeste sentou-se a seu lado. A criança não chorava o suficiente, refletiu ela. Havia ocasiões em que as lágrimas ajudavam mais do que palavras de estímulo ou braços reconfortantes.

— Não sei por que estou fazendo isso.

— Porque é melhor do que gritar. — Não havia uma única gota de bebida alcoólica na casa, nem mesmo um pouco de conhaque medicinal. — Vou fazer um chá.

Adrianne esfregou os olhos.

— Não precisa. Estou bem. — Ela se recostou, fazendo um esforço deliberado para relaxar. Ensinara-se a aliviar a tensão dos braços e das pernas, da mente, do coração. Era uma questão de sobrevivência. — Acho que não estou me sentindo muito festiva.

— Gostaria de conversar com uma amiga?

Com os olhos fechados, Adrianne pegou a mão de Celeste.

— O que faríamos sem você?

— Não tenho sido de muita ajuda ultimamente. Nos últimos meses, a peça absorveu a maior parte do meu tempo e da minha energia. Mas estou aqui agora.

— É muito difícil observar. — Adrianne manteve a cabeça baixa. As lágrimas haviam sido uma indulgência que ela não compreendera que precisava, mas era bom sentir-se vazia. — Conheço os sinais. Ela está devaneando de novo. Ela tenta. E é quase pior saber o quanto se esforça. Há semanas que vem lutando contra a depressão... e está perdendo a batalha.

— Phoebe ainda procura o Dr. Schroeder?

— Ele quer interná-la de novo. — Impaciente, Adrianne se levantou. Não queria mais saber de autocompaixão. — Concordamos em esperar até o início do ano, porque as festas sempre foram muito importantes para mamãe.

Mas dessa vez... — A voz definhou. Adrianne olhou para o retrato antes de acrescentar: — Vou levá-la depois de amanhã.

— Sinto muito, Addy.

— Ela tem falado sobre ele. — Havia tensão na voz de Adrianne, o que fez Celeste compreender que ela se referia ao pai.

— Por duas vezes, na semana passada, encontrei-a chorando. Por ele. A enfermeira do dia me contou que mamãe perguntou quando ele viria. Queria arrumar os cabelos para ficar bonita para ele.

Celeste reprimiu uma imprecação.

— Ela está confusa.

Com uma risada, Adrianne olhou para trás.

— Confusa? Isso mesmo, ela está confusa. Há anos que vem tomando drogas para evitar que as emoções caiam muito fundo ou se projetem alto demais. Já foi amarrada e alimentada por tubos. Passou por estágios em que não podia sequer se vestir, enquanto em outros momentos era capaz de dançar pelo teto. Por quê? Por que está confusa, Celeste? Por causa dele. Tudo por causa dele. E juro que um dia ele ainda vai pagar pelo que fez com ela.

O ódio frio nos olhos de Adrianne deixou Celeste preocupada.

— Sei como ela se sente. — Como Adrianne sacudiu a cabeça, Celeste insistiu: — Claro que sei. Também a amo, e me angustia pensar no quanto ela sofreu. Mas se concentrar em Abdu, em algum tipo de vingança, não é bom para você. E não vai ajudá-la.

— Quando o fim é muito importante, mais do que justifica os meios — repetiu Adrianne.

— Você me preocupa quando fala assim. — Embora detestasse tomar o partido de Abdu, Celeste achou que era o mais acertado no momento. — Sei que ele causou a maior parte dos problemas da Phoebe, mas compensou um pouco nos últimos anos, cuidando para que houvesse dinheiro suficiente para seu tratamento e sua subsistência.

Em silêncio, Adrianne se virou para o retrato. Ainda não era o momento de contar a Celeste que tudo aquilo era mentira. Sua mentira. Nunca houvera sequer um centavo de Abdu. Mais cedo ou mais tarde teria que contar, mas, por enquanto, não tinha certeza se Celeste seria capaz de aceitar a verdade sobre a origem do dinheiro.

— Há apenas um pagamento que ele pode fazer para me deixar satisfeita. — Adrianne cruzou os braços para se proteger de um súbito calafrio. — Prometi a ela que um dia teria seu colar de volta. Quando eu tiver o Sol e a Lua, quando ele souber o quanto o detesto, aí posso considerar que estamos quites.

Parte Dois
O Sombra

Ele próprio uma sombra, caçando sombras.

HOMERO

Sempre mande um ladrão para pegar outro ladrão.

THOMAS FULLER

Capítulo 10
◆ ◆ ◆ ◆

Nova York, outubro de 1988

LUVAS PRETAS aderiam à corda cheia de nós, uma das mãos subindo sobre a outra, os punhos firmes e flexíveis. A corda era fina, mas forte como aço. Tinha que ser assim. As ruas de Manhattan estavam cinquenta andares abaixo, cintilando com a chuva da madrugada.

Era tudo questão de momento oportuno. O sistema de segurança era bom, muito bom, mas não impenetrável. Nada era impenetrável. O trabalho preliminar já fora realizado no computador com um conjunto de cálculos. O alarme fora desligado, o que sem dúvida era a parte mais elementar do trabalho. As câmeras que filmavam os corredores haviam determinado o método de acesso. A entrada por dentro seria inconveniente, na melhor das hipóteses. Mas havia outros meios. Sempre havia outros meios.

Apenas chuviscava agora, e estava frio, mas o vento cessara. Se ainda soprasse com força, a figura pendurada na corda seria jogada contra a parede do prédio. Os lampiões criavam arco-íris oleosos nas poças lá embaixo; as nuvens encobriam as estrelas em cima. A figura de preto, porém, não olhava nem para cima nem para baixo. Havia uma tênue camada de suor na testa, por baixo do gorro de tricô; não de medo, mas de concentração. A figura desceu mais um metro, concentrando-se na corda, enquanto pernas fortes dobravam e se comprimiam contra a parede, servindo de apoio e equilíbrio. Até mesmo os tornozelos precisavam estar bem sintonizados, flexíveis como os de um corredor ou dançarino.

O corpo e a mente de um ladrão eram tão importantes — muitas vezes até mais — quanto a bolsa com as ferramentas necessárias para abrir uma tranca ou desativar um alarme.

Havia pouca atividade nas ruas, com um radiotáxi ocasional à procura de um passageiro e um bêbado solitário vindo de um bairro menos próspero. Até mesmo Nova York podia ser sutil às 4 horas da madrugada. Se houvesse um desfile, com bandas marciais e carros alegóricos, não faria nenhuma diferença. Para a figura de preto havia apenas a realidade da corda. A mão no ponto errado, um instante de descuido, podia significar uma morte súbita.

Mas o sucesso significaria... tudo.

Palmo a palmo, a estreita varanda repleta de vasos de plantas e a grade resistente foram ficando mais perto. Os poros e as rachaduras nos tijolos, os pequenos defeitos na argamassa, tudo podia ser visto com clareza. Se o bêbado olhasse para cima e fosse capaz de focalizar, a figura de preto pareceria um inseto rastejando pela parede do edifício.

Ninguém acreditaria nele. E, na manhã seguinte, de ressaca, o próprio bêbado não acreditaria em si mesmo.

Era tentador se apressar, ceder aos ombros e braços doloridos e cobrir a pouca distância restante com um pulo, mas a figura continuou a pairar no ar, firme, paciente, deixando que o instinto guiasse a descida final.

Os tênis pretos roçaram a grade, balançaram ao se afastarem, voltaram para encontrar aderência, mantiveram-se firmes no lugar. Ninguém ouviu a risada rápida e satisfeita.

Teria um tempo, agora que os pés pousavam firmes no chão da varanda, para contemplar a cidade de Nova York e refletir sobre as dificuldades superadas. Era uma grande cidade, uma muito apreciada, quase um lar para quem nunca encontrara seu verdadeiro lar. Tinha agitação e esplendor; e o que faltava em compaixão compensava em possibilidades.

O Central Park era uma colcha de retalhos de cores, de uma imponência rural daquela altura e naquela época do ano. As árvores eram douradas, bronzeadas e escarlates, triunfantes em sua explosão final de cores, antes que o frio e o vento se projetassem do Canadá para arrancar suas folhas.

Aquele trecho do Central Park West era sossegado. Era uma rua para porteiros e pessoas que passeavam com cachorros, para médicos e dinheiro antigo. Embora fosse parte da cidade, o verdadeiro frenesi, o ímpeto turbilhonante ficava a uma viagem de táxi de distância, em outro mundo.

Além das árvores, além do reservatório, os edifícios se projetavam para o céu, mais altos e mais estreitos do que aquele velho prédio de apartamentos. Talvez representassem o futuro. E, com certeza, já eram o presente. No escuro, eram como sombras assomando ou talvez prometendo. Qualquer coisa que pudesse ser comprada, vendida, trocada ou desejada podia ser encontrada naqueles edifícios. E os itens mais sórdidos podiam ser encontrados nas ruas. Havia um preço para qualquer objeto de luxo ou desejo. Nova York compreendia isso, e não sentia o menor constrangimento por esse fato.

A cidade dormia, descansando para o dia que começaria dentro de poucas horas. Mas sua energia continuava no ar, pulsando. Podia haver a vitória ali, ou o fracasso infame, ou todas as sensações intermediárias. Algumas pessoas, como a figura de preto, empenhada em um roubo, haviam experimentado todas.

Afastou-se da grade, atravessou a varanda sem fazer barulho e se ajoelhou junto da fechadura. Só faltava lidar com a fechadura, que no máximo proporcionava uma ilusão de segurança. Um pequeno kit de ferramentas saiu de uma bolsa escura.

Era uma boa fechadura que qualquer ladrão aprovaria, mas a figura só precisou de dois minutos para abri-la. Havia quem conseguisse abri-la em menos tempo, mas eram bem poucos.

Quando ouviu o estalido da fechadura, a figura guardou as ferramentas com todo o cuidado. Organização, controle e cautela eram os elementos que mantinham os ladrões longe da prisão. E aquela figura não tinha a menor intenção de ir para trás das grades. Ainda precisava fazer muitas coisas.

Naquela noite, porém, o futuro teria que esperar. Era uma noite para diamantes frios como gelo e rubis vermelhos e quentes. Joias eram o único butim que valia a pena levar. Possuíam vida, magia e história. Também possuíam, e talvez isso fosse ainda mais importante, uma espécie de honra. Mesmo no escuro, uma pedra preciosa flertava e ardia, como um amante. Um quadro, por mais lindo que fosse, só podia ser contemplado e admirado a distância. O dinheiro era frio, sem vida, pragmático. Joias eram pessoais.

E, para aquela figura de preto, cada roubo era pessoal. Os tênis pisavam silenciosos no assoalho encerado. Havia um ligeiro cheiro de cera, que perdurava da encerada daquela manhã e competia com a fragrância do buquê de flores de outono. Porque era agradável, a figura sorriu, parando por um instante para aspirar. Apenas por um instante. Na bolsa grande pendurada no ombro havia uma potente lanterna que não era necessária ali. Cada palmo da sala fora memorizado. Três passos, depois uma volta para a direita. Sete passos para a esquerda. Uma escada que subia para o segundo andar, com uma balaustrada antiquada, com querubins e folhas douradas. No espaço sob a escada havia um pedestal de mármore com uma escultura em cima, pré-colombiana, de valor inestimável. A figura de preto ignorou a peça e se encaminhou silenciosamente para a biblioteca.

O cofre estava por trás das obras completas de Shakespeare. A figura estendeu um dedo para *Otelo*, puxando o livro. Virou-se no instante seguinte, quando as luzes se acenderam.

— Como costumam dizer, você está presa — murmurou uma voz calma e muito bem modulada.

A mulher na porta vestia um negligê rosa faiscante, o rosto pálido e anguloso coberto pelos cremes noturnos, os cabelos louros prateados penteados para trás. À primeira vista, era uma jovem de 40 anos. Tinha 45, mas sua aparência desmentia isso.

Era do tipo pequeno e estava desarmada, a menos que se pudesse considerar a banana em sua mão uma arma. Com a cabeça inclinada para trás, numa atitude dramática, ela apontou a banana para a figura de preto.

— Bam!

A figura de preto soltou um grunhido de repulsa e se jogou em uma poltrona de couro.

— Mas que droga, Celeste! O que está fazendo acordada?

— Comendo. — Para confirmar a informação, ela deu uma mordida na banana. — E o que você está fazendo aqui, entrando às escondidas na biblioteca?

— Praticando. — A voz era rouca, baixa, mas inconfundivelmente feminina. Ela começou a tirar as luvas. — Quase a roubei sem que percebesse nada.

— Ainda bem que ataquei a geladeira antes.

Celeste avançou pela sala tal como entrara em muitos palcos. Fragmentos dos seus papéis permaneciam com ela — de Lady Macbeth a Blanche DuBois. Era a firmeza do seu caráter, a antiga nativa de Nova Jersey que conquistara a Broadway, que permitia a Celeste Michaels dominar a soma de seus papéis mais fortes.

— Adrianne, minha cara, não gosto de criticar, mas não está praticando um assalto quando tem uma chave.

— Não usei a chave. — Com uma expressão contrariada, Adrianne tirou o gorro. Os cabelos, quase tão pretos quanto o gorro, caíram pelos ombros. — Desci pelo telhado.

— Você... — Celeste respirou fundo, sabendo que não adiantaria gritar. Em vez disso, sentou-se na poltrona na frente de Adrianne. — Você... ficou louca?

Ela se limitou a dar de ombros. Afinal, era uma pergunta que já ouvira antes.

— Quase deu certo. Se você tivesse alguma força de vontade, teria dado certo.

— Então a culpa é minha.

— Não importa agora, Celeste.

Adrianne se inclinou para a frente. Pegou as mãos de Celeste, que tinha um anel de safira no dedo anular esquerdo e um de diamante no anular direito. Adrianne não usava nada. Todos os anéis que possuía haviam sido vendidos muito antes de iniciar sua carreira.

— Não pode imaginar a sensação de pairar sobre a cidade dessa maneira. É tão quieto, tão solitário...

— Você é desmiolada!

— Ora, querida, sabe que sei cuidar de mim mesma. — Adrianne tocou com a língua no lábio superior. A boca era larga e generosa, como fora a da mãe. — Não está se perguntando por que o seu alarme não tocou?

Celeste ajustou a bainha do negligê.

— Tenho certeza de que não quero saber.

— Celeste...

— Está bem. Por quê?

— Desliguei-o essa tarde, quando almoçamos.

— Muito obrigada. Deixou-me desprotegida contra o submundo do crime.

— Eu ia voltar.

Como a energia ainda fluía, Adrianne andou de um lado para outro da sala. Era uma mulher pequena, de corpo delicado, que se movimentava como uma dançarina... ou como uma ladra. Os cabelos caíam pelas costas, retos como uma flecha, ondulando quando ela se mexia.

— Foi fácil depois que pensei a respeito. Interferi no sistema. Assim, quando você o ligou, houve um curto-circuito na porta da varanda. Entrei no prédio há umas duas horas e conversei com o guarda. A artrite da mulher dele está causando problemas de novo.

— Lamento saber disso.

— Disse a ele que você não estava se sentindo muito bem e deixei flores para que entregassem mais tarde. Enquanto ele atendia a ligação de outro morador, subi pela escada, escondida.

Celeste ergueu uma sobrancelha louro-clara, um pequeno gesto que cultivava havia décadas.

— Estava me sentindo muito bem até alguns minutos atrás.

— Peguei o elevador do quinto andar até o telhado — continuou Adrianne. — Trouxe a corda na bolsa. Eu a prendi lá em cima, desci e entrei pela varanda.

— Cinquenta andares, Adrianne. — Não era fácil conter o medo, porém, Celeste usou a raiva para sufocá-lo. — Como eu poderia explicar que a princesa Adrianne estava apenas treinando quando caiu do telhado do meu prédio e se esborrachou no Central Park West?

— Não caí — lembrou Adrianne. — E, se você não tivesse feito uma incursão à cozinha, eu teria limpado o cofre, subido de volta para o telhado e escapado sem dificuldade.

— Uma desconsideração da minha parte.

— Não tem importância. — Adrianne afagou a mão de Celeste antes de se sentar no braço da poltrona. — Embora eu quisesse ver sua cara quando largasse o colar de rubis no seu colo. Vou ter que me contentar com isso.

Adrianne pegou uma bolsa de camurça, abriu-a e despejou os diamantes.

— Oh, Deus!

— Deslumbrantes, não é mesmo?

Adrianne suspendeu o colar contra a luz. Era uma única fileira de diamantes, terminando em uma pedra enorme, que se aninharia entre os seios de uma mulher. As pedras pareciam irradiar uma vida fria e arrogante. Adrianne virou o colar, avaliando-o.

— Mais ou menos 60 quilates, no total, com um mínimo de rosa na cor. Um trabalho excelente, bem equilibrado. Até conseguiu tornar interessante o pescoço da velha megera.

Celeste disse a si mesma que deveria estar acostumada àquela altura, mas mesmo assim experimentou o súbito desejo de tomar um drinque. Ela se levantou, foi até um armário francês rococó e pegou uma garrafa de cristal com conhaque.

— Quem era a velha megera, Addy?

— Dorothea Barnsworth. — Adrianne tirou da bolsa os brincos do conjunto. — Não acha que os brincos também são lindos?

Celeste apenas lançou um rápido olhar para os brincos, que deviam valer vários milhares de dólares.

— É verdade... Dorothea. Bem que achei que o colar me parecia familiar. — Celeste ofereceu um copo de conhaque. — Ela mora numa fortaleza em Long Island.

— O sistema de segurança tem alguns defeitos elementares. — Adrianne tomou um gole. Depois da descida pelo telhado, o conhaque entrou em seu organismo como um abraço caloroso. — Gostaria de ver a pulseira?

— Já a vi, na semana passada, no baile de outono.

— Foi uma noite bastante agradável.

Adrianne sacudiu os brincos na mão livre. Calculou que cada um devia ter 10 quilates. Havia também uma lupa de joalheiro em sua bolsa que usara no escritório dos Barnsworth em Long Island. Só para ter certeza de que não sairia de lá com meras imitações.

— Essas pedras devem valer uns 200 mil dólares para o receptador.

— Ela tem cães — murmurou Celeste, olhando para seu conhaque. — Dobermans. Cinco.

— Três — corrigiu Adrianne antes de olhar para o relógio. — Eles já devem ter acordado a essa altura. Celeste, minha cara, estou morrendo de fome. Tem outra banana?

— Precisamos conversar.

— Você fala e eu como.

Celeste soltou um grunhido de frustração quando Adrianne seguiu da biblioteca para a cozinha.

— Deve ser por causa de todo o ar fresco que respirei esta noite. Fazia frio em Long Island. O vento penetrava até os ossos. Ah, por falar nisso, não deixe eu me esquecer de que larguei meu casaco de pele no telhado do prédio.

Celeste se sentou na banqueta junto da janela da cozinha, cobrindo o rosto com as mãos, enquanto Adrianne vasculhava a geladeira.

— Por quanto tempo mais isso vai continuar, Addy?

— O que é isso? Ah, patê! Deve estar uma delícia! — Ela ouviu o suspiro profundo por trás e fez um esforço para reprimir o sorriso. — Eu amo você, Celeste.

— Também amo você, querida. Mas estou mais velha. Pense no meu coração.

Adrianne arrumou um prato com o patê, uvas verdes e pequenas bolachas salgadas.

— Você tem um coração maior e mais forte do que o de todas as pessoas que conheço. — Ela deu um beijo no rosto de Celeste e sentiu a fragrância confortadora do creme noturno. — Não se preocupe comigo, Celeste. Sou muito boa no que faço.

— Sei disso.

Quem teria acreditado? Celeste respirou fundo, enquanto estudava a mulher sentada à sua frente. Aos 25 anos, a princesa Adrianne de Jaquir — filha do rei Abdu ibn Faisal Rahman al-Jaquir e de Phoebe Spring, estrela de cinema — era uma socialite, benfeitora de numerosas obras de caridade, a predileta de colunistas sociais... e ladra de joias.

Quem poderia desconfiar? Celeste se confortara com esse pensamento ao longo dos anos, embora houvesse alguma coisa de cigana na aparência de Adrianne. A menina fascinante se transformara numa mulher fascinante. Tinha a pele dourada e os olhos escuros. Os cabelos tinham sido herdados do pai. Possuía a forte estrutura óssea da mãe, embora adaptada para sua pequena estatura. Era uma combinação de delicadeza e exotismo, com o corpo esguio, quase de criança, e feições marcantes. A boca era de Phoebe, e sempre provocava uma pontada de saudade em Celeste quando a observava. Os olhos, os olhos... por mais que Adrianne desejasse não ter nada do pai, os olhos eram de Abdu. Pretos, amendoados e sagazes.

Da mãe, herdara o coração, o afeto e o espírito generoso. Do pai, a sede de poder e o gosto pela vingança.

— Adrianne, não precisa continuar fazendo isso.

— Preciso muito.

Adrianne pôs uma bolacha na boca.

— Phoebe morreu, querida. Não podemos trazê-la de volta.

Por um momento, apenas um momento, a expressão de Adrianne pareceu jovem e vulnerável a um ponto angustiante. Depois, os olhos endureceram. Com movimentos decididos, ela passou patê em outra bolacha.

— Sei disso, Celeste. Ninguém sabe melhor do que eu.

— Meu amor... — Celeste pôs gentilmente a mão sobre a de Adrianne. — Ela era a minha maior amiga, a mais querida, como você é agora. Sei que sofreu por ela, que tentou ajudá-la de todas as formas que podia, mas não há necessidade de correr esses riscos agora. Não havia necessidade antes. Eu sempre estive à disposição.

— É verdade. — Adrianne virou a mão para que as palmas se encontrassem. — Sempre esteve. E também sei que, se eu permitisse, teria assumido tudo... as contas, os médicos, os remédios. Nunca vou esquecer o que fez pela minha mãe... e por mim. Sem você, ela não teria resistido por tanto tempo.

— Ela resistiu por você.

— Tem razão. E o que eu fiz, o que faço e o que pretendo fazer é por ela.

— Addy... — O medo não vinha das palavras, mas da maneira fria e indiferente com que eram enunciadas. — Você deixou Jaquir há mais de 16 anos. E já se passaram cinco anos desde que Phoebe morreu.

— E a dívida aumenta a cada dia que passa. Não fique assim, Celeste. — Adrianne sorriu para atenuar o clima. — O que eu seria sem isso... sem esse meu hobby? Exatamente o que a imprensa descreve, uma borboleta social, rica, com um título de nobreza, que se envolve em obras de caridade e vaga de uma festa para outra. — Adrianne fez uma careta ao terminar, voltando a se concentrar no patê. — Segundo as colunas sociais, sou apenas outra *jet-setter* entediada, com pouco para fazer e dinheiro demais. Deixe que pensem isso, aqui e em Jaquir. Deixe que ele pense assim. — Celeste precisava apenas olhar nos olhos de Adrianne para saber que ela se referia ao pai. — Isso tudo só torna mais fácil aliviar os frívolos de suas pedras.

— Você não precisa do dinheiro agora, Addy.

— Não, não preciso. — Ela olhou para o conhaque. — Investi bem e poderia levar uma vida confortável com o que tenho, mas não é pelo dinheiro, Celeste. Talvez nunca tenha sido. — Adrianne tornou a se levantar. Estava ali, o calor gelado e quase assustador, como os diamantes que ela roubava. — Eu tinha

8 anos quando desembarquei nos Estados Unidos. E sabia já naquela época que um dia ia voltar para tomar o que era da minha mãe. O que era meu.

— Ele pode estar arrependido. A essa altura, talvez se arrependa.

— Compareceu ao funeral? — A indagação ressoou pela cozinha enquanto Adrianne se levantava de um pulo, passando a andar de um lado para outro. — Reconheceu que ela havia morrido? Durante todos aqueles anos, aqueles anos terríveis, ele nem sequer admitiu que mamãe estava viva. — Com esforço para se controlar, Adrianne se encostou no balcão. Quando tornou a falar, a voz saiu calma e decidida: — Num sentido muito real, ela não estava mesmo viva. Ele a matou. Celeste, há muitos anos, quando eu era pequena demais para impedir. Em breve, muito em breve, ele vai pagar por isso.

Celeste sentiu um calafrio percorrer seu corpo. Recordou Adrianne aos 8 anos. Os olhos já possuíam aquele brilho sombrio, atormentado, de alguém com muito mais idade.

— Acha que a Phoebe gostaria disso?

— Acho que apreciaria a ironia. Vou pegar o colar, o Sol e a Lua, Celeste. Como prometi à mamãe e a mim mesma. E ele vai pagar caro para ter o colar de volta. — Adrianne se virou, sorriu e levantou o copo de conhaque numa saudação à amiga. — Enquanto espero o momento, não posso ficar enferrujada. Sabia que Lady Fume vai oferecer um baile de gala em Londres no mês que vem?

— Addy...

— Lorde Fume, o bode velho, pagou mais de 250 mil por suas esmeraldas. Lady Fume não deveria usar esmeraldas. Deixam-na muito pálida. — Com uma risada, Adrianne se inclinou e deu um beijo no rosto de Celeste. — Trate de voltar para o seu sono de beleza, querida. Vou embora agora.

— Pela porta da frente?

— Claro. Não se esqueça de que temos um *brunch* no Palm Court no domingo. Eu estou convidando.

Adrianne se retirou, lembrando a si mesma de dar uma passada no telhado para pegar o casaco de pele.

FORA AOS joelhos da mãe que Adrianne aprendera a arte da maquiagem. Phoebe sempre fora fascinada pela maneira como uns poucos retoques de pó e alguns traços com lápis podiam acrescentar beleza ou anos... ou retirar ambos.

Celeste, por ser do teatro, ensinara ainda mais. Mesmo depois de um quarto de século nos palcos, ela ainda fazia a própria maquiagem e conhecia todos os segredos. Adrianne combinava as artes de suas duas mestras ao se transformar em Rose Sparrow, a namorada do Sombra.

O processo demorava 45 minutos, mas Adrianne sempre ficava satisfeita com os resultados. As lentes de contato davam a seus olhos uma cor castanha desbotada, e ela acrescentava olheiras de falta de sono. O nariz aumentava um centímetro e meio, as faces ficavam estufadas. A pele dourada se tornava pálida. A peruca ruiva era feita à mão, com os cabelos empilhados no alto da cabeça. Bolas de vidro ordinárias pendiam das orelhas. Ela pôs na boca uma barra de chiclete sabor morango enquanto dava um passo para trás e se contemplava no espelho de corpo inteiro à procura de defeitos.

Bem espalhafatosa, pensou ela, com um sorriso rápido. Não podia estar melhor. Uma cinta moldava seus quadris, e os saltos finos dos sapatos acrescentavam 7 centímetros a sua altura. Tinha nos ombros uma imitação ordinária de casaco de pele. Satisfeita, Adrianne pôs os óculos escuros com as pedras brilhantes na armação, saindo em seguida.

Pegou o elevador de serviço. Uma pequena precaução. Ninguém que a visse agora reconheceria a princesa Adrianne. Assim como ninguém que olhasse para a princesa Adrianne poderia ver o Sombra. Ainda assim, não queria que Rose fosse vista deixando o apartamento de cobertura da princesa Adrianne.

Na rua, ignorou os táxis, que teria preferido, e se encaminhou para a estação do metrô. Levava um punhado de diamantes na bolsa de imitação de couro. Cheirava como se tivesse tomado um banho de perfume barato, o que de fato acontecera.

Gostava daquelas viagens como Rose. Ninguém que a conhecia andava de metrô. Ali, era apenas um corpo entre outros corpos. Anônima, como nunca fora desde o dia em que nascera. Os saltos ressoavam nos degraus de concreto quando desceu as escadas. Lembrou a primeira vez que deixara as ruas para andar de metrô. Tinha 16 anos e estava desesperada — com um medo e um excitamento desesperado.

Naquela ocasião, tinha certeza de que uma mão pesada a seguraria pelo ombro a qualquer momento, e a voz fria e profunda de um policial exigiria que abrisse a bolsa. Levara um colar de pérolas leitosas, japonesas. Os 5 mil dólares pelos quais trocara o colar pagaram os remédios e um mês de terapia de Phoebe no Instituto Richardson.

Agora, passou pela roleta com a tranquilidade da longa experiência. Ninguém a observou. Adrianne passara a compreender que quase nunca as pessoas se olhavam ali embaixo. Em Nova York, as pessoas cuidavam das suas próprias vidas enquanto mantinham a obstinada esperança — ou defesa — de que todos os outros fariam a mesma coisa.

Houve um fluxo de ruído e vento de um trem se aproximando. Dava para sentir um cheiro vago, mas um tanto confortador, de bebida antiga e umidade. Adrianne evitou um pedaço de goma de mascar grudado no chão e se juntou às outras pessoas, esperando o trem que as levaria ao centro.

Ao seu lado, duas mulheres, encolhidas pelo frio, queixavam-se dos seus maridos.

— Eu disse a ele: você tem uma esposa, Harry, não uma empregada. Prometi amar, honrar e respeitar, mas não falei nada sobre limpar a sua sujeira. E acrescentei que, na próxima vez que encontrasse as meias fedorentas dele largadas no tapete, ia metê-las em sua boca.

— Fez muito bem, Lorraine.

Adrianne teve vontade de manifestar seu apoio. Fez muito bem, Lorraine. O desgraçado tem que pegar as meias. Era isso o que ela adorava nas mulheres americanas. Não se intimidavam e nem se encolhiam quando o homem todo-poderoso passava pela porta. Entregavam-lhe um saco de lixo e mandavam que o jogasse fora.

O trem barulhento parou. Pessoas saíram, pessoas entraram. Ela embarcou atrás das duas mulheres. Um olhar rápido a fez atravessar o vagão para se sentar ao lado de um homem que usava correntes na jaqueta de couro. Sempre achava mais sensato se sentar ao lado de alguém que dava a impressão de estar levando uma arma escondida.

O trem partiu, balançando. A velocidade foi aumentando. Adrianne correu os olhos pelos grafites e anúncios, depois pelas pessoas. Um homem de terno e gravata, com uma pasta debaixo do braço, lia o último romance de Ludlum. Uma moça vestindo saia de camurça olhava sonhadora pelas janelas escuras, enquanto escutava música através dos fones de ouvido. Na ponta do vagão, um homem estava deitado num banco, ocupando pelo menos três lugares, o casaco por cima do rosto, dormindo como um morto. As duas mulheres ainda conversavam sobre o marido. O homem ao seu lado mudou de posição, as correntes chacoalharam.

Na estação seguinte, o terno-e-gravata saltou. Embarcaram três garotas que deveriam estar na escola, rindo sem parar. Adrianne ouviu enquanto discutiam sobre o filme a que tinham assistido. Não pôde deixar de invejá-las. Nunca fora tão jovem assim. Nem tão livre.

Em sua estação, ela se levantou, segurou a bolsa com mais firmeza e saltou. Era insensato lamentar pelo que nunca fora.

Lá fora, o vento era forte, e passava pela roupa com a maior facilidade, transformando a imitação de pele numa piada. Mas aquele era o distrito dos diamantes. Havia calor suficiente irradiando dos balcões de vidro para aquecer o sangue frio.

A princesa Adrianne podia passear por ali de vez em quando, olhando vitrines, fazendo os corações de joalheiros disparar na esperança de que pudesse tirar algumas pedras de suas mãos. Mas Rose ali estava para tratar de negócios.

E muitos negócios eram realizados nas Ruas 48 à 46, entre a Quinta e a Sexta Avenidas. Os espertalhões, tentando parecer despreocupados, ofereciam o butim da noite anterior. Pedras quentes o suficiente para queimarem seus bolsos esperavam para que fossem vendidas. Logo eram retiradas dos engastes e vendidas de novo. Grupos de judeus hassídicos, de chapéu e casaco preto comprido, circulavam de loja em loja, com pastas cheias de pedras preciosas. Fortunas eram carregadas pelas calçadas estreitas por homens que tomavam cuidado até com um esbarrão casual de outro pedestre.

Adrianne tinha o mesmo cuidado; nunca, nem mesmo aos 16 anos, negociara na rua. Preferia efetuar a transação entre quatro paredes.

Cada vitrine atraía sua atenção. A Tiffany's ou a Cartier poderiam exibir as mercadorias com mais sutileza e classe, mas sem o clima de carnaval que fascinava todo mundo. Pedras reluzentes contra veludo preto, exércitos de anéis, legiões de colares. Brincos, broches, pulseiras aos montes, tudo polido e disposto de maneira a refletir o sol e chamar a atenção. Vinte e cinco por cento de desconto. Uma pechincha.

Ela seguiu pela Rua 48 e entrou em uma loja.

As luzes ali eram sempre fracas, o ambiente um pouco desleixado. À primeira vista dava a impressão de ser uma loja à beira da falência. À segunda, a impressão continuava a mesma. Jack Cohen sempre acreditara que era um desperdício gastar dinheiro com aparência. Se o cliente não quisesse poeira, podia ir à Tiffany's, mas a Tiffany's não aceitava 20 por cento de entrada e mais cinco prestações mensais. Um vendedor olhou para Adrianne quando ela entrou, mas continuou a fazer seu discurso persuasivo para o cliente de ombros encurvados e uma sugestão de acne no queixo.

— Um anel como esse vai deixá-la encantada e vai valer um enorme crédito para você durante os próximos dez anos. É de muito bom gosto, mas também bastante vistoso para que ela queira mostrar às amigas.

Enquanto falava, ele a indicou com os olhos a porta no fundo do estabelecimento. Com um aceno de cabeça quase imperceptível, Adrianne atravessou a loja. O zumbido baixo informava que o vendedor abrira a tranca. No outro lado da porta havia o que passava por um escritório. Pastas de arquivo estavam empilhadas em uma mesa de metal, que era um excedente do Exército. Engradados e caixas subiam pelas paredes. O cheiro de alho e de pastrami pairava no ar.

Jack Cohen era baixo, de peito estufado, um homem que usava um enorme bigode como defesa contra os cabelos cada vez mais ralos no alto da cabeça. Entrara no ramo de joalheria pela porta da frente de uma empresa que o pai criara. O pai também lhe ensinara a cuidar das transações por baixo do balcão. Cohen se orgulhava de ser capaz de reconhecer um policial se apresentando como cliente com a mesma facilidade com que distinguia um zircônio apresentado como diamante. Sabia que negócios estavam sob pressão, que operadores estariam interessados em um negócio rápido e como esfriar um punhado de pedras quentes.

Quando Adrianne entrou, ele segurava um papel dobrado onde guardava pedras soltas. Acenou com a cabeça para ela, depois despejou na mesa talvez uma dúzia de diamantes pequenos. Com uma pinça, começou a separá-los e examiná-los.

— Russos. Boa qualidade, de D a F. — Ele pegou uma lupa e examinou cada pedra. — Lindas... muito mesmo. Imperfeições mínimas. Quanta cintilação...

Cohen estalou a língua e separou duas pedras.

— Um pacote interessante, em tudo e por tudo.

Satisfeito, tornou a guardar as joias no papel, que meteu no bolso em seguida, com a mesma descontração com que uma mulher da Avon guardaria suas amostras.

— O que posso fazer por você hoje, Rose?

Como resposta, ela abriu a bolsa e tirou um saco grande de camurça. Virou-o e esvaziou o conteúdo cintilante sobre a mesa. Os olhos azuis de Jack Cohen se iluminaram como safiras.

— Rose, Rose, Rose, o dia sempre se torna mais brilhante quando você aparece.

Ela sorriu, tirou os óculos escuros e acomodou o quadril na beira da mesa.

— Uma beleza, não é? — O sotaque do Bronx soava natural agora. — Quase morri quando as vi. E disse: "Meu bem, essas são as coisas mais lindas que já vi!" — Os lábios cheios de Adrianne se contraíram em uma expressão de insatisfação. — Eu bem que gostaria que ele tivesse me deixado ficar com essas pedras.

— Imagino que são bastante quentes para queimar a sua pele, Rose.

Cohen pegou novamente a lupa e começou a examinar o colar, pedra por pedra.

— Há quanto tempo ele está com isso?

— Sabe que ele não me conta essas coisas, mas não é muito tempo. São verdadeiras, não é, Sr. Cohen? Juro que essas pedras são tão grandes que nem parecem verdadeiras.

— São verdadeiras, Rose. — Ele poderia tentar enganá-la, mas sabia que era melhor não se meter com o homem que a encarregava de vender as mercadorias. — Quase sem imperfeições, com um ligeiro toque de rosa. Um excelente trabalho de arte. — Gentilmente, Cohen largou o colar e pegou a pulseira. — É claro que isso não vem ao caso. Só estamos interessados nos diamantes.

Ela espetou o colar com a ponta de uma unha pintada de rosa.

— Gosto de coisas bonitas.

— Todos gostamos, não é mesmo? É isso que nos mantém em atividade. — Cohen estudou os brincos, respirando através dos dentes. — Um conjunto magnífico.

Ele empurrou um pequeno arquivo para o lado e pegou uma máquina de calcular. Foi apertando os botões enquanto murmurava cifras para si mesmo.

— Dá 125, Rose.

Ela esticou o queixo para a frente.

— Ele disse que eu deveria conseguir 250.

— Rose... — Cohen cruzou as mãos sobre o peito. Com os olhos azuis serenos e os cabelos ralos, parecia um tio paciente. Havia uma automática .38 sob o paletó amarrotado. — Ambos sabemos que preciso sentar sobre essas pedras, guardá-las por algum tempo antes de poder passá-las adiante.

— Ele disse 250. — A voz agora era esganiçada. — Se eu voltar para casa só com a metade, ele vai ficar muito infeliz.

Cohen voltou para a calculadora. Podia pagar 200 e ainda dar a comissão habitual, mas gostava de brincar com Rose. Se não fosse pela reputação do homem que ela representava, Cohen teria gostado de tornar a brincadeira mais pessoal.

— Perco dinheiro cada vez que entra aqui. Não sei o que há em você, Rose, mas gosto da sua pessoa.

Adrianne se animou no mesmo instante. Era um jogo antigo.

— Devo dizer que também gosto do senhor.

— Que tal 175 e mais duas daquelas pedras que eu examinava quando você entrou? Seria o nosso segredo.

Ela se permitiu dar a impressão de que estava tentada, mas logo se mostrou arrependida.

— Ele descobriria. Sempre descobre, e não gosta quando aceito presentes de outros homens.

— Está bem, Rose. É como se cortasse a minha própria garganta, mas darei 200. Diga a ele que um conjunto como esse tem um calor extra, o que acarreta custos extras. Vou ter o dinheiro dentro de duas horas.

— Certo. — Ela se levantou e puxou o casaco. — Vou tratar de acalmá-lo se ele ficar furioso. Não vai ficar com raiva por muito tempo. Posso deixar as pedras aqui, Sr. Cohen? Não gosto de andar pelas ruas com essas coisas.

— Claro que pode.

Ambos sabiam que ele não teria o mau gosto de roubar seu melhor fornecedor. Com sua letra meticulosa, Cohen escreveu um memorando e entregou a ela. Serviria como recibo em qualquer transação, legal ou não.

— Vá fazer algumas compras, Rose, enquanto eu cuido de tudo.

Três horas depois, Adrianne largou a bolsa, o casaco e a peruca na enorme cama em seu quarto. As lentes de contato foram retiradas primeiro. Ela as limpou e guardou antes de remover as unhas postiças. Em seguida, levantou a mão para soltar os cabelos. Pegou o telefone.

— Kendal e Kendal.

— George Júnior, por favor. Aqui é a princesa Adrianne.

— Pois não, alteza. Só um instante.

Com um suspiro de alívio. Adrianne tirou os sapatos de Rose antes de se sentar na cama.

— É um prazer ouvir a sua voz de novo, Addy.

— Não vou ocupá-lo por muito tempo, George. Sei como os advogados têm trabalho demais.

— Nunca estou ocupado demais para você.

— É muita gentileza sua.

— É a pura verdade. Para ser franco, esperava que pudéssemos almoçar esta semana. Um encontro social, para variar.

— Verei o que posso fazer.

Como ele era simpático e apaixonado por ela, Adrianne falava sério.

— Li em algum lugar que vai ficar noiva de um barão alemão... Von Weisburg.

— É mesmo? Acho que tivemos apenas uma conversa de cinco minutos num evento político de levantamento de fundos no mês passado. Não me lembro de alguém ter falado em casamento.

Ela abriu a bolsa. Pegou um maço de notas de 100 dólares. Não eram novas e tampouco tinham números de série consecutivos. As notas eram macias e tinham o cheiro suado de dinheiro muito usado.

— George, quero fazer uma pequena contribuição para o Mulheres em Necessidade.

— O abrigo feminino?

— Isso mesmo. Quero que a contribuição seja anônima, por meio do seu escritório. Vou transferir 175 mil dólares para a minha conta especial hoje. Pode cuidar disso?

— Claro, Addy. Você é muito generosa.

Adrianne passou um dedo pela beira do maço de notas. Lembrava-se de outras mulheres em necessidade.

— É o mínimo que posso fazer.

Capítulo 11

••••

Por trás dele um leão rugia, mais por tédio do que por ferocidade. Philip mastigou um amendoim sem olhar para trás. Sempre ficava um pouco deprimido ao ver felinos no cativeiro. Tinha simpatia por eles; mais do que isso, por qualquer animal que encontrasse enjaulado. Ainda assim, gostava de passear pelo zoológico de Londres. Talvez fizesse bem a ele ver as grades e gaiolas para se lembrar de que sempre conseguira evitar, ao longo de sua carreira, a perspectiva de vê-las do lado de dentro.

Não sentia saudades de roubar. Pelo menos não muita. Fora uma profissão boa e regular enquanto durara, e sem dúvida lhe proporcionara meios para viver bem. E essa sempre fora sua principal ambição. O conforto era sempre preferível ao desconforto, mas era o luxo que consolava a alma de um homem.

De vez em quando, pensava em escrever um livro sobre seus roubos mais audaciosos. Talvez as safiras Trafalgi. Tinha lembranças agradáveis desse trabalho em particular. Seria considerada uma obra de ficção, é claro. A verdade era, com frequência, mais estranha e mais angustiante do que a ficção. Era uma pena que seu empregador atual não percebesse o humor ou a ironia da situação. Era um projeto que ele poderia guardar para a aposentadoria, quando estivesse confortavelmente instalado em Oxfordshire, criando cães de caça e caçando faisões.

Podia se imaginar como um aristocrata rural, com botas enlameadas e empregados fiéis... desde que fosse dali a vinte anos, no mínimo.

Foi olhar as panteras, pondo outro amendoim na boca. Irrequietas, furiosas, elas andavam de um lado para outro por toda a extensão do seu cercado, sempre incapazes de encarar o cativeiro com a mesma atitude filosófica de outros felinos. Philip sentia compaixão. Apreciava os contornos esguios e os olhos perigosos. Já fora comparado a uma pantera, por colegas, policiais, mulheres. No corpo e nos movimentos apenas, porque era branco na cor.

Continuou a comer amendoins enquanto dizia a si mesmo que um homem à beira dos 35 anos tinha que pensar em sua saúde. O cigarro era um péssimo hábito e fizera muito bem em deixar de fumar. Tinha uma certeza positiva a respeito. Era uma pena que gostasse tanto de tabaco.

Sentou num banco. Ficou observando as pessoas que passavam. Como fazia um calor excepcional para outubro, havia incontáveis babás e carrinhos de bebê. Atraiu a atenção de uma morena jovem e bonita que lhe ofereceu uma piscadela provocante e se mostrou mais do que desapontada quando Philip não correspondeu.

Bem que poderia ter feito, pensou Philip, se não tivesse um encontro marcado. As mulheres sempre haviam despertado seu interesse, não apenas porque usavam e possuíam a maior parte das joias, mas também porque eram... mulheres. Eram mais um dos prazeres da vida, com a pele macia e os cabelos cheirosos. Philip olhou para o relógio no instante em que o ponteiro dos segundos alcançava o 12. Eram exatamente 13 horas. Ele não se surpreendeu quando um homem calvo e corpulento se sentou ao seu lado no banco.

— Não sei por que não podemos nos encontrar no Whites.

Philip ofereceu o saco de amendoins.

— Muito abafado. E você precisa de ar fresco, meu caro. Está muito pálido.

O capitão Stuart Spencer soltou um grunhido, mas pegou um amendoim. A dieta que a esposa lhe impunha era criminosa. A verdade pura e simples era que ele adoraria ficar longe do escritório, da papelada, do telefone. Havia dias em que sentia saudade dos trabalhos de campo, embora felizmente fossem poucos e bem distanciados. Era mais do que verdade, embora ele nunca fosse admitir, que tinha certa afeição pelo homem esguio ao seu lado. Apesar do fato — ou talvez por causa disso — de Spencer haver tentado por quase dez anos pôr Philip atrás das grades. Havia alguma coisa irritante, mas satisfatória ao mesmo tempo, em trabalhar com um homem que conseguira se esquivar da justiça com habilidade.

Quando Philip tomara a decisão de trabalhar *com* a lei, em vez de contra a lei, Spencer não se enganara com a crença de que o ladrão subitamente se arrependera de seus crimes. Com Philip, era um negócio, em primeiro e último lugar. Era difícil não admirar um homem que tomava suas decisões com tamanho oportunismo, sempre com o progresso pessoal como objetivo predominante.

Apesar do calor do sol da tarde, Spencer se encolhia dentro do sobretudo. Tinha uma bolha no calcanhar esquerdo e um princípio de resfriado, e seu aniversário de 56 anos se aproximava. Era difícil não invejar Philip Chamberlain por sua juventude, saúde e boa aparência.

— Um lugar absurdo para um encontro — resmungou Spencer, apenas porque a queixa o fazia se sentir melhor.

— Coma outro amendoim, capitão. — Philip estava acostumado demais com o mau humor de Spencer para se incomodar. — Pode olhar ao redor e pensar em todos os criminosos calejados que pôs atrás das grades.

— Temos coisas mais importantes para fazer do que comer amendoim e olhar para os macacos.

Mesmo assim, ele pegou outro amendoim, cujo gosto, associado ao cheiro dos animais, lembrava-o das visitas dominicais ao zoológico quando era pequeno. Tratou de limpar a garganta para se livrar do sentimentalismo.

— Houve outro roubo na semana passada.

Curioso, Philip se recostou, imaginando que saboreava um cigarro.

— Nosso mesmo amigo?

— Ao que tudo indica. Uma propriedade em Long Island, Nova York. Barnsworth... ricos, a elite do dinheiro. Proprietários de lojas de departamentos ou algo parecido.

— Se está falando de Frederick e Dorothea Barnsworth, eles possuem uma rede de lojas de departamentos de alta classe nos Estados Unidos. O que levaram?

— Diamantes.

— Sempre a minha primeira opção — comentou Philip, reminiscente.

— Colar, pulseira. Tudo segurado por meio milhão.

Philip cruzou os tornozelos.

— Bom trabalho.

— É uma situação irritante. — Spencer pôs outro amendoim na boca. Bateu com as luvas de couro velhas na palma da mão. — Se eu não soubesse com certeza onde você esteve na semana passada, exigiria que respondesse a algumas perguntas.

— Stuart, não precisa recorrer à lisonja depois de tantos anos.

Spencer tirou um cachimbo do bolso, mais porque sabia que Philip deixara o vício do que realmente pelo desejo de fumar. Sem pressa, arrumou tudo e o acendeu. Recostou-se, soprando nuvens de fumaça.

— O sujeito é esperto. Entrou e saiu sem deixar vestígio. Drogou os cachorros. *Dobermans*... animais ferozes e traiçoeiros. Meu irmão já teve um... Eu o detestava. Mesmo com um sistema de segurança de alto nível, ele conseguiu passar sem acionar o alarme. Levou apenas o conjunto de diamantes. Deixou diversos títulos, um broche de rubis e um colar de rubis particularmente feio.

— O homem não é ganancioso... — murmurou Philip.

Ele sabia como era tentador — e uma insensatez — ser um ladrão ganancioso. Ao longo dos últimos meses, Philip desenvolvera uma admiração profunda e muito pessoal por aquele ladrão em particular. O homem tinha classe, pensou ele. Classe, estilo e inteligência. Philip sorriu. Os dois tinham muito em comum.

— Ele não me interessaria tanto se fosse ganancioso. Há quanto tempo a Interpol o procura?

— Quase dez anos. — Spencer não gostava de admitir. Embora fosse verdade que nem sempre pegava seu homem, sua folha de serviço era excelente. — O homem não tem qualquer padrão. Cinco roubos em um mês, depois nada durante meio ano. Mas vamos pegá-lo. Basta um erro, um único erro que ele cometa, e será preso.

Philip removeu um fiapo da lapela do paletó.

— Era o que costumava dizer a meu respeito?

Spencer soprou a fumaça na direção de Philip, num gesto deliberado.

— Você cometeu um erro... nós dois sabemos.

— Talvez. — Fora precisamente por isso que ele deixara o antigo ofício enquanto ainda levava vantagem. — Acha então que ele está nos Estados Unidos?

Philip refletiu que uma viagem aos Estados Unidos naquele momento seria bastante agradável.

— Acho que não. Sinto-me inclinado a pensar que ele vai querer se distanciar da pressão policial à sua procura. De qualquer forma, temos um homem em Nova York.

Uma pena.

— O que quer de mim?

— Ele parece preferir os muito ricos, e não se importa de roubar joias famosas. Na verdade, seu padrão, se tiver um, é sua preferência por joias famosas. As pérolas Scradford, a safira Lady Caroline.

— A Lady Caroline... — murmurou Philip, suspirando. — Invejo-o por isso.

— Estamos vigiando as festas mais elegantes da Europa. Ter um agente que é aceito como parte do círculo interno sempre ajuda.

Philip se limitou a sorrir, examinando as unhas bem-cuidadas.

— Parece que Lady Fume está planejando um baile de gala.

— É verdade. Fui convidado.

— E aceitou?

— Ainda não. Não sei se vou estar na cidade na ocasião.

— Claro que vai estar. — Spencer tornou a sugar o cachimbo. — Haverá muitas joias na festa. Queremos você lá dentro, de olho nas pedras, mas com as mãos a distância.

— Sabe que pode confiar em mim, capitão. — Philip sorriu. Era um sorriso cativante, que despertava pensamentos maliciosos nas mulheres. — Como vai sua doce filha?

— É outra coisa da qual você deve manter as mãos a distância.

— Posso garantir que é um interesse puramente platônico.

— Você nunca teve um pensamento platônico sobre uma mulher em toda sua vida.

— *Touché*! — Philip amassou o saco vazio numa bola e o jogou na lata de lixo. — Gostaria que me enviasse o relatório sobre o último incidente.

Um enganador, pensou Spencer, pondo o cachimbo na boca para esconder um sorriso.

— Vai recebê-lo amanhã.

— Ótimo. Começo a compreender como você deve ter se sentido há alguns anos. É como uma coceira... — Seus olhos cinza-claros se desviaram para as grades. — Descubro-me pensando nele nos momentos mais inesperados, seu próximo movimento, onde mora, o que come, quando faz amor. Já fiz o que ele está fazendo agora, mas... — Philip se levantou, balançando a cabeça. — Aguardo ansioso pelo dia em que nos encontraremos.

— Pode não ser um encontro cordial, Philip. — Spencer também se levantou, tomando o maior cuidado com o calcanhar. — Talvez ele seja um homem perigoso.

— Todo mundo pode ser perigoso, dependendo das circunstâncias. Boa tarde, capitão.

ADRIANNE SE HOSPEDOU no Ritz, em Londres, vários dias antes do baile de gala de Lady Fume. Preferia o Ritz porque era ostensivamente grandioso... e porque fora a escolha da mãe na única viagem feliz que haviam feito à cidade. O Connaught era mais distinto, o Savoy mais imponente, mas havia certa extravagância maravilhosa em anjos dourados subindo pelas paredes.

Os funcionários a conheciam muito bem; e, como dava gorjetas generosas e sempre se mostrava simpática, não precisavam fingir que era um prazer servi-la. Adrianne ficou numa suíte com vista para o Green Park. Comentou com o recepcionista, em tom casual, que pretendia passar alguns dias fazendo compras e se distraindo.

No instante em que ficou sozinha na suíte, não se refestelou num banho de banheira com sais e espuma. Tampouco mudou de roupa para ver e ser vista no chá. A única coisa que tirou da bagagem foi um vestido prateado Valentino com um decote profundo. Dobradas, junto com o papel de seda que protegia o vestido, várias plantas da casa e as especificações do sistema de segurança. Haviam custado mais do que o vestido. Adrianne levou tudo para a sala, abriu sobre a mesa e se preparou para verificar se gastara seu dinheiro tão bem quanto pensava.

A casa dos Fume em Londres, em Grosvenor Square, era elegante e eduardiana, com uma linda vista do parque. Adrianne refletiu que era uma pena que os Fume não estivessem oferecendo a festa em sua casa de campo, em Kent. Mas mendigos e ladrões não podiam ser exigentes. Ela passara um fim de semana chatíssimo com os Fume em Kent e poderia ter preparado as plantas sem a ajuda de ninguém. A casa em Londres era relativamente desconhecida; por isso, teria que depender das informações que comprara e das suas observações na noite da festa.

As esmeraldas de Lady Fume dariam um bom dinheiro, tinha certeza. Os avarentos e esnobes Fume haveriam de contribuir, indiretamente, para fundos de ajuda a viúvas e órfãos em várias cidades. E as esmeraldas eram, sem dúvida, um tremendo desperdício sobre a pele pálida de Lady Fume.

O melhor de tudo era o fato de os Fume serem tão sovinas que só haviam gastado o mínimo em segurança. Não tinham mais do que um sistema comum de fios nas portas e janelas. Ao examinar as especificações, Adrianne concluiu que até mesmo um ladrão médio entraria na casa sem acionar o alarme. E ela estava muito acima da média.

A primeira necessidade agora era verificar o bairro, a proximidade de outras casas e os hábitos dos moradores. Adrianne tornou a guardar tudo dentro do papel de seda, depois pegou uma capa preta e saiu para dar uma primeira olhada no local.

Conhecia Londres muito bem; as ruas, o tráfego, os clubes. Se decidisse visitar o Annabel's ou a clandestina La Cage, seria reconhecida e bem recebida. Em outra ocasião até teria apreciado, pela música, pelas conversas, mas aquela viagem a Londres era de trabalho. Seria necessário comparecer a alguns lugares antes de deixar a cidade. Era o que se esperava da princesa Adrianne. Assim como também se esperava que ela causasse bastante alvoroço para ser comentada. Aquela noite, porém, era de trabalho.

Primeiro passou de carro, observando o movimento tanto de veículos quanto de pedestres, a proximidade das outras casas, os detalhes da rua, como os lampiões acesos. Como o vestíbulo era o único lugar com uma lâmpada acesa na casa, Adrianne imaginou que os Fume haviam saído... provavelmente para o teatro. Foi preciso contornar a casa apenas uma vez para saber que o melhor acesso seria através do gramado. Depois de estacionar o carro na Bond Street, seguiu a pé.

A temporada de calor que Londres vinha aproveitando já se aproximava do fim. O tempo se tornara frio e úmido, como Adrianne preferia. A maioria dos londrinos permanecera em casa ou lotava os clubes. As calçadas estavam vazias. O murmúrio das folhas deslizando pelo chão e o sussurro da brisa noturna soprando entre as árvores, que ficavam mais e mais desfolhadas, podiam ser ouvidos.

Havia dedos de nevoeiro em torno dos seus pés, tênues e cinzentos. Se tivesse sorte, o nevoeiro estaria mais denso no dia decisivo. Agora dava para divisar os portões, os jardins das casas e as janelas que ela poderia escalar.

O passeio sem pressa demorou três minutos e meio. Com pressa poderia percorrer a distância em menos de dois minutos. Ao chegar mais perto, Adrianne se manteve atenta a elementos incômodos, como cachorros ou vizinhos bisbilhoteiros. Foi nesse instante que percebeu o homem que caminhava devagar pela rua, observando-a.

Foram um súbito impulso e o instinto que levaram Philip até ali. Não havia garantias de que a casa dos Fume seria um alvo, mas, se fosse, se ele próprio estivesse planejando o roubo, trataria de circular pela vizinhança para conhecer os hábitos das pessoas dali antes de dar o golpe.

De qualquer forma, sentia-se inquieto, relutante em sair para procurar uma companhia... e insatisfeito com a própria companhia. Havia ocasiões, como aquela, em que sentia falta do excitamento, da expectativa de planejar um trabalho. A operação propriamente dita era tensa, exigindo concentração total, não deixando qualquer margem para um prazer nervoso. Antes e depois, no entanto, eram momentos emocionantes. E Philip invejava o homem que estava experimentando essas emoções.

Contudo, tomara a decisão de se aposentar de suas aventuras de cabeça fria. Não podia se arrepender. Exceto numa noite fria e úmida, quando quase podia sentir o calor das joias aninhadas em caixas de veludo dentro de cofres abafados.

E, de repente, avistou a mulher. Era pequena, envolta por um manto preto, que não lhe permitia ver seu rosto ou corpo. Ainda assim, Philip sentiu juventude nos movimentos descontraídos e confiança na maneira casual como as mãos desapareciam nas dobras da capa. Era uma imagem fascinante, com o nevoeiro circulando em torno de seus pés, as folhas voando para a sarjeta. Os sentidos de Philip, porém, ficaram mais aguçados quando percebeu que a mulher virava a cabeça para a casa na Grosvenor Square. A mesma casa que ele estivera observando.

Ao vê-lo, a hesitação da mulher foi breve, tão breve que ele não teria percebido se não estivesse esperando por isso. Philip ficou parado, os polegares enganchados na jaqueta de couro de aviador, curioso para ver o que ela faria. A mulher continuou a avançar em sua direção, nem mais depressa nem mais devagar. Ao chegar perto, levantou o rosto para ele.

Suas feições eram exóticas, ligeiramente familiares. Não eram britânicas, pensou Philip.

— Boa noite — disse ele, querendo ouvir a voz da mulher em resposta a seu cumprimento.

Os olhos, tão escuros quanto o manto, fitaram-no calmamente. Olhos deslumbrantes, refletiu Philip, amendoados, com pestanas espessas, escurecidas pela noite. Ela apenas acenou com a cabeça e continuou andando.

Adrianne não olhou para trás, embora a preocupasse o fato de querer fazê-lo. O homem podia estar parado ali por uma dúzia de razões plausíveis, mas ela não podia descartar a tensão em sua nuca. Os olhos do homem eram quase como o nevoeiro, cinzentos e misteriosos. A postura, embora descontraída, parecera-lhe muito alerta, muito preparada para entrar em ação.

Isso é absurdo, disse Adrianne a si mesma, enquanto puxava o manto sobre a garganta. Era apenas um homem fazendo um passeio noturno ou esperando por uma mulher. Britânico, pelo sotaque, muito atraente, olhos cinzentos e cabelos louros. Não havia razão para que o encontro a deixasse nervosa. Exceto... exceto porque justamente a deixara nervosa.

Ela atribuiu isso ao cansaço da viagem e decidiu encerrar a noite mais cedo.

TALVEZ TIVESSE sido um erro ir para a cama com apenas um copo de vinho no estômago. Poderia ter sido melhor se tivesse ido ao Annabel's e jantado socialmente antes de ir dormir. Poderia assim preencher a mente com outras lembranças, com rostos antigos e novos, com uma conversa ociosa, flerte, riso. Talvez assim não tivesse sonhado, mas, depois que o sonho começara, já era tarde demais.

As fragrâncias permanecem conosco por mais tempo, um aroma insinuante, trazendo de volta lembranças havia muito sepultadas, sentimentos havia muito esquecidos. O cheiro era de café temperado com cardamomo, concorrendo com as fragrâncias intensas e opulentas dos perfumes. O aroma, até mesmo no sonho, sempre a levava de volta àquela noite na véspera do seu quinto aniversário.

Seus próprios soluços a despertaram. Adrianne se sentou na cama, comprimiu as bases das mãos contra os olhos e tentou sair do sonho. Quando era muito forte, como naquela noite, tendia a perdurar. A respiração superficial, o suor se acumulando na base da coluna... fez um esforço para recuperar a consciência de quem era agora.

Não era mais uma criança, toda encolhida debaixo da cama, rezando para que o pai parasse e deixasse a mãe em paz. Isso acontecera uma vida inteira atrás.

Levantou-se, tateando para acender a luz e pegar a camisola. Nunca era capaz de suportar o escuro depois de um sonho assim. No banheiro, molhou o rosto com água fria, sabendo que o tremor tinha que continuar por todo seu curso. Era uma bênção que dessa vez não fosse acompanhado pela náusea.

Estivera pendurada em uma corda 50 andares acima de Manhattan, correra pelas vielas mais sinistras de Paris e vadeara por um pântano na Louisiana, mas nada a assustava mais do que as lembranças que afloravam em seus sonhos.

Enquanto as mãos continuavam a tremer, apoiou-se na pia. Depois que ficaram firmes, levantou a cabeça para estudar o rosto. Ainda estava pálida, mas já não havia medo nos olhos. Era a primeira coisa que tinha que controlar.

As ruas de Londres estavam quietas. Na sala, encostou a testa no vidro da janela, grata porque estava frio. O momento se aproximava, pensou Adrianne, e isso tanto a emocionava quanto a apavorava. A data fora escolhida, embora ela não tivesse confidenciado nem sequer a Celeste. Voltaria para Jaquir muito em breve, a fim de se vingar do homem que maltratara e humilhara sua mãe. E tomaria o que lhe pertencia. O Sol e a Lua.

Capítulo 12

◆ ◆ ◆ ◆

— Querida... — Adrianne roçou seu rosto no rosto macio como o de um bebê de Lady Fume. — Lamento muito ter me atrasado.

— Não diga bobagem. Você nunca chega atrasada. — Lady Fume usava um vestido verde de seda, com um decote baixo para exibir não apenas as esmeraldas, mas também a silhueta 5 quilos mais magra que adquirira no mês anterior num spa na Suíça. — Mas tenho uma queixa a fazer.

— É mesmo? — indagou Adrianne enquanto abria o fecho do casaco.

— Soube que está em Londres há dias, mas não me telefonou.

— Estava me escondendo. — Adrianne sorriu enquanto tirava o casaco e o entregava a uma criada à espera. — Não seria uma boa companhia.

— Teve uma briga com Roger?

— Roger? — Adrianne deu o braço à anfitriã e começou a andar pelo vestíbulo de quadrados de mármore preto e branco. Como a maioria das mulheres, Helen presumia que o ânimo de uma mulher dependia de um homem. — Está atrasada, Helen. Esse é um assunto encerrado há semanas. Sou uma agente livre agora.

— Temos que dar um jeito nisso. Tony Fitzwalter acaba de se separar da esposa.

— Pode me poupar. Não há nada pior do que um homem que acaba de se livrar do sagrado matrimônio.

O salão de baile, com o assoalho envernizado e o papel de parede cor de marfim, já estava repleto de pessoas e música. Havia o brilho do vinho em copos de cristal, as fragrâncias de perfumes masculinos e femininos e a cintilação das joias. Milhões de libras em pedras e metais, pensou Adrianne. Ela só levaria uma mínima porcentagem.

A maioria dos rostos era familiar. Esse era um dos problemas daquelas festas. As mesmas pessoas, as mesmas conversas, o mesmo tédio latente.

Avistou um conde, de quem roubara um anel de diamantes e rubi seis meses antes. Também viu Madeline Moreau, a ex-esposa francesa de um artista de cinema, que esperava roubar na próxima primavera. Com um sorriso para os dois, pegou uma taça de champanhe na bandeja de um garçom que passava.

— Tudo parece adorável, Helen, como sempre.

— Foi trabalho demais em pouco tempo — queixou-se Lady Fume, embora não tivesse feito nenhum esforço mais vigoroso do que experimentar o vestido que estava usando. — Mas adoro receber.

— Uma pessoa deve gostar do que faz bem — comentou Adrianne antes de tomar um gole de champanhe. — Por falar nisso, está deslumbrante. O que andou fazendo?

— Uma pequena viagem à Suíça. — Helen passou a mão pelo quadril reduzido. — Há um spa maravilhoso lá se você precisar algum dia. Deixam você morrer de fome e a esgotam com exercícios até você se sentir agradecida pelas poucas folhas e sementes que jogam no seu prato. Depois, quando está prestes a desistir, passam a mimá-la com tratamentos faciais e massagens, com o mais refinado banho romano. Uma experiência que jamais esquecerei, minha cara. E pode ter certeza de que me mataria se algum dia precisasse voltar lá.

Adrianne não pôde deixar de rir. A conversa superficial e despropositada de Helen era sempre fascinante. Era uma pena que o marido idolatrasse a libra britânica acima de qualquer coisa.

— Farei o melhor para evitar seu spa.

— Já que está aqui, deve dar uma olhada na pulseira da condessa Tegari. Era da coleção da duquesa de Windsor. Ele deu um lance maior do que o meu.

O brilho de cobiça nos olhos de Helen ajudou a aliviar a pontada de culpa que Adrianne sentira.

— É mesmo?

— Ela é velha demais para aquela pulseira, mas isso não vem ao caso. Você conhece quase todo mundo, querida. Divirta-se, enquanto eu banco a anfitriã.

— Claro.

Ela só precisaria de 15 minutos para fazer um reconhecimento do cofre no quarto principal. Aproximou-se de Madeline Moreau, pensando no futuro. Não faria mal nenhum descobrir se a francesa tinha planos para uma viagem na primavera.

Philip a viu no momento em que ela entrou. Era o tipo de mulher que um homem se sentia compelido a notar. O tipo de mulher que, numa sala povoada com as mais belas e glamourosas, destacava-se entre todas. Contudo, para um homem treinado pela necessidade e pelo desejo de observar, ela parecia um pouco afastada e distante.

Usava uma túnica preta, com gola alta, que se abria nos quadris em uma saia que deixava as pernas à mostra. Só belas pernas podiam correr esse risco. E Philip concluiu, enquanto tomava um gole de sua bebida, que as pernas daquela mulher podiam enfrentar qualquer desafio.

Os cabelos estavam penteados para trás, presos em grampos com diamantes que combinavam com os brincos. Ele a reconheceu mesmo enquanto a admirava. E não pôde deixar de especular. Por que uma mulher tão bonita andava sozinha pela noite úmida de Londres, longe dos clubes, dos restaurantes e das casas noturnas? Onde vira seu rosto antes?

Pelo menos um enigma podia ser resolvido com facilidade. Philip bateu no braço do homem ao seu lado. Acenou com a cabeça na direção de Adrianne.

— Quem é aquela mulher pequena e de pernas espetaculares?

O homem, cuja maior reivindicação para a fama era ser primo em segundo grau da princesa de Gales, deu uma olhada.

— É a princesa Adrianne de Jaquir. Deslumbrante da cabeça aos pés e destruidora de corações. Não dá para um homem mais do que algumas horas do dia enquanto ele não rasteja por vários anos.

Era isso. As colunas sensacionalistas que a mãe de Philip lia religiosamente sempre publicavam alguma história picante a respeito de Adrianne de Jaquir. Era a filha de um tirano árabe com uma atriz do cinema americano de alguma reputação. A mãe cometera suicídio? Havia um escândalo no caso, mas Philip não conseguia lembrar. Agora que sabia quem era, achou ainda mais estranho que ela andasse pela noite nas proximidades da casa da anfitriã.

O informante de Philip pegou um brochete na mesa do bufê, que já fora devastada.

— Quer que o apresente?

Ele fez o oferecimento sem nenhum entusiasmo. Passara uma cantada na esquiva Adrianne, apenas para ser repelido como um mosquito.

— Não precisa. Eu mesmo me apresentarei.

Philip a observou por mais algum tempo, aumentando sua suspeita de que ela não era de fato uma personagem daquele cenário. Como ele, parecia mais uma observadora. Intrigado, atravessou o salão até estar perto dela.

— Olá outra vez.

Adrianne se virou. O reconhecimento foi instantâneo. Aquele homem tinha olhos que ela não esqueceria. Em poucos segundos fez uma avaliação e depois sorriu. Era melhor reconhecer, o instinto lhe dizia, do que rejeitar com um olhar vazio.

— Olá.

Ela tomou o restante do champanhe. Entregou-lhe a taça vazia com altivez suficiente no gesto para mantê-lo a distância.

— Costuma passear à noite pelas ruas com frequência?

— Só de vez em quando, e foi por acaso que a vi. — Philip fez sinal para um garçom. Pôs a taça vazia na bandeja e pegou duas cheias. — Veio fazer uma visita?

Adrianne considerou a possibilidade de uma mentira, mas a rejeitou no mesmo instante. Se ele quisesse, embora só Deus soubesse por que o faria, poderia descobrir.

— Não. Estava apenas dando uma volta. Não estava procurando por companhia naquela noite.

Philip também não procurava, mas a encontrara.

— Foi uma linda imagem que permaneceu nos meus pensamentos... toda envolta em preto, com o nevoeiro aos seus pés. Muito misteriosa e romântica.

Adrianne deveria estar se divertindo, mas não era o que acontecia. Estava intrigada pela maneira como aquele homem a fitava, como se ela tivesse todos os segredos do mundo, que ele acabaria por descobrir, um a um.

— Não há nada de romântico no cansaço de uma viagem de avião. Costumo ficar irrequieta na primeira noite depois de um longo voo.

— De onde?

Ela o analisou por cima do copo.

— Nova York.

— Quanto tempo ficará em Londres?

Era apenas uma conversa social, nada de mais, mas Adrianne desejou saber por que ele a deixava apreensiva.

— Mais alguns dias.

— Ótimo. Então posso começar com uma dança e progredir até um jantar. Quando ele tirou a taça de sua mão. Adrianne não protestou. Sabia como controlar os homens. Com um sorriso neutro, empurrou os cabelos para trás.

— Podemos dançar.

Ela permitiu que Philip a levasse através da multidão até a frente da orquestra. Surpreendeu-se com sua mão. Parecia um homem afeito a trajes formais e festas de gala, mas a palma da mão era dura, com linhas de calos por baixo dos dedos e nas pontas.

As mãos de um trabalhador, com um rosto aristocrático e uma atitude gentil, o que somava para virar uma combinação bem perigosa. Adrianne se forçou para não se contrair quando ele a puxou para seus braços. Alguma coisa aconteceu quando os corpos roçaram, algo que ela não queria sentir nem admitir. A sexualidade era parte da sua imagem, mas ficava apenas na superfície. Nenhum homem jamais a possuíra, e ela decidira alguns anos antes que isso nunca aconteceria.

Contudo, podia sentir a mão firme de Philip em suas costas, a elevação do músculo em seu ombro quando pôs a mão ali. Já sentira músculos antes, a firmeza de um homem, mas isso não a perturbara. Até agora. A orquestra tocava uma melodia suave e intensa. Apesar do champanhe, Adrianne sentia a boca ressecada. Levantou o rosto para encará-lo.

— É muito amigo de Lorde e Lady Fume?

— Conhecido.

A princesa tinha uma fragrância exclusiva. Alguma coisa que despertava imagens de quartos pouco iluminados, silenciosos, recendendo a incenso, impregnados de segredos femininos.

— Fomos apresentados por uma amiga comum. Carlotta Bundy — acrescentou Philip.

— Ah, Carlotta... — Adrianne acompanhava os passos dele. O homem dançava como falava, suave, sem qualquer movimento brusco. Em outra ocasião, outro lugar, ela teria gostado, mas, como tudo nele, sua maneira de dançar a deixava apreensiva. — Creio que não a vi aqui essa noite.

— Nem poderia. Se não me engano, ela está no Caribe. Em sua mais recente lua de mel. — Apenas para testá-la, Philip se aproximou um ou dois centímetros. Adrianne não recuou, mas ele percebeu a cautela em seus olhos. — Está livre amanhã?

— Tenho o hábito de ser livre.

— Jante comigo.

— Por quê?

Não era uma pergunta tímida, era direta. Philip se descobriu aumentando a aproximação, dessa vez sem qualquer outro motivo a não ser apreciar sua fragrância.

— Porque prefiro jantar com uma linda mulher, ainda mais uma mulher que aprecia longos passeios solitários.

Adrianne sentiu que os dedos de Philip se entrelaçavam nas pontas de seus cabelos. Poderia encerrar aquele flerte sutil com um olhar, mas deixou passar.

— Você é romântico?

O rosto dele denotava isso: poético, esguio, com olhos que podiam ser serenos ou ardentes.

— Acho que sim. E você?

— Não. E não janto com homens que não conheço.

— Chamberlain... Philip Chamberlain. Devo pedir a Helen para fazer uma apresentação mais formal?

O nome significava alguma coisa. Despertou uma lembrança indefinida no fundo da mente de Adrianne, mas logo se desvaneceu. Decidiu pesquisar a respeito mais tarde. Por enquanto, poderia ser mais interessante entrar no jogo. A canção lenta foi sucedida por outra mais acelerada. Philip a ignorou e continuou a se movimentar no mesmo ritmo lento. Adrianne não entendeu por que isso fazia com que sua pulsação acelerasse. Curiosa, continuou a dançar no mesmo ritmo lento.

— O que ela me diria a seu respeito?

— Que sou solteiro e discreto em minhas ligações amorosas, negócios e outras atividades. Que viajo muito e tenho um passado misterioso. Que passo a maior parte do ano em Londres e tenho uma casa de campo em Oxfordshire. Gosto de jogar e prefiro ganhar a perder. E, ao me sentir atraído por uma mulher, gosto que ela saiba imediatamente.

Ele levantou as mãos unidas nas dela e roçou os lábios pelas articulações dos dedos de Adrianne. Não foi fácil para ela ignorar o calor que irradiou por seu braço.

— Faz isso porque é honesto ou porque tem pressa?

Ele sorriu e quase a persuadiu a contrair os lábios em resposta.

— Eu diria que isso depende da mulher.

Era um desafio. E sempre fora difícil para Adrianne recusar o desafio de um homem. Ela tomou a decisão em um súbito impulso, sabendo que se arrependeria.

— Estou no Ritz — disse ela, enquanto recuava. — Estarei pronta às oito.

Philip se pegou estendendo a mão para um cigarro inexistente, observando-a se afastar. Se ela deixara seus nervos à flor da pele depois de uma dança, seria mais do que interessante saber o que faria durante uma noite inteira. Fez sinal para o garçom, pedindo outra taça de champanhe.

*A*DRIANNE LEVOU uma hora para escapulir. Só estivera uma vez antes na casa dos Fume em Londres, mas possuía uma excelente memória, que fora reavivada pelas plantas que comprara. O primeiro problema era evitar Lady Fume, a anfitriã sempre ansiosa, e seu bando de criados eficientes. Ao final, optou pela ousadia. A experiência lhe ensinara que muitas vezes o subterfúgio era eficaz, sob uma máscara de ação impudente. Subiu pela escada principal, como se tivesse todo o direito de zanzar pelo segundo andar da casa.

A música soava abafada no andar de cima e os corredores recendiam mais a óleo de limão do que aos crisântemos e às rosas de estufa que ornamentavam as mesas nas salas lá embaixo. Todas as portas eram pintadas de azul Wedgwood contra paredes brancas; e todas estavam fechadas. Adrianne contou quatro, do lado direito. Bateu na porta, como precaução. Se alguém respondesse, teria a desculpa pronta, uma dor de cabeça terrível, que a levara a procurar uma aspirina. Como ninguém respondeu, lançou um olhar rápido para a direita e a esquerda antes de abrir a porta. Depois que entrou e tornou a fechá-la, tirou uma lanterna fina da bolsa e examinou o quarto pelo estreito facho de luz.

Queria saber a posição de cada móvel. Se entrasse no quarto enquanto os anfitriões estivessem dormindo, seria um desastre esbarrar numa mesa Luís XV ou numa cadeira Queen Anne.

Com todo cuidado, fez um registro mental da disposição enquanto decidia em particular que Lady Fume precisava de um decorador bem mais criativo.

Por sorte, a segurança também não era imaginativa. O cofre ficava escondido por trás de uma paisagem marinha suave, na parede em frente à cama. O cofre em si era de combinação simples, e ela calculou que não levaria mais do que vinte minutos para abri-lo.

Em movimentos silenciosos, verificou as janelas. Eram do mesmo estilo das janelas do térreo e poderiam ser arrombadas com um pé de cabra, sem qualquer dificuldade, se fosse necessário. Havia poeira no peitoril. Adrianne estalou a língua. A governanta de Lady Fume deveria ser mais meticulosa.

Satisfeita, deu um passo para trás, mas nesse instante ouviu a maçaneta ser girada. Com uma imprecação muda, Adrianne entrou no closet. Descobriu-se cercada pelos elegantes ternos de par do reino de Lorde Fume.

Prendeu a respiração. Os olhos, acostumados ao escuro, divisaram o movimento da porta através das fasquias da porta do closet. Quando esta se abriu, um pouco da claridade difusa do corredor se derramou pelo quarto. Foi o suficiente para que ela pudesse ver Philip com toda nitidez.

Adrianne apertou os dentes com força, xingando-o enquanto vasculhava o cérebro à procura de uma explicação para a presença dele ali. Philip apenas parou na porta, enquanto o olhar examinava o quarto. Alerta, pensou Adrianne de novo. Alerta e preparado para qualquer coisa. E parecia perigoso. Devia ser pela maneira como a luz por trás criava um halo em torno da sua cabeça ao mesmo tempo em que mantinha o rosto nas sombras.

Um homem perigoso, com toda certeza, pensou Adrianne, enquanto espiava pelas fasquias. Por mais sofisticado que fosse seu comportamento ou refinada sua fala, era alguém que sabia se defender nas ruas.

Adrianne o mandou para o inferno quando ele olhou para a porta do closet. O fato de que não tinha o que fazer naquele quarto, da mesma forma que ela, não contrabalançaria sua descoberta no closet de Lorde Fume. Prendeu a respiração. Um encontro por acaso numa rua deserta, uma coincidência em um milhão, e ele arruinava um trabalho planejado por semanas.

Foi então que ele sorriu, e o sorriso deixou Adrianne ainda mais preocupada. Era como se Philip sorrisse direto para ela, pessoalmente, através do painel de madeira que os separava. Quase esperou que ele falasse e sentiu que procurava por uma resposta plausível, quando o homem se virou e saiu do quarto, fechando a porta.

Esperou dois minutos inteiros antes de sair do closet. Sempre cautelosa, ajeitou a saia e alisou os cabelos. Talvez tivesse acertado ao concordar em jantar com ele. Alguma coisa lhe dizia que era melhor ficar de olho em Philip em vez de tentar evitá-lo.

Philip Chamberlain a obrigaria a mudar os planos. Ela lançou um último olhar para o quarto escuro. Lady Fume conservaria suas esmeraldas, pelo menos por mais algum tempo, mas ela não perderia a viagem, não desperdiçaria seu tempo. Lançou um olhar pesaroso para a paisagem marinha.

Manteria Philip Chamberlain ocupado por algumas horas no jantar, voltaria à suíte e vestiria as roupas de trabalho. Madeline Moreau perderia suas esmeraldas um pouco antes do tempo previsto.

Capítulo 13

••••

*P*REPARAR OS planos para Madeline Moreau manteve Adrianne acordada até tarde. Também se levantou cedo para trabalhar. Refletiu que o fator chamado Philip Chamberlain afetara suas possibilidades em relação aos Fume, mas isso não significava que o Sombra devia deixar Londres de mãos vazias.

Como ladra, Adrianne era muito bem-sucedida. Parte da razão para isso era a cautela. Outra parte, talvez maior, era a flexibilidade. As plantas e especificações que trouxera de Nova York poderiam esperar. Já o Fundo das Viúvas e Órfãos, não.

Às 8h45 da manhã, Lucile, a empregada de Madeline, que não dormia em casa, abriu a porta para um jovem barbudo de macacão cinza.

— O que deseja?

— Sou do controle de pragas. — Adrianne sorriu através da barba loura. Deu uma piscadela insinuante para Lucille. Sob o boné velho, usava uma peruca loura despenteada, um pouco suja, que cobria as orelhas. — Tenho seis apartamentos para dedetizar essa manhã, meu bem, e o seu é o primeiro.

— Pragas? — Lucille hesitou, corando quando o exterminador a presenteou com uma análise longa e interessada. — *Mademoiselle* não me falou nada sobre pragas.

— Foi o superintendente quem mandou. — Adrianne estendeu um papel rosa. Usava luvas de operário, esfiapadas, cobrindo os pulsos. — Recebemos algumas queixas. Camundongos.

— Camundongos? — Com um grito estridente e abafado, Lucille retirou a mão. — Mas a minha patroa está dormindo!

— Não é problema para mim. Se não quer que o Jimmy mate os bichinhos, vou para o próximo apartamento na minha lista. — Adrianne tornou a estender o papel. — Quer assinar isso? Diz apenas que não quis o serviço. Livra a cara do superintendente se os camundongos resolverem subir pela sua perna.

— Não... — Lucille levou a mão à boca, roendo as unhas. Camundongos. Estremecia só de pensar. — Vai ter que esperar aqui. Vou acordar a patroa.

— Pode demorar o tempo que quiser, querida. Eu ganho por hora.

Adrianne observou Lucille se afastar, apressada. Largou o dedetizador no chão e circulou rapidamente pela sala, levantando quadros, mudando livros de posição. Sorriu quando ouviu a voz de Madeline se elevar em um quarto no fundo do corredor. Ela parecia infeliz pela interrupção de seu sono de beleza. Quando Lucille voltou, Adrianne estava encostada na porta, assobiando baixinho.

— Por favor, comece pela cozinha. *Mademoiselle* deseja sair antes que chegue aos quartos.

— Como quiser, querida. — Adrianne levantou o dedetizador. — Não quer me fazer companhia?

Lucille piscou. Era pequena e magricela, mas tinha um rosto bonito.

— Talvez... depois que *mademoiselle* sair.

— Estarei por aí.

Outra vez assobiando, Adrianne seguiu a orientação de Lucille para chegar à cozinha. Foi para a área de serviço. O sistema de alarme era pouco mais do que um brinquedo, levando-a a suspirar pela falta de desafio. Depressa, o ouvido sintonizado para qualquer ruído, ela desatarraxou a placa. Tirou dos bolsos do macacão um computador de bolso do tamanho de um cartão de crédito e dois grampos de mola. Com um esforço para não se apressar, prendeu os grampos nos fios, interrompendo a transmissão de energia.

Ouviu o barulho de passos e voltou à cozinha, bombeando para o ar uma nuvem de poeira de rosa orgânica.

— É melhor me dar mais um minuto, querida — disse Adrianne quando Lucille enfiou a cabeça para dentro da cozinha. — Essa coisa precisa assentar. Não vai querer deixar vermelhos esses lindos olhos.

Lucille acenou com a mão diante do rosto, tossindo.

— *Mademoiselle* quer saber quanto tempo vai demorar.

— Uma hora, no máximo.

Adrianne bombeou mais um pouco, apressando a retirada de Lucille. Depois de contar até cinco, voltou à área de serviço. Pegou um alicate. Levou dois minutos para ligar os fios no computador de bolso e mudar o código de segurança. A entrada não seria mais um problema, pensou ela, enquanto recolocava a placa. Agora, só precisava descobrir onde ficava o cofre. Com o dedetizador nos ombros, Adrianne procurou Lucille.

— E agora?

— O quarto de hóspedes.

Lucille indicou onde ficava. Foi interrompida por um fluxo de imprecações em francês.

— Lucille, sua desmiolada! Onde você pôs a droga da minha bolsa vermelha? Tenho de fazer tudo sozinha?

— Ela parece muito simpática — comentou Adrianne.

Lucille revirou os olhos antes de se afastar, apressada. Se tinha um ataque por causa de uma bolsa, Adrianne imaginou que Madeline teria uma apoplexia quando ficasse sem a safira. Nunca compensa ser gananciosa, pensou ela, enquanto seguia para o quarto de hóspedes.

Vinte minutos depois, ouviu a porta da frente bater. Precisou de menos de dez minutos para localizar o cofre no quarto espalhafatoso de Madeline, decorado em vermelho e preto. Ficava por trás do espelho na mesa de maquiagem, coberta de vidros e potes.

Um cofre de combinação simples. Adrianne estalou a língua. Era de pensar que Madeline gastaria tanto com a segurança quanto gastava com o guarda-roupa. Adrianne tornou a levantar o dedetizador para colocá-lo nas costas e saiu para encontrar Lucille à sua espera.

A criada se borrifara com seu melhor perfume.

— Já acabou?

— Qualquer camundongo que tentar entrar aqui vai virar carne morta. — Adrianne refletiu que precisaria ter muito jogo de cintura, enquanto Lucille sorria para ela. — *Mademoiselle* saiu?

— Não vai voltar por pelo menos uma hora.

O convite era óbvio. Lucille deu um passo à frente. Adrianne sentiu uma risadinha subir pela garganta, mas teve que lembrar a si mesma que aquilo não era momento para rir.

— Eu bem que gostaria de ter um tempo livre agora... mas estarei livre mais tarde. A que horas você sai?

— Ela tem as suas manias. — Lucille mexeu na gola do macacão de Adrianne. Nunca fora beijada por um homem de barba. — Às vezes me obriga a ficar durante a noite toda.

— Mas ela tem que dormir em algum momento. — Como Adrianne tinha planos para Madeline naquela noite, achou que era melhor também arrumar uma ocupação para Lucille. — Pode sair à meia-noite? Para se encontrar comigo no Bester's, no Soho? Tomaremos um drinque.

— Apenas um drinque?

— Depende. — Adrianne sorriu. — Moro logo depois da esquina do clube. Você pode ir até lá e me dar... uma aula de francês. À meia-noite.

Ela passou um dedo pelo rosto de Lucille antes de se encaminhar para a porta do apartamento.

— Talvez.

Adrianne se virou e piscou.

Uma hora depois, de peruca loura e suéter rosa, pagou em dinheiro por duas dúzias de rosas vermelhas e um elegante jantar com champanhe para duas pessoas numa sala de jantar privada de uma estalagem rural, a uma hora de carro de Londres.

— Meu chefe quer apenas o melhor — explicou Adrianne com um sotaque britânico firme, enquanto entregava um punhado de notas de 5 libras ao gerente. — E também discrição, está certo?

— Claro. — O gerente fez uma reverência, tomando cuidado para não deixar transparecer muito entusiasmo. — E o nome?

Adrianne ergueu uma sobrancelha, ao estilo de Celeste.

— Sr. Smythe. Providencie para que o champanhe esteja devidamente gelado por volta da meia-noite.

Enquanto falava, ela acrescentou uma nota de 20 libras.

— Vou providenciar pessoalmente.

Com as costas empertigadas e a cabeça erguida, Adrianne foi até o carro que alugara para aquela viagem. Não pôde evitar um breve sorriso. Àquela altura, Madeline já teria recebido a primeira entrega de rosas, acompanhada pelo convite romântico e misterioso para um jantar à meia-noite, no campo, com um admirador secreto.

A natureza humana era um instrumento tão importante quanto dedos ágeis. E Madeline Moreau era muito francesa... e muito vaidosa. Adrianne não duvidou por um momento sequer que ela deixaria o apartamento e entraria na limusine a sua espera. O apartamento ficaria vazio. Madeline teria um profundo desapontamento, é claro, quando o admirador secreto não aparecesse, mas o champanhe Dom Pérignon e sua curiosidade a manteriam ocupada por um bom tempo. Duvidava que voltasse para Londres antes das 2 horas da madrugada. A essa altura, Adrianne já teria apanhado a safira, e Madeline teria um acesso de raiva ao melhor estilo francês.

Precisou de bem pouco tempo, quando voltou à suíte no hotel, para repassar suas anotações e conferir os horários. A segunda entrega de rosas, com um poema tolo e apaixonado, junto com outra súplica para um jantar íntimo, chegaria no apartamento de Madeline dentro de uma hora.

Ela não resistiria. Adrianne riscou um fósforo para queimar as anotações. Ficou observando as chamas. Seu instinto estava certo, assegurou a si mesma. A intromissão de Philip Chamberlain poderia ter sido mera coincidência, mas o Sombra preferia cálculos meticulosos. Sorriu para si mesma. Agora, Philip lhe proporcionaria a melhor cobertura possível. Jantaria com ele e depois voltaria para o hotel. E cuidaria para que ninguém a visse deixando a suíte à meia-noite.

Adrianne estava mais animada quando se vestiu para o jantar. O preto básico que escolheu era justo, o interesse aumentado por uma explosão de contas coloridas em mosaico ao longo de um ombro. Pôs os brincos de vidro azul-real, que seriam tomados como safiras por qualquer um que não fosse expert. Roubava as melhores e mais preciosas joias, mas quase nunca as comprava para si mesma. A única joia que a interessava era o Sol e a Lua.

Finalmente, deu um passo para trás, a fim de se contemplar no espelho. Aquela imagem, como a de Rose Sparrow, era importante para ela. Concluiu que estava satisfeita por ter cedido ao impulso de ondular os cabelos. No entanto, mudou de ideia sobre o batom e aplicou uma tonalidade mais escura. Isso mesmo, pensou ela, acrescentava apenas uma insinuação de poder. Philip Chamberlain podia ser perigoso, mas descobriria que ela não era uma presa fácil.

Quando o recepcionista telefonou, ela já estava pronta, até mesmo ansiosa para o jantar. E insistiu em descer para se encontrar com Philip no saguão.

Ele não se vestia tão formalmente naquela noite. O terno cinza era italiano, apenas um pouco mais claro do que os olhos. Em vez de camisa de colarinho e gravata, usava uma camisa preta de gola rulê que combinava muito bem com os cabelos. Bem demais, pensou Adrianne, oferecendo-lhe um sorriso frio.

— Você é pontual.

— E você é adorável.

Philip lhe ofereceu uma única rosa vermelha. Ela conhecia os homens muito bem para não se deixar seduzir por uma flor, mas não pôde evitar que o sorriso abrandasse.

Adrianne tinha um casaco de pele no braço. Ele o pegou. Enquanto a ajudava a vestir, lentamente deixou que os dedos perdurassem na nuca para soltar os cabelos da gola. Eram tão sedosos e macios quanto a pele.

O calor se espalhou inesperadamente. Determinada a ignorá-lo, Adrianne olhou para trás. Seu rosto estava muito próximo, provocante. Ela contraiu os lábios quando os olhos se encontraram.

Sabia como enervar um homem com um olhar, um movimento, compreendeu Philip. E se perguntou como aquela mulher podia ter adquirido, com aqueles olhos, a reputação de ser inacessível.

— Há uma estalagem a cerca de 40 quilômetros a leste de Londres. É sossegada, tem um clima agradável e uma comida deliciosa.

Adrianne esperava um restaurante elegante e sofisticado no centro da cidade. Seria possível que fossem jantar no lugar em que Madeline esperaria por seu apaixonado misterioso à meia-noite? Philip percebeu o súbito brilho divertido nos olhos de Adrianne e especulou sobre o motivo.

— Você é mesmo romântico. — Com todo cuidado, ela se afastou dos braços de Philip. — Mas acho que o passeio de carro será ótimo. No caminho, você pode me falar sobre Philip Chamberlain.

Com um sorriso, ele a pegou pelo braço.

— Precisaríamos de mais de 40 quilômetros para isso.

Ao se sentar no Rolls, Adrianne deixou que o casaco escorregasse dos ombros. O ar fresco do outono não podia competir com o calor. No momento em que o motorista deu a partida, Philip tirou uma garrafa de Dom Pérignon do balde de gelo.

Era perfeito demais, pensou Adrianne, batalhando contra outro sorriso. Uma rosa vermelha, champanhe, o carro de luxo, uma estalagem no campo. Pobre Madeline, pensou ela, divertindo-se, enquanto estudava o perfil de Philip.

— Tem se divertido em Londres?

A rolha saiu com um estalo abafado. No interior silencioso do carro, Adrianne podia ouvir o chiado das borbulhas subindo pelo gargalo.

— Muito. Sempre gostei dessa cidade.

— E o que tem feito?

— O que tenho feito? — Ela aceitou a taça oferecida. — Compras. Visitas a amigos. Passeios.

Adrianne permitiu que ele passasse caviar numa bolacha para ela.

— O que você faz?

Ele a observou enquanto ela pôs a pequena bolacha na boca antes de tomar um gole.

— Em que área?

Ela cruzou as pernas, acomodando-se confortavelmente no canto. Era a imagem que queria projetar, peles elegantes, pernas envoltas em seda, joias reluzentes.

— Trabalho, prazer, qualquer coisa.

— O que mais me atrai no momento.

Adrianne achou estranho que ele não discorresse a respeito. A maioria dos homens que ela conhecia só precisava de uma brechinha para falar de seus negócios.

Ele a observava daquela maneira firme e desconcertante que já demonstrara. Como se soubesse que o Rolls era um palco e estivessem apenas representando papéis.

— Que tipo de jogo prefere?

Philip sorriu. Era o mesmo sorriso que ela vira atrás das fasquias da porta do closet na casa dos Fume.

— Gosto de apostar nos azarões. Mais caviar?

— Obrigada.

Era um jogo, pensou Adrianne. Não sabia quais eram as regras ou que forma assumiria o prêmio no final, mas não tinha a menor dúvida de que entrara em um jogo. Aceitou o caviar beluga, o melhor, assim como o champanhe e o carro, que percorria suavemente as ruas de Londres. Passou um dedo pelo encosto de braço que os separava.

— As suas apostas devem pagar bem.

— De modo geral. — Com Adrianne, ele contava com isso. — E o que você faz quando não está passeando por Londres?

— Passeio em outro lugar, faço compras em outro lugar. Quando uma cidade começa a se tornar chata, há sempre outra.

Philip poderia acreditar se não fosse pelos lampejos de paixão nos olhos de Adrianne. Aquela não era uma ex-debutante entediada, com dinheiro e tempo de sobra.

— Pretende voltar para Nova York quando se cansar de Londres?

— Ainda não decidi. — Como a vida seria monótona, refletiu Adrianne, se vivesse como simulava. — Pensei em aproveitar os feriados em algum outro lugar quente.

Havia uma piada ali, pensou Philip. Estava logo atrás dos olhos de Adrianne, insinuando-se em seu tom de voz. Ele especulou se acharia divertido quando ouvisse a conclusão.

— Jaquir é quente.

Não foi uma piada o que viu agora nos olhos de Adrianne, mas paixão, rápida, vital e logo reprimida.

— É verdade. — A voz era desinteressada. — Mas prefiro os trópicos ao deserto.

Ele sabia que podia sondar mais fundo. Decidira fazer isso quando o telefone o interrompeu.

— Desculpe. — Ele pegou o fone. — Chamberlain.

Houve apenas um breve suspiro.

— Olá, mamãe.

Adrianne levantou uma sobrancelha. Se não fosse pela expressão um pouco encabulada, ela não acreditaria que Philip tinha mãe, muito menos uma mãe que ligasse no telefone do carro. Entretida, serviu mais champanhe nas duas taças.

— Não, não esqueci. É para amanhã. Absolutamente qualquer coisa. Tenho certeza de que vai ficar maravilhosa. Claro que não estou aborrecido.

Estou a caminho de um jantar. — Ele olhou para Adrianne. — Está certo. Não, mamãe, não fez mal... — Uma pausa, acompanhada por outro suspiro. — Acho que não... Está bem. — Ele baixou o fone para o joelho. — A minha mãe. Ela quer falar com você.

— O quê?

Perplexa, Adrianne olhou para o fone.

— Ela é inofensiva.

Mesmo se sentindo tola, ela pegou o fone.

— Olá.

— Olá, querida. Não acha que é um carro adorável?

A voz não tinha a mesma suavidade da de Philip. O sotaque beirava o *cockney*. Em uma reação automática, Adrianne correu os olhos pelo carro e sorriu.

— É, sim.

— Sempre me faz sentir uma rainha. Qual é o seu nome, querida?

— Adrianne... Adrianne Spring.

Ela não notou que abandonara o título e usara o nome de solteira da mãe, o que só acontecia com as pessoas com quem se sentia à vontade, mas Philip notou.

— Um lindo nome. Espero que se divirta. O meu Phil é um bom menino. E bonito também, não acha?

Os olhos faiscando de humor, Adrianne sorriu para Philip. Era a primeira vez que ela oferecia toda sua simpatia.

— É. Muito.

— Não deixe que ele a encante muito depressa, querida. Phil pode ser terrível.

— É mesmo? — Adrianne o fitou por cima de sua taça. — Não me esquecerei. Foi um prazer falar com a senhora, Sra. Chamberlain.

— Pode me chamar de Mary. É assim que todo mundo me chama. Diga ao Phil para trazê-la até aqui um dia desses. Tomaremos um chá e teremos uma boa conversa.

— Obrigada. Boa noite.

Ainda sorrindo, devolveu o fone para Philip.

— Vejo você amanhã, mamãe. Não, ela não é bonita. É vesga, tem lábio leporino e é cheia de verrugas. Volte para a televisão, mamãe. Também amo você.

Ele desligou e tomou um longo gole de champanhe.

— Desculpe.

— Não precisa pedir desculpas. — O telefonema mudara os sentimentos de Adrianne por ele. Seria difícil se manter fria com um homem que tinha tanto amor e afeto pela mãe. — Ela parece encantadora.

— E é mesmo. O grande amor da minha vida.

Ela fez uma pausa, examinando-o.

— Acho que fala sério.

— Pode ter certeza.

— E o seu pai? Também é encantador?

— Não sei.

Se Adrianne compreendia uma coisa, era a necessidade de fechar a cortina sobre as questões de família.

— Por que disse que eu era vesga?

Com uma risada, ele pegou a mão de Adrianne e a levou aos lábios.

— Para o seu próprio bem, Adrianne. — Os lábios perduraram, enquanto Philip a fitava nos olhos. — Ela está ansiosa por uma nora.

— Ahn...

— E por netos.

— Ahn...

Adrianne retirou a mão.

A ESTALAGEM ERA tudo o que ele prometera, mas ela também a escolhera para Madeline porque era sossegada, longe dos lugares mais badalados e ostensivamente romântica. O gerente, que ela encontrara naquela tarde, cumprimentou-a com uma reverência, sem o menor lampejo de reconhecimento.

Havia uma lareira imensa, bastante grande para assar um boi, na qual ardiam achas do tamanho do tronco de um homem por trás de uma tela de beiradas douradas. As chamas irradiavam calor e um rugido constante. As janelas continham o vento do outono, que soprava do mar. Os enormes móveis vitorianos, com aparadores rangendo ao peso de prata e cristal, pareciam aconchegantes na vasta sala.

Comeram a especialidade da casa, o bife à Wellington, à luz de velas em castiçais, ao som de um velho e seu violino brilhante.

Ela nunca imaginara que poderia se sentir relaxada com Philip. Não daquele jeito, não a ponto de rir, escutar e prolongar o conhaque final. Ele conhecia os filmes antigos, que eram a paixão de Adrianne, embora ainda evitasse falar de Phoebe e sua tragédia. Falaram de outra geração: Hepburn, Bacall, Gable e Tracy.

Adrianne se surpreendeu por ele se lembrar dos diálogos e imitar os artistas espantosamente bem. O inglês e o talento para sotaques vinham da tela, a grande e a pequena. Como herdara de Phoebe um amor pela fantasia, não podia deixar de sentir afinidade por Philip.

Descobriu também que ele tinha interesse por jardinagem, dedicando-se ao hobby em sua casa de campo e na estufa da casa em Londres.

— É difícil imaginá-lo cavando a terra e arrancando mato, mas isso explica os calos.

— Calos?

— Nas suas mãos. — Ela imediatamente se arrependeu do deslize. O que deveria ser uma observação casual lhe pareceu uma observação muito pessoal, muito íntima, com a luz das velas e o violino. — Não combinam com o restante de você.

— Combinam melhor do que pensa. Todos temos as nossas imagens e ilusões, não é mesmo?

Ela teve a impressão de que havia um duplo sentido nas palavras e quase se esquivou com um comentário sobre os jardins do Palácio de Buckingham.

Haviam viajado para muitos dos mesmos lugares. Enquanto tomavam o conhaque, descobriram que ambos haviam se hospedado no Excelsior, em Roma, durante a mesma semana, cinco anos antes. Adrianne não mencionou que estivera ali para aliviar uma condessa de um conjunto de diamantes e rubis. Philip também estivera lá em um dos seus últimos trabalhos, aliviando um magnata do cinema de uma bolsa de pedras soltas. Ambos sorriram, cada um com sua própria lembrança.

— Passei um tempo adorável em Roma naquele verão — comentou Adrianne ao se encaminharem para o carro.

Isso mesmo, haviam sido dias espetaculares, equivalentes a 350 milhões de liras.

— Eu também. — O lucro de Philip fora quase a metade quando negociara as pedras em Zurique. — É uma pena que não tenhamos nos encontrado na ocasião.

Adrianne se acomodou no banco confortável.

— É verdade.

Ela teria gostado de tomar um vinho tinto encorpado e passear pelas ruas quentes e úmidas de Roma na companhia de Philip. Ele a teria distraído... como fazia agora, infelizmente. A perna de Philip roçou casualmente a sua quando o carro começou a andar. Ainda bem que o trabalho no apartamento de Madeline seria bem simples.

— Há um café em Roma que serve um sorvete extraordinário.

— San Filippo — disse Adrianne, soltando uma risada. — Engordo dois quilos sempre que vou lá.

— Talvez um dia possamos nos sentar juntos no San Filippo. — O dedo de Philip roçou o rosto de Adrianne, apenas o suficiente para lembrá-la de que tudo não passava de um jogo. Não compensaria apreciá-lo demais. Com algum pesar, ela recuou.

— Quem sabe?

Adrianne se movera ligeiramente, mas ele sentiu a distância crescer. Uma mulher estranha, pensou. A aparência exótica, a boca sensual e tentadora, os rápidos lampejos de paixão que se podia perceber de vez em quando em seus olhos. Não era o tipo de mulher para se acomodar nos braços de um homem, confortável e dócil, mas sim do tipo que podia congelar um homem com uma palavra ou um olhar. Philip sempre preferira uma mulher que apreciava o lado físico, um relacionamento sexual fácil. E, no entanto, descobria-se não apenas intrigado, mas também atraído, pelos contrastes de Adrianne.

Conhecia tão bem quanto ela o valor do momento oportuno. Esperou até entrarem em Londres.

— O que você estava fazendo no quarto dos Fume ontem à noite?

Adrianne quase teve um sobressalto, quase soltou um grito. A noite, a companhia, o calor do conhaque, tudo a deixara bastante relaxada para baixar a guarda. Só os anos de treinamento permitiram que ela o fitasse com vaga curiosidade.

— O que disse?

— Perguntei o que fazia no quarto dos Fume durante a festa. — Lentamente, ele enrolou as pontas dos cabelos de Adrianne em seu dedo indicador. Um homem podia se perder em cabelos assim, pensou ele. Afogar-se para sempre.

— O que o faz pensar que era eu?

— Não pensar, saber. A sua fragrância é muito individual, Adrianne. Inconfundível. Eu a senti no instante em que abri a porta.

— É mesmo? — Ela ajeitou o casaco de pele nos ombros enquanto procurava pela resposta certa. — Eu também poderia perguntar o que você fazia lá em cima.

— Pode.

Enquanto o silêncio se aprofundava, Adrianne decidiu que só faria aumentar o mistério se não respondesse.

— Subi para consertar uma bainha solta. Devo me sentir lisonjeada por tê-lo impressionado tanto que foi capaz de reconhecer o meu perfume?

— Deve se sentir lisonjeada por eu não chamá-la de mentirosa — disse ele, jovial. — Mas as mulheres mais lindas são propensas a mentir sobre a maioria das coisas.

Ele tornou a estender a mão para o rosto de Adrianne, não provocante, não em flerte, como acontecera antes, mas possessivo. A palma se curvou em torno do queixo, os dedos se espalharam pelas faces, a boca emoldurada entre o polegar e os outros dedos. Uma maciez incrível, desejável ao extremo, foi o primeiro pensamento de Philip. E foi então que ele viu o que o surpreendeu. Não era raiva o que havia nos olhos de Adrianne, nem humor ou indiferença. Era medo, apenas um relance, apenas um instante, mas bastante nítido.

— Escolho as minhas mentiras de uma maneira mais discriminada, Philip.

Ah, Deus, um mero contato não deveria fazer com que ela se sentisse daquela forma, trêmula, insegura e necessitada. As costas ficaram rígidas contra o encosto. Não podia controlar aquilo. Mal conseguiu forçar os lábios a se contraírem num sorriso frio.

— Parece que chegamos.

— Por que deveria ter medo de que eu a beijasse, Adrianne?

Por que Philip podia ver tão claramente o que ela conseguira esconder de dezenas de outros?

— Está enganado — murmurou ela, a voz controlada. — Apenas não quero.

— Agora sim eu vou chamá-la de mentirosa.

Ela deixou escapar um suspiro, lento e cuidadoso. Ninguém sabia melhor do que ela como seu temperamento podia ser destrutivo.

— Como quiser. Foi um jantar adorável, Philip. Boa noite.

— Eu a acompanharei até a suíte.

— Não precisa se incomodar.

O motorista já abria a porta para ela. Sem olhar para trás, Adrianne saltou. Entrou apressada no hotel, o casaco de pele esvoaçando ao seu redor.

ADRIANNE ESPEROU até meia-noite antes de se esgueirar pela entrada de serviço do hotel. Ainda estava vestida de preto, mas agora era uma blusa de lã de gola rulê, um collant e um blusão de couro. O gorro fora bem puxado para baixo, cobrindo seus cabelos. Calçava botas de couro de sola flexíveis e levava uma bolsa grande pendurada no braço.

A quase 1 quilômetro do hotel, fez sinal para um táxi. Usou três táxis, por caminhos sinuosos, para chegar a 1,5 quilômetro do apartamento de Madeline. Ficou grata pelo nevoeiro, agora na altura dos joelhos. Era como vadear por um rio raso, a névoa se abrindo e se agitando com seus passos, umedecendo as botas. Os passos na calçada eram silenciosos. Ao se aproximar do prédio, pôde ver os lampiões por um instante antes de serem tragados pela neblina.

A rua estava silenciosa; as casas, escuras.

Com um rápido olhar ao redor, Adrianne escalou o muro baixo nos fundos do prédio. Atravessou o gramado mínimo para a fachada oeste. Havia hera ali, escura, recendendo a umidade. Comprimida contra a parede, olhou para a esquerda, depois para a direita.

Poderia ser vista se um vizinho com insônia por acaso olhasse em sua direção, mas estaria escondida de qualquer carro que passasse pela rua. Com uma habilidade incrível, quase mecânica, desenrolou a corda.

Levou poucos minutos para escalar o muro até o segundo andar — a janela do quarto de Madeline. Havia uma luz fraca acesa na cômoda, o que permitiu que Adrianne visse o quarto com nitidez. Pela desarrumação, parecia que Madeline tivera dificuldade para decidir o vestido apropriado para aquela noite.

Pobre Lucille, pensou ela, enquanto pegava o cortador de vidro. Não havia a menor dúvida de que a empregada arcaria com toda a fúria da patroa pela manhã.

Só precisava de uma pequena abertura. Tinha a mão estreita. Usou o adesivo para retirar o círculo de vidro. Com as luvas como proteção, estendeu a mão por dentro para alcançar a tranca. Oito minutos depois de ter chegado ao prédio, entrou no apartamento pela janela.

Esperou, escutando atentamente. Ao seu redor, o prédio assentava, murmurando e rangendo, como prédios antigos costumam fazer à noite. Os pés não fizeram qualquer barulho sobre o antigo tapete persa ao pé da cama.

Foi até a mesa de maquiagem. Acionou a mola que controlava a fachada falsa. Procurou uma posição confortável. Pegou o estetoscópio e começou a trabalhar.

Podia ser um trabalho tedioso e, como quase todos os aspectos da sua atividade, não podia se precipitar. Na primeira vez em que entrara numa casa e descobrira que estava ocupada, as palmas ficaram suadas e as mãos tremiam tanto que levara o dobro do tempo de que precisaria para abrir o cofre. Agora, tinha as mãos secas e firmes.

A primeira trava recuou com um estalido.

Ela parou, paciente, cautelosa, quando um carro passou na rua lá embaixo. Deixou escapar a respiração, devagar. Olhou para o relógio. Cinco segundos, dez. Voltou a se concentrar no cofre.

Pensou na safira principal do colar. Em seu atual engaste, ficava um pouco espalhafatosa. Uma pedra daquela qualidade era desperdiçada num extravagante trabalho filigranado. Assim como também era um desperdício numa pessoa tão egoísta e interesseira quanto Madeline Moreau. Tirada do engaste, seria outra história. Adrianne já calculara que a pedra principal, junto com as outras, valia pelo menos 200 mil libras, talvez 250 mil. Ficaria satisfeita em receber a metade dessa quantia na entrega.

A segunda tranca também soltou, com outro estalido.

Adrianne não olhou para o relógio, mas pensou, sentiu, que estava dentro do prazo... e a comichão nos dedos indicava que estava prestes a terminar. Sentia muito calor com o casaco, mas ignorou o desconforto. Afinal, dentro de poucos momentos estaria com 250 mil libras em safiras nas mãos.

A terceira e última tranca fez um estalido.

Ela era eficiente demais para se apressar, mesmo agora. Guardou o estetoscópio antes de abrir a porta do cofre. Com a lanterna, examinou o que havia dentro. Ignorou os documentos e envelopes de papel pardo, assim como as três primeiras caixas de joias que abriu. As ametistas eram fascinantes, e os brincos de pérolas e diamantes, elegantes, mas era pela safira que estava ali. Cintilou para ela do manto de veludo amarelado, de um azul intenso, como as melhores pedras siamesas. A pedra principal devia ter 20 quilates, cercada por estrelas menores, diamantes e safiras.

Não era o momento ou o lugar para usar a lupa. Teria que esperar até voltar para seu quarto. A paciência de Lucille podia ter se esgotado àquela altura. E Adrianne preferia deixar o apartamento antes que a criada voltasse. Se as pedras fossem falsas, teria desperdiçado seu tempo. Tornou a levantar o colar contra a luz. Tinha quase certeza de que não eram.

Depois de guardar a caixa na bolsa, fechou o cofre e girou o botão de segredo. Não queria que Madeline tivesse um choque antes de tomar o café da manhã.

Atravessou o apartamento no escuro até a área de serviço. Com todo cuidado, retirou os fios do computador, deixando-os soltos. E saiu do apartamento, tão silenciosamente quanto entrara.

Lá fora, respirou fundo o ar frio e úmido. Fez um esforço para não rir. Era bom, muito agradável. O ato, a ação, tudo. Nunca seria capaz de explicar para Celeste a emoção, em parte sexual, em parte intelectual, que a tomava no momento em que um serviço era concluído com êxito. Só então os músculos tensos podiam relaxar, só então o coração podia bater descompassado. Durante aqueles poucos segundos, um minuto no máximo, sentia-se invulnerável. Nenhuma outra coisa em sua vida jamais se comparara.

Adrianne se permitiu trinta segundos de autoindulgência; depois atravessou o gramado, escalou o muro e se afastou pelo nevoeiro.

*P*HILIP NÃO sabia por que saíra. Um pressentimento, uma ansiedade. Sem conseguir dormir, vagueara para o lugar em que vira Adrianne pela primeira vez. Não por causa dela, assegurou a si mesmo, mas porque tinha um palpite sobre os Fume. E era uma boa noite para roubar.

Isso era verdade, mas não tudo. Também fora até lá por causa de Adrianne. Sozinho em sua casa, inquieto e insatisfeito, não conseguira parar de pensar nela. Um passeio pela noite fria, através das ruas que conhecia tão bem, serviria para desanuviar a mente. Foi o que pensou.

Philip estava o que sua mãe chamaria de "enamorado". Não era tão excepcional assim. Adrianne era esquiva, exótica, misteriosa. E também mentirosa. Era difícil resistir a essas qualidades numa mulher, pensou ele, com um desejo desesperado por um cigarro.

Talvez por isso que se descobriu caminhando na direção de seu hotel. Avistou-a quando dobrou a esquina. Atravessava a rua deserta. Estava vestida de preto outra vez, só que agora sem a aura romântica. Usava um collant e um blusão de couro, com os cabelos cobertos por um gorro. Ainda assim, ele só precisava observar seus movimentos para saber que era ela. Quase a chamou, mas algum instinto o conteve. Adrianne entrou pela porta de serviço do hotel e sumiu de vista.

Philip olhou para as janelas da sua suíte. Era ridículo, pensou ele. Um absurdo. Mas permaneceu parado ali por um longo tempo, balançando-se sobre os calcanhares, imerso em especulações.

Capítulo 14

◆ ◆ ◆ ◆

ADRIANNE PEDIU o café da manhã na suíte. Enquanto lia as notícias, comia um ovo pochê e tomava uma segunda xícara de café. O único problema de Adrianne com sua vida dupla era o fato de que não era possível partilhar o melhor com ninguém. Não tinha com quem conversar, trocar ideias ao planejar um roubo complicado, ninguém que pudesse compreender a emoção, o fluxo de adrenalina ao descer por um edifício de rapel ou a satisfação por ser mais hábil do que um sofisticado sistema de alarme. Ninguém em seu círculo de amizades sentiria a intensa concentração de pensar depressa quando um guarda mudava de repente seu padrão. Não havia ninguém com quem comemorar, ninguém para partilhar a sensação inebriante de ter uma fortuna em suas mãos e saber que tivera êxito.

Em vez disso, o que havia eram refeições solitárias, em intermináveis quartos de hotel.

Adrianne podia perceber a ironia da situação, até o humor. Afinal, não podia anunciar no almoço, enquanto suas companheiras falavam de novos hobbies ou amantes, que passara um agradável fim de semana em Londres, roubando uma safira do tamanho de um ovo de tordo.

Era como ser Clark Kent, dissera ela uma ocasião para Celeste. Adrianne imaginava que o repórter obstinado experimentava mais do que um pouco de frustração por se sentir contido atrás de óculos e de um comportamento sereno.

Vinha dormindo pouco, decidiu Adrianne. Quando começava a se comparar com heróis de histórias em quadrinhos, era tempo de recuperar o controle. Podia ser solitária, mas se sentia realizada.

De qualquer forma, estava na hora de se vestir. Especulou se Madeline já acordara ou se alguém notara a janela avariada. Adrianne pusera o círculo de vidro no lugar, com todo cuidado, para evitar uma corrente de ar. Se Lucille era negligente em tirar a poeira do peitoril das janelas, era bem possível que o buraco no vidro passasse semanas sem ser percebido.

De qualquer forma, não importava. Rose Sparrow tinha um trabalho para fazer naquela manhã, e a princesa Adrianne tinha um avião para pegar às 18 horas.

Quando Adrianne deixou o Ritz de peruca ruiva, minissaia de couro e collant rosa, Philip entrava. Cruzaram-se na porta dupla. Philip até murmurou um pedido de desculpas por ter esbarrado de leve nela assim que Adrianne abriu a boca para protestar. Se ele a encarasse, olhasse bem, ela nunca teria escapado. Adrianne apenas murmurou, com um sotaque *cockney*, reprimindo uma risada:

— Não foi nada.

O porteiro lhe ofereceu um olhar de desaprovação. Com toda certeza, pensava que era uma jovem trabalhadora que passara a noite divertindo algum empresário rico e totalmente desprovido de bom gosto. Satisfeita, Adrianne tratou de rebolar enquanto seguia para a estação do metrô. Pegaria um trem para o West End, onde um homem chamado Freddie mantinha um entreposto para as pedras mais quentes.

Por volta das duas horas da tarde ela estava de volta à suíte com um maço enorme de notas de 20 libras. Freddie fora generoso, o que sugerira a Adrianne que ele devia ter um cliente vidrado em safiras. Restava apenas depositar o dinheiro em sua conta na Suíça, depois mandar que seus advogados em Londres providenciassem uma doação anônima para o Fundo das Viúvas e Órfãos.

Menos sua comissão, pensou Adrianne, enquanto guardava na mala a peruca de Rose. Dez mil libras parecia ser uma quantia justa. Estava em trajes íntimos, removendo os últimos vestígios de Rose do rosto, quando a campainha tocou. Vestiu o robe antes de abrir a porta.

— Philip!

Adrianne estava aturdida.

— Eu esperava encontrá-la aqui. — Ele passou pela porta, porque não queria que Adrianne tivesse a oportunidade de fechá-la em sua cara. — Passei antes, mas você tinha saído.

— Tive que resolver alguns negócios. O que você queria?

Ele a fitou atentamente. Era uma pergunta ridícula para uma mulher fazer a um homem quando vestia apenas um robe fino de seda cor de marfim.

— Pensei que poderia estar livre para almoçar comigo.

— É muita gentileza sua, mas vou embora em algumas horas.

— De volta a Nova York?

— Só por alguns dias. Estou organizando um baile de caridade e tenho dezenas de detalhes para acertar.

— Ahn... — Ela não usava maquiagem, o que a fazia parecer mais jovem, mas não menos atraente. — E depois?

— Depois?

— Disse que seria apenas por alguns dias.

— Tenho que ir para Cozumel, no México. Um desfile de moda beneficente para o Natal. — Adrianne se arrependeu no instante mesmo em que falou. Não gostava de revelar seus planos para ninguém. — Desculpe, Philip, mas você me pegou no meio da arrumação das malas.

— Pode continuar. Importa-se se eu tomar um drinque?

— À vontade.

Ela se virou e foi para o quarto. A peruca já estava escondida numa bolsa no fundo da mala. O dinheiro fora guardado em sua bolsa grande, a de pendurar no ombro. Quando um rápido olhar mostrou que não havia nada incriminador, Adrianne continuou a fazer as malas.

— É uma pena que tenha que partir tão cedo — comentou Philip, da porta. — Vai perder toda a animação.

— É mesmo?

Ela dobrou a suéter, em movimentos rápidos e eficientes, os quais indicavam a Philip que estava acostumada a fazer essas coisas pessoalmente e com frequência.

— Talvez você ainda não saiba que houve um roubo ontem à noite.

Adrianne pegou outro suéter, sem qualquer hesitação.

— Um roubo? Onde?

— Madeline Moreau.

— Ah, Deus!

Com a expressão apropriada de choque, Adrianne se virou. Ele estava encostado no umbral da porta. Tinha um copo na mão, que ela presumiu ser de uísque. E a observava com uma atenção um pouco exagerada.

— Pobre Madeline... O que roubaram?

— O colar de safiras... apenas o colar.

— Apenas? — Como se os joelhos estivessem fracos, Adrianne se deixou cair na cama. — Mas isso é terrível! E pensar que estivemos todos juntos na casa dos Fume há apenas dois dias! Ela estava usando o colar na ocasião, não estava?

— Estava. — Philip tomou outro gole. Adrianne era boa, pensou ele. Muito boa. — Ela estava usando o colar.

— Deve estar arrasada. Fico pensando se deveria telefonar. Talvez não. É bem possível que não queira falar com ninguém.

— É muita gentileza sua ficar preocupada.

— Precisamos nos manter unidos nessas ocasiões. Tenho certeza de que estavam seguradas, mas as joias de uma mulher fazem parte da sua intimidade. Acho que também vou tomar um drinque enquanto você me conta o que aconteceu.

Quando ela foi para a sala, Philip se sentou na cama. Torceu o nariz ao tomar um gole. A camareira devia ter um péssimo gosto para água-de-colônia, pensou ele, enquanto sentia o cheiro de Rose. Notou a minissaia de couro esperando para ser guardada na mala. Não era exatamente o estilo de Adrianne, refletiu ele, perguntando-se por que tinha a impressão de que já vira aquela minissaia antes.

— A polícia tem alguma pista? — perguntou Adrianne, voltando ao quarto com um copo de vermute gelado.

— Não sei. Ao que parece, alguém entrou pela janela do apartamento, no segundo andar, e abriu o cofre no quarto principal. Parece que Madeline havia saído para um jantar. E, por coincidência, esteve na mesma estalagem em que jantamos ontem à noite.

— Está brincando? É estranho que não a tenhamos visto.

— Ela chegou mais tarde. À procura de uma miragem, pode-se dizer assim. Parece que o ladrão foi bastante esperto para fazê-la sair de casa com a promessa de um jantar romântico à meia-noite com um admirador secreto.

— Agora tenho certeza de que está brincando. — Adrianne sorriu, mas logo seu olhar voltou a ficar sério quando ele não respondeu. — Que coisa terrível para ela.

— E para o seu ego.

— Isso também. — Adrianne estremeceu, com toda a delicadeza. — Pelo menos ela não estava presente quando o ladrão entrou na casa. Poderia ter sido assassinada!

Philip tomou um gole do uísque. Era suave. Tão suave quanto o Sombra. Não podia deixar de admirar os dois.

— Não creio que isso pudesse acontecer.

Adrianne não gostou da maneira como ele falou. Ou como a fitou ao falar. Largou o copo para continuar arrumando a mala.

— Disse que ele só levou um colar? Não acha estranho? Devia haver muitas coisas valiosas no cofre da Madeline.

— Devemos presumir que o colar era a única coisa que despertava o interesse do ladrão.

— Um ladrão excêntrico? — Ela sorriu e foi até o armário. — Lamento muito por Madeline, mas tenho certeza de que a polícia vai prender o criminoso em questão de dias.

— Mais cedo ou mais tarde, pode acreditar. — Philip tomou o resto do uísque. — Estão à procura de um jovem com barba. Parece que ele entrou no apartamento com uma história de exterminar camundongos. A Scotland Yard acha que o homem preparou o apartamento por dentro, provavelmente interferiu no sistema de alarme, para que ele ou seu cúmplice pudesse entrar lá mais tarde.

— Complicado. — Adrianne inclinou a cabeça para o lado. — Parece saber muita coisa a respeito.

— Tenho contatos. — Ele passou o copo vazio para a outra mão. — Não se pode deixar de admirá-lo.

— Um ladrão? Por quê?

— Habilidade. Classe. O esquema para tirar Madeline de Londres demonstrou criatividade. Talento, o que não posso deixar de admirar. — Ele largou o copo. — Dormiu bem ontem à noite, Adrianne?

Ela olhou para trás. Havia alguma coisa na pergunta... ou melhor, por trás da pergunta.

— Não deveria ter dormido?

Philip levantou a minissaia, examinando-a com o rosto franzido.

— Eu não dormi direito. Por mais estranho que possa parecer, resolvi sair para uma caminhada. Acabei passando perto daqui. Devia ser 1 hora da manhã... 1h15.

Adrianne sentiu necessidade de tomar outro vermute.

— É mesmo? Talvez tenha sido porque bebeu muito champanhe. Pessoalmente, o champanhe me faz dormir o sono dos mortos.

Os olhos se encontraram e mantiveram o contato.

— Estranhei um pouco. Não é seu estilo habitual, não é mesmo?

Ela tirou a minissaia de couro das mãos dele e a guardou na mala.

— Um capricho. Foi muita gentileza sua me trazer a notícia.

— É apenas parte do serviço.

— Detesto apressá-lo, Philip, mas tenho que me organizar. O avião parte às 18 horas.

— Nos veremos de novo.

Ela levantou uma sobrancelha, um gesto que aprendera com Celeste.

— É difícil prever essas coisas.

— Vamos nos ver de novo — repetiu Philip, enquanto se levantava.

Ele sabia como se mover depressa e sem aviso. Adrianne teve tempo de erguer o queixo quando ele estendeu as mãos em torno do seu pescoço, mas não teve tempo de se preparar para o momento em que ele a beijou na boca.

Poderia ter feito uma diferença. Ela precisava acreditar que faria diferença. Se tivesse pelo menos um instante para se preparar, não teria reagido. Mesmo assim, não poderia prever que a boca de Philip era tão quente e hábil.

Os dedos comprimiram sua nuca. Deveria ser o suficiente para que ela se desvencilhasse. Em vez disso, inclinou-se para Philip. Era apenas uma sugestão de aceitação, embora fosse mais do que jamais oferecera a qualquer outro homem.

Fora um impulso, sem qualquer planejamento, de consequências incalculáveis. Philip quisera apenas experimentá-la, deixá-la com alguma coisa sua. Outras mulheres teriam reagido com mais facilidade ou recuado em recusa. Adrianne apenas ficou parada, como se atordoada pelo contato mais básico entre os dois. A hesitação que Philip sentiu nela e a confusão profunda contrastavam com o calor da sua boca. Os lábios eram macios. Entreabriram-se quando um gemido baixo e relutante de paixão passou por eles. E Philip ficou mais atordoado do que por qualquer experiência sexual pela qual passara.

Adrianne empalideceu e ele viu outra vez o brilho de medo em seus olhos quando ela recuou. O impulso para tomá-la naquele momento e rolar em paixão vertiginosa sobre as roupas dobradas na cama foi contido. Os segredos de Adrianne ainda eram segredos, e o desejo que ele sentia de decifrá-los era mais forte do que nunca.

— Quero que você saia.

— Está bem. — Para se certificar, pegou a mão dela. Tremia um pouco. Não era encenação. Não era jogo ou fingimento. — Mas ainda não acabamos. — Embora ela estivesse com os dedos rígidos, Philip os levou aos lábios. — Não, ainda não acabamos. E ambos sabemos disso. Boa viagem, Adrianne.

Ela esperou até ficar sozinha antes de se sentar de novo. Não queria se sentir assim. Não queria experimentar aquela necessidade intensa. Nem agora nem nunca.

— NÃO ESTÁ me contando tudo, Adrianne. posso sentir.

— Tudo sobre o quê?

Adrianne correu os olhos pelo salão de baile do Plaza. A orquestra era afinada, as flores frescas e abundantes. Os criados estavam alinhados ao longo de uma parede, os uniformes impecáveis, ombros empertigados, como fuzileiros, passando por uma inspeção final do gerente.

As portas seriam abertas dentro de poucos instantes para a nata da sociedade. Viriam para dançar, beber, posar para fotos. O que era ótimo para Adrianne. Os mil dólares que cada um pagava pelo privilégio ajudariam a construir uma ala pediátrica num hospital no norte do estado.

— Talvez eu devesse ter optado pelas poinsétias — murmurou ela. — São mais festivas, e faltam poucas semanas para o Natal.

— Adrianne...

A impaciência na voz de Celeste a fez sorrir ao se virar.

— O que foi?

— O que exatamente aconteceu em Londres?

— Já contei.

A jovem circulou por entre as mesas. Claro que acertara ao escolher os ásteres. A tonalidade de lavanda ficava muito bem contra o verde-pastel das toalhas. E, festivas ou não, as poinsétias podiam ser encontradas por toda parte naquela época do ano.

— O que deixou em Londres, Addy?

— Não posso me distrair, Celeste, tenho pouco tempo.

— Tudo está perfeito, como sempre.

Celeste resolveu esclarecer logo a questão. Pegou o braço de Adrianne e a afastou da banda, os músicos vestidos de smoking.

— Fez alguma coisa errada?

— Não.

— Está nervosa desde que voltou.

— Tenho me mantido ocupada desde que voltei. — Adrianne beijou levemente o rosto de Celeste. — Sabe como esse baile é importante para mim.

— Claro que sei. — Apaziguada, Celeste pegou a mão de Adrianne. — Ninguém organiza essas coisas melhor do que você, e sou capaz de jurar que ninguém mais se importa tanto. Se você se concentrasse nesse tipo de trabalho, Addy, se dedicasse toda a energia e o talento que dispensa ao outro, não haveria necessidade...

— Não essa noite. — A maneira mais fácil de encerrar a conversa era fazer sinal para que as portas fossem abertas. — A cortina está se abrindo, querida.

— Addy, você me contaria se estivesse metida em alguma encrenca?

— Você seria a primeira pessoa a saber.

Com um sorriso radiante, Adrianne se adiantou para cumprimentar os convidados.

Não era difícil manter os convidados felizes. Era preciso apenas providenciar para que a comida fosse de primeira classe, a música alta e o vinho abundante. À medida que a noite avançava, Adrianne circulou de mesa em mesa, de grupo em grupo. Circulava entre sedas, tafetás e veludos, os YSL, os Dior e os De La Renta.

Embora nunca permanecesse no mesmo lugar por tempo suficiente para comer, dançava quando alguém insistia, flertava e adulava. Notou que Lauren St. John, a deplorável segunda esposa de um magnata da hotelaria, usava um conjunto novo de diamantes e rubis. Adrianne esperou uma oportunidade, e, quando Lauren foi para o banheiro, tratou de segui-la.

Lá dentro, duas atrizes discutiam em voz baixa, furiosas. Por causa de um homem, compreendeu Adrianne, ao se instalar em um reservado. Típico. Tinham sorte de a revista *People* ter enviado um homem para fazer a cobertura da festa, ou seja, a imprensa não podia entrar no banheiro das mulheres para saber das fofocas. É claro que a atendente tinha uma boa memória, e não hesitaria em contar a história se pudesse ganhar 50 dólares extras. Adrianne ouviu Lauren soltar um grunhido no reservado ao lado e concluiu que ela estava com dificuldade para passar a saia justa pelos quadris. Como se fosse um sinal, Adrianne foi para as pias, a fim de esperar ali. Quando Lauren veio se postar a seu lado, as atrizes saíram, batendo a porta, uma depois da outra.

— Elas estavam discutindo pelo homem que estou pensando? — perguntou Lauren enquanto lavava as mãos.

— Era o que parecia.

— Ele é um filho da puta sensual. Acha que vai se divorciar dela?

Lauren pegou um vidro de perfume, cheirou e depois pulverizou em excesso.

— Tudo indica que sim. — Adrianne foi até o balcão de maquiagem e tirou da bolsa o estojo compacto. — A questão é só uma: por que ela quer mantê-lo?

— Porque ele é a melhor trepada da cidade... pelo que ouvi dizer. — Lauren se sentou em um dos bancos de almofada branca e pegou seu batom. — Tivemos uma boa visão do seu... talento... no último filme que ele fez. Eu mesma não me importaria de experimentar.

Ela pegou uma escova com cabo de prata e monograma para alisar os cabelos louros.

— Uma mulher pode fazer sexo sem se humilhar.

Adrianne falou com uma convicção casual, embora fosse uma coisa da qual não podia ter certeza.

— É verdade, mas também vale a pena com um pouco de humilhação. — Lauren se inclinou para a frente, a fim de examinar os olhos, e se convenceu de que ainda tinha alguns anos antes que fosse necessário fazer uma plástica. — De quem é o coração que você está partindo essa semana, querida?

— Resolvi dar um descanso. — Adrianne usou os dedos para afofar os cabelos em torno do rosto antes de tirar um vidro de perfume da bolsa. — Esse colar é deslumbrante, Lauren. É novo?

Ela já sabia quando fora comprado e quanto custara; e quase já calculara o tempo pelo qual Lauren continuaria a possuí-lo.

— É. — Ela se virou para a esquerda e para a direita, fazendo as pedras cintilarem ao refletirem a luz. — Charlie me deu de presente pelo nosso aniversário de casamento. Um ano na semana passada.

— E disseram que o casamento não duraria — murmurou Adrianne, mudando de posição para admirar melhor o colar.

— Setenta quilates em diamantes, 58 em rubis. Birmaneses.

— Claro.

Era assim que a mente de Lauren funcionava. Adrianne ao mesmo tempo desdenhava e apreciava.

— Sem contar os brincos. — Lauren virou a cabeça para ter certeza de que se destacavam. — Por sorte sou bastante alta para usá-los. Nada mais cafona do que ver essas mulheres pequenas tão carregadas de joias que mal conseguem andar. E quanto mais velhas ficam, mais joias usam... para que as pessoas não notem a papada. Já você...

Lauren olhou para o colar de Adrianne, com safiras e diamantes, antes de acrescentar:

— Sempre sabe exatamente o que e como usar. O seu colar é lindo.

Adrianne se limitou a sorrir. Se as pedras fossem verdadeiras, valeriam pelo menos 100 mil dólares. Na verdade, as lindas pedras coloridas deviam valer menos de um por cento dessa quantia.

— Obrigada. — Adrianne se levantou e alisou a saia. Era prateada e larga, o contraste apropriado com o bustiê justo de veludo azul-real. — Tenho que sair agora e cumprir o meu dever. Precisamos almoçar um dia desses, Lauren, para conversar sobre o desfile de moda.

— Vou adorar!

Lauren olhou para o dólar que Adrianne deixara para a atendente. Era o suficiente pelas duas, decidiu ela. Antes de sair, pôs na bolsa o vidro de perfume deixado ali para as convidadas.

Charles e Lauren St. John, pensou Adrianne. O desfile de moda, com a presença de celebridades, seria realizado em seu novo hotel, em Cozumel. Não era conveniente? Todas as pessoas que importavam compareceriam. Ainda mais conveniente. Era sempre uma vantagem roubar no meio de uma multidão. Adrianne sorriu, pensando no presente que Lauren ganhara no aniversário de casamento. Teria que marcar aquele almoço para breve.

— Esse sorriso é para mim?

Quando Adrianne se descobriu envolvida pelos braços de Philip, o sorriso não apenas desapareceu, mas também a boca se entreabriu. Antes que ela pudesse reagir, Philip a beijou com um pouco de pressão e por tempo demais para que fosse apenas um cumprimento casual. Depois recuou, mas continuou a segurar suas mãos.

— Sentiu saudade?

— Não.

— Ainda bem que sei que é uma mentirosa contumaz. — Ele deixou seu olhar se desviar para os ombros à mostra, as pedras azuis na garganta, antes de voltar ao rosto. — Está deslumbrante.

Adrianne precisava fazer alguma coisa, e depressa. Já era terrível que várias pessoas os observassem, mas era pior, muito pior, do que seu coração estivesse tão disparado.

— Desculpe, Philip, mas essa não é uma festa aberta. E tenho certeza de que você não comprou um convite.

— Mas sou um penetra que traz um presente. — Ele tirou um cheque do bolso do smoking. — Para a sua causa tão meritória, Adrianne.

Era o dobro do preço de um convite. Mesmo que o odiasse por atrapalhar sua rotina, não podia deixar de admirar a generosidade.

— Obrigada.

Adrianne dobrou o cheque e o guardou na bolsa. Philip ficou contente por ela ter deixado os cabelos soltos, o que lhe permitia passar os dedos por eles.

— Dance comigo.

— Não.

— Tem medo de que eu a agarre de novo?

Ela contraiu os olhos, irradiando toda a sua raiva. Philip ria dela. Era uma coisa que não admitia de ninguém.

— De novo?

A voz dela, porém, não saiu tão gelada quanto esperava. Dessa vez, Philip soltou uma risada mais alta.

— Você é incrível, Adrianne. Sabia que não consegui parar de pensar em você?

— É evidente que não tem tarefas suficientes para ocupar o seu tempo. Agora, se me dá licença, eu tenho.

— Addy... — Com o oportunismo instintivo de uma veterana, Celeste surgiu ao seu lado. — Não me apresentou ao seu amigo.

— Philip Chamberlain — murmurou ela entre os dentes. — Celeste Michaels.

— Já vi Celeste Michaels dezenas de vezes. — Philip pegou a mão de Celeste e a beijou. — Há anos que ela parte o meu coração.

— Uma pena que eu não soubesse disso antes. — Numa rápida análise, Celeste avaliou Philip e a situação. Se havia um homem que podia deixar uma mulher nervosa, era aquele. — Conheceu a Addy em Londres?

— Isso mesmo. Infelizmente, ela não pôde ficar. — Em um movimento suave, ele passou a mão pelo ombro e pela nuca de Adrianne. — E também se recusa a dançar comigo. Talvez você aceite o convite.

— Claro que aceito.

Celeste pegou o braço de Philip. Enquanto se afastavam, ela olhou para trás com um sorriso malicioso.

— Deixou-a enfurecida.

— Era o que eu esperava.

Celeste pôs a mão no ombro dele.

— Addy não se abala com facilidade.

— Foi o que percebi. E você gosta dela.

— Eu a amo mais do que qualquer outra pessoa. E é por isso que pretendo ficar de olho no senhor, Sr. Chamberlain.

— Philip. — Ele virou Celeste, para poder observar Adrianne, que se inclinava para uma grande dama, o rosto todo enrugado. — É uma mulher fascinante, ao mesmo tempo menos e mais do que parece.

Celeste ouviu o tilintar de sinos de advertência enquanto observava o rosto de Philip.

— Você é muito perspicaz. Adrianne é uma mulher muito sensível, muito vulnerável. Se eu descobrisse que alguém a magoou, ficaria muito chateada. E não sou nem um pouco sensível, Philip. Sou apenas má e implacável.

Ele sorriu.

— Já pensou alguma vez em ter um caso com um homem mais jovem?

Ela riu, aceitando o elogio.

— Você é um sedutor. Como me diverte, vou lhe dar um pequeno conselho. O charme não funciona com a Addy. A paciência, sim, pode dar certo.

— Agradeço o conselho.

Philip observava Adrianne quando a viu levar a mão à garganta e descobrir que não havia nada ali. Percebeu seu instante de surpresa e confusão, depois sua raiva controlada quando o fitou. Com um sorriso, ele acenou com a cabeça em confirmação. O colar de falsos diamantes e safiras estava em seu bolso.

$\mathcal{D}$ESGRAÇADO, SÓRDIDO e nojento. Ele a roubara. Tirara o colar do seu pescoço sem que ela sentisse qualquer coisa a não ser a pulsação mais acelerada. E depois ainda a provocara, encarando-a e sorrindo.

Pagaria por isso, pensou Adrianne, enquanto guardava as luvas na bolsa. E pagaria naquela noite.

Ela sabia que seria uma temeridade. Não haveria tempo para elaborar um plano de cabeça fria. Tudo o que sabia era que Philip tirara dela uma coisa, a escarnecera e a desafiara. Celeste, na maior inocência, passara a informação de que ele estava hospedado no Carlyle. E isso era tudo do que Adrianne precisava.

Tinha uma hora para tirar o vestido e pôr as roupas de trabalho. Rejeitara a ideia de subornar o recepcionista da noite. Os empregados do Carlyle eram conhecidos por sua honestidade. Simplesmente entraria no quarto sorrateiramente.

Adrianne entrou no saguão. Havia apenas um recepcionista atrás do balcão. Homem e jovem. Adrianne abençoou sua sorte e foi até lá, cambaleando.

— Por favor... — Ela optou por um trêmulo sotaque francês. — Dois homens, lá fora. Eles tentaram...

Adrianne levou a mão à cabeça, estremeceu, balançou de um lado para outro.

— Preciso tomar um táxi. Foi uma tolice pensar que poderia fazer um passeio sozinha. Água, *s'il vous plaît*. Poderia arrumar um pouco de água, por favor?

O recepcionista já estava contornando o balcão para levá-la até uma poltrona.

— Está machucada?

Ela levantou o rosto, dando um jeito de exibir olhos úmidos, com uma expressão desamparada.

— Não. Apenas assustada. Tentaram me obrigar a entrar num carro, e não havia ninguém, ninguém para...

— Não se preocupe. Está segura agora.

Ele era muito jovem, pensou Adrianne enquanto se inclinava para o recepcionista. E despertar sua compaixão era muito fácil.

— Obrigada. É muito gentil. Agradeceria se me chamasse um táxi. Mas, primeiro, a água... ou talvez um conhaque.

— Claro. Tente relaxar. Volto num minuto.

E um minuto era tudo de que ela precisava. Assim que o recepcionista se retirou, Adrianne se levantou de um pulo, voltou ao balcão e olhou no computador. Philip estava no vigésimo andar, constatou ela com um sorriso sombrio. Num sono satisfeito, ela tinha certeza, à espera do seu próximo movimento. Duvidava de que esperasse que ela agiria tão cedo.

Quando o recepcionista voltou com o conhaque, ela já retornara à poltrona, os olhos fechados, uma das mãos no coração.

— Muito obrigada. — Cuidou para que a mão tremesse um pouco ao beber. — Tenho que voltar para casa.

Adrianne removeu uma lágrima antes de acrescentar:

— Vou me sentir muito melhor com a minha porta trancada.

— Devo chamar a polícia?

— Não — murmurou ela com um breve sorriso. — Não os vi direito. Estava muito escuro. Graças a Deus consegui escapar e entrar aqui.

Depois de devolver o copo, simulou um esforço para se levantar.

— Nunca esquecerei como foi gentil.

— Não foi nada.

Satisfeito, ele estufou o peito em orgulho masculino.

— Foi tudo para mim.

Adrianne se apoiou nele ao passarem pela entrada do hotel. O táxi que ela já pagara, com ordem para esperar a meia quadra de distância, aproximou-se e parou na frente do hotel.

— *Merci bien.*

Adrianne deu um beijo no rosto do recepcionista antes de entrar no táxi. No momento em que ficaram fora de vista, ela se empertigou no banco.

— Pode me deixar logo depois da esquina.

— Quer que eu a espere de novo?

— Não. — Deu uma nota de 20 dólares ao motorista. — Obrigada.

— Quando quiser, dona, pode chamar.

Quinze minutos depois, Adrianne estava parada na porta do quarto de Philip. A entrada e a subida pelo elevador de serviço haviam sido bem simples. Agora, precisava apenas abrir a fechadura e a corrente de segurança. Ela atribuiu à impaciência e à raiva o tempo que demorou.

O silêncio na suíte era total. Como ele não fechara as cortinas da sala, havia claridade suficiente para orientá-la. Adrianne levou menos de cinco minutos para constatar que ele não deixara nada de valor ali.

O quarto estava escuro. Optou pela lanterna pequena, do tamanho de uma caneta. Teve o cuidado de manter o facho longe da cama, embora lhe viesse a ideia de iluminar o rosto dele, para deixá-lo apavorado. Haveria satisfação suficiente em recuperar seu colar e pegar as abotoaduras de diamantes que ele usara naquela noite.

Adrianne começou a revistar o quarto, de maneira meticulosa e em silêncio. Seria muito azar se ele tivesse guardado tudo no cofre do hotel, mas ela achava que isso não acontecera. Era tarde, quase 3 horas, quando ele voltara ao hotel, e devia estar exausto da viagem. Era mais do que provável, concluíra Adrianne, que tivesse largado tudo numa gaveta e depois se jogado na cama.

Por baixo das camisas da Turnbull, dobradas com todo cuidado, ela descobriu que acertara em sua previsão. O facho da lanterna iluminou seu colar. Ao lado, havia uma caixa de joias de homem, de couro de crocodilo, com monograma. Havia mais do que as abotoaduras de diamantes lá dentro. Ela encontrou outras abotoaduras, de ouro, um alfinete de gravata com um topázio de primeira qualidade e outras peças sortidas da vaidade masculina, todas de bom gosto e alto valor.

Na maior satisfação, Adrianne pôs a caixa e o colar na bolsa. Pensou que seria uma pena não poder ver o rosto de Philip pela manhã, mas, quando se virou, colidiu com ele.

Mal teve tempo de respirar antes de ser arremessada por cima do ombro de Philip. Mesmo enquanto desferia um chute, sentiu que voava. O ar foi expelido dos seus pulmões quando bateu no colchão. Só pôde soltar um grunhido quando seus braços foram imobilizados nos lados do corpo e o corpo de Philip se estendeu por cima do seu.

— Bom dia, querida!

E a beijou na boca. Sentiu os braços de Adrianne se contraindo, o corpo se arqueando, embora a boca se entreabrisse, quente e ansiosa. Excitado pelo contraste, Philip tornou o beijo mais profundo do que tencionara.

Então tratou de se controlar, segurou os pulsos de Adrianne com uma das mãos e estendeu a outra para o abajur. No instante em que a luz acendeu, ele concluiu que gostava da aparência de Adrianne na cama.

Ela tinha plena consciência da sua situação. A culpa era sua, pensou Adrianne com desgosto, oscilando entre a raiva e a amargura. Durante quase dez anos roubara o melhor, sempre de cabeça fria, usando a lógica. Agora, por causa de um colar sem valor — e de seu orgulho —, tinha sido apanhada. A única solução era usar a impudência para se livrar.

— Me largue!

— Não há a menor possibilidade. — Philip manteve os braços de Adrianne esticados por cima da cabeça e usou a mão livre para afastar os cabelos do seu rosto. — Deve admitir que foi uma maneira hábil de trazê-la para a cama.

— Vim pelo colar, não para ficar na cama com você!

— Pode fazer as duas coisas.

Ele sorriu. E, por estar despreparado para a súbita violência da luta de Adrianne, perdeu o controle. Os trinta segundos que se seguiram foram uma disputa encarniçada e silenciosa pela supremacia dos sexos. Adrianne era ágil e muito mais forte do que parecia. Foi o que Philip descobriu quando levou um soco no estômago. Dessa vez ele imobilizou suas mãos entre os corpos, os rostos separados por poucos centímetros.

— Está bem. Conversaremos a respeito mais tarde.

Não foi a fria princesa Adrianne quem o fitou em fúria total, mas a mulher que ele desconfiara que havia por trás: ardente, volátil... e confusa.

— Armou tudo para me pegar, seu desgraçado!

— Confesso que sou culpado, mas estou surpreso por você ter arriscado tanto para recuperar esse colar. Vale apenas umas poucas centenas de libras. Valor sentimental, Addy?

Ofegante, ela fez um esforço para ordenar os pensamentos. Ou ele tinha uma vista excelente, ou uma lupa de joalheiro.

— Por que o tirou?

— Curiosidade. Por que a princesa Adrianne usa joias de fantasia?

— Tenho coisas melhores nas quais gastar o meu dinheiro. — Philip não usava camisa, e ela podia sentir cada batida do coração em seus dedos. — Se me soltar, eu levo o colar e poderemos esquecer que isso aconteceu. Não vou entregar você à polícia.

— Arrume um argumento melhor.

Ela conseguira recuperar o fôlego e — assim esperava — o controle também.

— O que você quer?

Philip levantou as sobrancelhas. Analisou o rosto de Adrianne por um longo momento, sem pressa.

— Não vou levar essa pergunta em consideração. A resposta é fácil demais.

— Não vou pedir desculpas por entrar no seu quarto para recuperar o que me pertence.

— E a minha caixa de joias?

— Foi por vingança. — O brilho da paixão, rápido e intenso, aflorou nos olhos de Adrianne. — Acredito na vingança.

— Nada mais justo. Aceita um drinque?

— Aceito.

Ele tornou a sorrir.

— Quero a sua palavra de que vai continuar onde está. — Philip quase podia ver os pensamentos de Adrianne se alterando e tomando forma. — Pode fugir, Adrianne, e, como não estou vestido para persegui-la, conseguiria escapar, mas apenas por enquanto. Ainda haveria o amanhã.

— Tem a minha palavra. Preciso mesmo de um drinque.

Ele se levantou, dando a Adrianne a oportunidade de sair da cama e ir para uma cadeira. Philip não usava camisa e a calça do pijama pendia dos quadris em um equilíbrio precário. Ela tirou as luvas, fazendo um esforço para se controlar enquanto ouvia o som da bebida caindo no copo.

— Serve um uísque?

— Está ótimo.

Adrianne pegou o copo e tomou um gole, muito calma, enquanto ele se sentava na beira da cama.

— Espero uma explicação.

— Então vai ficar desapontado. Não lhe devo explicação.

— Atiçou a minha curiosidade. — Ele pegou um maço de cigarros na mesinha de cabeceira. — Eu tinha parado de fumar até conhecer você.

— Sinto muito. — Ela sorriu. — Mas, no final das contas, é apenas uma questão de força de vontade.

— E eu tenho muita. — Philip a contemplou de alto a baixo. — Mas estou usando em outras coisas. Agora, a minha pergunta é simples. Por que uma mulher como você rouba?

— Recuperar o que me pertence não é roubar.

— O colar de Madeline Moreau não lhe pertencia.

Se seu controle não fosse tão firme, Adrianne teria engasgado com o uísque.

— O que uma coisa tem a ver com a outra?

Ele soprou a fumaça, pensativo, enquanto a observava. Ela não era uma amadora, refletiu Philip, e estava longe de ser inexperiente.

— Foi você mesma quem pegou o colar, Addy. Ou sabe quem foi. O nome Rose Sparrow significa alguma coisa para você?

Ela continuou a beber, muito calma, embora as mãos estivessem suando.

— Deveria significar?

— Foi a minissaia — explicou Philip. — Levei algum tempo para entender, mas quando visitei o Freddie, o nosso amigo comum, ele mencionou Rose... e até a descreveu. E me lembrei da minissaia azul de couro que você guardou na mala. A que era tão diferente do seu estilo habitual.

— Se vai continuar com rodeios, prefiro ir embora. Ainda não dormi.

— Sente-se.

Adrianne não tinha a menor disposição de obedecer, mas o tom ríspido a advertiu de que seria menos complicado se tornasse a se sentar.

— Se entendi direito, você meteu na cabeça que tive algum envolvimento com o roubo do colar da Madeline. — Ela largou o copo e ordenou que os ombros relaxassem. — Só me ocorre uma pergunta. Por que eu faria isso? Não preciso do dinheiro.

— Não é uma questão de necessidade, mas de motivação.

A pulsação na garganta de Adrianne era forte e desconfortável. Ela ignorou e continuou a fitá-lo com firmeza.

— O que você é? Um investigador da Scotland Yard?

Com uma risada, Philip apagou o cigarro.

— Não exatamente. Conhece o ditado de que é preciso um ladrão para pegar outro ladrão?

Quando a campainha tocou, o som foi alto e claro. Adrianne já ouvira falar do lendário ladrão conhecido apenas como P.C. Ele tinha a reputação de ser charmoso, implacável e o mestre dos roubos a residências. Especialista em joias. Alguns diziam que roubara o diamante Wellingford, uma pedra de 75 quilates. Depois, ele se aposentara. Adrianne sempre imaginara um homem mais velho, um veterano astuto. Tornou a pegar o copo com uísque.

Era irônico finalmente estar na companhia de um colega de trabalho, mas não poder conversar a respeito.

— É a sua maneira de me dizer que é um ladrão?

— Fui.

— Fascinante. Suponho então que tenha pegado o colar de Madeline.

— Há alguns anos, eu não hesitaria em pegá-lo. Seja como for, Addy; você teve uma participação no roubo, e quero saber por quê.

Ela se levantou, balançando o copo.

— Se, por alguma razão insana, eu tivesse uma participação, Philip, isso não seria da sua conta.

— O seu título não significa nada aqui, entre nós dois, nem o seu prestígio social. Ou conta para mim, ou para os meus superiores.

— E quem são eles?

— Trabalho para a Interpol. — Ele a observou levar o uísque aos lábios e tomar um gole. — Eles ligaram vários roubos, ao longo de quase dez anos, a um único homem, um homem muito esquivo. A safira Moreau é apenas a última joia de uma longa lista.

— Interessante. O que isso tem a ver comigo?

— Podemos marcar um encontro. Talvez eu consiga fazer um acordo para mantê-la em liberdade.

— É muito galante. — Adrianne tornou a largar o copo. — Ou seria se você estivesse certo.

Embora soubesse como a situação era crítica, ela sorriu confiante.

— Pode imaginar como os meus amigos achariam divertido se eu contasse que fui acusada de estar envolvida com um ladrão? Seria convidada para jantares semanalmente.

— Será que não percebe que estou tentando ajudá-la? — Philip se levantou, segurou-a pelos braços e a sacudiu. — Não há razão para representar comigo. Não há mais ninguém aqui. Não precisa dessa farsa. Eu a vi na rua, perto do hotel, toda vestida de preto, na noite do roubo. Entrou pela porta de serviço. E sei que teve participação na venda ao receptador. Está envolvida nisso, Addy. Lembre-se de que essa já foi a minha especialidade. Sei como funciona.

— Não tem nada de concreto para levar aos seus superiores.

— Ainda não. Mas é apenas questão de tempo. Ninguém sabe melhor do que eu como as chances aumentam depois de alguns anos. Se está em dificuldades, se precisa vender algumas pedras para salvar as aparências, não tenho razões para embaraçá-la tornando isso público, mas tem que falar comigo, Addy. Quero ajudar.

Era absurdo, mas ele dava a impressão de que falava sério. Uma parte de Adrianne, reprimida por anos, queria acreditar nele.

— Por quê?

— Não seja idiota!

Philip tornou a beijá-la. A luta inicial de Adrianne terminou em um gemido. A paixão que saboreava não era menos volátil do que a que sentia. As mãos dele subiram para os seus cabelos, rudes e possessivas, puxando sua cabeça para trás, em busca de mais liberdade. Pela primeira vez, ela deixou que suas mãos vagueassem, procurassem e persistissem na pele de um homem. A necessidade começou como uma quentura no estômago para depois se espalhar, como um calor mais forte, uma ânsia, um incêndio total.

Ele sabia que era uma loucura desejá-la daquele jeito, esquecer suas prioridades, afundar-se naquela mulher, mas Adrianne era toda maciez e força, tremor e procura. A fragrância que emanava da pele do seu pescoço o deixou atordoado enquanto tropeçavam e caíam na cama.

Philip esqueceu a sutileza e a classe na explosão e no desejo. Quem quer que ela fosse, quaisquer que fossem seus segredos, ele a desejava agora mais do que em qualquer outro momento anterior. Cobiçara diamantes pelo fogo interior, rubis pela chama arrogante, safiras pelo brilho de calor azul. Em Adrianne encontrava todas as qualidades que antes só descobria nas pedras preciosas que roubava.

Ela era pequena e ágil. Seus cabelos o envolviam, com seu perfume e sua textura, enquanto rolavam pela cama. O gosto de uísque perdurava em sua língua, inebriante. Havia desespero na sua reação que o despojava do controle, camada por camada.

Quando enfiou a mão por baixo do suéter para encontrar seus seios, cheios e macios, Philip sentiu o coração de Adrianne disparado.

Nunca fora assim. Ano após ano, por vezes incontáveis, Adrianne convencera-se de que nunca poderia ser assim. Não para ela. Agora, pela primeira vez, queria totalmente, como uma mulher. Usar e ser usada. Enquanto seu corpo reagia, em busca do prazer, empenhado pela liberação, sentiu uma pontada de medo.

Podia ver o rosto da mãe, molhado de lágrimas. E podia ouvir o som abafado através das mãos infantis, os gemidos de satisfação do pai.

— Não! — A palavra explodiu no instante em que empurrou Philip. — Não me toque! Não!

Em reflexo, ele segurou as mãos de Adrianne quando ela tentou golpeá-lo.

— Mas que droga, Adrianne!

A fúria levou Philip a puxá-la, já com acusações amargas na ponta da língua, mas morreram antes que pudessem ser pronunciadas. As lágrimas tremendo nos olhos de Adrianne eram reais, assim como o terror que havia por trás.

— Calma, calma...

Atenuou a pressão, fazendo esforço para manter a voz baixa. Adrianne era como uma montanha-russa, e ele ainda não tinha certeza se queria embarcar. Como ela continuava tentando agredi-lo, Philip acrescentou:

— Pare com isso. Não vou machucar você.

— Então me largue. — Ela sentia a garganta tão apertada que até o menor sussurro era doloroso. — Fique com as mãos longe de mim.

A raiva tornou a prevalecer e Philip teve que fazer um esforço para reprimi-la.

— Não ataco mulheres. Pediria desculpas se a tivesse entendido errado, mas ambos sabemos que não foi isso o que aconteceu.

— Já disse que não vim aqui para dormir com você. — Adrianne desvencilhou uma das mãos, depois a outra. — Se espera que eu caia de costas só porque você deseja se divertir, vai ficar desapontado.

Ele recuou, lentamente. Era uma medida de controle.

— Alguém a fez passar por maus momentos.

— O fato puro e simples é que não estou interessada.

Antes que Philip pudesse tocá-la de novo, ela saiu da cama e pegou sua bolsa.

— O fato puro e simples é que você tem medo. — Ele também se levantou. Só mais tarde saberia que os lençóis conservariam a fragrância de Adrianne, o que o atormentaria pelo resto da noite. — De mim, talvez, ou de si mesma.

As mãos não eram firmes quando Adrianne levantou a alça da bolsa.

— O ego de um homem é de um fascínio interminável. Adeus, Philip.

— Só mais uma pergunta, Adrianne.

Ela já estava na porta, mas parou, inclinando a cabeça.

— Estamos a sós aqui, sem gravadores — acrescentou Philip. — Para variar, eu gostaria de saber a verdade. Só para mim. Está envolvida em tudo isso por causa de um homem?

Adrianne deveria tê-lo ignorado. Deveria oferecer o sorriso mais frio e sair, deixando a pergunta sem resposta. No entanto, ela se perguntaria uma dúzia de vezes por que não fez isso.

— Isso mesmo. — Viu o pai atravessando os corredores largos e ensolarados, ignorando as lágrimas de Phoebe, ignorando os gritos silenciosos da filha. — Isso mesmo, é por causa de um homem.

O desapontamento foi profundo e tão intenso quanto a raiva.

— Ele a está ameaçando? Fazendo chantagem?

— É um total de três perguntas. — Adrianne encontrou forças para sorrir. — Mas uma coisa vou lhe dizer, e é nada menos do que a verdade. Fiz o que fiz por opção.

E se lembrou de uma coisa. Enfiou a mão na bolsa e tirou a caixa de joias. Em um impulso súbito, jogou-a para ele.

— Honra entre ladrões, Philip. Pelo menos por hoje.

Capítulo 15

• • • •

— Não é glorioso, querida? — Lauren St. John avançou pela beira da piscina para beijar o rosto de Adrianne. Cuidou para que *o cameraman* só filmasse seu melhor lado e usou o corpo de Adrianne para bloquear o fato de que engordara 3 quilos desde o Dia de Ação de Graças. — Tudo está correndo bem, não é?

Adrianne levantou sua marguerita gelada.

— Absolutamente dentro do prazo.

Havia uma centena de pessoas, apenas convidados, confraternizando no terraço da piscina. Dentro do salão de baile, umas cinquenta pessoas preferiam o ar condicionado à brisa marinha. Adrianne se permitiu um olhar rápido e ansioso para a praia antes de tornar a sorrir para Lauren.

— É um hotel adorável, Lauren, e tenho certeza de que o desfile de moda vai ser um tremendo sucesso.

— Já é. Só a presença da imprensa vale pelo menos 1 milhão. A *People* veio, é claro. Teremos uma reportagem de três páginas. Tenho certeza de que já sabe que apareci no *Good Morning America* na semana passada.

— Estava maravilhosa.

— Você é a simpatia em pessoa. — Lauren se virou para outra equipe de filmagem. — Tem certeza de que não prefere champanhe, querida? Estamos servindo margueritas pelo clima.

Adrianne imaginou que o traje de camponesa mexicana de 5 mil dólares que Lauren usava também era pelo clima.

— Esse drinque está ótimo.

Correu os olhos pela multidão. Havia dezenas de pessoas que conhecia, além de outras dezenas que reconhecia. Os ricos, os poderosos, os famosos. Os representantes da imprensa circulavam, documentando cada par de óculos escuros de grife. Mulheres exibiam seus melhores trajes de férias de verão, de biquínis sumários com as cangas mais deslumbrantes a saias de seda rodadas. Ninguém deixara as joias em casa. Diamantes cintilavam, o ouro faiscava ao sol tropical. Por dois dias, a pequena ilha de Cozumel se tornara um paraíso dos ladrões. Se estivesse à procura do grande golpe, Adrianne poderia circular entre os convidados recolhendo joias.

Não chegava a ser a mesma coisa que colher flores silvestres numa campina, pensou ela, mas era próximo, muito próximo, quando a pessoa era aceita como sócia daquele clube exclusivo. A Interpol, com toda certeza, tinha agentes na ilha, mas ela não avistara Philip. Graças a Deus.

— Ouvi dizer que as roupas estão deslumbrantes.

Adrianne, assumindo seu papel, inclinou a cabeça e sorriu para um fotógrafo.

— Não deveria ter ouvido nada. As roupas foram guardadas sob uma segurança mais rigorosa do que as joias da Coroa. Quanto maior o segredo, maior a expectativa. O que acha da ideia de fazer a passarela por cima da piscina?

— Maravilhosa.

— Espere só até ver o *grand finale*. — Lauren se inclinou para sussurrar: — As modelos de maiô vão mergulhar.

— Mal posso esperar para ver.

— Eu queria encher a piscina com champanhe, mas o Charlie não permitiu. Mas fiz uma fonte de champanhe no salão de baile. E você tem que experimentar a *piñata* mais tarde. É um exótico costume. Ei, você! — Lauren se virou para uma garçonete. O sorriso encantador se transformou numa expressão dura. — Você deve servir os drinques, e não passear com a bandeja. — Lauren tornou a se virar, as feições se desanuviando em outro sorriso. — Onde era mesmo que eu estava? Ah, sim, a *piñata*. Quando Charlie e eu estivemos aqui no ano passado, fomos a uma fiesta. Todos aqueles pivetes de dedos melequentos tentavam bater com uma vara num burro de papel machê. Depois que quebra...

— Conheço a brincadeira, Lauren.

— Pois pensei em adaptar o costume mais para o nosso gosto. Mandei fazer um lindo papagaio. Está cheio das mais fascinantes joias de mentira. Deve ser notícia no *Entertainment Tonight*.

Adrianne teve que morder o lábio ao projetar a imagem de celebridades se jogando no chão para recolher contas e pedras falsas.

— Parece que vai ser divertido.

— É para isso que estamos aqui. Quero que todos se lembrem dessa festa beneficente. Posso recomendar o bufê, embora os criados tenham me dado muito trabalho. — Ela acenou jovial para um grupo do outro lado da piscina. — Também não podemos esquecer que são mexicanos.

Adrianne bebeu devagar para esfriar a raiva.

— Estamos no México.

— Tem razão. Não consigo entender por que não fazem um esforço para aprender a nossa língua. Vivem murmurando entre si. E ainda por cima são preguiçosos. Não tem ideia de como é difícil mantê-los na linha, mas trabalham quase de graça. Avise-me se tiver algum problema com o serviço. Christie, querida, você está divina!

Depois que a loura de pernas compridas se afastou, Lauren acrescentou para Adrianne:

— Ah, o que eu poderia lhe contar sobre *ela*...

— Tenho certeza de que tem muitas coisas em que pensar nesse momento.

E se eu não escapar de sua companhia, pensou Adrianne, começarei a gritar.

— Você não tem ideia, nenhuma ideia, de como invejo a sua vida tranquila. Apesar de tudo, tenho certeza de que essa vai ser a maior e mais espetacular inauguração de hotel do ano.

Adrianne quase sorriu, sabendo que Lauren não seria capaz de compreender a própria ironia.

— Espero não ter cometido nenhum erro ao planejar o desfile para a tarde em vez de realizá-lo à noite. As tardes são bem mais... informais.

— A vida na ilha é informal.

— Hum... — Lauren observou um jovem artista de cinema passar, usando uma pequena sunga, com um brilho de óleo de bronzear no corpo. — Há também aspectos bem favoráveis nos trajes informais. Ouvi dizer que eles têm uma tremenda resistência.

— Como vai, Charlie?

— Como? — Lauren continuava a admirar o jovem garanhão. — Vai bem, muito bem. Confesso que estou nervosa como uma gata. É muito importante que esse evento seja um sucesso.

— E será. Você vai levantar milhares de dólares para a leucemia.

— Hein? Ah, isso também. — Lauren ergueu um ombro delgado. — Mas é claro que as pessoas não estão aqui para pensar em uma doença desagradável. Seria deprimente demais. O importante é simplesmente *estar* aqui. Já comentei que a duquesa de York mandou uma mensagem pessoal lamentando não poder comparecer?

— Não.

— É uma pena que ela não possa vir, mas temos você como realeza. — Ela deu um aperto íntimo no braço de Adrianne. — Ah, estou vendo Elizabeth. Preciso cumprimentá-la. Divirta-se, querida.

— Vou me divertir — murmurou Adrianne. — Mais do que você imagina.

As pessoas como os St. John não mudavam. Adrianne foi para trás de um jasmim da virgínia, a fim de se sentar ao sol e apreciar a música. Um hotel como El Grande sem dúvida proporcionava empregos à combalida economia mexicana, assim como o desfile repleto de celebridades levantaria recursos para uma obra de caridade. Para Lauren e outras pessoas iguais a ela, no entanto, esses benefícios eram acidentais ou, pior, um trampolim para suas próprias ambições.

Os St. John estavam preocupados em primeiro lugar com eles mesmos, ou seja, dinheiro, posição, fama. Adrianne tomou um gole do seu drinque e observou Lauren esvoaçar à beira da piscina.

Ela teria a atenção da imprensa, com toda certeza. Mais do que pretendia. Adrianne calculava que o roubo das joias de diamantes e rubis de Lauren seria uma grande notícia.

— Está bancando a Greta Garbo ou pode suportar uma companhia?

— Marjorie!

Com prazer genuíno, Adrianne se levantou de um pulo. Filha do ator Michael Adams, que fora um grande amigo de Phoebe e dela em Hollywood, Marjorie se tornara sua amiga depois que as duas haviam se afastado do mundo do cinema.

— Não sabia que você viria.

— Foi um súbito impulso.

A loura esguia, ao estilo da Califórnia, retribuiu o abraço de Adrianne.

— Michael veio com você? Não o vejo há mais de um ano.

— Papai não pôde vir. Está filmando em locação. — Ela olhou a redor e sorriu. — Prefiro palmeiras em qualquer dia do ano.

— Ele nunca para, não é? Diga a ele que mandei um beijo quando se encontrarem.

— Depois de amanhã. Vamos passar o Natal juntos. — Marjorie sacudiu os cabelos enquanto se acomodava numa *chaise longue*. Chamou um garçom que passava. — Quero um suco de fruta. Duplo.

Ela soltou um longo suspiro.

— Um zoológico e tanto, não é?

— Não comece. — Mas Adrianne também sorriu. — O que veio fazer aqui? Nunca se interessou pela *haute couture*.

— Um desejo ardente pelos trópicos... e por Keith Dixon.

— Keith Dixon?

— Sei que ele é ator. — Marjorie levantou a mão. — Por isso que tenho relutado, mas...

— É sério?

Ela virou a mão para revelar um diamante.

— Pode-se dizer que sim.

— Noiva? — Quando Marjorie levou um dedo aos lábios, Adrianne elevou uma sobrancelha, mas baixou a voz. — Um segredo? Michael sabe?

— Sabe e aprova. Os dois se dão tão bem que quase não precisam de mim. É estranho.

— Estranho que eles se deem bem?

— Estranho que eu tenha passado a maior parte da minha vida à procura de amigos e namorados que papai não aprovaria.

Adrianne se recostou.

— Devia ser cansativo.

— E era mesmo. Com Keith, tem sido a coisa mais fácil que já fiz.

— Então, por que o segredo?

— Para evitar as colunas sociais por mais algum tempo. De qualquer forma, só vai ser segredo por mais alguns dias. Vamos nos casar no Natal.

Adoraria se você pudesse ir. Mas sei como se sente em relação às festas de fim de ano. Janta conosco essa noite?

— Claro que sim. Ele deve fazê-la muito feliz, Marjorie. Você está maravilhosa.

— Sinto-me muito melhor. — Ela tirou um cigarro do bolso da saia de linho. Era o único vício que ainda se permitia. — Às vezes, ao olhar para trás, não posso acreditar no quanto fiz papai sofrer... e eu também. Estou pesando 55 quilos agora.

— Fico feliz por você.

— Guardei uma foto que saiu num jornal quando deixei o hospital há três anos. Estava pesando 37 quilos. Parecia um cadáver ambulante. — Ela cruzou as pernas compridas e bem torneadas. Faz com que me lembre de que tenho sorte por estar viva.

— Sei que Michael se orgulha de você. Na última vez em que nos encontramos, ele não falou sobre outra coisa.

— Eu não conseguiria sem ele... depois que entrou na minha cabeça que papai não era o inimigo... — Ela pegou o copo de suco e deu ao garçom uma nota de 5 dólares. — Você também ajudou. À segunda geração das crianças de Hollywood. — E bateu o copo no de Adrianne. — Não esqueço a sua visita ao hospital naquela ocasião, como falou comigo, embora eu não quisesse escutar, contando como foi difícil ver sua mãe se perder. Nunca vou poder expressar, Addy, o que isso representou para mim...

— Não precisa. Michael foi uma das poucas pessoas que realmente gostaram da minha mãe. Não conseguiu ajudá-la, mas tentou.

— Sempre achei que ele era um pouco apaixonado pela Phoebe. Por vocês duas. Juro que a odiava quando éramos pequenas. — Marjorie riu e apagou o cigarro. — Papai não parava de falar de você, que era uma aluna exemplar, uma menina gentil e bem-educada.

— Que coisa revoltante! — comentou Adrianne, provocando outra risada de Marjorie.

— Por isso eu fumava, bebia, tomava qualquer droga que pudesse encontrar, casei com um canalha que sabia que ia me bater, criava um escândalo público sempre que possível. De um modo geral, fazia tudo o que podia para tornar a vida de papai miserável... e isso quase me matou. A anorexia foi o último problema.

— A palavra-chave é último.

— É verdade. — Marjorie sorriu, o mesmo sorriso de autoironia que tornara o pai famoso. — Mas já chega de falar sobre isso. Sabia que a Althea está aqui?

— Althea Gray? Não, não sabia.

— Pois está. — Marjorie correu os olhos pelos convidados. — Ali.

Em um gesto deliberado, Adrianne levantou os óculos escuros antes de olhar. Era ela mesmo, a atriz, usando uma blusa justa e uma minissaia rosa.

— Aquela roupa estaria mais apropriada na filha adolescente, se ela tivesse uma.

— Althea sempre gostou de exibir o seu talento — comentou Adrianne.

— Seus dois últimos filmes foram bombas... nucleares.

— Foi o que ouvi dizer.

Adrianne não estava interessada. Vingara-se de Althea anos antes. Um conjunto de opalas e diamantes em baguetes se transformara numa doação anônima para o Fundo dos Atores Aposentados.

— Ela fez uma lipo nas coxas há poucos meses.

— Você não perde uma, hein, Marjorie.

Mas não pôde deixar de avaliar melhor as pernas de Althea.

— Renunciei à bebida, às drogas e aos garanhões, Addy. Tinha que me ocupar com outras coisas. Tenho outra novidade da cidade das ilusões... falando sobre o antigo agente da sua mãe, Larry Curtis. — O sorriso de Adrianne congelou. — Parece que os rumores sobre a preferência dele por garotinhas eram verdadeiros. Foi apanhado na semana passada enquanto fazia uma audição com uma nova cliente. Ela tinha 15 anos.

A náusea embrulhou o estômago de Adrianne. Com extremo cuidado, ela largou o copo. Ouviu a própria voz, fria e distante:

— Disse que ele foi apanhado?

— Em flagrante, pelo pai da garota. O desgraçado teve o maxilar fraturado. Uma pena que ninguém tenha cortado aqueles sacos de que ele tanto se orgulha e pendurado em seu pescoço, mas parece que ele não vai funcionar de novo. Ei! — Alarmada, Marjorie se sentou na *chaise longue*. — Você está branca que nem um lençol.

Ela não queria lembrar e engoliu em seco, fazendo um esforço para aliviar a pressão no estômago.

— Sol demais.

— Vamos para a sombra antes que o desfile comece. Consegue ficar em pé? Detesto usar clichês, mas parece que você viu um fantasma.

— Não se preocupe. Estou bem.

Tinha que estar. Larry Curtis pertencia ao passado. Tudo aquilo pertencia ao passado. Adrianne se levantou e foi com Marjorie para as cadeiras sob um toldo vermelho.

— Eu não perderia isso por nada nesse mundo, Marjorie.

— Parece que vai ser um espetáculo e tanto.

E foi mesmo. Ela observou Lauren subir em um pódio ornamentado com flores tropicais. No dia seguinte, Adrianne teria sua própria produção.

A suíte de Adrianne no El Grande era toda em tons pastel. Portas de vidro davam para uma varanda cheia de flores. Tinha uma geladeira bem abastecida, um banheiro espelhado com banheira de hidromassagem e um cofre com uma chave pessoal. Tinha suas vantagens, mas preferia a suíte que reservara no El Presidente sob o nome de Lara O'Conner.

Com algum pesar, aposentara Rose Sparrow.

Na segunda suíte, guardava suas ferramentas. Poucas horas depois do desfile, estava sentada a uma mesinha perto da janela, comendo um kiwi, enquanto estudava as plantas do El Grande. Ainda não decidira qual dos dois métodos de acesso usaria. Perfeccionista, desenvolveu os detalhes de ambos. O telefone tocou.

— *Hola. Sí.*

Adrianne se inclinou para trás em sua cadeira. O contato estava ansioso. Em sua experiência, os mensageiros tentavam parecer duros quando ficavam nervosos.

— Estarei lá, como o combinado. Se não confia em mim, amigo, é o momento de cair fora. Há sempre outro comprador.

Ela esperou, tomando um gole de Perrier no copo.

— Conhece a reputação dele. Quando o Sombra faz um acordo, ele entrega. Não gostaria que eu dissesse a ele que você duvida da sua capacidade de consumar a transação, não é mesmo? Eu sabia que não. *Mañana.*

Adrianne desligou e se levantou. Massageou os músculos doloridos das costas e pescoço. Nervos. Contrariada, fechou os olhos. Balançou lentamente a cabeça de um lado para outro. Não se lembrava de ficar tão nervosa em anos.

O trabalho era rotineiro... quase simples demais. No entanto...

Philip, pensou ela. Philip a lançara em confusão e ainda não parara. Preocupava-se, porque ele não estava na ilha. E teria se enfurecido se estivesse.

Ele não podia provar coisa alguma, assegurou a si mesma enquanto abria as portas da varanda. E em breve, muito em breve, ela acabaria o que se propusera a fazer.

O sol, de um dourado brilhante, pairava no céu a oeste, pouco acima do mar. Dentro de poucas horas a lua surgiria, fria e branca.

O Sol e a Lua. Adrianne pôs as palmas das mãos na grade da varanda e se inclinou para fora. Símbolos da noite e do dia, de continuidade, de eternidade. Pegarei o colar muito em breve, mamãe, prometeu, silenciosamente. Depois, talvez possamos ter alguma paz.

A brisa soprou em seu rosto, dedos quentes que a acariciaram. Havia uma fragrância quente, floral, que se elevava por toda parte, inevitável. Podia ouvir as ondas correndo pela areia para depois refluírem. Mais alto do que esse murmúrio, as pessoas riam, gritavam enquanto passeavam pela praia ou mergulhavam com *snorkel* junto dos corais.

Solidão. Adrianne apertou os olhos com força, mas não pôde evitar. A época... Podia atribuir o sentimento ao período de festas e às recordações que trazia. Podia até atribuir a culpa ao encontro com Marjorie, pela inveja por seu controle sobre a vida depois de tantos anos de naufrágio. Mas era mais do que isso, muito mais. Ela não era apenas uma mulher sozinha numa varanda. Por mais pessoas que conhecesse, por mais que se empenhasse em viver ocupada, estava sempre sozinha.

Ninguém a conhecia. Nem mesmo Celeste compreendia plenamente os conflitos e as dúvidas que a dominavam. Era princesa de uma terra que não era mais a sua. Visitante num país que continuava a lhe ser estranho. Uma mulher que tinha medo de ser uma mulher. Uma ladra que queria justiça.

Naquele momento, com a brisa da tarde soprando em seu rosto, com a fragrância da maresia e das flores que a cercavam, queria alguém para abraçá-la.

Adrianne se virou e tornou a entrar na suíte. Podia não ter alguém, mas tinha alguma coisa. Vingança.

Capítulo 16

• • • •

O TRABALHO NÃO constava na sua agenda naquela manhã. Adrianne queria se esquentar ao sol tropical, nadar de *snorkel* pelos recifes, nas águas puras como cristal. Queria dormir sob uma palmeira e pensar o mínimo possível.

Era véspera de Natal. Alguns convidados já haviam voltado para casa — Chicago, Los Angeles, Paris, Nova York, Londres. A maioria permanecia no El Grande, celebrando as festas com *piña colada* em vez de ponche quente de rum, com palmeiras em vez de pinheiros.

Adrianne nunca passava as festas em Nova York. Não conseguia suportar a visão da neve ou das vitrines na Macy's ou na Saks. O Natal era um grande acontecimento em Nova York, que a encantara quando era criança.

Ainda podia se lembrar da primeira vez em que vira as elegantes bonecas vitorianas girando na vitrine da Lord & Taylor enquanto o vento frio e penetrante soprava em torno do casaco de gola de pele, e o cheiro de castanhas assadas a envolvia. Em Nova York, haveria sinos tocando em cada esquina, música saindo de cada loja.

A Cartier estaria envolta por um enorme laço colorido. Ao longo da Quinta Avenida, o mar de pessoas seria tão denso que alguém podia ser apanhado pela correnteza humana e arrastado por quarteirões.

Um clima inebriante. Não havia outro lugar no mundo que fosse mais inebriante do que Nova York no Natal. E, para Adrianne, não havia lugar mais depressivo.

A data era proibida em Jaquir, até mesmo as comemorações públicas de turistas e trabalhadores ocidentais. Não podia haver ornamentos, cantigas de Natal, nem sequer um galho de pinheiro. Nada de bolas de vidro com neve dançando dentro. A lei proibia.

Havia lembranças de Natal, algumas alegres, algumas tristes. Adrianne sabia que tinham que ser confrontadas, mas não em Nova York, onde decorara sua última árvore, com esforço desesperado para envolver a mãe nas festividades. Fora em Nova York que ela embrulhara seus últimos presentes em papéis coloridos... e Phoebe nunca abrira os pacotes.

Fora em Nova York, cinco anos antes, que encontrara a mãe morta no chão do banheiro, na madrugada que antecedia a manhã de Natal. Aquele último Natal, quando se sentara com Phoebe e Celeste para beber a gemada e ouvir cantigas natalinas no som. E a mãe fora se deitar mais cedo.

Adrianne nunca descobrira onde Phoebe conseguira o uísque e as pílulas azuis. De onde quer que tivessem vindo, fizeram o serviço.

Por isso, ela fugia no Natal, embora soubesse que era uma fraqueza. Monte Carlo, Aruba, Maui... qualquer lugar em que o sol fosse quente. Às vezes aproveitava para trabalhar, às vezes não fazia nada. Naquela viagem, faria as duas coisas; na manhã seguinte, quando os sinos tocassem pelo Natal, já teria realizado seu trabalho.

Não foi o nervosismo que a levou a tomar a decisão de passar o dia longe do hotel dos St. John. Queria apenas ficar sozinha, anônima. Depois de dois dias, já não aguentava coquetéis e conversas irrelevantes à beira da piscina. Escolheu a praia junto de El Presidente, não como princesa Adrianne ou Lara O'Conner, mas como Adrianne Spring.

Com sede, as pernas começando a doer, voltou à praia. Com a máscara e as nadadeiras nas mãos, atravessou a areia até a cabana de teto de colmo em que deixara o restante das suas coisas. Sem qualquer dificuldade, ignorou dois homens deitados ao sol ali perto, tomando cerveja, à espera de uma conquista.

— Adrianne!

Ainda esfregando os cabelos, ela se virou para uma mulher que se aproximava. O corpo era exuberante e dourado, realçado por duas tiras estreitas que faziam com que o biquíni de Adrianne parecesse uma armadura. Os cabelos eram escuros, curtos, e balançavam na altura do queixo. Por um momento houve apenas irritação por ser incomodada. Em seguida, veio o reconhecimento.

— Duja? — Com uma risada, Adrianne largou a toalha e abriu os braços para a prima. — É mesmo você!

Trocaram beijos nas faces e recuaram, uma analisando a outra.

— Isso é maravilhoso! — A voz baixa e musical de Duja trazia recordações ao mesmo tempo doces e tristes. Tardes longas e quentes no harém, um caramanchão no jardim, onde duas meninas escutavam histórias contadas por uma velha. — Quanto tempo faz?

— Muitos e muitos anos. O que está fazendo aqui?

— Nada, até agora. Estivemos em Cancún, mas depois J.T. decidiu navegar até aqui, porque acha que o mar é melhor para o mergulho. Não posso acreditar que quase fiquei na piscina do hotel. Está sozinha?

— Estou.

— Então vou lhe pagar um drinque e vamos pôr a conversa em dia. — Ela passou o braço pelo de Adrianne e se encaminharam para o bar. — Leio a seu respeito o tempo todo: a princesa Adrianne comparece à estreia do balé, a princesa Adrianne participa do baile da primavera. Imagino que ande ocupada demais para me visitar em Houston.

— Ainda não pude ir. Enquanto mamãe estava viva, não era fácil viajar. Depois... — Ela observou Duja acender uma cigarrilha. — Pensei que não suportaria ver você ou qualquer outra pessoa de Jaquir.

— Lamentei por você. — Duja abordou o assunto da morte de Phoebe tão ligeiramente quanto tocou na mão de Adrianne. — A sua mãe sempre foi gentil comigo. Tenho lembranças afetuosas. *Duas margaritas, por favor.*

Depois de fazer o pedido ao bartender, olhou para Adrianne.

— Está tudo bem com você?

— Claro. Obrigada. Já passou muito tempo. Não parece real.

Duja soprou uma nuvem de fumaça.

— E estamos muito longe do harém.

Não o suficiente, pensou Adrianne.

— Está feliz?

— Muito.

Duja cruzou as pernas compridas e morenas. Em uma reação automática, flertou com o homem do outro lado do bar circular. Tinha 30 anos, um corpo espetacular, era segura de seu poder.

— J.T. é um homem maravilhoso, muito gentil, muito americano. Tenho os meus próprios cartões de crédito.

— E é tudo de que precisa?

— Ajuda. Além disso, ele me ama e eu o amo. Sei que fiquei apavorada quando o meu pai concordou em me entregar a ele. Depois de tudo o que nos ensinaram e ouvimos falar sobre os americanos. — Ela se virou no banco para poder observar as pessoas na beira da piscina. — Quando penso que poderia estar sentada no harém, grávida da sexta ou sétima criança e especulando se meu marido ficaria satisfeito ou insatisfeito comigo... — Ela lambeu o sal da borda do copo. — Claro que estou feliz. O mundo é diferente daquele que conhecíamos quando éramos crianças. Os americanos não esperam que suas mulheres fiquem sentadas quietas no canto e tenham um filho depois do outro. Amo o meu filho, mas também fico contente por ter apenas um.

— Onde ele está?

— Com o pai. Johnny é tão fanático por mergulho quanto o J.T. E também é muito americano. Beisebol, pizza, jogos eletrônicos. Às vezes olho para trás e me pergunto como seria a minha vida se o petróleo não tivesse levado J.T. a Jaquir... — Duja deu de ombros enquanto soprava a fumaça fragrante que lembrou Adrianne das tardes no harém e do som dos tambores. — Mas não olho para trás com frequência.

— Fico feliz. Quando éramos crianças, eu sentia a maior admiração por você. Sempre foi equilibrada e bem-comportada, e muito bonita. Pensava que era por ser alguns anos mais velha. Queria ser igual a você quando crescesse.

— As coisas eram muito mais difíceis para você. Queria agradar o seu pai, mas sempre manteve a lealdade à sua mãe. Compreendo agora como ela deve ter ficado desesperada quando o rei tomou uma segunda esposa.

— Foi o princípio do fim para ela. — A amargura voltou. Adrianne tomou um gole para tentar dissipá-la. — Voltou a Jaquir alguma vez?

— Visito a minha mãe uma vez por ano. E levo para ela, às escondidas, filmes e lingerie vermelha. — Em uma resposta à pergunta tácita de Adrianne, ela acrescentou: — Nada mudou. Quando volto, sou uma filha decorosa e obediente, os cabelos presos e o rosto coberto. Uso a minha *abaaya* e me sento no harém para tomar chá. O mais estranho é que, ao fazer isso, não fica parecendo esquisito, mas sim a coisa certa.

— Como?

— É difícil explicar. Quando vou a Jaquir, quando ponho o véu, começo a pensar como uma mulher de Jaquir, a sentir como uma mulher de Jaquir. O que parece certo nos Estados Unidos, até mesmo natural, torna-se totalmente estranho. Quando vou embora, quando tiro o véu, também me desfaço de todos esses sentimentos e volto a ignorar as restrições.

— Não consigo entender. É como se fossem duas pessoas.

— E não é o que acontece? A maneira como fomos criadas e a maneira como vivemos. Você nunca voltou?

— Não, mas estou pensando nisso.

— Não vamos este ano. J.T. está preocupado com os problemas no Golfo Pérsico. Jaquir teve êxito até hoje em evitar um confronto, mas não vai durar para sempre.

— Abdu sabe como escolher as suas brigas e seus amigos.

Duja elevou uma sobrancelha. Mesmo depois de tantos anos, nunca chamaria o rei pelo primeiro nome.

— J.T. disse a mesma coisa há pouco tempo. — Insegura naquele terreno, Duja mudou de assunto. — Sabia que o seu pai se divorciou de Risa? Ela é estéril.

— Eu soube.

Adrianne sentiu uma pontada de compaixão pela última esposa do pai.

— Tomou outra esposa há poucos meses.

— Tão depressa? — Adrianne bebeu de novo, um gole maior. — Eu não sabia. Leiha deu a ele sete filhos saudáveis.

— Cinco eram meninas. — Duja deu de ombros de novo. Parecia que Adrianne não se importava em falar dos seus meios-irmãos. — As duas mais velhas já casaram.

— Sei disso. Ouvi a notícia.

— O rei as negociou com a maior habilidade, mandando uma para o Irã e a outra para o Iraque. A terceira tem apenas 14 anos. Dizem que vai para o Egito ou talvez para a Arábia Saudita.

— Ele demonstra mais afeição pelos cavalos do que pelas filhas.

— Em Jaquir, os cavalos são mais úteis.

Duja fez um sinal para que o *bartender* servisse outra rodada.

Da sua janela, no quinto andar, Philip tinha uma excelente vista da piscina, dos jardins e do mar. Observava Adrianne desde que ela saíra da água. Através do binóculo, vira até as gotas de água brilhando, escorrendo por sua pele.

Só podia especular sobre a mulher com quem conversava. Não era um contato; disso ele tinha certeza. O rosto de Adrianne exibira muita surpresa e prazer quando haviam se encontrado.

Uma amiga antiga ou talvez parente. Adrianne não fora à praia para encontrá-la. A menos que Philip estivesse completamente equivocado em seu palpite, ela fora sozinha, como já fizera uma ou duas vezes antes. Ele a seguira desde El Grande.

Achava que era uma pena ter perdido as festas nos últimos dois dias, mas fora mais sensato manter a discrição.

Soprou lentamente a fumaça, enquanto esperava que Spencer atendesse o telefone.

— Spencer falando.

— Olá, capitão.

— O que está acontecendo, Chamberlain?

— Recebeu o relatório que entreguei ao contato em Nova York?

— Não disse muita coisa.

— Essas coisas levam tempo. — Philip observou a maneira como os cabelos molhados de Adrianne caíam pelas costas. — Às vezes mais do que gostaríamos.

— Não preciso da droga da sua filosofia. Preciso de informações.

— Claro.

Philip levantou o binóculo e focalizou o rosto de Adrianne. Ela estava rindo. Não havia nada de frio ou indiferente na maneira como seus lábios se contraíam agora. Com relutância, desviou o binóculo para a outra mulher. Uma parente, concluiu. Um pouco mais velha, muito americanizada. Philip percebeu a cintilação do diamante em seu dedo. Era casada.

— E então?

A impaciência na voz de Spencer era tão clara quanto o som do cachimbo de Philip sendo sugado.

— Não há muito para acrescentar ao meu relatório anterior.

Para seu próprio prazer, tornou a desviar o binóculo para Adrianne. Ela tinha a pele mais extraordinária... como a cor de ouro num quadro antigo. Era uma insensatez, mas agora Philip tomaria algumas providências para salvá-la.

— Se o nosso homem esteve em Nova York, escapuliu de novo. A única pista que encontrei lá apontava para Paris. Talvez queira pôr os seus homens na cidade em alerta.

Desculpe, companheiro, acrescentou Philip, mentalmente, mas preciso ganhar tempo.

— Por que Paris?

— A condessa Tegari. Ela vai passar as festas lá com a filha. E arrematou algumas peças valiosas da coleção da duquesa de Windsor. Se eu ainda estivesse no ofício, acharia a perspectiva muito interessante.

— É o melhor que pode fazer?

— No momento, sim.

— Onde você está e quando vai voltar?

— Estou tirando alguns dias de férias, Stuart. Pode me esperar no início do ano. Lembranças para a sua família. — À primeira menção de protesto, acrescentou: — Feliz Natal.

Adrianne tinha mesmo uma pele excepcional, pensou Philip de novo. Em toda parte que um homem tinha a sorte de contemplar.

Como não pôde encontrar uma maneira gentil de recusar o convite da prima para jantar no iate, Adrianne teve que alterar seus planos. Aguardava a noite com alguma ansiedade. Seria a oportunidade de se recostar e observar, verificar se a mistura de cultura e tradição podia mesmo dar certo. Também seria um álibi sólido, se eventualmente precisasse.

Adrianne usou seus aposentos em El Presidente para trocar de roupa. Era uma pequena precaução, mas que concluíra que valia a pena. O momento ideal era tudo agora. Uma olhada para o relógio indicou que os St. John deveriam estar ocupados na Fiesta Room, recebendo a imprensa com os primeiros coquetéis. Isso lhe daria mais de uma hora antes que Lauren subisse para a suíte presidencial a fim de trocar de roupa para a festa a rigor na véspera do Natal.

Adrianne iria até lá mais tarde, depois do jantar com a prima. Se Lauren optasse por usar os rubis naquela noite, seria uma interessante diversão.

Era uma curta viagem de carro para o norte. O final de tarde estava fragrante, faltando ainda uma ou duas horas para o pôr do sol. Quando parou o carro no estacionamento do El Grande, Adrianne usava enormes óculos escuros e um chapéu mole, com um vestido havaiano de mangas compridas. Seria confundida, como pretendia, por uma turista americana de gosto duvidoso.

Com a bolsa de palha pendurada no ombro balançando, ela se encaminhou para a entrada principal. Sem olhar para a direita ou para a esquerda, foi até os elevadores. Parou o elevador entre um andar e outro. Tirou o vestido e o colocou na bolsa, junto com o chapéu e os óculos. Tudo foi comprimido dentro de um saco de roupa suja, que ela dobrara e escondera embaixo do corpete do uniforme de criada que usava.

Demorou menos de trinta segundos para que o elevador recomeçasse a subir para o último andar. Ela usava uma peruca preta, com fios brancos, presa por baixo de uma rede. Acrescentara uma cicatriz longa e fina ao rosto. Se fosse vista e alguém fizesse perguntas, as pessoas se lembrariam de uma criada de meia-idade com uma cicatriz.

As roupas de cama e banho ficavam num closet na extremidade de cada corredor. Poderia abrir a fechadura com um grampo de cabelo, se fosse necessário; em vez disso, porém, usou a ferramenta que tirou da liga na coxa. Pôs o saco de roupa suja num carrinho vazio, depois pegou algumas toalhas. Saía do closet com o carrinho quando ouviu o barulho do elevador.

De cabeça baixa, empurrou lentamente o carrinho pelo corredor.

— *Buenas tardes* — murmurou ela, quando um casal passou, recendendo a cloro e óleo de bronzear.

Adrianne partilhara o café da manhã com eles naquela manhã. Não se deram ao trabalho de responder ao cumprimento e continuaram a discutir o lugar em que esquiariam na semana seguinte.

Adrianne bateu na porta da suíte presidencial para depois dizer num inglês estropiado:

— Camareira. Toalhas limpas.

Ela esperou, contando devagar até dez. Com a mesma ferramenta, abriu a porta. Era lamentável, pensou ela, quanta fé a pessoa comum depositava numa chave. Talvez um dia, depois que se aposentasse, escrevesse uma série de artigos sobre o assunto. Entrou na suíte com o carrinho de arrumadeira que usou para bloquear a porta.

Se alguma coisa desse errado, o obstáculo lhe proporcionaria alguns preciosos segundos.

Suntuosa, pensou, enquanto corria os olhos pela suíte. Os St. John não poupavam despesas para o conforto. Escolheram tons de pêssego e creme contrabalançados por um preto lustroso, com carpete grosso e um enorme sofá. As flores eram frescas, o que mostrava a Adrianne que a criada já arrumara a suíte, embora as roupas dos St. John estivessem espalhadas por cadeiras e mesas.

Adrianne preferia o laranja brilhante e o dourado da decoração do El Presidente. Alguém deveria dizer a Charlie que as pessoas visitavam a ilha não apenas para relaxar, mas também para sentir que se divertiam ao máximo.

Aprendera o necessário sobre o novo hotel por meio das plantas e sua estada de dois dias. Um almoço com Lauren na Sala de Chá Russa preenchera as poucas lacunas que faltavam. Adrianne pagara a conta, refletindo que era o mínimo que podia fazer.

Por precaução, deu uma volta rápida pelos aposentos. O banheiro era idêntico ao seu, como indicava sua informação. Várias toalhas úmidas no chão e a fragrância persistente de Norell diziam que Lauren tomara um banho antes do encontro com a imprensa.

Certa de que estava sozinha, seguiu sem hesitar para o closet no quarto de vestir. O cofre, o conforto extra que Charlie oferecia em todos os seus hotéis, ficava ali.

Em vez de uma combinação, funcionava com uma chave que o hóspede deveria guardar consigo. Não apenas não havia alarme, mas até uma criança, com determinação e uma chave de fenda, poderia abrir o cofre em menos de meia hora. Adrianne levantou a saia e tirou da liga uma chave pequena. Era do cofre de seu próprio quarto, um andar abaixo.

A chave entrou na fenda, mas não girou. Depois de escolher uma lima, começou a fazer os ajustes. Era preciso paciência. Podia limar apenas uma fração de cada vez, inserir a chave e tentar de novo. Agachada como um receptor pronto para pegar as bolas que passassem pelo batedor em um jogo de beisebol, trabalhava segundo a segundo, minuto a minuto. De vez em quando, ouvia uma porta se fechar ou o barulho do elevador. Esperava, prendendo a respiração, até que os passos se afastassem da suíte.

Como sempre, sentiu uma onda de satisfação quando a fechadura cedeu. Pôs a chave em cima do cofre e tirou uma caixa de joias. Uma longa fileira de pérolas muito bonitas. Devolveu a caixa ao cofre e pegou outra. Diamantes relativamente pequenos, mas perfeitos, embutidos num colar. Calculou que Lauren devia considerar que era uma joia para um traje informal. Também tornou a pôr essa caixa no cofre. E, finalmente, encontrou o conjunto de diamantes e rubis.

Com a lupa, examinou três das pedras no colar. Birmanesas, como revelara Lauren, pedras masculinas, de cor intensa, com uma profunda textura acetinada e o mínimo de defeitos. Os diamantes também eram excelentes, com pouquíssimos defeitos, apenas um traço de amarelo. Eram pedras da segunda água, mas bem cortadas. Pôs no bolso o colar, a pulseira e os brincos do conjunto, guardou a caixa no cofre e o fechou. Um olhar para o relógio indicou que havia tempo suficiente para voltar ao seu hotel e se arrumar para o jantar com a prima.

E foi nesse instante que ouviu uma chave girar na fechadura.

— Mas que droga! Tire essa coisa do caminho!

Adrianne se levantou de um pulo para obedecer.

— Desculpe, *señora*. Trouxe toalhas limpas.

— Pois então me dê uma! Que merda! — Lauren pegou uma toalha na pilha do carrinho e começou a esfregar uma mancha do tamanho de um prato de comida na saia. — O filho da puta desajeitado derramou ponche em cima de mim!

Adrianne teve que fazer um esforço para reprimir uma risada.

— *Señora*, quer... ahn... água... água fria?

— Isto é seda, sua idiota! — Lauren lançou um olhar furioso para Adrianne, balançando a cabeça. Viu apenas uma criada velha e estúpida. — O que você sabe sobre seda? Ah, Deus, não há ninguém nessa droga de ilha para fazer uma lavagem a seco decente! Não sei por que o Charlie não construiu o hotel em Cancún!

E levantou a saia De la Renta.

— Dois mil dólares e posso muito bem jogar pela janela! — Lauren puxou o zíper com um grunhido de raiva. — Não tem mais nada para fazer? Pagamos por hora. Saia daqui e faça jus aos seus pesos.

— *Sí, Señora* St. John. *Gracias. Buenas tardes.*

— E responda em inglês!

Lauren deu um empurrão em Adrianne, fazendo-a sair para o corredor, batendo a porta em seguida.

Como Adrianne, Philip tinha muita paciência. Entrou no estacionamento do El Grande e procurou uma vaga de onde podia não apenas observar o jipe de Adrianne, mas também a entrada do hotel. Fazia calor. O suor escorria pelas costas da camisa de algodão, deixando o banco úmido. Tomou um gole de Pepsi e prometeu a si mesmo que não fumaria outro cigarro até que ela saísse. Continuaria se mantendo a distância por mais algum tempo. Mais cedo ou mais tarde, ela o levaria ao homem que admirava por sua competência e invejava pela lealdade de Adrianne.

Ele só podia ser bom, muito bom, pensou, se pretendia roubar alguma coisa no hotel em plena luz do dia. Mas Philip já sabia que o Sombra era excepcional. O trabalho Moreau fora o último de uma longa série de roubos perfeitos.

Contudo, ainda não entendia o papel que Adrianne desempenhava. Uma diversão? Uma informante? Pela posição que ocupava, seria perfeita como fornecedora de informações valiosas. Mas por quê?

Ela ria quando saiu do hotel. Contida, como se fosse de uma piada particular. Ele descobriria o motivo, prometeu a si mesmo, e todo o resto que havia para saber sobre Adrianne. Por enquanto, limitou-se a segui-la.

No El Presidente, Philip esperou que ela saísse de novo. Calculou que Adrianne teria que se apressar se quisesse chegar a tempo para a festa dos St. John. Assumiu uma posição no saguão de onde poderia observá-la se descesse pelo elevador ou pela rampa. O sol já se punha quando Adrianne desceu, parecendo calma e descontraída, usando um vestido preto largo e decotado nas costas. Não seguiu para o estacionamento; em vez disso, foi para a praia. Philip observou enquanto ela percorria um píer e entrava num iate branco chamado *O Álamo*.

Foi recebida pela mulher com quem tomara um drinque antes, junto com um homem calvo, de rosto avermelhado, e um garoto magricela. Viu Adrianne estender a mão para o garoto, depois rir e abraçá-lo, enquanto os raios do sol poente pareciam atear fogo em seus cabelos.

Se era uma reunião de trabalho, refletiu Philip, então ele não sabia distinguir um sensor de calor de um infravermelho. Reformulou seus planos e subiu para o quarto de Adrianne.

Fazia alguns anos que não abria uma fechadura com uma gazua, mas era uma coisa que nunca esqueceria, assim como andar de bicicleta e fazer amor... e, depois de feita, proporcionava uma imensa satisfação.

Ela era meticulosa, pensou Philip, circulando pela suíte. Especulara a respeito, como Adrianne vivia quando estava sozinha. Não havia roupas largadas numa cadeira de maneira descuidada, nem sapatos deixados no meio do quarto. Na penteadeira, os vidros, potes e tubos estavam tampados e enfileirados. No closet, as roupas haviam sido penduradas com todo cuidado. Adrianne escolhera o informal e largo, constatou ele, como convinha aos dias quentes e noites abafadas. Sua fragrância ainda perdurava no quarto.

Quando percebeu que devaneava, Philip tratou de sacudir a cabeça para recuperar o controle.

Por que uma segunda suíte? Por que um nome falso? Não podia deixar de especular. E, agora que estava ali, não sairia enquanto não encontrasse as respostas.

O estojo de maquiagem não deveria interessá-lo, mas nunca vira Adrianne usar mais do que um pouco de sombra nos olhos e batom. Nos três dias no México, só se dera ao trabalho de um mínimo de maquiagem para a noite. Então por que uma mulher confiante em sua aparência e que quase nunca se preocupava em realçá-la precisava de um estojo de maquiagem?

Havia o suficiente em lápis de maquiagem e bases para atender a todas as coristas de um show na Broadway. Intrigado, levantou a camada de cima. Encontrou cílios postiços, com um adesivo por baixo. Parecia que Adrianne gostava de usar disfarces. Por baixo dessa camada estavam as joias de Lauren St. John.

Bom? Ele pensara que o Sombra era bom? O homem era um gênio. De alguma forma, num período mínimo, entrara na suíte dos St. John, roubara as joias e as transferira para Adrianne, tudo sem mostrar a cara.

Ela as escondera no fundo do estojo de maquiagem, no lugar destinado às sombras. Agora, segurando-as, Philip sentiu uma antiga tentação, o canto da sereia nas pedras. Guerras haviam sido travadas por pedras assim, vidas perdidas, corações partidos. Haviam sido tiradas do fundo da terra, separadas da rocha, cortadas, polidas e vendidas para adornar pescoços, pulsos e dedos.

Havia culturas que ainda acreditavam que pedras assim podiam afugentar os espíritos do mal e evitar a morte.

Philip podia compreender tudo isso enquanto os rubis e diamantes cintilavam em suas mãos, sussurrando para ele.

Poderia meter as joias no bolso e deixar a suíte. Ainda tinha contatos que as trocariam por dinheiro, permitindo que escapasse impune, livre. Seria gratificante, muito gratificante. E ele ficou tentado, não tanto pelo dinheiro, mas pelas pedras. Pareciam queimar em suas mãos, femininas e provocantes.

Com um suspiro, tornou a guardá-las no estojo. Era lamentável que tivesse desenvolvido certa lealdade a Spencer. Mesmo assim, sua decisão era mais por causa de Adrianne. Esperaria e observaria para descobrir o que ela fazia com as joias e com quem.

Fechou o estojo, guardando-o na prateleira no alto do closet. Depois de decidir que era melhor renunciar ao jantar, Philip pegou uma almofada na sala, levou-a para o fundo do segundo closet, vazio, e se acomodou para esperar.

C<small>OCHILOU</small>, mas tinha sono leve, uma característica de ladrões e heróis. Acordou quando ouviu a chave girar na fechadura. Levantou-se para observá-la através da fresta entre as portas do closet.

Adrianne parecia relaxada. Era outro fator que ele passara a observar, a oscilação de seu ânimo. A luz acesa incidia em suas costas quando se encaminhou para o quarto. Philip ouviu o barulho das roupas e a imaginou tirando-as, embora isso lhe fizesse mais mal do que bem. Os cabides deslizaram pelo suporte com um som metálico quando ela pendurou tudo. Ao passar pela porta aberta entre os dois cômodos, Adrianne usava uma camisola curta, aberta na frente. Philip pôde divisar a linha estreita de sua pele, do vale dos seios para baixo.

Ela se movimentava apressada, mas não como uma mulher que se preparava para dormir. Philip lamentou a parede que os separava quando ouviu o barulho de vidros na penteadeira.

Havia longos silêncios, o som de algum recipiente sendo aberto ou fechado, o ruído de água corrente. Depois, ouviu a porta da suíte ser aberta, devagar, e passos rápidos no corredor.

Philip esperou, cinco segundos, dez, antes de sair do closet. Na rampa, teve que fazer um esforço para se controlar, sem correr no encalço de Adrianne. Ao chegar lá embaixo, teve certeza de que a perdera. A única mulher que podia avistar ali tinha ombros largos, quadris saltados e cabelos louros frisados. Continuou olhando ao redor à procura de Adrianne. Subitamente, seus olhos voltaram para a loura. Era a maneira como se movimentava, pensou Philip, e quase sorriu enquanto a mulher atravessava o estacionamento.

Era mesmo Adrianne, mas ele duvidava de que estivesse a caminho de um baile à fantasia.

Enquanto ela seguia em seu carro para San Miguel, Philip se manteve pouco mais de meio quilômetro atrás. Havia pouco tráfego, um ou outro táxi vindo da cidade para o distrito dos hotéis. À esquerda, o mar era escuro e calmo, as luzes coloridas de um navio de passageiros ornamentando a noite como pedras preciosas. Muito em breve a meia-noite traria o Natal. As crianças já dormiam, sonhando com a manhã seguinte. Os turistas prolongavam suas festas. Embora as lojas estivessem fechadas, ainda havia música nos bares e restaurantes.

Adrianne estacionou no outro lado da praça. A negociação deveria ser rápida. Queria acabar logo. Naquela noite, sentada no iate da prima, observando Duja com sua família, partilhando recordações da vida em Jaquir, ela decidira que os rubis seriam seu último trabalho. Depois que transferisse o dinheiro e assentasse a poeira, partiria para o leste, ao encontro da sua infância. E do colar: o Sol e a Lua.

Havia uma festa na praça. Os embrulhos em papel colorido ainda não haviam sido arrebatados, assim como os brinquedos de plástico que caíram de uma *piñata* e se espalharam pelo chão. A cidade cheirava ao mar que a cercava. A lua era clara e branca, as estrelas tinham bastante fogo para que faiscassem vermelhas ao redor. Por cima dela, palmeiras sussurravam no ar quente e úmido, típico das ilhas.

Adrianne passou por uma viela. A música na praça se tornou abafada. Outra volta e ele estava entre os estandes em que, durante o dia, os comerciantes ofereciam suas mercadorias, tentando, a qualquer custo, vendê-las aos turistas. Quando os estandes estavam abertos, havia por toda parte objetos de couro elegantes, cintos, bolsas, sandálias. Caixas de joias, com passarinhos esculpidos como alças, podiam ser vendidas por poucos milhares de pesos ou alguns dólares americanos. O coral negro, pelo qual a ilha era famosa, poderia ser visto em incontáveis mostruários. Haveria peças de prata e conchas, vestidos de algodão cheios de bordados.

Agora, o local estava vazio, as mercadorias retiradas dos corredores estreitos e guardadas por trás de portas de garagem trancadas. Não haveria transações no Natal. Pelo menos não para os turistas.

Adrianne parou e esperou.

— Chegou na hora, *señorita*.

O homem saiu das sombras, baixo e magro, com marcas profundas no rosto de acne ou catapora. Seu isqueiro, com incrustações de turquesa, brilhou quando ele acendeu um cigarro, mostrando o franzido de uma cicatriz antiga no dorso da mão.

— Sempre chego na hora para tratar de negócios. — A voz tinha agora um sotaque do Texas. — Trouxe a quantia que combinamos?

— E você? Trouxe a mercadoria?

Adrianne sabia com que tipo de homem estava lidando.

— Quero ver o dinheiro primeiro.

— Sem problema.

Ele tirou uma chave do bolso e levantou a porta de um estande que subiu aos solavancos e com bastante barulho. Do lado de dentro havia uma porção de joias de prata ordinárias, penduradas nas paredes e em balcões de vidro empoeirados. Recendia a fruta madura demais e tabaco antigo. O homem pegou uma mochila.

— Aqui tem 150 mil dólares americanos. O meu patrocinador só queria pagar 100 mil, mas consegui persuadi-lo.

— Sorte dos dois. — Adrianne pôs uma luva cirúrgica, depois pegou uma bolsa na sacola pendurada no ombro. — Vai querer examinar as pedras, embora eu possa assegurar que são genuínas.

— Claro que quero verificar. E você vai querer contar o dinheiro, embora eu possa assegurar que está tudo aí.

— Tem toda razão.

Com a maior cautela, olhando-se nos olhos, eles trocaram a mochila e o saco. Adrianne folheou as notas. Pegou um pequeno aparelho e passou por cima de uma nota de 50.

— As notas também são genuínas. Foi um prazer fechar negócio com você.

— O prazer foi todo meu. — O homem guardou a lupa e a bolsa com as joias no bolso. De repente uma faca surgiu em sua mão e faiscou no escuro. — Quero o dinheiro de volta, *señorita*.

Adrianne olhou a faca. Depois, fitou o homem. Era sempre melhor observar os olhos.

— É assim que o seu patrocinador faz negócios?

— É assim que eu faço. Ele fica com o colar, eu fico com o dinheiro, e você, minha linda dama, fica com a sua vida.

— E se eu não quiser entregar o dinheiro?

— Nesse caso, você perde a sua vida, e eu ainda fico com o dinheiro. — Ele deu um passo à frente, a faca entre os dois. — Seria uma pena morrer sozinha no escuro, na véspera de Natal.

Talvez fosse simples reflexo, seu instinto de sobrevivência, ou talvez fossem as palavras do homem, trazendo de volta o horror da morte da mãe; mas, quando ele estendeu a mão para a mochila com o dinheiro, Adrianne ignorou a faca e levantou o pé, acertando um golpe entre suas pernas com força. A faca caiu no chão, fazendo barulho, segundos antes de o homem tombar.

— Desgraçado... — murmurou ela, chutando a faca para longe. — Agora o seu orgulho é tão pequeno quanto o seu cérebro e igualmente inútil.

— Muito bem dito — comentou Philip, aproximando-se por trás.

Ele levantou uma das mãos quando Adrianne se virou. A outra mão empunhava um .38 de cano curto. Duvidava que fosse precisar, pois no momento o mensageiro se contorcia no concreto.

— Lembre-me de usar uma cueca reforçada quando me encontrar de novo com você, querida. Agora, pegue a bolsa com as joias e vamos embora.

— O que está fazendo aqui?

— Eu pretendia salvar a sua vida, mas você mesma cuidou disso. As joias, Addy. Prefiro não passar o Natal numa cadeia mexicana. Ela pegou a bolsa e passou por ele.

— E eu prefiro que você vá para o inferno!

Philip puxou a trava de segurança antes de guardar o revólver no bolso.

— Nesse ritmo, tenho certeza de que nos encontraremos lá, mais cedo ou mais tarde. Pessoalmente, gostaria de adiar esse momento. — Ele se adiantou, segurou-a pelo braço e fez com que se virasse. — Perdeu o juízo ao vir até aqui sozinha se encontrar com um homem assim?

— Sei exatamente o que faço e como faço. Pode tentar me prender aqui, agora, mas farei com que pareça um idiota.

Ele a avaliou por um momento. Mesmo por baixo da maquiagem, podia ver a mulher que conhecia.

— Creio que poderia mesmo. Vamos no meu carro.

— Prefiro ir no meu.

— Não pressione além da medida.

— Para onde vamos?

— Primeiro, voltaremos para o hotel a fim de que você possa se livrar dessa peruca ridícula. Faz com que pareça uma vagabunda.

— Muito obrigada.

— Depois, levaremos essas lindas pedras de volta ao lugar de onde saíram.

Já atravessavam o meio da praça quando Adrianne parou, desvencilhou o braço com um movimento brusco e o fitou, aturdida.

— Agora é você quem perdeu o juízo!

— Discutiremos isso mais tarde. Se não se incomoda, eu gostaria de estar a vários quilômetros de distância daqui antes de o seu amigo se recuperar.

No instante em que ele a empurrou na direção do seu carro, o relógio na praça bateu meia-noite.

Capítulo 17

♦ ♦ ♦ ♦

A VIAGEM DE VOLTA a El Presidente não conseguiu acalmá-la. Se era possível, Adrianne estava ainda mais furiosa quando entrou em seu quarto. Perder o controle era um fato excepcional para uma mulher acostumada a conter qualquer sinal dos seus verdadeiros sentimentos. Mas havia ocasiões — e pessoas — que exigiam exceções.

— Você é insuportável, Philip. Só me criou problemas desde a primeira vez que o vi. Bisbilhotando, interferindo e me seguindo.

Ela arrancou a peruca e a jogou em direção do sofá. Caiu no carpete, espalhafatosa como a tanga de uma dançarina de strip-tease.

— E esse é o agradecimento que recebo?

— Se está tentando, à sua limitada maneira, bancar o herói, devo dizer que detesto heróis.

— Levarei isso em consideração.

Ele gentilmente fechou a porta da suíte. Sempre achara que havia poucas coisas mais fascinantes para observar do que uma mulher num acesso de raiva.

Depois de tirar as argolas de ouro ordinárias das orelhas, ela as jogou contra a parede.

— Eu odeio os homens!

— Está certo.

Ainda fervendo de raiva, Adrianne começou a tirar as unhas postiças, largando-as no chão, em seu esplendor de loja de miudezas.

— E você em particular!

— Sempre prefiro ser distinguido pelas mulheres bonitas.

— Não pode encontrar alguma coisa mais interessante para fazer do que se meter no meu trabalho?

— Não no momento. — Ele a observou soltar os cabelos. A pinta que ela pintara no canto da boca não combinava com seu rosto, muito menos a sombra lavanda nos olhos. — Adrianne, querida, o que fez com o seu rosto?

Com um grunhido de frustração, ela foi para o quarto.

— Quer fazer o favor de ir embora? — pediu quando Philip foi atrás. — Tive um longo dia.

— Foi o que notei.

Farejou-a. O perfume de Rose — ou, agora, de Lara — tinha que desaparecer. Limitou-se a sorrir quando ela o empurrou como se fosse uma mosca incômoda.

— Era a sua prima a mulher com quem tomou drinques essa tarde?

Com os dentes rangendo, Adrianne começou a lavar a maquilagem do rosto.

— Esteve me espionando. Não posso imaginar nada mais baixo.

— Então a sua imaginação precisa de algum estímulo. Prefiro o biquíni vermelho, mas não se pode deixar de reconhecer que o azul, com aquelas pequenas estrelas, fica muito bem em você.

— Você é mesmo nojento. — Ela encostou os dedos no creme e começou a remover os vestígios de massa e cola de maquiagem. — Mas isso não me surpreende. O que você fez? Ficou sentado junto da janela com um binóculo? — Quando ele se limitou a sorrir, Adrianne passou a tirar lenços de papel de uma caixa, um a um. — Você deve adorar o seu trabalho.

— Teve seus momentos ultimamente. Você é muito eficiente nisso.

O comentário foi feito quando ela removia os últimos vestígios de maquiagem do rosto.

— Fico contente que pense assim.

Com habilidade, removeu as lentes de contato azuis. Philip se surpreendeu pelo fato de não terem derretido com a fúria nos olhos.

— Agora, se me dá licença, eu gostaria de trocar de roupa.

— Querida, enquanto as joias dos St. John estiverem em jogo, você não vai sair da minha vista. — Ele se acomodou no braço de uma poltrona. — Sugiro uma roupa preta. Pôr as joias de volta no lugar exige as mesmas precauções tomadas para tirá-las.

— Não vou pôr joia nenhuma de volta no lugar.

— Não, não vai. Eu farei isso, mas você vai ter que me acompanhar.

Adrianne se deixou cair numa cadeira. Estava próxima do mau humor, um luxo que raramente se permitia.

— Por que deveria concordar?

— Por dois motivos. — Havia um buquê de flores laranja e vermelhas, já um pouco murchas, em cima de uma mesa. Philip pegou uma e a aproximou do nariz. Preferia aquele cheiro à água de colônia ordinária com que ela se encharcara. — O primeiro é que posso tornar as coisas muito desagradáveis para você caso se recuse a cooperar.

Com um grunhido desdenhoso, ela afundou ainda mais na cadeira.

— Estou morrendo de medo.

Philip lhe lançou um olhar frio que a fez querer se empertigar. Em desafio, estendeu as pernas.

— O segundo — acrescentou ele — é que, se houver um grande roubo desse tipo aqui, não apenas não poderei protegê-la das consequências, mas também arruinaria a pista que inventei para afastar as investigações de você.

— Sobre o que está falando?

— Essa tarde, avisei aos meus superiores que deveriam se preparar para um trabalho do Sombra em Paris.

Agora ela se inclinou para a frente.

— Por quê?

Philip cansara de ouvi-la fazer essa pergunta, assim como também cansara de fazê-la a si mesmo.

— Queria dar a você uma oportunidade de explicar... para mim.

Ela o fitou em silêncio por mais tempo do que era confortável para qualquer um dos dois. Depois, baixou os olhos para suas mãos.

— Não consigo entender você.

Não era de admirar. Ele próprio não se entendia. Impaciente, Philip jogou a flor para o lado.

— Haverá tempo para isso mais tarde. Agora, eu agradeceria se você se apressasse. Quero resolver logo esse problema.

Adrianne continuou sentada por mais um momento. Teria sido mais fácil se ele gritasse, fizesse insultos e acusações. Em vez disso, calmamente, com lógica, Philip indicava o que precisava ser feito. E, de alguma forma, conseguira fazer com que ela sentisse que tinha uma obrigação.

— Não sabia que você estava na ilha.

— Não me conhece muito bem. Por enquanto. Mas eu a conheço melhor do que pode imaginar. Esse hotel é sua escolha habitual quando vem para cá. — Ele ignorou o brilho súbito nos olhos de Adrianne. — As pessoas no nosso ofício são muito boas em pesquisa, Addy.

Sem deixar de observá-la, ele pegou outra flor e a bateu na palma da mão.

— Achei que era melhor, nas atuais circunstâncias, não participar das festas dos St. John, mas apenas me manter de olho em você, a distância. Imagine a minha satisfação quando descobri que você também estava ocupando uma suíte aqui.

Philip descobrira muito mais. Ela podia aprender logo a detestá-lo por isso.

— Sempre considerei os espiões uma forma de vida inferior. Como cobras e vermes.

— Que jeito de falar... depois da minha tentativa de bancar Sir Galahad.

— Não pedi que me prestasse nenhum favor.

— É verdade, não pediu.

— E tenho certeza de que não vou lhe agradecer por isso.

— Estou arrasado.

Deliberadamente, ela cruzou as pernas.

— É você quem fica metendo o nariz onde não é chamado, necessário ou apreciado. Tenho me saído muito bem sem você.

— Quando está certa, alteza, está mesmo certa. O plebeu não merece mais do que a poeira soprada em seu rosto.

— Isso não tem nada a ver com posição social, e você não vai fazer com que eu me sinta culpada.

Mas isso já acontecia, pensou Philip, limitando-se a sorrir. Ela tamborilou com os dedos no braço da cadeira.

— Imagino que, se eu não devolver as joias, sua situação pode se complicar.

— Por que pensa assim? Só porque fui ladrão durante quase 15 anos, depois mandei a Interpol voar para Paris enquanto meio milhão de dólares em pedras eram roubados aqui durante a minha permanência?

— Entendi o seu argumento.

Adrianne se levantou e foi pegar uma blusa e uma calça comprida pretas na cômoda. Philip tirou um cigarro do maço.

— Se é tímida, pode trocar de roupa no closet.

— Um cavalheiro até o fim — murmurou ela, enquanto se encaminhava para o closet.

— Enquanto troca de roupa, você pode me dar as coordenadas.

Cabides faziam barulho enquanto ela se livrara das roupas de Lara.

— Não tenho que lhe dar coisa nenhuma.

— Talvez eu devesse entrar e lhe dar uma ajuda enquanto conversamos a respeito.

Adrianne partiu ao meio um cabide de plástico.

— Eles têm uma suíte no último andar. Quatro cômodos, dois banheiros. Há um cofre no closet do quarto de vestir. Abre com uma chave.

— Que você tem.

— Claro.

— Muito conveniente. E a entrada?

No closet, Adrianne tirou os cabelos da gola da blusa. Não eram as joias que importavam, lembrou a si mesma. Era o dinheiro. E, como já tinha o dinheiro, podia cooperar.

— Usei o plano B essa tarde porque queria jantar com a minha prima e a família dela. Uniforme de camareira, carrinho com roupa de cama e banho. Os St. John estavam recebendo a imprensa num coquetel.

Ela mesma roubara as joias. Intrigado, Philip largou a flor e começou a andar de um lado para outro.

— Algum problema?

— Nada que eu não pudesse controlar. Lauren apareceu no momento em que eu estava terminando, mas nunca olha duas vezes para uma criada.

— Você é mesmo incrível.

— Isso é um elogio?

Adrianne saiu do closet.

— Uma observação. Como as criadas não arrumam os quartos a essa hora da noite, seu plano B seria um pouco difícil. Qual é o plano A?

Com alguns movimentos rápidos das mãos, ela prendeu seus cabelos numa faixa.

— Através dos tubos de ventilação. São estreitos, mas adequados. Há aberturas no teto dos banheiros. — Ela fez um estudo rápido e desinteressado do corpo de Philip. — Um pouco apertado para você.

— Sempre preferi assim.

Ele tirou o revólver do bolso.

— O que está fazendo?

Philip notou que não havia medo na voz de Adrianne, embora considerasse que um .38 de cano curto era, sem dúvida, uma visão desagradável. Também não havia a repulsa que muitas mulheres demonstravam quando viam uma arma fabricada basicamente para matar.

— Não vou armado para um trabalho.

Philip abriu a gaveta de uma mesa e largou a arma lá dentro.

— Muito esperto. — Adrianne deu de ombros. — A pena para assalto à mão armada é mais rigorosa.

— Mais rigorosa? Nunca me passou pela cabeça a possibilidade de ir para a prisão. Apenas não queria sangue nas minhas pedras.

Adrianne tornou a analisá-lo, interessada. Não era arrogância, concluiu ela. Philip falava sério.

— Se vamos fazer isso, gostaria que fosse o mais depressa possível.

Philip sabia exatamente como ela se sentia. Pegou o colar, deixando as pedras cintilarem em suas mãos.

— Não são lindas? Sempre dei preferência a diamantes, mas não se pode negar que há certa elegância nas pedras coloridas. Imagino que as tenha examinado.

— Claro. — Adrianne hesitou por um instante, mas acrescentou em seguida, porque sabia como era ter fortunas e sonhos nas mãos: — Gostaria de dar uma olhada? Pode usar a minha lupa.

Era tentador. Tentador demais.

— Não vale a pena nesse caso. — Com algum pesar, Philip tornou a guardar as joias na bolsa, passando a tratar dos aspectos práticos da operação. — Precisaremos de uma lanterna, luvas extras... e a chave, é claro.

Adrianne pegou os equipamentos.

— Não era assim que eu pretendia passar a noite.

— Pense como um presente de Natal para os St. John.

— Eles não merecem. O homem é um idiota e a mulher, uma oportunista mercenária.

Philip guardou a chave no bolso fundo da calça.

— Pessoas com telhado de vidro.

Ele pegou o braço de Adrianne e os dois deixaram a suíte.

Havia uma entrada lateral no El Grande. Uma entrada de serviço, descendo por alguns degraus de concreto. Dessa maneira, os empregados e técnicos de manutenção podiam entrar no hotel sem passar pelo elegante saguão.

A caçamba de metal para o lixo ficava a poucos passos de distância. Era fechada, evitando o mau cheiro, que, agravado pelo calor, era espalhado pela brisa com intensidade o suficiente para deixar os olhos lacrimejando.

— Quase tão sedutor quanto o perfume da Rose — comentou Philip. — Você tem um quarto aqui. Por que não entrar na tubulação por lá?

— Escolhi esse caminho porque há muitas oportunidades no El Grande nesse momento. É bem possível que ocorram outros roubos. Se e quando houver uma investigação, prefiro que comecem daqui, não lá de dentro.

— Uma medida preventiva? — Ele examinou os instrumentos que Adrianne lhe entregou. — Muito bom. Aço cirúrgico?

— Claro.

— Com licença.

Ele escolheu uma gazua e pôs-se a trabalhar na fechadura. Adrianne olhava por cima de seu ombro. Ele quase que sentiu a fechadura abrir, o ouvido inclinado, os dedos se movimentando com a delicadeza de um virtuose no violino. Ela sempre se considerara uma excelente serralheira, mas tinha que admitir, pelo menos para si mesma, que Philip era melhor.

— Há quanto tempo está fora de atividade?

— Quase cinco anos.

Ele devolveu a gazua antes de empurrar a porta.

— Não perdeu o toque.

— Obrigado.

Juntos, entraram nas profundezas do hotel. O lugar era úmido e fedia, mas ainda assim era um alívio depois do lixo lá fora. Adrianne iluminou o chão e as paredes de concreto com a lanterna. Alguém pusera numa parede um cartaz que presumiu ser de uma artista popular mexicana. Havia umas poucas cadeiras espalhadas aqui e ali, mas davam a impressão de que não proporcionavam muito conforto. As lâmpadas por cima não tinham proteção.

— Era de pensar que ele poderia canalizar um pouco dos lucros para levar as condições de trabalho ao século XX — comentou Adrianne, observando um lagarto correr por uma parede.

— Conversaremos mais tarde sobre a dívida dos St. John com a sociedade. Qual é o caminho?

Quando ela apontou, Philip atravessou a sala. Percorreu um pequeno corredor para uma vasta área de serviço. Ali, os boilers zumbiam sem parar, esquentando a água. O imenso sistema de ar-condicionado central fez com que Philip pensasse em geada nas janelas da sua casa em Oxfordshire, onde o Natal proporcionava toda a sensação do feriado. Com o rosto franzido, analisou os dutos.

Adrianne acertara ao dizer que eram apertados.

— Você me dá um apoio. Eu vou na frente.

Ele estendeu a mão para a lanterna. Adrianne pensava nas precárias condições de trabalho na sala ao lado. A economia mexicana estava em desordem, e seu povo lutava com dificuldades. Ela podia revender as joias dos St. John e distribuir o lucro por meio das obras de caridade católicas.

— Seria ótimo se você reconsiderasse. Eu poderia encontrar usos muito melhores para as pedras do que adornar o pescoço de Lauren. Dividiríamos sessenta-quarenta.

— Sessenta-quarenta?

— Fiz todo o trabalho, Philip. É uma divisão mais do que justa.

Ele gostaria que Adrianne não tivesse feito a sugestão... gostaria muito. Tornava a situação ainda mais difícil para um homem que nascera para tomar, não devolver. Não era tanto pelo dinheiro, mas sim por uma questão de princípio. Infelizmente, desenvolvera outros princípios ao longo dos últimos anos. Um reconhecimento que serviu para esfriá-lo. Pensou em Spencer, sentado atrás da sua escrivaninha, fumando o cachimbo.

— A lanterna — repetiu Philip.

Ela a entregou, dando de ombros.

— A minha proposta é muito melhor, mas vamos fazer como você quer.

— Disse que a suíte é no último andar. E a posição do quarto?

— O último no lado oeste. No canto do prédio.

— Tem uma bússola?

— Não. — Adrianne sorriu. — Não sabe para que lado fica o oeste?

Era preciso dizer alguma coisa para salvar a dignidade britânica.

— Sempre usei uma bússola.

Ainda sorrindo, Adrianne juntou as mãos, entrelaçando os dedos.

— Vamos embora, querido. Eu o levo até lá.

Ele ignorou a zombaria e pôs o pé nas mãos entrelaçadas. Quase antes mesmo que ela pudesse sentir o peso, Philip já estava no ar, entrando no duto com a maior agilidade. Depois de algumas imprecações, conseguiu se virar e estendeu as mãos para Adrianne. Ela as pegou. Os dedos se entrelaçaram, firmes. Por um momento, os olhos se encontraram. Depois, ela foi suspensa para o duto.

De quatro, Philip deslocou o facho da lanterna de um lado para outro. Era como estar dentro de um caixão de metal.

— A julgar pela aparência, é uma sorte eu não ter feito a ceia de Natal.

— É bem estreito nas curvas — comentou Adrianne com alguma satisfação. — Talvez devêssemos ter trazido um pouco de sabão para ajudar na sua passagem.

Não havia espaço para girar e olhá-la de cara amarrada.

— Com um pouco de tempo, eu bolaria um plano muito mais sofisticado.

— Tenho todo o tempo do mundo.

Philip se limitou a respirar fundo.

— Fique perto de mim. Temos um longo caminho a percorrer.

Foi uma viagem longa e desconfortável. Mais de uma vez, o túnel de folhas de metal se estreitou tanto, que Philip teve que se espremer e se contorcer como uma cobra se entocando sob uma pedra. Metro a metro, foram deslizando, de barriga para baixo, distribuindo o peso. A jornada precisava ser realizada em silêncio quase total. Quando passavam por aberturas, ouviam vozes e risos, de vez em quando o barulho de água correndo de uma torneira ou chuveiro.

Houve um momento em que Adrianne teve que ficar deitada de bruços em total imobilidade, quando um hóspede do quarto andar entrou no banheiro para gargarejar. Se o hóspede do 442 abrisse os olhos ao inclinar a cabeça para trás, gargarejando com o desinfetante bucal sabor menta, teria uma surpresa e tanto.

Reprimiu o riso quando subiram para o andar seguinte. Sempre que os dutos se bifurcavam, ela puxava um pé de Philip para orientá-lo. Em sua mente, realizara aquela viagem uma dúzia de vezes. Trinta extenuantes minutos mais tarde, eles olhavam para o banheiro cor-de-rosa dos St. John.

— Tem certeza? — sussurrou Philip.

— Claro que tenho.

— Seria antiprofissional pôr as joias no cofre de outra pessoa.

— Já disse que tenho certeza — insistiu Adrianne. — Está vendo aquele roupão horrível, com desenhos de pavão, pendurado atrás da porta?

Ele teve que dobrar os joelhos contra o peito para dar uma olhada.

— E daí?

— Dei à Lauren como presente de aniversário.

Philip observou o roupão.

— Não gosta nem um pouco dela, não é?

— Ela intimida os criados, manda embora por qualquer capricho e, nos três anos em que a conheço, nunca deixou uma gorjeta num restaurante. — Adrianne lhe entregou uma pequena chave de fenda. — Quer fazer isso?

Por um momento, ele apenas se sentou. Depois, como se fosse uma súbita ideia, limpou um pouco da poeira que se acumulara no rosto de Adrianne.

— Por que não vai na frente?

Ela deu de ombros. Desatarraxou os parafusos sem fazer ruído. Depois que os parafusos e a chave de fenda estavam guardados em seu bolso, Philip removeu a grade. Ainda remoía o que ela dissera. Que diferença fazia para Adrianne o modo como Lauren St. John tratava os criados? Mas aquele não era o momento para pensar sobre isso, decidiu ao colocar a grade de lado.

— Espere aqui — murmurou Philip.

— Vou com você.

— Não há necessidade.

Adrianne pôs a mão no braço dele.

— Como poderei ter certeza de que devolveu as joias?

— Ora, pelo amor de Deus!

Irritado, ele passou pela abertura. Adrianne o seguiu segundos depois, silenciosa. Ele ergueu os braços, num gesto automático, para segurá-la pela cintura a fim de amortecer a descida final. Quando suas mãos a seguraram,

Philip teve um momento para pensar que havia outras maneiras preferíveis de passar a noite.

Deram um passo à frente, mas um som inesperado fez com que recuassem. Levaram apenas um instante para registrar o que era. Adrianne teve que cobrir o rosto com as mãos e rezar para não desatar a rir.

Ao que parecia, os St. John aproveitavam as primeiras horas da manhã de Natal para se entregar à paixão. As molas da cama rangiam, Lauren gemia e Charlie ofegava.

— Não vamos incomodá-los — sussurrou Philip, fundindo-se ao corredor como uma sombra.

Os sons no quarto adjacente subiam e desciam quando eles se ajoelharam ao lado do cofre. Pela intensidade, Philip imaginou que poderiam invadir a suíte como fuzileiros, explodir o cofre e sair correndo sem interromper o ritmo do casal. Era difícil não admirar o vigor de Charlie ao ouvir algumas das exigências estridentes de Lauren.

Dentro das luvas cirúrgicas finas, as palmas de Philip começaram a suar, não por nervosismo, mas por inveja, enquanto Lauren gritava e gemia, os movimentos arrebatados sempre intensos. Pegou a lanterna quando o facho começou a balançar por causa da risada silenciosa de Adrianne que sacudia todo o seu corpo.

— Trate de se controlar — sussurrou ele, irritado.

— Desculpe. Não pude deixar de imaginar o Charlie nu.

— Por favor, não de barriga vazia.

Ele encontrou a caixa das joias que Adrianne deixara no cofre. Ajeitou os rubis e diamantes cintilantes lá dentro. Devolver as joias doía mais do que apenas um pouco, pensou ele. No instante seguinte, teve que se esforçar para não suspirar quando o gemido de Lauren se elevou para um ganido, e Adrianne comprimiu a coxa contra a sua. Philip se levantou, empurrando-a para o corredor e o banheiro.

— Vamos subir.

O tom era bastante brusco para fazê-la erguer o queixo.

— Você sabe como acabar com a diversão.

Ela subiu no assento do vaso e passou pelo buraco. Philip estava com metade do corpo na abertura quando soaram passos no corredor. Com um novo impulso, projetou-se para o duto no instante em que a porta foi aberta.

— Santo Deus!

Era a voz de Charlie, exausto, enquanto se apoiava na pia e afastava os cabelos ralos do rosto. Lá em cima, Adrianne e Philip ficaram imóveis, como estátuas de pedra. Ele se serviu de água e bebeu como um homem agonizante. Philip apenas observou enquanto ele apoiava uma das mãos na parede e esvaziava a bexiga. Os cheiros de sexo e urina subiram para o duto. A voz de Lauren veio do quarto, queixosa:

— Volte para a cama, Charlie. Tenho outro presente para você.

Nu, barrigudo, muito além da mocidade, ele balançou a cabeça.

— Em nome de Deus, mulher, não sou um coelho!

Mas falou baixinho antes de apagar a luz e voltar para o quarto a fim de dar o seu melhor.

Com os braços apertando a própria cintura. Adrianne balançava para a frente e para trás. Valia a pena a perda das joias... quase.

— Tente manter a dignidade, alteza — murmurou Philip, enquanto ajeitava a grade no lugar. — Vamos sair daqui.

Não era a mesma exultação que derivava de tirar alguma coisa de um cofre, mas estava próxima disso. Pela primeira vez, Adrianne usara os movimentos, os pensamentos e as habilidades com um parceiro. O riso que fora obrigada a reprimir durante a longa viagem de volta através dos dutos aflorou durante o percurso para El Presidente. Não parou nem mesmo quando Philip a seguiu até a suíte.

— Incrível, simplesmente incrível... — Ela se jogou numa cadeira, esparramada, relaxada, radiante. Um lado seu que Philip ainda não vira. Depois de tirar os sapatos, ela sorriu. — Foi tão incrível que quase não estou mais furiosa com você.

— Nesse caso, posso dormir aqui essa noite.

— Você sempre fica maluco depois de um trabalho?

Ele estava mesmo excitado. Fora um erro deixar que ela seguisse na frente na saída dos dutos. Rastejara atrás, fascinado pela visão de uma bunda espetacular, ressaltada pela calça justa. Incapaz de se sentar. Philip foi até a janela e voltou.

— Perdi o jantar esperando para ver o que você estava fazendo.

— Ahn... — Não havia muita simpatia no murmúrio. — Não há serviço de quarto a essa hora. Só tenho uma barra de chocolate.

— Pode me dar.

Por se sentir muito bem para ser descortês, Adrianne pegou a barra de chocolate em uma das malas e a jogou para ele.

— Ainda tenho um pouco de vinho.

Philip rasgou o invólucro da barra muito fina do chocolate Hershey.

— Não tem nozes.

— Não gosto de nozes.

— Provou isso quando acertou o pé nos do seu amigo essa noite.

— Que piada horrível. — Ela serviu o vinho em dois copos e levou um para Philip. — No fundo, não preciso ficar com tanta raiva. Ainda estou com o dinheiro.

Philip a segurou pelo pulso antes que ela pudesse se sentar de novo.

— O dinheiro é tão importante?

Adrianne pensou no centro para vítimas de abuso que escolhera para sua doação.

— É.

Ele a largou e recomeçou a andar de um lado para outro.

— O que você ganha com isso, Addy? Ele lhe dá alguns milhares de dólares de vez em quando? Tem alguma dívida com ele? Está apaixonada? A dívida ou o amor devem ser imensos, porque, até onde sei, ele não corre nenhum risco, mas você se expõe ao perigo em cada trabalho.

Ela tomou um gole do vinho enquanto observava Philip andar pelo quarto. Como uma pantera, comparou. Sempre andando de um lado para outro de sua jaula, inquieto.

— Quem é "ele"?

— Você é que tem que dizer.

Philip se virou em um movimento brusco. Nenhum dos dois percebera como a paciência e o controle dele estavam na iminência de se esgotar. Era fácil demais reconhecer o ciúme que Philip sentia, profundo e assustador. E não tinha condições de esperar mais uma hora para descobrir de quem tinha ciúme.

— Quero saber quem é ele, por que você se apaixonou por ele e o ajuda a roubar.

Ela o observou pegar um cigarro e jogar o maço em cima de uma mesa antes de dizer:

— Não ajudo ninguém a roubar.

— Já cansei de jogos por uma noite.

— Já disse antes que faço isso por opção.

— Também disse que faz por causa de um homem.

— E é verdade, mas não da maneira como você está pensando. Não há nenhum homem me chantageando, pagando ou dormindo comigo. — Adrianne tornou a se sentar. Recostou-se. — Trabalho sozinha, por mim mesma. Não tenho parceiro e não tenho nenhuma dívida para pagar.

Ele soprou lentamente a fumaça. Deu de ombros, como se a impaciência fosse uma mão incômoda em seu ombro da qual precisava se livrar. Em seu lugar, afloraram o interesse e a curiosidade.

— Está tentando me fazer acreditar que você, sozinha, é a única responsável pelo roubo de milhões de libras em pedras preciosas ao longo dos últimos nove ou dez anos?

— Não estou tentando fazer você acreditar em nada. Pediu a verdade e decidi contá-la a você. — Ela franziu o rosto, contemplando o vinho, pensativa. — No fundo, não importa. Você não tem provas. Além do mais, os seus superiores pensariam que ficou louco. De qualquer forma, eu já havia decidido que esse trabalho seria o último nessa fase da minha carreira.

— Isso é um absurdo. Você teria que ser uma criança quando começou.

— Tinha 16 anos quando comecei. — Quando Philip olhou para ela, aturdido, ela acrescentou: — Era muito inexperiente, mas aprendi depressa.

— Por que começou?

O sorriso de Adrianne desapareceu. Largou o copo com vinho, o vidro retinindo na mesa.

— Isso não é da sua conta.

— Já passamos desse ponto, Adrianne.

— É a minha vida particular.

— Não tem mais uma vida particular que não me inclua.

— Uma suposição muito grande, Philip. — Adrianne se levantou, fitando-o. Quando havia necessidade, podia ser tão altiva e real quanto seu título. — Não que não tenha sido uma noite divertida, mas preciso dizer boa noite. Estou exausta.

— Durma até tarde amanhã. Ainda não acabamos. — Ele olhou para o relógio. — Preciso dar um telefonema antes de continuarmos. Tenho um amigo em Paris que pode criar o espetáculo necessário para manter a Interpol ocupada por um ou dois dias.

Sem pedir permissão, Philip passou pela porta para usar o telefone no quarto. Quando voltou, Adrianne estava dormindo.

Ele a contemplou, enroscada no sofá, uma das mãos sob a cabeça, como travesseiro, a outra aberta ao seu lado. Os cabelos cobriam seu rosto. Quando Philip os empurrou para trás, a respiração de Adrianne permaneceu lenta e regular. Não parecia fria ou altiva agora, mas jovem e vulnerável. Ele sabia que deveria acordá-la, sabia que deveria interrogá-la agora, enquanto suas defesas estavam baixas, mas, em vez disso, apagou a luz e a deixou dormir.

O DIA ESTAVA quase amanhecendo quando a ouviu. A claridade era suave, e o cinza que antecedia o amanhecer seria transformado em breve, pela força do sol, em um branco brilhante. Philip estava estendido na cama, os sapatos e a camisa largados no chão. Despertou no mesmo instante, orientado, mas se sentou na cama antes de compreender que não fora a claridade que o despertara, mas os soluços.

Foi para a sala e a encontrou toda encolhida no sofá, como se estivesse se defendendo de um ataque ou em dor intensa. Foi só quando se agachou ao seu lado, erguendo a mão para o rosto molhado, que percebeu que Adrianne ainda dormia.

— Addy... — Ele a sacudiu, gentilmente a princípio, depois com mais vigor quando ela tentou repeli-lo. — Acorde, Addy.

Ela estremeceu violentamente, como se tivesse levado um tapa, comprimindo-se contra a almofada, os olhos arregalados e apavorados. Philip continuou a murmurar, embora algum instinto o advertisse de que era melhor não abraçá-la. Pouco a pouco, o olhar vidrado foi se desvanecendo e ele viu a angústia.

— Um pesadelo... — murmurou ele ao pegar sua mão. A mão dela tremeu e, só por um momento, apenas por um momento, Adrianne apertou seus dedos. — Vou buscar água.

Havia uma garrafa de água ainda fechada na bancada do banheiro. Ele a observou enquanto a abria e despejava a água em um copo. Sem fazer barulho, ela levantou os joelhos para o peito e encostou a testa neles. A náusea agitou seu estômago enquanto respirava fundo, várias vezes, lutando para manter o equilíbrio.

— Obrigada.

Adrianne pegou o copo, firmando-o com as mãos. A humilhação se tornou mais intensa à medida que a angústia arrefecia. Ela não disse nada, apenas desejou que ele fosse embora e a deixasse recolher os farrapos do seu orgulho.

Quando Philip se sentou ao seu lado, porém, teve que fazer um esforço para reprimir o impulso de se virar para ele, encostar a cabeça em seu ombro e se deixar confortar.

— Fale comigo.

— Foi apenas um pesadelo, como você disse.

— Está sofrendo. — Philip tocou seu rosto. Dessa vez ela não se afastou, apenas fechou os olhos. — Você fala, eu escuto.

— Não preciso de ninguém.

— Não vou embora enquanto não falar comigo.

Adrianne olhou para a água em seu copo. Não era gelada, não tinha gosto, não proporcionava conforto ao estômago embrulhado.

— A minha mãe morreu no Natal. Agora, por favor, me deixe sozinha.

Sem dizer nada, Philip tirou o copo da mão dela e o pôs na mesinha. Abraçou-a. Adrianne se contraiu, tentou se desvencilhar, mas ele ignorou sua reação. Em vez de oferecer palavras de compaixão que ela teria odiado, Philip apenas afagou seus cabelos. A respiração saiu em meio soluço, meio suspiro, enquanto o corpo relaxava contra ele.

— Por que está fazendo isso?

— É a minha boa ação do dia. Conte-me tudo.

Adrianne nunca falara a respeito. Era difícil demais. Agora, contudo, com os olhos fechados e o ombro de Philip acomodando sua cabeça, as palavras saíram.

— Encontrei-a pouco antes do amanhecer. Não havia caído. Era como se estivesse fraca demais para ficar em pé e simplesmente tivesse se deitado no chão. A impressão era a de que tinha rastejado em busca de ajuda. Talvez tenha me chamado, mas não ouvi.

Inconscientemente, ela pusera a mão no ombro de Philip. Os dedos abriam e fechavam, abriam e fechavam.

— Talvez tenha ouvido as histórias. Suicídio. — Havia certa vibração na palavra, como se pronunciá-la fizesse sua boca doer. — Mas sei que não foi. Ela estava doente fazia bastante tempo. Sentia muita dor. Só queria um pouco de paz, uma noite tranquila. Nunca teria se matado daquela maneira, sabendo que eu... sabendo que eu a encontraria.

Philip continuou afagando seus cabelos. Conhecia a história, o escândalo. Ainda aflorava de vez em quando, assumindo qualidades misteriosas.

— Você a conhecia melhor do que ninguém.

Adrianne recuou para contemplá-lo nesse momento, para examinar seu rosto, antes de deixar a cabeça pender de novo para o ombro dele. Nunca alguém fizera um comentário que a acalmasse tanto.

— É verdade, eu a conhecia. Ela era gentil e afetuosa. E simples. Ninguém realmente compreendia que o glamour a fazia parte da atriz, mas não da mulher. E confiava nas pessoas... nas pessoas erradas. Foi o que a matou, no final.

— O seu pai?

Ele ia fundo, com um corte tão cirúrgico que Adrianne só sentiu a dor depois que sangrou.

— Ele a destruiu. — Adrianne se levantou, passou os braços em torno do corpo e começou a andar de um lado para outro. — Pouco a pouco, dia a dia. E gostava.

Não havia fraqueza agora. A voz soava tão firme quanto os sinos na praça que anunciavam o Natal, mas sem a alegria natalina.

— Ele se casou com a mulher que era considerada a mais linda do mundo na época. Uma ocidental. Uma atriz que os homens consideravam uma deusa. Mamãe se apaixonou por ele. Renunciou à sua carreira, ao seu país, à sua cultura. E meu pai a destruiu, porque ela era tudo o que ele queria e tudo o que desprezava.

Adrianne foi até a janela. O sol se firmava cada vez mais, projetando diamantes sobre as águas claras. Não havia ninguém na praia.

— Ela não compreendia a crueldade. Não tinha nenhuma. Houve muitas coisas que só entendi anos depois, quando ela começou a falar, em desespero e confusão. Em Jaquir, ela sempre falava comigo, porque não havia mais ninguém com quem pudesse conversar.

— Por que ela não o deixou mais cedo?

— Você teria que compreender Jaquir e a minha mãe. Ela o amava. Mesmo depois que ele tomou outra esposa, porque mamãe o desagradara ao dar à luz uma menina, ela continuou o amando. Meu pai a insultou e humilhou, mas ela continuou a amá-lo. Passava os dias enclausurada no harém enquanto a segunda esposa estufava com um menino. Ainda assim, ela o amava. Meu pai a espancava, e ela aceitava. Não podia ter mais filhos e se culpava por isso. Durante quase dez anos, permaneceu ali, de véu, maltratada, enquanto o meu pai destruía a sua confiança, o seu ego e o autorrespeito. Os danos eram profundos, mas ela resistia. Por mim. Poderia ir embora, fugir, mas pensava primeiro em mim. — Adrianne respirou fundo. Olhou sem ver para a areia banhada pelo sol. — Tudo o que fez e não fez foi pelo meu bem-estar.

— Amava você.

— Talvez mais do que deveria, mais do que era bom para ela. Permaneceu com ele ano após ano porque não queria me deixar. E o meu pai a espancava. Humilhava. Estuprava. Só Deus sabe quantas vezes ele a estuprou. Em uma ocasião eu estava presente, encolhida debaixo da cama, com as mãos nos ouvidos, tentando bloquear os sons. Odiando-o.

Os olhos de Philip faiscaram ao ouvir isso. A compaixão sentida até aquele momento se transformou numa raiva intensa. Adrianne era apenas uma criança. Fez menção de falar, mas se conteve. Não havia nada que pudesse dizer para atenuar aquela dor.

— Não sei se ela conseguiria reunir coragem para ir embora. Até o dia em que, quando eu tinha 8 anos, Abdu anunciou que ia me mandar para uma escola na Alemanha. E que eu ia ficar noiva do filho de um aliado.

— Aos 8 anos?

— O casamento só ia acontecer quando eu fizesse 15, mas o noivado era uma boa manobra política, ainda poderia obter alguma coisa da atriz. Mamãe aceitou a decisão, parecia até satisfeita. E o persuadiu a deixar que eu os acompanhasse numa viagem a Paris para me mostrar um pouco do mundo. Para eu ser uma boa esposa, precisava saber como as pessoas se comportavam fora de Jaquir. Ela o convenceu de que estava muito satisfeita com o interesse dele pelo meu bem-estar e que aprovava o casamento arranjado. Não é incomum para uma mulher do meu país casar aos 15 anos.

— Quer queiram quer não?

Adrianne não pôde deixar de sorrir. Ele falava como um britânico.

— Os casamentos ainda são arranjados em Jaquir, da filha do camponês à filha do rei. O propósito é fortalecer a tribo e legitimar o sexo. Amor e escolha não têm nada a ver com isso. — A luz começava a mudar. Ela viu um rapaz coberto de areia, cambalear pela beira da praia. — Quando estávamos em Paris, mamãe conseguiu fazer contato com Celeste. E Celeste providenciou as passagens para Nova York. Abdu cultivava uma imagem de progressista fora de Jaquir; por isso tivemos permissão para fazer compras e ir a museus. Mamãe podia sair na rua com os cabelos soltos sem usar o véu. Despistamos os seguranças no Louvre e fugimos. — Adrianne comprimiu as palmas das mãos contra os olhos. Estavam inchados e doloridos. A intensa claridade do sol fazia com que doessem ainda mais. — Nunca voltou a ficar bem. E nunca deixou de amá-lo. — Ela baixou as mãos para os lados do corpo, antes de se virar. — Ensinou-me que uma mulher sempre perde quando se permite amar. Ensinou-me que, para sobreviver, a pessoa precisa contar com ela própria, em primeiro e último lugar.

— Deveria ter ensinado também que às vezes o amor não tem limite.

Adrianne sentiu um súbito calafrio subir pelos braços. Os olhos de Philip eram calmos, firmes. Havia alguma coisa naqueles olhos que ela não queria ver, assim como não queria pensar em por que contara a Philip mais do que jamais revelara a qualquer outra pessoa.

— Preciso tomar um banho — declarou ela, em tom brusco. Levantou-se e passou por ele. Alguma coisa a fez hesitar antes de fechar a porta do quarto.

Capítulo 18

♦ ♦ ♦ ♦

Ela pensou que Philip havia ido embora. Demorou no chuveiro, deixando que a água quente escorresse por seu corpo. A dor de cabeça lancinante que sentira antes diminuiu para uma pulsação, que ela sabia que poderia ser eliminada com duas aspirinas. Uma vez que a acalmavam, passou um creme perfumado no corpo. Vestiu um roupão largo com a intenção de deitar numa *chaise longue* na varanda e deixar os cabelos secarem ao sol.

A praia esperaria. Naquela manhã seria melhor ficar sozinha, sem os garçons solícitos para cuidar da sua sede e sem os turistas mergulhando, gritando ou tostando nas proximidades. Sempre passava a manhã de Natal sozinha, evitando amigos bem-intencionados e obrigações sociais. As lembranças do último Natal da mãe já não eram tão angustiantes, mas ela ainda não podia suportar a visão de azevinho e bolas coloridas.

Todos os anos, desde o primeiro Natal nos Estados Unidos, Phoebe sempre punha um anjo branco no alto da árvore, com exceção do último, quando se descobrira no fundo do túnel escuro para o qual fora sugada.

Adrianne considerava a doença da mãe dessa maneira: um túnel, escuro e profundo, com centenas de esquinas falsas e becos sem saída. Era melhor ter essa visão tangível do que o frio conforto de todos os termos técnicos nas dezenas de livros sobre comportamento que lera. Melhor ainda do que todos os diagnósticos e prognósticos que recebera de médicos proeminentes, em salas recendendo a couro.

Fora o túnel que atraíra a mãe mais para o fundo, à medida que o tempo passava. Ao longo dos anos, Phoebe sempre fora capaz de encontrar a saída. Até que se sentira cansada demais ou que a escuridão parecera mais fácil do que a luz.

Talvez o tempo a curasse, mas não a fazia esquecer.

Adrianne se sentia melhor depois de ter traduzido seus sentimentos em palavras, embora lamentasse ter revelado tanta coisa a Philip. Disse a si mesma que não importava, que em breve seguiriam por caminhos diferentes. Tudo o que ela dissera e tudo o que partilhara significariam bem pouco à medida que o tempo passasse. Se ele tinha sido gentil quando não esperava gentileza, não podia ter importância. Se ela desejava quando o desejo não podia existir, daria um jeito de superar. Cuidara de si mesma por tempo demais, guardara suas emoções com muito cuidado para permitir que Philip fizesse diferença agora.

Dali por diante, cada pensamento e sentimento tinha que se concentrar em Jaquir... e na sua vingança.

Quando ela abriu a porta para a sala, porém, descobriu que Philip continuava lá, sem camisa, descalço, falando num espanhol surpreendentemente fluente com um garçom de uniforme branco e rosto liso. Observou enquanto ele entregava notas o suficiente, ao que parecia, para deixar o jovem contente por estar trabalhando, mesmo sendo feriado.

— *Buenos dias, señora.* Feliz Natal.

Adrianne não se deu ao trabalho de corrigir a suposição sobre seu relacionamento com Philip ou o fato de que o Natal não era feliz para ela havia muito tempo. Em vez disso, sorriu, o que agradou o garçom quase tanto quanto os pesos que ele já tinha no bolso.

— *Buenos dias. Feliz Navidad.*

Adrianne cruzou as mãos, esperando pelo barulho da porta batendo, e perguntou, assim que ficaram a sós:

— Por que ainda está aqui?

— Porque estou com fome.

Philip saiu para a varanda e se sentou. Obviamente à vontade, serviu-se de café. Havia meios e meios de se conquistar a confiança, pensou ele. Com uma ave com a asa quebrada eram necessários paciência, cuidado e um toque gentil. Com um cavalo arisco, chicoteado por alguém, a necessidade eram a diligência e o risco de levar um coice. Já com uma mulher, era preciso um certo grau de charme. Estava disposto a combinar as três estratégias. Adrianne saiu para a varanda com o rosto franzido.

— Talvez eu não quisesse café da manhã.

— Não tem problema. Posso comer o seu também.

— Nem companhia.

— Sempre pode descer para a praia. Quer creme?

Ela poderia ter resistido ao aroma do café ou à luz dourada do sol. Disse a si mesma que também poderia resistir a Philip, com toda certeza. Mas não podia e não resistiria ao cheiro de comida quente.

— Quero.

Ela se sentou como se estivesse concedendo uma audiência. A boca de Philip se contraiu.

— Açúcar... alteza?

Os olhos de Adrianne se estreitaram em fúria. Uma tempestade se aproximava. E depois, também depressa, desanuviaram em um sorriso.

— Uso o meu título apenas em ocasiões formais ou com idiotas.

— Fico lisonjeado.

— Não fique. Ainda estou decidindo se você é ou não um idiota.

— Gostaria de lhe proporcionar um grande dia para ajudá-la a tomar sua decisão.

Philip cortou sua omelete. O aroma dos temperos se elevou. Ele tinha a impressão de que Adrianne era assim, suave e elegante por fora, mas cheia de calor e surpresas depois que se abria.

— Como fiquei ocupado em vigiá-la, não me sobrou tempo para aproveitar o mar e o sol.

— Uma pena.

— Exatamente. O mínimo que pode fazer agora é aproveitar comigo. — Ele passou geleia de morango numa torrada e a estendeu para Adrianne. — A menos que tenha medo de passar o dia comigo.

— Por que deveria ter?

— Porque sabe que quero fazer amor com você e se preocupa com a possibilidade de gostar.

Ela mordeu a torrada, fazendo esforço para manter os olhos firmes.

— Já disse que não tenho a menor intenção de ir para a cama com você.

— Nesse caso, umas poucas horas ao sol não vão fazer diferença. — Como se o assunto estivesse resolvido, Philip continuou a comer. — Era sério o que disse ontem à noite?

A omelete começava a deixá-la mais descontraída enquanto o sol removia as últimas dores do corpo.

— Sobre o quê?

— Sobre esse ser o seu último trabalho.

Adrianne espetou um pedaço do omelete com o garfo. Quase nunca tinha problema para mentir, e não gostou de descobrir que isso era difícil com Philip.

— Eu disse que era o último trabalho nessa fase da minha carreira.

— E o que isso significa?

— Apenas isso.

— Adrianne... — Aquele era um momento para paciência e mão firme, pensou Philip. — Tenho uma obrigação com os meus superiores. Também tenho uma necessidade de ajudá-la.

Ele percebeu a cautela nos olhos dela, mas ela não se esquivou quando ele pegou sua mão.

— Se for sincera comigo, posso encontrar uma maneira de conseguir as duas coisas. Se não for, posso estar me metendo numa encrenca tão grande quanto a sua.

— Não estará numa encrenca se me deixar. Posso garantir que é um problema particular, Philip. Não tem nada a ver com a Interpol nem com você.

— Tem muito a ver comigo.

— Por quê?

— Porque eu me importo com você. — Apertou com mais força a mão dela, que se mexeu sob a sua, irrequieta. — E muito.

Ela teria preferido se Philip usasse uma daquelas frases-padrão que homens costumam oferecer quando se sentem atraídos por uma mulher. Aquela era muito simples, muito direta e muito sincera.

— Gostaria que não se importasse.

— Eu também, mas estamos com esse problema. — Ele largou a mão de Adrianne. Recomeçou a comer, tão calmamente quanto podia. — Vou tornar as coisas mais fáceis para você. Comece contando por que começou a roubar joias.

— Não vai me dar sossego enquanto eu não contar, não é?

— Não. Mais café?

Adrianne aceitou com um aceno de cabeça. Não tinha muita importância agora, decidiu. Além do mais, tinham aquilo em comum, conheciam as mesmas sensações, as mesmas emoções, os mesmos triunfos.

— Já disse que a minha mãe passou algum tempo doente.

— Não esqueci.

— Havia médicos, remédios e tratamentos. Muitas vezes ela tinha que ser hospitalizada por longos períodos.

Philip já sabia disso, é claro. Qualquer pessoa que lera uma das revistas ou algum jornal da década anterior conhecia a tragédia de Phoebe Spring. Ainda assim, ele refletiu que era melhor ouvi-la nas palavras de Adrianne com seus próprios sentimentos.

— O que havia de errado com ela?

Essa era a parte mais difícil, Adrianne sabia. Se falasse depressa, acabaria logo.

— Ela foi diagnosticada como maníaco-depressiva. Havia ocasiões em que falava sem parar, formulava os planos mais absurdos. Não conseguia ficar sentada, dormir ou comer de tanta excitação. Era quase como um veneno queimando em seu organismo. Depois, oscilava tão para baixo que não falava nada. Passava o tempo todo sentada, com o olhar fixo. Não reconhecia ninguém, nem mesmo a mim.

Adrianne limpou a garganta. Tomou um gole de café. Essa era a mais terrível de todas as lembranças, a sensação de segurar a mão de Phoebe, falar com ela, até mesmo suplicar e, no final, receber apenas um olhar vazio em resposta. Nessas ocasiões, a mãe estava perdida no túnel, tentada pelo escuro e pelo silêncio.

— Deve ter sido um inferno para você.

Ela não o encarou. Não podia. Em vez disso, olhou para o mar, sereno e de um azul extraordinário, sob um céu claro.

— Foi um inferno para ela. Ao longo dos anos, desenvolveu um problema com álcool e drogas. Começou em Jaquir, embora só Deus saiba como ela conseguia obter os dois. Escapou do controle quando tentou voltar para Hollywood. Com toda a sinceridade, não sei se a doença mental alimentou o alcoolismo ou se o alcoolismo alimentou a doença. Sei apenas que ela lutou contra as duas coisas tanto tempo quanto pôde. Mas, quando chegamos à

Califórnia, não havia roteiros com os papéis que ela estava acostumada a representar. E não conseguiu suportar o fracasso. Recebeu maus conselhos, que engoliu como uma mulher faminta. O agente dela era um canalha.

A voz ficou tensa, um pouco estridente, embora não tremesse.

Contudo, houve variação suficiente, apesar de sutil, para fazê-lo contrair os olhos e analisá-la atentamente.

— O que ele fez... com você? — Adrianne levantou a cabeça num movimento brusco. Por um instante, seus olhos ficaram tão claros quanto vidro. No instante seguinte, porém, a cortina fechou. — Quantos anos você tinha? — perguntou Philip, cauteloso, os dedos apertando o garfo com toda força.

— Quatorze. Não foi tão terrível quanto está pensando. Mamãe chegou antes que ele pudesse... enquanto eu ainda estava lutando. Nunca a vi daquele jeito. Foi incrível, como o clichê da tigresa defendendo o filhote. — Porque a deixava angustiada, tratou de pôr de lado a lembrança. — O que importa é como ele a levou para o fundo do poço, usando-a, explorando-a. Ela estava abalada demais pelos anos em Jaquir para reagir.

Ele deixou passar, apenas porque não é uma boa ideia pressionar muito quando se estava tentando conquistar a confiança.

— Não continuaram na Califórnia?

— Voltamos para Nova York logo depois do incidente com o agente. Ela parecia melhor, muito melhor. Falou em tentar o teatro de novo. O palco. Emocionada, não parava de falar sobre as ofertas que recebia. Só que não havia nenhuma, nenhuma importante pelo menos, mas eu não sabia disso na época, porque acreditava, queria acreditar, que estava tudo bem. Um dia, logo depois que completei 16 anos, cheguei da escola e a encontrei sentada no escuro. Ela não respondeu quando falei. Eu a sacudi e gritei. Nada. Não dá para descrever como era... parecia que estava morta por dentro. — Philip não disse nada, apenas entrelaçou os dedos nos dela. Adrianne olhou para as mãos unidas. Uma coisa tão simples, pensou ela, uma das formas mais básicas de contato humano. Nunca imaginara que o gesto pudesse ser tão confortador. — Tive que interná-la. Essa foi a primeira vez. Um mês e não havia mais dinheiro. Ela melhorou por algum tempo. Larguei a escola e arrumei um emprego. Mamãe nunca soube.

— Não havia ninguém a quem pudesse recorrer? E a família?

— Os pais dela estavam mortos. Tinha sido criada pelos avós, que também haviam morrido, quando eu ainda era um bebê. Havia algum dinheiro do seguro, mas fora remetido para Jaquir, e não saiu mais de lá. — Adrianne sacudiu a mão para descartar esse assunto, como se não tivesse a menor importância. — Não me importava de trabalhar. Na verdade, gostava muito mais do que da escola, mas o pouco que eu conseguia ganhar não era suficiente para o aluguel e a comida, muito menos para os remédios e os cuidados de que ela precisava. Por isso, comecei a roubar. E era boa nisso.

— Ela nunca perguntou de onde vinha o dinheiro?

— Não. Nos últimos anos, passava a metade do tempo sonhando. Pensava com frequência que ainda estava fazendo filmes. — Um sorriso começou a se formar. Ela observou uma gaivota mergulhar no estreito, saindo do mar um instante depois, gritando. — Acabei contando à Celeste. Ela ficou furiosa. Teria pagado tudo, mas eu não podia permitir. Mamãe era responsabilidade minha. De qualquer forma, nunca roubei de ninguém que não merecesse.

— Como assim?

— Sempre fui seletiva com os meus alvos. Roubava apenas dos muito ricos.

— O que é sempre mais sensato — comentou Philip, irônico.

— E dos mais avarentos. Como Lady Caroline.

— Ah, sim, o diamante... — Philip inclinou a cadeira para trás, pegando um cigarro. — Vinte e dois quilates, quase sem defeitos. Sempre a invejei por esse roubo.

— Foi um trabalho fabuloso. — Ela apoiou os cotovelos na mesa e escorou o queixo nas mãos abertas. — Ela o guardava num cofre de segurança máxima. Sensores de calor. Detectores de movimentos. Raios infravermelhos. Levei seis meses para planejar.

— Como conseguiu?

— Fui convidada para o fim de semana. Assim, não precisava me preocupar com a segurança externa. Usei ímãs e um minicomputador. Havia raios sensores no primeiro andar, mas foi muito simples rastejar por baixo. O cofre-forte tinha uma tranca de tempo, mas enganei o computador para que pensasse que eram seis horas depois. Dentro dele, precisei contornar dois alarmes secundários e interromper o funcionamento das câmeras antes de pegar o diamante. De volta ao meu quarto, tornei a ligar os alarmes com um controle remoto.

— Religou os alarmes quando ainda estava na casa?

— Que melhor maneira podia haver? — O apetite voltou e Adrianne passou geleia numa torrada. — Escondi o diamante no meio do meu creme facial, mas nunca revistaram as minhas coisas, é claro.

— Era de esperar.

— Fui acordada às quatro da madrugada pelos alarmes e os gritos horrorizados de Lady Caroline.

Philip a observou morder a torrada com geleia.

— Pode-se dizer que teve muita frieza.

— Ela não merecia a minha simpatia. Tem 40 milhões de libras em investimentos e dá menos de meio por cento para obras de caridade.

Philip inclinou a cabeça para examiná-la.

— Essa é a sua medida para um alvo?

— É. Sei o que é ser pobre, passar necessidade e detestar precisar. Prometi a mim mesma que nunca esqueceria. — Flexionou os ombros, como se aliviasse uma dor antiga. — Depois que mamãe morreu, continuei a roubar.

— Por quê?

— Dois motivos. O primeiro é que me proporcionava a oportunidade de distribuir a riqueza de pessoas que a manteriam em suas mãos fechadas ou no fundo dos cofres. A safira de Madeline Moreau, por exemplo, transformou-se numa generosa contribuição para o Fundo das Viúvas e Órfãos.

Philip jogou o cigarro por cima da grade da varanda. Tomou um gole do café já esfriando.

— Está tentando me dizer que vem bancando a Robin Hood?

Adrianne pensou a respeito por um instante. Era uma comparação interessante e atraente.

— De certa forma, sim. Mas é mais honesto dizer que é um negócio. Sempre tiro uma comissão. Roubar não apenas é dispendioso, quando são considerados as despesas de equipamento e o tempo, mas também sai caro manter as aparências. Além do mais, não gosto de ser pobre.

— Também jamais gostei. — Ele tirou uma flor do arranjo no centro da mesa. — Qual é a comissão?

— Varia, mas em geral fica entre 15 e 20 por cento, dependendo do desembolso inicial para o trabalho. Por exemplo, as joias dos St. John. — Adrianne passou a contar nas pontas dos dedos. Tive a passagem de avião, a conta do hotel... Eu não incluiria a conta no El Grande.

— Era de esperar.

— Tem também a comida, o uniforme de camareira e algumas ligações internacionais. Passeios e compras são por minha conta.

— É claro.

Ela o olhou nos olhos, muito calma.

— Você está numa posição difícil para julgar, Philip, já que passou a maior parte do tempo roubando também.

— Não estou julgando. Estou só espantado. Primeiro, você me diz que fez todos esses trabalhos, durante tantos anos, sozinha.

— Isso mesmo. Não era assim que você também trabalhava?

— Era, mas... — Philip levantou a mão. — Está certo. Agora, você me diz que durante os últimos anos doou todo o dinheiro, ficando apenas com uma comissão de 15 a 20 por cento. É isso?

— Mais ou menos.

— Ou seja, uma contribuição de 80 por cento para obras de caridade.

— Eu me vejo como uma filantropa. — Adrianne sorriu. — E gosto do meu trabalho. Você sabe qual é a sensação de ter milhões nas mãos. Ver diamantes faiscando em suas mãos e saber que são seus porque é mais esperta.

— É verdade. — Ele compreendia muito bem. — Sei qual é a sensação.

— E sabe como é o frio da noite e o vento em seu rosto quando escala um prédio. Tem as mãos firmes como rocha e a mente tão aguçada quanto uma navalha. A expectativa é intensa... assim como o instante antes de abrir uma garrafa de Dom Pérignon, aquele momento que antecede a saída da rolha, quando toda a excitação sai em forma de borbulhas.

Philip tirou outro cigarro do maço. Era mais do que isso, pensou ele. Era um pouco como o instante antes de o orgasmo e a paixão saírem de um homem para uma mulher.

— Sei como pode se tornar um vício. Também sei que o momento de largar tudo é quando você ainda está por cima.

— Como você fez?

— Exatamente. Um jogador competente sabe quando as chances contrárias são muito altas e chega o momento de mudar de jogo. — Ele soprou a fumaça. — Você me deu uma razão, Addy. Qual é a outra?

Ela não respondeu de imediato. Levantou-se e foi até a grade da varanda. Ficou olhando para o mar. Não podia dizer que confiava em Philip. Na verdade, por que deveria confiar? Mas os iguais se reconhecem. Ele fora um ladrão, e talvez ainda restasse um pouco desse seu espírito para apreciar o que ela planejava fazer, mesmo sem compreender sua profunda necessidade de fazê-lo.

— Vou precisar de uma garantia primeiro.

Adrianne se virou. A brisa quente soprou seus cabelos pretos, sedosos e abundantes para longe do rosto.

— De que tipo?

No mesmo instante em que perguntava, Philip viu alguma coisa nos olhos dela, na maneira como se postava, que o fez compreender que lhe prometeria qualquer coisa. Uma compreensão que deixava um homem atordoado.

— De que vai ficar entre nós o que eu disser. De que não vai contar aos seus superiores.

Os olhos de Philip estavam quase fechados contra o sol.

— Já não passamos desse ponto?

— Não sei.

Adrianne hesitou por mais um momento, tentando avaliá-lo. Poderia oferecer uma mentira, pelo menos tentar, mas especulou se a verdade não seria mais segura. Enquanto Philip estivesse em seus calcanhares, nunca chegaria a Jaquir para recuperar o que lhe pertencia.

— Sei o que você foi, Philip, e não pedi as suas razões.

— Gostaria de conhecê-las?

A surpresa aflorou antes que ela virasse a cabeça. Não esperava encontrá-lo tão disposto a falar.

— Talvez algum dia. Já lhe contei mais essa manhã do que a qualquer outra pessoa que conheço. Até mesmo Celeste ouviu apenas fragmentos. Não gosto de ninguém envolvido na minha vida particular.

— É tarde demais para retirar o que foi dito e uma perda de tempo se arrepender.

— Tem razão. — Ela tornou a se virar. — Gosto disso em você. Romântico ou não, é um homem prático. Os melhores ladrões são uma combinação de prático e visionário. Quanta visão você tem?

Philip também se levantou. Embora tivesse se encostado na grade, continuaram separados pela largura da mesa.

— O suficiente para ver os nossos caminhos cruzando muitas e muitas vezes... por mais constrangedor que possa ser para os dois.

Adrianne sentiu um calafrio, mesmo sob o sol forte. O destino era a única coisa que ela sabia que não se podia roubar.

— É possível, mas esse não é o problema. Você perguntou por que eu continuei trabalhando e vou explicar. Foi pela prática, pelo treinamento, pode-se dizer assim. Para realizar o maior trabalho da minha vida. Talvez da vida de qualquer um.

Philip sentiu os músculos do estômago se contraírem. Por medo, compreendeu, medo profundo e intenso. Por ela.

— Que trabalho?

— Já ouviu falar de um colar chamado o Sol e a Lua?

O medo subiu pela sua garganta com um gosto horrível.

— Você deve ter perdido o juízo.

Adrianne se limitou a sorrir.

— Então já ouviu falar.

— Não há ninguém no ramo que não tenha ouvido falar desse colar. Ou do que aconteceu em 1935, quando alguém teve a péssima ideia de tentar roubá-lo. A garganta do ladrão foi cortada logo que deceparam suas mãos.

— E o sangue foi espalhado sobre o Sol e a Lua. — Ela deu de ombros. — É assim que nascem os mitos.

— Não é um jogo. — Philip se adiantou. Segurou-a pelos ombros e a puxou, de uma forma tão brusca que ela quase perdeu o equilíbrio. — Os ladrões não vão para a prisão naquele país. Pelo amor de Deus, Adrianne, você deve saber melhor do que ninguém como a justiça do seu pai pode ser brutal!

— É justiça que quero, e a terei de qualquer maneira. — Ela se desvencilhou das mãos de Philip. — Desde a primeira vez em que roubei, para manter mamãe fora de uma enfermaria para indigentes, jurei que teria justiça. O colar pertencia a ela. Foi dado como presente de casamento. O preço da noiva. Pelas leis de Jaquir, o que uma mulher recebe no casamento mantém depois da morte ou do divórcio. O que uma mulher possui passa a ser do marido para ele fazer o que quiser. Mas o preço da noiva pertence à mulher. Portanto, o

Sol e a Lua era da minha mãe. Ele se recusou a entregar o que pertencia a ela. Por isso, vou pegar o colar.

— De que isso adiantaria para ela agora? — Philip sabia que estava sendo rude, muito rude, mas não podia dizer outra coisa. — Por mais que doa, o fato é que ela morreu.

— Acha que não sei isso? — Não foi a dor que aflorou agora nos olhos de Adrianne, mas a raiva impulsionada pela paixão. — Só uma fração do valor do colar a teria sustentado por anos, com os melhores médicos e o melhor tratamento. Ele sabia como a nossa situação era desesperadora. Sabia pelo fato de que engoli o meu orgulho e escrevi uma carta suplicando ajuda. Ele respondeu dizendo que o casamento acabara e com isso cessara sua responsabilidade. Porque ela estava doente, e eu era uma criança, não havia como voltar a Jaquir e exigir, por meio da lei, que o colar fosse devolvido.

— Independentemente do que ele tenha feito com você ou com a sua mãe, já acabou. É tarde demais para que o colar faça qualquer diferença agora.

— Está enganado, Philip. — A voz de Adrianne mudou. A paixão não desaparecera, era muito fria e ainda mais perigosa. — Para a vingança, nunca é tarde demais. Quando eu pegar o colar, o orgulho de Jaquir, o meu pai vai sofrer. E, quando ele souber quem roubou o colar, a vingança será ainda mais doce.

Philip não compreendia o verdadeiro ódio. Nunca roubara por qualquer outro propósito que não o de sobreviver ou sobreviver com mais conforto, mas reconhecia o verdadeiro ódio e achava que era o mais inflamável dos combustíveis humanos.

— Tem alguma ideia do que vai acontecer se for apanhada?

Os olhos de Adrianne estavam firmes e escuros quando se encontraram com os dele.

— Melhor do que você. Sei que o meu título e a minha cidadania americana não vão me proteger. Se tiver de pagar, então pagarei. Alguns jogos valem o risco.

Ele a encarou, fascinado pela maneira como sua pele tinha um brilho dourado à luz do sol.

— Tem razão. Alguns valem.

— E sei como fazer, Philip. Venho planejando há dez anos.

E ele tinha semanas, talvez apenas dias, para fazê-la mudar de ideia.

— Eu gostaria de ouvi-la.

— Talvez em outra ocasião.

Em uma súbita mudança de ânimo, Philip sorriu.

— Que seja em breve, mas chega de falar de trabalho. Que tal um mergulho no mar?

Adrianne pensou de novo que não confiava nele. Aquele sorriso era encantador demais. Seria melhor se, enquanto Philip a vigiava, ela também o vigiasse.

— Grande ideia. Encontro você na praia em 15 minutos.

Adrianne viajara sozinha por tanto tempo que esquecera como era ter alguém para partilhar os pequenos prazeres. A água estava fresca e clara, dava para nadar devagar e observar a vida ao redor. Como uma floresta no outono, os corais faiscavam dourados, laranja, escarlate, com púrpuras rendadas balançando na correnteza. Peixes disparavam de um lado para outro, as cores gloriosas se destacando enquanto mordiscavam esponjas.

Nadavam juntos, de um recife para outro, com uma visibilidade que chegava a 15 metros de profundidade. Os sinais entre os dois eram um toque da mão no braço ou outros gestos. Parecia suficiente que se compreendessem e a tarde lhes pertencesse.

Adrianne não queria questionar as razões por se sentir tão à vontade com ele, relaxada como na noite que haviam passado numa estalagem rural nos arredores de Londres. Não era uma mulher que tivesse legiões de amigos; em vez disso, tinha conhecidos, pessoas que entravam e saíam da sua vida. Quando oferecia amizade, entregava-se por completo; por isso, tinha o maior cuidado. Embora a confiança não fosse total, sentia amizade por Philip e, apesar de suas restrições, sentia-se feliz na sua companhia.

Não era uma princesa agora, nem uma ladra magistral, mas uma mulher desfrutando o sol e a magia do mar.

Subiu à superfície, rindo, e apoiou a nadadeira num coto de coral. A água escorria dos cabelos e da pele, faiscando como pedras preciosas. Empurrou a máscara para trás enquanto Philip subia ao seu lado.

— O que é tão engraçado?

Ele sacudiu os cabelos para trás antes de também levantar a máscara.

— Aquele peixe com os olhos esbugalhados. Não pude deixar de pensar em lorde Fume.

Philip levantou uma sobrancelha enquanto se firmava.

— Sempre ri das suas vítimas?

— Só quando é apropriado. Ah, o sol está maravilhoso... — Com os olhos fechados, ela ergueu o rosto para o sol, fazendo-o pensar em sereias. — Mas você não deveria ficar tanto tempo no sol com essa pele britânica tão clara.

— Preocupada comigo?

Quando ela abriu os olhos, o brilho era divertido, em vez de cauteloso. Um progresso, pensou Philip. Por menor que fosse.

— Detestaria ser responsável pelas suas queimaduras.

— Imagino que esteja nevando em Londres nesse momento, as famílias se sentando em torno da mesa para comer o ganso do Natal.

— E em Nova York o ganso ainda não foi assado. — Adrianne pegou um pouco de água na mão em concha e depois deixou que escorresse por entre os dedos. — Sempre comíamos peru. Mamãe adorava o cheiro do peru assando no forno. — Ela controlou o sentimento e conseguiu dar um sorriso. — Um ano ela decidiu cozinhar o peru pessoalmente, como sua avó fazia em Nebraska. Pôs tanto recheio que a ave estourou quando se expandiu com o calor. O pobre peru se desfez em pedaços. — Adrianne protegeu os olhos e contemplou o horizonte. — Olhe ali. Um navio está chegando.

Ela mudou de posição para se firmar melhor e escorregou do recife para os braços de Philip. A água escorreu por seus ombros, depois pelos seios, quando ele a ergueu e puxou contra seu peito. Adrianne tentou recuar, mas ele a segurou firme. Ela não tinha como se esquivar, com os pés incapazes de alcançar a areia no fundo e as mãos apoiadas nos ombros dele.

Viu os olhos de Philip escurecendo, como a lua se escondendo por trás de uma nuvem. A respiração dele soprava em seus lábios enquanto as mãos deslizavam por seu corpo. Quando se inclinou, Adrianne virou o rosto. Os lábios apenas roçaram seu rosto, num movimento gentil e paciente. A necessidade fervilhava dentro dela, com uma intensidade que vinha tanto do medo quanto do desejo.

— Você tem o gosto do mar... serena e inconquistada.

Deslizou os lábios para a orelha de Adrianne, enquanto ela tamborilava com os dedos em seus músculos. Philip a ouviu prender a respiração, sentiu o corpo dela estremecer.

— Adrianne...

Ela se obrigou a fitá-lo. Confrontar o que não podia evitar sempre fora seu estilo. O sol brilhava nos cabelos de Philip, quase a ofuscava ao se refletir na água. Em algum lugar, por trás deles, uma mulher repreendia uma criança, mas o som era abafado pelas batidas fortes do coração ressoando nos ouvidos dela. Ele sorria.

— Relaxe... — murmurou Philip, subindo os dedos pela coluna de Adrianne. — Não vou deixar você afundar.

Mas deixou. Quando os lábios se encontraram mais fundo e mais depressa do que a segurança aconselhava, embora a cabeça permanecesse acima da superfície, ao sol, ela tinha a sensação de que caíra a metros de profundidade, o coração disparado, a respiração difícil. Podia sentir o gosto de sol e sal quando os lábios de Philip persuadiram os seus. Isso mesmo, persuadiram. Devia haver um conforto nesse fato, na ausência de demanda, na falta de pressão. Em vez disso, ela tremeu com as necessidades de seu próprio corpo.

Philip tratou de controlar suas necessidades. Se havia correntes em torno das suas paixões naquele momento, prometeu a si mesmo que haveria de chegar o momento em que as removeria. Precisava de algo mais do que o desejo. Precisava dar algo mais. Como um teste, deu-lhe uma mordida de leve no lábio inferior e a ouviu gemer em resposta. Por saber que só podia se controlar até esse ponto, ele recuou. Adrianne tinha os olhos turvos. Os lábios entreabertos. E os nervos à flor da pele.

— Que tal um drinque?

Ela piscou, aturdida.

— Como?

Philip beijou-a na ponta do nariz, com um esforço para manter as mãos leves.

— Sugeri um drinque para que eu possa tirar do sol a minha pele britânica tão branca.

— Ahn... — Era como ser libertada do efeito de uma droga, pensou Adrianne. Uma droga viciante. — Claro.

— Ótimo. O último a chegar no bar paga a conta.

Dizendo isso, largou-a. Despreparada, Adrianne afundou. Quando voltou à tona, Philip já estava na metade do caminho para a praia. Ela começou a rir enquanto ajeitava a máscara para nadar em seu encalço.

Beberam margueritas geladas enquanto escutavam o trio de tocadores de marimba apresentar cantigas de Natal. Com o apetite aumentado pelo sol e pelo mar, comeram *enchiladas* com queijo e molho picante. Depois, com o sol da tarde descendo indolente pelo céu, circularam de carro pela ilha. Pegaram uma estreita estrada de terra num súbito impulso. Passaram por pequenos monumentos de pedra que fizeram Adrianne pensar em cultos antigos e deuses ainda mais antigos.

Ele estava determinado a preencher o dia, a fazê-la esquecer a angústia que surgira ao amanhecer. Não questionava mais a necessidade de proteger e confortar. Quando um homem passava a maior parte da vida com mulheres, sabia reconhecer a certa.

Em um gesto deliberado, passou com o jipe por um buraco de tal maneira que houve um enorme solavanco. Adrianne apenas riu e apontou outro buraco. A estrada os levou até um farol na ponta norte da ilha. Uma família vivia ali, com cercados nos quais havia galinhas raquíticas. Um gato magricela se estendia na terra, ao lado de um isopor com gelo, que a família enchera de bebidas para vender aos turistas pelo dobro do preço que pagariam na aldeia. Com duas garrafas, sentaram-se numa elevação de relva seca para contemplar as ondas. O mar era agitado ali; as ondas quebravam na praia e se elevavam em espuma onde o tempo e a maré haviam aberto canais.

— Fale-me sobre a sua casa.

— Em Londres?

— Não. — Adrianne tirou as sandálias. — A de campo.

— Você diria que é muito britânica. — Outra indicação do progresso entre os dois foi o fato de Adrianne não se esquivar quando ele tocou seus cabelos.

— A casa é eduardiana, de alvenaria, com três andares. Há uma galeria de retratos. Como não tenho muito conhecimento dos meus ancestrais, tomei alguns emprestados.

— De onde?

— Lojas de antiguidades. Como o tio Sylvester... um vitoriano sisudo, e sua esposa, a tia Agatha, com cara de pudim.

— Cara de pudim... — Adrianne se inclinou para trás, rindo. — Isso é britânico.

— Somos o que somos. Há vários primos, alguns solenes e altivos, outros pendendo mais para o sinistro. E há também a minha bisavó, uma prostituta que entrou para a família por meio do casamento, apesar de objeções vigorosas, e que depois tratou de controlar todo mundo com mão de ferro.

— Você sente falta de ter uma família grande.

— Talvez sinta. Seja como for, eles ocupam o espaço da galeria muito bem. A sala dá para o jardim. Como convinha à casa, mantive um jardim formal, com rosas, rododendros, lilazes, lírios. Há sebes de teixos e um bosque de freixos a oeste, por onde passa um pequeno córrego. Pode-se encontrar tomilho silvestre aqui e ali, assim como violetas do tamanho do meu polegar.

Adrianne quase podia sentir a fragrância.

— Por que comprou a casa? Não parece ser o tipo de homem que aprecia noites sossegadas junto da lareira ou passeios pelo bosque.

— Há tempo para tudo. Comprei a casa para estar preparado quando decidisse me fixar e me tornar um pilar da comunidade.

— É esse o seu objetivo?

— O meu objetivo sempre foi o conforto. — Ele deu de ombros e esvaziou a garrafa. — Aprendi muito cedo que, para encontrar conforto nas ruas de Londres, você precisa pegar o que puder... e pegar mais rápido do que o vizinho. — Philip largou a garrafa na areia do seu lado. — Sempre fui mais rápido.

— Você foi lendário. Não, não sorria para mim. Foi mesmo. Cada vez que alguma coisa espetacular era roubada, começavam os rumores de que tinha sido um trabalho de P.C. O que aconteceu, por exemplo, com a coleção De Marco?

Ele sorriu, observando as ondas subirem por trás dela.

— Está sondando?

— Pegou a coleção? — Ela se empertigou quando Philip, ainda sorrindo, estendeu a mão para pegar um cigarro. — Foi você?

— A coleção De Marco... uma das melhores coleções de diamantes e outras pedras preciosas de Milão. Do mundo inteiro, diga-se de passagem.

— Sei o que era! Foi você quem a roubou?

Philip se recostou, como um contador de histórias faria ao lado de uma fogueira.

— O museu tinha a melhor segurança disponível naquela exposição. Sensores de luz e de calor, um alarme sensível ao peso. Havia alarmes no chão por 6 ou 7 metros ao redor do mostruário da coleção. A redoma de vidro era considerada virtualmente impenetrável.

— Sei de tudo isso. — Os borrifos das ondas molhavam os cabelos de Adrianne. — Como conseguiu? Ouvi dezenas de relatos contraditórios.

— Já assistiu ao filme *Casamento real*, em que Fred Astaire dança no teto?

— Assisti, mas aquilo era a magia do cinema, por meio de um truque da câmera. Admito que você é esperto, mas não tanto assim.

— O acesso era apenas uma questão de ter o uniforme certo e falsificar o documento de identidade certo. Depois que entrei, tinha duas horas para agir antes da ronda do guarda. Levei meia hora só para rastejar pela parede e pelo teto.

— Se não quer me contar como foi, basta dizer.

— Estou contando. Já acabou? — Ele pegou a garrafa de Adrianne e bebeu. — Usei dispositivos de sucção. Claro que não do tipo de desentupidor de pia que se encontra em lojas de ferragens, mas o conceito é o mesmo. Oferece uma noção de como uma mosca se sente.

— Ficou grudado no teto?

— Mais ou menos. Os dispositivos não aguentariam o meu peso durante todo o trabalho. Por isso, prendi um trapézio no teto com pinos articulados. Fiquei pendurado por cima daquelas pedras incríveis, com os joelhos dobrados. Não podia sequer suar. Tinha uma perfuradora de carbureto, envolta por isopor para abafar o barulho. Depois que abri um buraco no vidro foi que começou o trabalho de verdade. Tinha pedras no bolso com o peso exato das várias peças da coleção. Troquei peça por peça. Era preciso ser rápido, as mãos muito firmes. Mais de uma fração de segundo sem o peso certo, e o alarme dispararia. Levei quase uma hora com o sangue fluindo para a cabeça e os dedos ficando dormentes. Depois, balancei o trapézio e saltei, caindo depois da área do alarme. Lembro que tive a sensação de que alguém disparava flechas em minhas pernas quando caí. Mal podia rastejar. Foi a pior parte... a parte que eu não havia previsto. — Ele ria agora, recordando o que acontecera. — Sentei e comecei a bater nas pernas para restabelecer a circulação. Fiquei me imaginando sendo preso, não porque não fosse competente, mas porque as minhas pernas estavam dormentes.

Com a cabeça na grama, Adrianne riu também.

— O que você fez?

— Quando me imaginei numa cela, tratei de fazer uma saída rápida, sem qualquer elegância, engatinhando na maior parte do tempo. Quando soou o alarme, eu já estava numa banheira com água quente no hotel.

Quando virou o rosto para fitá-la, descobriu que Adrianne sorria.

— Você sente saudade.

— Só em alguns momentos. — Ele jogou o cigarro no mar. — Sou um homem de negócios em primeiro lugar, Addy. Estava na hora de mudar de ramo. O Spencer, que é meu superior agora, já tinha chegado bem perto em diversas ocasiões.

— Sabiam quem você era, mas mesmo assim o aceitaram.

— Devem ter pensado que era melhor ter o lobo no cercado do que à solta. Mais cedo ou mais tarde, você fica relaxado. E basta um erro.

Adrianne tornou a olhar para o mar turbulento.

— Só preciso realizar mais um trabalho, e não tenho a menor intenção de ser relaxada.

Philip não disse nada. Com um pouco de tempo e bastante cuidado, tinha certeza de que poderia persuadi-la a desistir. Se a conversa não desse resultado, sempre haveria obstáculos que poderia erguer.

— O que me diz de uma *siesta* antes do jantar de Natal?

— Combinado. — Ela se levantou, segurando as sandálias pelas alças. — Mas eu dirijo na volta.

TALVEZ FOSSE tolice ser tão exagerada, mas ela não conseguia resistir. Era agradável permanecer num banho com sais perfumados e depois passar bastante creme. Hábitos femininos peculiares, cujas sementes haviam sido semeadas no harém. Gostava de se preparar por um longo tempo, sem pressa, embora sua noite com Philip não pudesse ser considerada romântica. Sabia que boa parte do motivo para que ele se mostrasse tão disponível como seu acompanhante era o fato de que assim podia vigiá-la melhor. Ela poderia lhe dizer que não tinha outros negócios para fazer na ilha, mas não havia motivo para ele acreditar nisso. De qualquer forma, a companhia de Philip servia a um propósito. Pelo menos foi o que disse a si mesma enquanto escolhia um vestido longo branco com as costas nuas. Seria tão generosa quanto Philip em seu tempo com ele. Dessa maneira ele não estaria alerta quando ela deixasse o país... no dia seguinte.

Havia planos a serem finalizados, planos que ela começara a formular há dez anos. Voltaria para Jaquir pouco depois do Ano Novo. Pendurou pedras nas orelhas, tão frias quanto seus pensamentos e tão falsas quanto a imagem que apresentaria ao pai.

Naquela noite, porém, aproveitaria a luz persistente do pôr do sol tropical e o sussurro do mar.

Já estava pronta quando Philip bateu na porta. Ele também usava branco, e a camisa era uma mancha azul sob o paletó.

— Existe alguma coisa de maravilhoso em passar o inverno num clima quente. — Ele passou as mãos pelos ombros nus de Adrianne. — Descansou?

— Descansei.

Ela não contou que deu um pulo no El Grande para arrumar suas coisas e fechar a conta. Ao seu contato, sentiu a frustração de um cavalo que é esporeado e puxado ao mesmo tempo.

— E, como uma boa turista, os meus pensamentos quase nunca vão além da próxima refeição — acrescentou Adrianne.

— Melhor assim. Antes de sairmos, tenho uma coisa para você.

Ele tirou do bolso uma pequena caixa de veludo. Adrianne recuou, como se tivesse sido beliscada.

— Não...

A voz saiu mais fria do que queria, mas Philip pegou sua mão e pôs a caixa nela.

— Não apenas é grosseiro recusar um presente de Natal, mas também dá azar.

Ele não disse que teve que abrir caminho com subornos e gorjetas até encontrar um joalheiro disposto a abrir a loja no feriado.

— Não era necessário.

— Deveria ser? Vamos, Adrianne, uma mulher como você deve saber como aceitar um presente de forma graciosa.

Philip tinha razão, é claro, e ela estava bancando a tola. Abriu a caixa e contemplou o broche repousado sobre cetim branco. Não, não repousado, pensou Adrianne, mas irrequieto, como a pantera que era, de um preto reluzente, com olhos de rubis pegando fogo.

— É lindo!

— Me fez pensar em você. É uma coisa que temos em comum. — Ele pregou o broche no vestido com a facilidade de um homem acostumado a fazer essas coisas. Adrianne sorriu, porque precisava oferecer uma reação descontraída.

— De um ladrão para outro?

Mas seus dedos subiram para acariciar a joia.

— De uma alma inquieta para outra — corrigiu Philip.

Ele guardou a caixa no bolso e pegou a mão de Adrianne. Jantaram lagosta grelhada e tomaram um vinho que permitia sentir o gosto da uva enquanto *mariachis* tocavam canções de amor e desejo. Da sua mesa, junto da janela, podiam observar as pessoas passeando pelo dique. Muitos meninos, sempre ansiosos por uma moeda, esperavam ao lado da fileira de táxis, preparados para abrir a porta.

Enquanto comiam, o sol mergulhou no mar em um esplendor de cores; e a lua, menos apressada, surgiu em toda a sua imponência.

Adrianne indagou sobre a infância de Philip e ficou surpresa quando ele não se esquivou nem fez piada.

— A minha mãe era bilheteira num cinema. Uma vantagem para mim, pois podia entrar e assistir a qualquer filme, às vezes durante a tarde inteira. Afora isso, o dinheiro mal dava para pagar o aluguel de um apartamento miserável de dois cômodos em Chelsea. O meu pai entrou na vida dela parece que apenas para me gerar. Sumiu logo em seguida, assim que soube que eu estava a caminho.

Adrianne sentiu uma pontada de angústia. Teve vontade de pegar a mão dele, mas Philip levantou o copo de vinho, e o momento passou.

— Deve ter sido difícil para ela, vivendo sozinha.

— Com certeza foi um inferno, mas não tenho como saber. É uma otimista nata, o tipo de mulher que se contenta com qualquer coisa que consegue, pouco ou muito. É uma grande fã da sua mãe, diga-se de passagem. Quando descobriu que levei a filha de Phoebe Spring para jantar, passou-me um sermão de uma hora por não ter levado você para que a conhecesse.

— Mamãe tinha um jeito especial de conquistar as pessoas.

— Nunca pensou em seguir os passos da sua mãe como atriz?

Foi fácil sorrir enquanto levantava o copo.

— Não é o que eu faço?

— Me pergunto até que ponto é uma representação.

— Uma representação? — Ela gesticulou com as mãos. — Qualquer coisa necessária para alcançar um objetivo. A sua mãe sabe sobre a sua... vocação?

— Refere-se ao sexo?

Ele não sabia se Adrianne riria. Ela se inclinou para a frente, a luz da vela refletindo em seus olhos.

— Vocação no sentido de ocupação profissional, Philip.

— Ah, sim. Nunca conversamos a respeito. Mas basta dizer que mamãe não é nenhuma tola. Mais vinho?

— Só um pouco. Nunca pensou em voltar à atividade para um último e espetacular trabalho? Alguma coisa que o manteria satisfeito na velhice?

— O Sol e a Lua?

— Esse é meu.

— O Sol e a Lua... — repetiu ele, divertido, enquanto a observava. — Duas pedras fascinantes no mesmo colar. O Sol, um diamante de 280 quilates, da primeira água, absolutamente puro, de uma transparência brilhante. Segundo a lenda, uma pedra com um passado movimentado. Foi encontrada na região de Deccan, na Índia, no século XVI. Antes da lapidação, tinha 800 quilates. Dois irmãos a descobriram. Como Caim e Abel, um assassinou o outro para ser o único dono. Em vez de ser banido para a Terra de Node, o irmão sobrevivente encontrou o sofrimento em sua pátria. A esposa e os filhos morreram afogados, deixando-o com o conforto um tanto frio da pedra. — Philip tomou um gole do vinho. Como Adrianne não fez qualquer comentário, tornou a encher os copos. — A lenda diz que ele enlouqueceu e ofereceu a pedra ao demônio. Não se sabe se a oferta foi aceita ou não, mas ele acabou assassinado. Então a pedra iniciou suas viagens. Istambul, Sião, Creta e dezenas de outros lugares exóticos, sempre deixando uma trilha de traição e assassinato em sua esteira. Até que, depois de satisfazer os deuses, foi encontrada numa casa em Jaquir, em 1876.

— O meu trisavô comprou o diamante para sua esposa predileta. — Adrianne começou a passar o dedo pela borda do copo.

— Pelo equivalente a um milhão e meio de dólares. Teria custado mais se a pedra não tivesse desenvolvido a reputação de perigosa.

O dedo parou de repente.

— Pessoas morriam de fome em Jaquir nessa época.

— Não seria o primeiro soberano a ignorar essas coisas, nem o último. — Philip esperou até que o garçom tirasse os pratos. — O diamante foi lapidado por um veneziano, que, por nervosismo ou falta de habilidade, perdeu mais da pedra bruta do que seria necessário. Suas mãos foram cortadas e penduradas no pescoço antes de o abandonarem no meio do deserto; a pedra sobreviveu para ser unida a uma pérola igualmente antiga, tirada do Golfo Pérsico, perfeitamente esférica, com uma iridescência que desafia qualquer descrição. Lustrosa, reluzente, como 250 quilates de luar. Enquanto o diamante cintila, a pérola parece arder. A lenda diz que a magia da pérola luta contra a do diamante. Juntas, as duas são como a paz e a guerra, a neve e o fogo. — Philip fez uma pausa e levantou o copo. — O sol e a lua.

Adrianne tomou um gole do vinho para aliviar a garganta. Conversar sobre o colar a deixava excitada e perturbada ao mesmo tempo. Sabia como era, pendurado no pescoço da mãe, e podia imaginar, apenas imaginar, qual seria a sensação quando o tivesse nas suas mãos. Com ou sem magia, com ou sem lenda, ela teria o colar.

— Fez muito bem o seu dever de casa.

— Conheço o Sol e a Lua da mesma maneira como conheço o Kohinoor ou o Pitt. Pedras que posso admirar, até mesmo desejar, mas não pelas quais arriscaria a minha vida.

— Quando o motivo é apenas dinheiro ou vontade de posse, pode-se resistir até mesmo a diamantes.

Ela fez menção de se levantar, mas Philip a segurou pela mão. O aperto foi mais firme do que deveria, e não havia mais o brilho divertido em seus olhos.

— Quando o motivo é vingança, também se deve resistir. — A mão de Adrianne se flexionou uma vez, depois ficou passiva. O controle pode ser tanto uma bênção quanto uma maldição, pensou ele. — A vingança turva a mente a tal ponto que não se consegue pensar com clareza. Paixões de qualquer tipo levam a erros.

— Só tenho uma paixão. — A luz da vela dançava no rosto de Adrianne, acentuando os contornos da face. — Tive 20 anos para cultivá-la e canalizá-la. Nem todas as paixões são ardentes e perigosas, Philip. Algumas são frias como o gelo.

Quando Adrianne se levantou, ele não disse nada, mas prometeu a si mesmo que provaria que ela estava enganada antes de a noite terminar.

Capítulo 19

◆ ◆ ◆ ◆

Ele era um homem difícil de avaliar, pensou Adrianne. Podia ser intenso em um momento e frívolo no seguinte. Enquanto voltavam para o hotel, ele manteve uma conversa amena e divertida, de meros conhecidos. Era como se não tivesse acontecido aquele instante no restaurante em que Philip pegara sua mão, fitando-a nos olhos como se pudesse subjugá-la apenas pelo olhar. Agora, só havia o luar e a brisa tropical. Desvanecera-se a conversa sobre o colar e o sangue derramado por sua causa.

Era fácil compreender como Philip se infiltrara no círculo dos ricos e mimados. Não se via um ladrão de rua órfão de pai quando se olhava para ele. Também não se via um ladrão calculista e confiante. Em vez disso, a imagem era a de um homem refinado, um pouco entediado, encantador, sem objetivos definidos. Só que ele não era nenhuma dessas coisas.

Mesmo sabendo disso, ela relaxou. Parte do poder de Philip era a maneira como conseguia fazer uma mulher tremer em um momento e rir e se desarmar no instante seguinte. Adrianne se descobriu lamentando depois que estacionaram o carro e se encaminharam para sua suíte, a noite se aproximando do fim.

— Fiquei aborrecida ao encontrar você na ilha — comentou ela ao abrir a bolsa para pegar a chave.

— Mais do que isso, ficou furiosa.

Philip pegou a chave e a enfiou na fechadura.

— Está bem. — Ela se sentia relaxada e divertida, o que transparecia em seu sorriso. — Não costumo mudar de ideia com frequência, mas foi bom ter a sua companhia hoje.

— Estou contente por ouvir isso, porque a minha intenção é continuar com você.

Enquanto falava, ele a pegou pelo cotovelo e os dois passaram pela porta.

— Se pensa que vou voltar para pegar as joias dos St. John, não precisa se preocupar.

Philip jogou a chave em cima da cômoda. Tirou a bolsa da mão de Adrianne e a largou no mesmo lugar.

— A minha presença aqui no momento não tem nada a ver com joias.

Antes que Adrianne pudesse recuar, ele pôs as mãos em seus ombros. Desceu com os dedos pelos seus braços com uma gentileza incrível. Com a maior naturalidade, os dedos dos dois se entrelaçaram.

— Não.

Ele levantou uma das mãos de Adrianne, beijou-a, depois levantou a outra.

— Não o quê?

Como um foguete, o calor subiu pelo corpo dela. Uma coisa era ignorar o que nunca se precisava, outra era resistir a uma súbita necessidade.

— Quero que vá embora.

Ainda segurando uma das mãos dela, ele afastou os cabelos de seu ombro, as pontas dos dedos mal roçando a sua pele nua. Sentiu o tremor do choque, mas não sabia de qual dos dois.

— Eu iria se acreditasse em você. Sabe que a chamam de inacessível?

Ela sabia muito bem.

— Por isso que você me quer? Por que sou inacessível?

— Poderia ser suficiente. — E mexeu nos cabelos dela. — Antes.

— Não estou interessada, Philip. Pensei que tinha deixado isso bem claro.

— Uma das coisas que mais admiro em você é o seu talento para mentir.

Ele estava mais perto, mais do que deveria.

— Não sei o que mais posso fazer para convencê-lo de que está perdendo o seu tempo.

— Não é preciso muito quando é verdade. Você tem uma maneira de olhar para um homem que faz o sangue mais quente se transformar em gelo. Não é assim que está me olhando agora.

Estendeu a mão para a nuca de Adrianne. Ao mesmo tempo em que ela ficava rígida, Philip observou os lábios cheios e macios se entreabrirem, tremendo um pouco.

Adrianne sentiu o coração subir pela garganta, descompassado, no momento em que os lábios dele roçaram sua boca. Começou a levantar a mão para empurrá-lo. Isso era autopreservação. Mas os dedos agarraram a camisa de Philip e o apertaram com força. Isso era necessidade.

Depois, surpreendentemente veio o remorso.

— Não posso dar o que você quer. Não sou como as outras.

— Não, não é. — Num impulso instintivo, ele passou os dedos pelo pescoço de Adrianne; um gesto tranquilizador, enquanto os lábios a deixavam com os nervos à flor da pele. — E não quero mais do que você pode me dar.

Quando Philip aprofundou o beijo, ela gemeu. Havia alguma coisa de desespero e espanto no som. Por um instante, apenas um instante, ela cedeu. Pressionou o corpo contra o dele, os lábios se entreabriram, o coração se abriu. Ele teve um vislumbre da beleza e da generosidade tão intensas que o deixou abalado. Adrianne recuou, virando-se.

— Sei qual é a minha imagem, Philip, mas não passa de uma imagem. Esse tipo de coisa não é para mim.

Ela cruzou as mãos para mantê-las firmes.

— Talvez não fosse mesmo. — Ele tornou a pôr as mãos nos ombros de Adrianne. — Até agora.

Ela tinha orgulho. Alcançara-o ao longo de anos instáveis e confusos. Porque o orgulho era firme, Adrianne foi capaz de falar sem vergonha.

— Nunca estive com um homem. Jamais desejei estar.

— Sei disso.

Adrianne lhe virou as costas, como ele esperava que aconteceria.

— Compreendi essa manhã, quando me falou do seu pai, quando contou o que viu acontecer entre ele e a sua mãe — continuou Philip. — Não há nada que eu possa dizer para apagar ou aliviar os seus sentimentos a esse respeito... exceto que não tem que ser assim, nunca deveria ser assim.

Ele a tocou de novo, a mão em seu rosto. Era um teste para os dois. Adrianne fechou os olhos, permitindo-se absorver a sensação dos dedos em sua pele, o clamor dos nervos e das necessidades que despertavam. Sempre fora uma mulher que conhecia a própria mente, o próprio destino. Naquela noite, ao que tudo indicava, Philip se tornaria parte das duas coisas.

— Tenho medo.

Philip tirou as travessas de marfim dos cabelos dela.

— Eu também.

Ela abriu os olhos ao ouvir isso.

— Por que deveria sentir medo?

— Porque você é importante. — Ele largou as travessas e enfiou os dedos pelos cabelos dela. — Porque isso é importante.

Philip tornou a puxá-la, fazendo um esforço para permanecer gentil e se lembrar da fragilidade de Adrianne, não da sua força. As duas coisas estavam presentes, as duas coisas o atraíam desde o início.

— Podemos analisar isso durante a noite toda, Addy. Ou você pode deixar que eu a ame.

Não havia opção. Nunca houvera. Adrianne acreditava no destino. Estava fadada a deixar Jaquir e também a voltar. E estava fadada a passar aquela noite, ainda que fosse apenas uma noite, com Philip... e descobrir o que fazia com que as mulheres entregassem aos homens seu coração — e sua liberdade.

Esperava a paixão. Podia compreendê-la. Era o frenesi selvagem que levava os homens a procurarem uma forma de liberação. Conhecia o sexo a partir das conversas francas no harém aos diálogos românticos e sonhadores nos chás. As mulheres eram tão famintas quanto os homens, embora nem sempre fossem capazes de saciar sua fome. A impressão de sexo que permanecera em sua mente desde a infância era uma confusão de braços e pernas, uma torrente de sons e movimentos que ocorriam melhor no escuro.

Quando os lábios tornaram a encontrar os seus, Adrianne estava disposta a se entregar.

Foi apenas o sussurro de um beijo, um roçar de leve, um recuo, um novo encontro. Ela piscou os olhos, surpresa, e descobriu que Philip a observava.

Ele percebeu a confusão, o desejo que aumentava a cada momento enquanto acariciava a boca de Adrianne. Não havia impulso para devorar ou possuir. Não dessa vez. Não com ela. Toda a habilidade que possuía e toda a paciência que adquirira teriam que ser usadas naquela noite. Deixou que as mãos se perdessem nos cabelos sedosos, proporcionando a ambos o tempo para se ajustarem ao inesperado.

Por isso, quando ele a acariciou, Adrianne não se contraiu. Seu corpo parecia preparado para ser acariciado e descoberto. Philip tirou o paletó e ela não hesitou mais em passar as mãos por seus ombros, descer por suas costas.

Impaciente em conhecer a mesma liberdade que ele experimentava, Adrianne puxou sua camisa até abri-la para sentir a carne por baixo.

Ouviu-o respirar fundo com suas carícias. A boca de Philip na sua se tornou mais urgente, as batidas do coração já não eram mais tão firmes. Ouviu-o murmurar, mas não compreendeu seu pedido para ir devagar. Não sabia quanto custava a Philip despi-la com cuidado, manter as mãos contidas, quando queria agarrá-la com toda voracidade. Nua, ela estremeceu uma vez. O som do vestido caindo em torno dos seus pés ressoou como uma trovoada em sua mente.

A pele refulgia ao luar, que prateava as pontas dos cabelos, espalhados sobre os seios. Philip sabia o que era desejo, mas nunca imaginara que pudesse ser tão intenso e atordoante. Suas mãos tremiam quando arrancou a camisa, e a garganta doía quando a estendeu na cama.

Adrianne também conhecia o desejo. Só que seus anseios sempre tinham um rumo certo e um fim definido. Segurança, reputação, retaliação. Agora, descobria que alguns desejos tinham um pântano de caminhos, levando a muitos destinos. Ainda tinha medo, mas não mais de Philip. O medo era de si mesma, do preço que parecia estar disposta a pagar para continuar a se sentir como naquela noite.

Philip mostrava a ela o que era queimar lentamente e continuar ansiando pelo calor. Ouviu o próprio suspiro trêmulo quando o corpo, por tanto tempo privado daquele único prazer, contraiu-se, estremeceu e aceitou. Ali havia a paixão que dissolvia, a ternura que excitava e o conhecimento que derrubava antigas convicções.

Ele a tomou, como Adrianne sabia que aconteceria, mas também se deu ao ato. Não houve dor, não houve angústia. Havia a certeza de que ela sentiria dor e angústia. As mãos de Philip, no entanto, deslocavam-se por seu corpo como água. Mesmo quando sua boca desceu para o seio dela, o corpo se arqueando em reação, houve apenas prazer. Ondas de prazer.

Adrianne recendia a fumaça, a seda e a segredos. O suficiente para levar um homem à loucura. Também acariciava, cautelosa. Embora sua reação fosse tudo o que um homem podia desejar, ele sentiu que um nó de tensão persistia. Adrianne se encaminhava para um auge, e Philip sabia que ela não conseguiria compreender. Parte da mente de Adrianne se continha, talvez cautelosa com o preço a pagar depois. Onde havia um prazer intenso, havia também uma vulnerabilidade intensa. Ele tornou a beijá-la com um murmúrio. A boca de Adrianne se abriu e as línguas iniciaram uma dança experimental.

Os gostos eram novos para Adrianne. No entanto, também eram familiares. A sensação do corpo de Philip, em movimento contra o seu, ajustando-se deslizando, não era estranha, nem assustadora, como ela esperava. Não experimentou a violação para a qual se preparara quando ele tocou onde nenhum homem jamais tocara.

E depois houve mais, mais do que sensações agradáveis, mais do que a descoberta fácil. A respiração de Adrianne se tornou superficial e ela teve que fazer um esforço para respirar. A pele, tão sensível a cada carícia, foi esquentando cada vez mais, até que nem mesmo a brisa que entrava pelas janelas abertas podia aliviá-la. Desamparo. E desamparo era uma coisa que ela jurara que não sentiria, não nas mãos de um homem. Lutou de novo contra ele enquanto o calor se acumulava, concentrava e expandia no centro de seu ser.

Ali estava a dor, mas não tinha nada a ver com qualquer outra dor que já sentira. Adrianne lutou contra, ao mesmo tempo em que lutava a favor. Cravou as unhas nos lençóis, numa tentativa desesperada de encontrar o equilíbrio.

Lentamente, ele passou a mão por sua coxa, sentindo o tremor de cada músculo separado. E a encontrou, quente e úmida. Houve um instante de resistência, a respiração estrangulada, enquanto a sensação se intensificava. O corpo de Adrianne se contraiu para depois relaxar num gemido de atônita liberação.

Desse momento em diante, descobriu-se envolvida, ansiosa por qualquer coisa que pudesse sentir, desesperada por tudo o que Philip podia lhe ensinar. O sangue bombeava quente e rápido, próximo da superfície quando ela o abraçou. Havia confiança. E Adrianne se abriu para essa confiança, assim como se abria para ele.

Quando Philip a penetrou, houve choque e prazer, um para o outro. Ele poderia dizer naquele momento, com os corpos unidos, que se sentia mais vulnerável do que em qualquer outra ocasião anterior, mais vulnerável do que jamais se arriscara ficar.

Mais tarde, Adrianne ficou imóvel ao seu lado. Não deveria ter significado tanto. Não podia mudar as coisas. Ela sabia que era insensatez sentir de maneira diferente. Em seu país, uma mulher da sua idade há muito tempo já estaria casada e, se Deus fosse generoso, já teria filhos. O que acontecera naquela noite era apenas uma função natural. Uma mulher nascia para proporcionar a um homem prazer e filhos.

Estava pensando como uma mulher de Jaquir! O choque da compreensão deixou um gosto amargo em sua boca, que prevaleceu sobre o gosto persistente do homem ao seu lado. Adrianne começou a se afastar, talvez para fugir. Foi nesse instante que o braço de Philip a envolveu.

Com o corpo apoiado num cotovelo, ele estudou o rosto de Adrianne. Ainda havia segredos ali. Por baixo do brilho das paixões saciadas havia reservas que ele nem sequer podia imaginar.

— Machuquei você?

Ainda não estava preparado para partilhar seus segredos tanto quanto ela.

— Não... claro que não.

Philip tocou seu rosto. Embora ela não se desviasse, tampouco retribuiu a carícia. Porque a pele de Adrianne esfriara, ele puxou o lençol, esperando que ela dissesse alguma coisa, que desse algum sinal de como se sentia ou do que precisava. O silêncio foi se prolongando, constrangedor.

— Nunca mais vai me esquecer — murmurou Philip. — Uma mulher nunca esquece o primeiro amante.

Havia azedume suficiente na voz para que Adrianne percebesse que ele fazia esforço para se controlar, mas não o bastante para que reconhecesse a mágoa.

— Não, não o esquecerei.

Ele a virou. Os cabelos dela cobriam os dois. Os olhos se encontraram. Havia um desafio, admitido e aceito.

— Vamos ter certeza — murmurou Philip, beijando-a de novo.

O SOL ESTAVA alto quando ela acordou.

Havia uma dor em seu corpo, indefinida e doce, lembrando-a da noite. Sua vontade era de sorrir e se aconchegar na cama, como se tivesse roubado uma sacola cheia com os melhores diamantes. Mas uma parte sua, uma parte profunda, que ainda acreditava que a submissão de uma mulher na cama significava a submissão em tudo.

Philip dormia ao seu lado. Não imaginara que ele passaria a noite. Tampouco imaginara como podia ser confortador acordar no escuro e ouvir sua respiração firme. Sabia agora como era bom observar o rosto de Philip ao sol da manhã.

Ternura. Ela podia sentir, mas lutou contra. Ansiava por passar os dedos pelo rosto dele e enfiá-los entre seus cabelos. Seria prazeroso tocá-lo agora, como se fosse real e importante o que acontecera durante a noite.

Cautelosa, esticou os dedos e começou a estender a mão. As pontas mal roçaram seu rosto quando ele piscou e abriu os olhos. Adrianne retirou a mão rapidamente.

Mesmo no sono, seus reflexos eram rápidos. Philip a segurou pelo pulso e levou a mão aos lábios.

— Bom dia.

— Bom dia. — Contrafeita. Ela se sentia absurdamente contrafeita. — Dormimos mais do que eu pretendia.

— Férias são para isso. — Em um movimento suave, Philip rolou para cima dela, beijando seu pescoço. — E para outras coisas.

Adrianne fechou os olhos. Era difícil, muito mais difícil do que jamais imaginara, resistir à necessidade de ceder. Se possível, desejava-o agora ainda mais do que durante a noite. O amor, como qualquer indulgência, despertava um desejo maior depois de experimentado pela primeira vez.

— Vamos tomar café da manhã? — indagou ela, torcendo para que a voz saísse descontraída.

Depois de mordê-la de leve nos lábios, ele recuou.

— Está com fome?

— Muita.

— Devo pedir que mandem para o quarto?

— Sim... não. — Adrianne já começava a se odiar pela mentira. — Prefiro tomar um banho e me vestir. Pensei em depois ir mergulhar em Palancar.

— Já reservou um barco?

— Ainda não.

Quando ele se sentou na cama, Adrianne mudou de posição apenas ligeiramente para que os corpos não se tocassem mais.

— Vou providenciar tudo. Também vou tomar um banho. Encontro você no restaurante dentro de uma hora e podemos sair depois de comer.

— Combinado. — Ela conseguiu dar um sorriso. — Posso demorar um pouco mais... preciso ligar para a Celeste.

— Mas não por muito tempo.

Philip a beijou; e, uma vez que já começava a se arrepender, ela retribuiu com ardor. Ele a apertou com um murmúrio de aprovação.

— Uma pessoa pode passar dias sem comer.

A risada foi apenas um pouco tensa.

— Não esta pessoa.

Adrianne esperou até ficar sozinha para levantar os joelhos e encostar a cabeça neles. Não devia doer. Fazer o que era necessário não devia doer. Mas doía. Jogou o lençol para o lado, levantou-se apressada e começou a se movimentar.

Philip lhe deu 15 minutos a mais, sentado junto à janela do restaurante, observando os adoradores do sol. Sabia que havia mulheres que não davam a menor importância para o tempo, mas, finalmente, se lembrou de que Adrianne não era uma delas. Com um esforço para conter a impaciência, prolongou uma segunda xícara de café. Um homem ficava de péssimo humor quando começava a contar os minutos. Philip pegou a rosa que pusera ao lado do prato de Adrianne. Estava de péssimo humor.

Acontecera mais na noite anterior do que apenas paixão e liberação. Algo havia mudado dentro dele, assentando em posições inalteráveis. Não procurava, nem mesmo queria procurar, alguém que harmonizasse com tanta perfeição. Mas não havia como voltar. O mesmo acontecia com Adrianne, pensou enquanto acendia um cigarro. Ela podia pensar que poderia continuar sua vida do ponto em que a deixara antes de conhecê-lo, mas provaria que estava enganada.

Tomara uma decisão, talvez a primeira em sua vida que não atendia a um interesse pessoal, nem ao lucro. Mas a tomara assim mesmo. E não tinha a menor intenção de desperdiçar o resto da manhã esperando para começar a convencê-la de que era a decisão certa.

Esmagou o cigarro no cinzeiro. Deixou-o fumegando e o café esfriando enquanto saía do restaurante. Estava apreensivo quando chegou à suíte de

Adrianne. Um idiota apaixonado, disse a si mesmo, irritado. Bateu na porta com mais força do que era necessário. Experimentou a maçaneta quando ela não atendeu. Estava trancada, mas a chave de sua porta estava no bolso, junto com um cartão de crédito e uma moeda fina. Não se deu ao trabalho de olhar ao redor enquanto trabalhava.

Quando abriu a porta, compreendeu no mesmo instante. Já resmungava quando foi abrir o closet. Estava vazio, a não ser pela fragrância de Adrianne. Havia um pouco de talco no balcão de maquiagem, mas os vidros, potes e tubos haviam desaparecido.

Deixou a porta do closet bater. Enfiou as mãos nos bolsos. Por um momento, houve apenas raiva e impotência. Jamais fora um homem violento, mas descobriu naquele momento como era antecipar um assassinato com satisfação, mas tratou de controlar as emoções. Foi até o telefone e ligou para a recepção.

— Há quanto tempo Lara O'Conner deixou o hotel? — Ele esperou, fantasiando vingança e retaliação. — Quarenta minutos? Obrigado.

Ela podia correr, pensou Philip ao desligar, mas nunca seria rápida o suficiente.

Enquanto Philip jurava vingança, Adrianne afivelava o cinto de segurança. Escondera os olhos com óculos escuros. Não estavam injetados, pois não permitiram lágrimas, mas havia pesar neles. Philip ficaria furioso, pensou ela. Mas depois continuaria com sua vida... como ela faria, como tinha que fazer. As emoções do tipo que Philip podia provocar não tinham lugar na vida dela. Até que o Sol e a Lua estivesse em seu poder, não havia espaço para nada além da vingança.

Capítulo 20

◆ ◆ ◆ ◆

Nevara em Londres. As ruas estavam cinzentas com a sujeira da neve derretida, acumulada junto do meio-fio, enegrecida, como carvão, igualmente horrível. Nos telhados, porém, continuava branca como numa campina imaculada, faiscando ao sol fraco. Um vento forte investia contra os casacos e chapéus dos pedestres que passavam apressados, os corpos inclinados, segurando qualquer coisa sob a ameaça de ser arrebatada. Era o tipo de frio que penetrava até os ossos e suplicava por uma bebida quente. Horas antes, Philip desfrutava o ardente sol mexicano.

— Aqui está o chá, querido.

Em movimentos rápidos, do hábito antigo de tentar alcançar todo mundo, Mary Chamberlain entrou em sua sala aconchegante. Philip se afastou da janela para pegar a bandeja carregada. Todas as iguarias prediletas de sua infância estavam ali. Por mais sombria que fosse sua disposição, não pôde deixar de sorrir. Mary sempre tentara mimá-lo quando tinha os recursos para isso, e mesmo quando não tinha.

— Fez o suficiente para um exército.

— Deve oferecer alguma coisa ao seu convidado quando ele chegar.

Ela se sentou à mesa de chá, levantando o bule para servir. Era um excelente jogo de chá de porcelana Meissen com rosas bem claras e folhas douradas.

— Antes de ele chegar, porém, achei que poderíamos tomar uma xícara de chá e conversar um pouco.

Ela acrescentou um pouco de creme ao chá de Philip, lembrando que ele não tomava chá com açúcar desde os 12 anos. O fato de que o filho já passava dos 30 ainda a espantava. Sentia que ela própria não tinha muito mais do que isso. Como qualquer mãe, achava que o filho estava muito magro; por isso pôs dois pedaços de bolo com glacê num prato para ele.

— Tome.

Satisfeita, despejou uma porção considerável de açúcar no próprio chá. Não havia nada como um chá bem quente e doce numa tarde de inverno.

— Tome o seu, querido. É sempre um choque para o organismo viajar de um clima para outro.

Ele diria o que o perturbava, Mary tinha certeza, mais cedo ou mais tarde.

Philip obedeceu, numa reação automática, fitando a mãe por cima da xícara. Ela engordara nos últimos anos. O que lhe era favorável, pensou Philip. A mãe sempre fora muito magra quando ele era criança. O rosto era redondo; e se a pele carecia do viço da juventude tinha o brilho de uma mulher madura. Umas poucas rugas, é verdade, mas resultavam mais do riso do que da idade. Mary sempre gostara de rir. Os olhos eram azul-claros e inocentes.

Não herdara a aparência da mãe, mas sim do homem que a seduzira e saíra de sua vida. Quando menino, isso o incomodava muito, a tal ponto que observava todo homem, do carteiro ao príncipe, à procura de semelhanças. Até hoje, porém, não tinha certeza do que pretendia fazer se encontrasse alguma.

— Mudou os cabelos, mamãe.

Mary os afofou. O gesto era coquete e totalmente espontâneo.

— Mudei. O que achou?

— Lindos.

Ela riu, um som exuberante e satisfeito.

— Tenho um novo cabeleireiro, o Sr. Mark... pode imaginar? — Mary revirou os olhos e lambeu um pouquinho de glacê da ponta do dedo. — Ele flerta tanto que não se pode deixar de dar uma gorjeta maior. Todas as garotas estão loucas pelo Sr. Mark, mas acho que ele é de outra fé.

— Episcopaliano?

O humor faiscou nos olhos de Mary. Phil sempre fora um demônio.

— Isso mesmo. Agora... — Ela se recostou, com a xícara de chá nas mãos, os lábios contraídos em um sorriso. — Conte-me tudo sobre as suas férias. Espero que não tenha bebido a água de lá. Ouvimos falar as piores coisas a respeito. Divertiu-se bastante?

Ele pensou em engatinhar através de dutos, esconder-se em closets e fazer amor com Adrianne.

— Teve seus momentos.

— Nada como passar férias nos trópicos durante o inverno. Ainda me lembro de quando você me levou para a Jamaica em meados de fevereiro.

Fora um benefício secundário do roubo da coleção De Marco.

— Deixou os nativos inquietos.

— Achei que devia me comportar como uma respeitável matrona britânica. — Ela riu. Estava aí uma coisa que Mary nunca seria: matronal. — Estou pensando em fazer um cruzeiro. Talvez pelas Bahamas.

Ela avistou Chauncy, o gato gordo e preguiçoso que adotara havia alguns anos. Antes que ele pulasse em cima da bandeja, Mary pôs um pouco de creme num pires, que largou no chão.

— O adorável Sr. Paddington me convidou.

— O quê? — Philip voltou aturdido ao presente com um sobressalto. Ao lado, o gato devorava o creme, voraz. — Pode repetir?

— Eu disse que estava pensando em viajar para as Bahamas com o Sr. Paddington. Chauncy, você é um porco!

Coração mole, ela pôs um pedaço de bolo no pires. O gato comeu tudo de uma vez.

— Viajar num cruzeiro com aquele velho oleoso e devasso? Isso é ridículo!

Mary debateu consigo mesma se comia ou não outro pedaço de bolo.

— O Sr. Paddington é um membro muito respeitado da comunidade. Não seja tão obtuso, Phil.

— Não tenho a menor intenção de ver a minha mãe violada em alto-mar.

— Ah, que perspectiva adorável! — Rindo, ela se inclinou e afagou a mão do filho. — De qualquer forma, querido, você não veria. Agora, por que não me conta o que o está perturbando? Espero que seja uma mulher.

Philip se levantou, impaciente com o chá e o bolo, e passou a andar de um lado para outro da sala. Como sempre, Mary enfeitara uma árvore de Natal com todos os ornamentos de que gostava. Não havia um tema definido, nenhuma harmonia de cor. Havia de tudo, de renas de plástico a anjos de porcelana. Philip pegou uma fita dourada para passar pelos dedos.

— É apenas um problema de negócios.

— Nunca o vi desse jeito por causa de um problema de negócios. Seria por causa daquela doce jovem com quem falei pelo telefone? A filha de Phoebe Spring?

Quando ele partiu a fita dourada ao meio, Mary quase esfregou as mãos.

— Isso é maravilhoso!

— Não há nada de maravilhoso. Pode parar de sentir o cheiro de flores de laranjeira. — Philip tornou a afundar na cadeira. — Por que o sorriso?

— Acho que você está apaixonado. Finalmente. Como se sente?

Ele baixou os olhos para os pés, de cara amarrada, mais do que um pouco tentado a chutar o gato.

— Péssimo.

— Bom, bom... É assim mesmo que a pessoa deve se sentir.

Incapaz de fazer o contrário, Philip riu.

— Você é sempre um conforto para mim, mamãe.

— Quando posso conhecê-la?

— Não sei. Há um problema.

— Claro que há. Nem poderia ser de outra forma. O verdadeiro amor acarreta problemas.

Philip duvidava de que qualquer tipo de amor tivesse de lidar com um diamante de 280 quilates e uma pérola de valor inestimável.

— Fale-me o que sabe sobre Phoebe Spring.

— Ela foi gloriosa. Não há ninguém hoje que possa ser comparado a ela, o glamour... a presença.

A simples lembrança fez Mary suspirar. Sonhara também em ser atriz, uma estrela, mas depois viera Philip e tivera que se contentar em vender ingressos para os filmes em vez de atuar neles. Contudo, nunca se arrependera.

— A maioria das estrelas do cinema hoje em dia, Philip, parece pessoas comuns... talvez um pouco bonitas, esguias, elegantes, mas qualquer mulher pode ser assim com um pouco de esforço. Phoebe Spring nunca foi uma mulher comum. Espere um instante que vou lhe mostrar.

Ela se levantou e foi para outra sala. Philip a ouviu procurar, mexer em caixas, largar algumas no chão. Sacudiu a cabeça. A mãe era uma colecionadora obsessiva. Guardava tudo. Sempre houvera cacos de vidro colorido, retalhos, saleiros, uma gaveta com velhos canhotos de ingressos do cinema.

Em Chelsea, o peitoril das janelas era enfeitado com pequenos animais de gesso. Como não podia ter bichos de estimação, Mary compensava à sua maneira. Philip ainda podia se lembrar da mãe recortando e colando fotos de todo mundo, dos membros da família real ao último deus do cinema. Substituíam o tradicional álbum de família para uma mulher que tinha apenas ela própria e um menino pequeno. Mary voltou, soprando a poeira de um enorme álbum de recortes vermelho.

— Você sabe que guardei os álbuns sobre as minhas celebridades prediletas.

— Os álbuns das estrelas.

— Isso mesmo.

Sem o menor constrangimento, Mary se sentou e abriu o álbum. Quando Chauncy pulou em cima, ela gentilmente o enxotou de volta para o chão.

— Essa é Phoebe Spring. A foto deve ter sido tirada na estreia do seu primeiro filme. Ela não devia ter mais do que 20 anos.

Philip foi se sentar no braço da poltrona em que estava a mãe. A mulher na foto tinha a mão no braço de um homem, mas ninguém o notava. Ela era o foco. O vestido era um esplendor de lantejoulas. Os cabelos escuros se espalhavam pelos ombros. Mesmo em preto e branco, dava para perceber como eram brilhantes. Os olhos projetavam uma excitação inocente, o corpo era todo promessa.

— Foi o filme que a transformou numa estrela.

Mary passou a folhear o álbum. Havia outras fotos, com algumas poses, outras tiradas em momentos inesperados. Ela nunca parecia menos do que bonita. Através das fotos, algumas tão antigas que se dobravam nos cantos, ela irradiava sexualidade. Havia também notícias que Mary recortara de colunas sociais e tabloides sensacionalistas. Rumores das aventuras românticas de Phoebe com os atores com que contracenava, com produtores, diretores, políticos.

— Essa foi tirada na noite do Oscar, quando ela foi indicada por *Filha do amanhã*. Uma pena que não tenha vencido, mas foi acompanhada por Cary Grant, o que vale alguma coisa.

— Vi esse filme. Ela se apaixonou pelo homem errado, teve um filho e depois brigou contra ele e seus pais ricos pela custódia da criança.

— Eu chorava cada vez que assistia! Ela era muito corajosa, apesar de tão maltratada.

Mary tornou a suspirar e virou a página. Havia uma foto de Phoebe em um vestido de cetim, fazendo uma graciosa reverência para a rainha. Outra foto a mostrava dançando com um homem moreno, de smoking. Philip não precisava que ninguém lhe dissesse que aquele era o pai de Adrianne. Os olhos, a estrutura óssea e a cor da pele diziam tudo.

— Quem é esse?

— O marido. O rei Abdu qualquer coisa. Ela se casou apenas uma vez. Os jornais e as revistas não paravam de comentar, tipo "como se conheceram aqui em Londres, quando ela filmava *Rosas brancas*", "como se apaixonaram no instante em que se viram pela primeira vez", essas coisas. Ele mandava duas dúzias de rosas brancas todos os dias para a suíte de Phoebe no hotel até parecer uma enorme estufa. Houve uma ocasião em que ele reservou um restaurante inteiro só para poderem jantar a sós. O fato de que era um rei tornava tudo ainda mais romântico. — De sua posição como espectadora, mesmo depois de um quarto de século, os olhos de Mary ainda ficavam úmidos com lágrimas. — As pessoas começaram a recordar Grace Kelly e Rita Hayworth. Phoebe acabou deixando o cinema para se casar com ele. E partiu para seu pequeno país...

Mary indicou a direção com um aceno de mão.

— Jaquir.

— Isso mesmo. Era como um conto de fadas. Aqui está uma foto do casamento. Ela parece uma rainha.

O vestido era deslumbrante, com camadas de renda e quilômetros de seda. Mesmo sob o tule, os cabelos de Phoebe brilhavam. Ela parecia radiante de felicidade, de uma juventude deslumbrante. Carregava nos braços dezenas de rosas brancas. E no pescoço, reluzente, quase queimando a foto, estava o colar: o Sol e a Lua.

O diamante e a pérola, o primeiro por cima, pendiam de uma corrente de ouro maciço trançada. Os engastes eram como poeira de estrelas, muito ornados, antiquados e gloriosos.

Philip podia estar aposentado, mas as pontas dos seus dedos comicharam, a pulsação acelerou. Segurar aquele colar, possuí-lo, mesmo que fosse por apenas um momento, seria como possuir o mundo.

— Depois que se casaram, não houve muita notícia e quase nenhuma foto. Há algum costume no país contra as fotos. Noticiaram que ela estava grávida e, depois, que tinha nascido uma menina. Deve ser a sua Adrianne.
— É.
— As pessoas falaram a respeito por algum tempo, mas cada vez se lia menos e menos sobre ela, até que apareceu em Nova York com a filha, anos mais tarde. Parece que o casamento não foi feliz. Ela largou o marido e voltou para os Estados Unidos. Queria retomar a carreira. Deu uma entrevista nessa ocasião, mas não disse muita coisa, a não ser que sentia saudade do trabalho como atriz.

Ela virou a página para mostrar outra foto. Phoebe ainda era bonita, mas não tinha mais o viço e a glória. Em seu lugar havia tensão e nervosismo. Adrianne estava ao seu lado. Não devia ter mais do que 8 anos. Era pequena para a idade. Empertigada, olhava para a câmera, mas os olhos eram cautelosos. Agarrava a mão da mãe... ou Phoebe agarrava a sua.

— Foi uma volta muito triste. Phoebe nunca mais fez um filme realmente bom. Só alguns em que tirava a roupa. — Mary virou as páginas para mostrar uma Phoebe diferente, com rugas em torno dos olhos e decotes para mostrar os seios ainda empinados. Havia uma expressão vazia no rosto e um desespero no sorriso. Uma certa dureza substituía a inocência. — Ela fez uma sessão de fotos para uma revista masculina. — Mary torceu o nariz. Não era puritana, mas havia limites. — Teve um caso com o agente, entre outros. Havia insinuações de que ele estava de olho na filha. Uma coisa sórdida para um homem daquela idade.

Philip sentiu uma pressão no fundo do estômago.

— Como era o nome dele?

— Não me lembro... se é que alguma vez soube. Talvez esteja em alguma notícia.

— Posso ficar com o álbum?

— Claro. Isso tem alguma importância, Phil? — Mary pôs a mão sobre a do filho quando Philip fechou o álbum. — O que os pais dela foram, o que fizeram, nada disso muda o que ela é.

— Eu sei. — Ele encostou os lábios no rosto da mãe. — Mas ela precisa de ajuda.

— A moça tem sorte por contar com você.

— Tem razão. — Philip sorriu e a beijou de novo. — Também sei disso.

Quando a campainha tocou, Philip olhou para o relógio.

— Deve ser o Stuart. Pontual como sempre.

— Devo esquentar o chá?

— Ainda está quente — disse ele, enquanto se encaminhava para a porta. — Olá, Stuart.

Com o nariz e as faces avermelhados pelo vento, Spencer entrou na casa.

— Um frio terrível! Vai nevar de novo depois que anoitecer. Olá, Sra. Chamberlain. — Ele pegou a mão oferecida e a afagou. — É um prazer tornar a vê-la.

— Uma xícara de chá vai esquentá-lo, Sr. Spencer. Phil vai servi-lo. Infelizmente tenho várias coisas para fazer. — Ela vestiu o casaco de pele preto que o filho lhe dera como presente de Natal. — Há mais bolo na copa, se quiserem.

— Obrigado, mamãe. — Philip ajeitou a gola do casaco de Mary. — Está parecendo uma estrela de cinema.

Nada poderia deixá-la mais satisfeita. Depois de beliscar de leve o rosto do filho, ela saiu.

— A sua mãe é adorável.

— É mesmo. Está pensando em fazer um cruzeiro com um quitandeiro chamado Paddington.

— Quitandeiro? — Spencer dobrou o casaco com todo cuidado e o ajeitou no encosto de uma cadeira antes de se virar para a bandeja. — Tenho certeza de que ela vai agir com todo bom senso. — Ele se serviu chá antes de acrescentar: — Pensei que ia tirar esses dias de folga.

— É o que estou fazendo.

Spencer levantou uma sobrancelha. E a ergueu um pouco mais alto quando Philip pegou um cigarro.

— Pensei que tinha parado de fumar.

— E parei.

Spencer pingou algumas gotas de limão no chá.

— Achei que era o momento propício de informá-lo a respeito de Paris.

Embora já soubesse o que acontecera, Philip se sentou, preparado para ouvir.

— Como você suspeitou, a condessa era a pessoa visada. Infiltramos um agente secreto como ajudante de cozinha, além de postarmos mais dois nas proximidades. Nosso homem deve ter percebido, porque foi um tanto precipitado. Disparou um alarme. É a primeira vez que faz isso.

Philip se serviu de uma segunda xícara de chá antes de lançar um olhar de advertência para Chauncy.

— É mesmo incrível.

— Os homens lá fora também o viram, outro fato que aconteceu pela primeira vez, embora a descrição seja vaga, na melhor das hipóteses. Os dois alegam que ele deve ser parisiense, tipo um rato de esgoto, mas talvez tenham dito isso porque o perderam.

— E as joias da condessa?

— Estão seguras. — Spencer deixou escapar um suspiro satisfeito. — Frustramos o trabalho dele ali.

— Talvez tenha sido mais do que isso. — Philip ofereceu o bolo. Spencer resistiu por um momento, mas depois deu uma mordida. — Ouvi alguns rumores.

— Quais?

— Talvez não passem de rumores, mas tenho me mantido atento a tudo. Sabia que o nosso homem tem uma cúmplice?

— Uma mulher? — Spencer largou o bolo e pegou o bloco de anotações. — Não temos nada sobre uma mulher...

Philip bateu a cinza do cigarro.

— É por isso que precisa de mim, capitão. Não tenho um nome, mas é ruiva, um tanto vulgar e inteligente o suficiente apenas para cumprir as ordens dele.

Ele teve que sorrir ao dizer isso, pensando que Adrianne ficaria furiosa se ouvisse a descrição.

— Seja como for, ela falou com um contato meu. — Philip levantou a mão em antecipação. — Sabe que não posso lhe dar o nome, Stuart. É parte do acordo desde o início.

— Acordo esse que lamento ter aceitado. Quando penso em todos os marginais e larápios que poderia retirar das ruas... mas não importa. O que ela disse?

— Que o Sombra... sabia que ele é conhecido como o Sombra?

— Querem romantizá-lo.

— O Sombra se relaciona com ela há anos ao que tudo indica. Parece que agora está com um pouco de artrite. — Philip flexionou os dedos. — Esse é um dos maiores medos de vários tipos de artista. Músicos, pintores, ladrões. A destreza é um instrumento valioso.

— Não sinto a menor compaixão.

— Coma outro pedaço de bolo, capitão. O rumor é que o Sombra vai se aposentar.

Spencer ficou imóvel, com o bolo na metade do caminho para a boca. Os olhos arregalados e vidrados. Philip pensou num buldogue que acaba de descobrir que o osso suculento em que cravou os dentes é de plástico.

— Aposentar? Ele não pode se aposentar logo agora. Há dois dias quase o pegamos em Paris.

— É apenas um rumor.

— Mas que droga!

Spencer largou o bolo no prato. Lambeu os dedos.

— Talvez ele pretenda apenas tirar férias, capitão.

— O que você sugere?

— Até que ele aja de novo; se agir, devemos esperar.

Spencer remoeu a informação como um fragmento de comida entre os dentes:

— Talvez compense nos concentrarmos na mulher.

— É possível. — Philip, porém, deu de ombros como se descartasse essa perspectiva. — Se você tiver tempo para procurar as ruivas vulgares em dois continentes. — Ele se inclinou para a frente, a fim de pegar sua xícara. — Sei que é frustrante, Stuart, mas o perigo em Paris pode ter sido a última gota para ele. — Philip pensou que precisava se lembrar de mandar um cheque generoso para seu velho amigo André, que providenciara para que os agentes em Paris tivessem alguma coisa para relatar. — Tenho alguns negócios pessoais para resolver nas próximas semanas, mas o informarei se souber de alguma coisa útil.

— Quero esse homem de qualquer maneira, Philip.

Os cantos da boca de Philip se contraíram numa insinuação de sorriso.

— Não mais do que eu, capitão, posso garantir.

Já passava de 2 horas da madrugada quando Adrianne entrou em seu apartamento. A festa de réveillon da qual se esgueirara provavelmente continuaria até o amanhecer. Deixara Celeste flertando com um antigo apaixonado e várias garrafas de champanhe ainda fechadas. O acompanhante de Adrianne já devia ter notado sua ausência àquela altura, mas com certeza conseguiria encontrar alguma coisa — ou alguém — para diverti-lo.

Fora difícil não olhar para as joias sem pensar na possibilidade de um trabalho. Havia muitos anos que admirava um colar e estudava uma pulseira já calculando o retorno em dólares e centavos. Era um hábito que tentava mudar. Só realizaria mais um trabalho, e podia projetar a joia em qualquer momento do dia ou da noite. Podia ver o colar no retrato da mãe que mandara pintar com base em uma foto antiga.

Quando voltasse de Jaquir, seria a mulher que todos acreditavam ser. Sua vida seria repletas de festas, eventos beneficentes e viagens aos lugares que uma mulher com seus recursos devia frequentar. Aprenderia a aproveitar, tal como uma mulher que desfruta do sucesso depois que o trabalho da sua vida é realizado. E faria isso sozinha.

Não se arrependeria. O sucesso tinha um preço; por maior que fosse, não se podia deixar de pagar. Queimara suas pontes quando embarcara no avião em Cozumel. Talvez tivesse riscado o fósforo para isso anos antes.

Philip a esqueceria. Era bem provável até que já tivesse começado a esquecê-la. Afinal, ela fora apenas mais uma mulher. Não fora a primeira, e não podia ter ilusões de que seria a última. Mas Philip fora as duas coisas para ela, o primeiro e o último, e tinha que aceitar o fato.

Pendurou o casaco no braço ao subir a escada curva para o segundo andar. Não conseguia parar de pensar em Philip. Mas tampouco podia se permitir o arrependimento por tê-lo amado ou por ter fechado a porta para o rumo que esse amor poderia tomar. Eram becos sem saída, pensou ela. Quando uma mulher amava, era sempre um beco sem saída.

O que queria agora era dormir, um sono longo e profundo, pois precisaria de toda sua energia, habilidade e presença de espírito ao longo dos próximos dias. Seu voo para Jaquir já fora reservado.

Adrianne não acendeu a luz do quarto. Largou o casaco numa cadeira e começou a soltar os cabelos no escuro. Lá fora, o barulho do tráfego se elevava em ondas, lembrando-a do mar. Podia quase sentir o cheiro da maresia e do tabaco, e da fragrância do sabonete que sempre a fazia pensar em Philip.

Ficou imóvel, as mãos nos cabelos, quando o abajur na mesinha de cabeceira acendeu. Parecia uma estátua esculpida em alabastro e âmbar, com a pele dourada sobressaindo no vestido branco de contas que caía pelo corpo, reto, justo e reluzente, mas, ao levar a taça aos lábios, Philip observou seus olhos. Agradou-o perceber o choque, depois o prazer, antes que o controle prevalecesse.

— Feliz ano-novo, querida.

Ele levantou a taça com champanhe. Largou-a em seguida para pegar a garrafa e encher o segundo copo, à espera.

Philip estava todo de preto, com camisa de gola rulê, jeans bem justos, botas de couro flexíveis. Enquanto esperava, tratara de ficar à vontade, recostado nos vários travesseiros que Adrianne mantinha na cama.

Ela sentiu tudo ao mesmo tempo: necessidade, irritação, satisfação — e culpa. Por causa disso, sua voz saiu tão gelada quanto o champanhe que ele ofereceu. Lentamente, baixou os braços para os lados do corpo.

— Não esperava ver você de novo.

— Mas deveria. Nenhum brinde ao novo ano, Addy?

A fim de provar seu desinteresse para si mesma e para ele, Adrianne se adiantou para pegar a taça. O vestido ondulava como água.

— Aos começos... e ao pagamento de antigas dívidas. — Cristal retiniu em cristal.

— Fez uma longa viagem para um brinde.

O perfume de Adrianne pairava no ar, envolvendo todos os sentidos de Philip. Poderia estrangulá-la por isso.

— O champanhe é de uma excelente safra.

Para Adrianne, o gosto era de areia.

— Se quiser, posso pedir desculpas por ter partido tão abruptamente.

— Não precisa se incomodar. — Philip fez um esforço para se controlar. A raiva estava mais intensa do que imaginara. — Eu deveria ter compreendido que você era covarde.

— Não sou covarde.

Ela pôs a taça de champanhe, cujo gosto não sentira, na mesinha de cabeceira, ao lado da outra.

— É, sim. Uma covarde lamentável, trêmula e egoísta.

Ela o esbofeteou antes de compreender que tinha essa intenção; antes de Philip ver a intenção em seu rosto. O som de carne batendo em carne estalou, ressoou pelo quarto. Os olhos de Philip ficaram sombrios, com uma violência contida, antes que ele calmamente pegasse a taça de novo. Mas as articulações estavam brancas apertando a haste.

— Isso não muda nada.

— Você não tem o direito de me julgar, de me insultar. Fui embora porque decidi ir, porque achei que era melhor e porque não quero ser uma diversão para você.

— Posso lhe assegurar que há bem pouca coisa em você que me diverte, Adrianne. — Depois de largar a taça de novo, ele uniu as pontas dos dedos, observando-a por cima. — Pensou que eu estava interessado em algumas trepadas tropicais?

A cor se esvaiu do rosto dela, mas voltou depressa, com bastante calor para deixar suas faces ardendo.

— É mais objetivo dizer que não estou interessada em um caso com você.

— Pode usar o termo que quiser, mas foi você quem reduziu o que aconteceu entre nós a um encontro ordinário de uma única noite.

— Que diferença isso faz? — A fúria aflorava na voz de Adrianne, seguida pela vergonha de ouvir a verdade. — Uma noite, duas ou uma dúzia?

— Você é insuportável!

Philip a agarrou pelo pulso e a arrastou para a cama. Enquanto ela se debatia, ele se deitou por cima dela e imobilizou seus braços. Chamas arderam.

— Foi mais do que isso, e você sabe muito bem. Não foi apenas sexo, não foi estupro, e eu não sou seu pai. — Ela ficou imóvel ao ouvir isso. A cor desapareceu do seu rosto, deixando-a muito pálida. — É isso, não é? Cada vez que um homem se aproxima, cada vez que você se sente tentada, pensa no seu pai. Mas não comigo, Adrianne. Nunca comigo!

— Você não sabe do que está falando.

— Não sei? — Philip mantinha o rosto a poucos centímetros do dela. Podia ver a vida retornando, na cor, na raiva, na negação. — Pode odiá-lo, se quiser. Tem esse direito. Mas não vou permitir que me tome por ele ou por qualquer outro.

Ele a beijou, não com a ternura que demonstrara antes, não com cuidado ou persuasão, mas com uma demanda furiosa, com uma fome insaciável. Adrianne não se debateu, mas as mãos se contraíram em punhos enquanto o sangue começava a esquentar e disparar pelas veias.

— O que aconteceu entre nós aconteceu porque você quis, tanto quanto eu, porque precisava tanto quanto eu. Olhe para mim.

Adrianne manteve os olhos fechados. Ele esperou até ela os abrir, o rosto iluminado pela luz do abajur.

— Pode negar?

Ela queria. A mentira chegou a se formar em seus lábios, mas depois foi sufocada pela verdade.

— Não. Mas o que aconteceu entre nós já acabou.

— Estamos muito longe disso. Acha que é só a raiva que faz o seu coração bater descompassado? Acha que duas pessoas podem se unir da maneira como aconteceu conosco e depois se afastarem e se esquecerem?

Ele soltou as mãos de Adrianne, apenas para passar as suas pelos cabelos dela.

— Mostrei a você um caminho naquela noite. Agora vou lhe mostrar outro.

Sua boca era quente, furiosa e faminta. Quando a beijou, ela permaneceu inerte, determinada a não lhe dar nada, a não aceitar nada, mas sua respiração começou a acelerar, os lábios esquentaram e se abriram. E Philip a invadiu, deixando a língua tentar, os lábios excitarem.

Aquilo era sedução, muito mais do que palavras suaves e uma luz suave. Era um desafio, uma provocação. Era a resposta para as perguntas que ela nunca ousara formular.

E no instante seguinte ela o apertava, retribuía, mas nada parecia satisfazê-lo.

Philip desceu por seu corpo, levantou o vestido até a cintura para deixar mais carne à mostra. Não havia exploração agora, mas uma conquista. Encheu as mãos com os seios, apertou-os, beijou-os até os mamilos ficarem duros, quentes e doloridos, até o corpo de Adrianne se contorcer e arquear. E, projetando-se para Philip, ela aceitou tudo.

Gritou, sem pensar, palavras incoerentes, que o deixaram ainda mais excitado, vibrando entre as pernas a cada batida do coração. E o sedutor se transformou em seduzido.

Era uma tranca que ele abriria. Tinha a habilidade, a experiência e a necessidade. Os tesouros ali eram mais ricos e tentadores do que tudo que ele já tirara do fundo dos cofres. Apenas com as mãos e os lábios ele a levou à beira do orgasmo.

Havia uma escuridão ali, como veludo. O ar era denso e pesado. Adrianne fazia esforço para trazê-lo até os pulmões, apenas para que escapasse de novo, várias vezes, em gemidos. Deveria ter percebido antes, pelas insinuações de Philip, que o prazer podia abalar seu corpo, transformá-lo numa massa de sensações e necessidades. A opção de dar e tomar, de oferecer e receber, estava fora de seu alcance.

Ela arrancou as roupas de Philip, perdendo por completo qualquer sentimento de negação e autopreservação, como a chama de uma vela que se extingue. Houvera prazer antes, mas não daquele jeito. Querer assim era esquecer todos os outros anseios. Nunca estivera tão consciente de seu corpo. Podia sentir cada vibração, centenas ao mesmo tempo, onde ele tocava, onde ela queria ser tocada, acariciada.

O suor aflorou em sua pele. E na de Philip. Ela podia sentir o gosto de sal enquanto rolavam na cama. O cheiro da paixão se elevou, intenso, pungente, excitante. Podia ouvir a respiração tensa e entrecortada de Philip enquanto ele a imobilizava de novo por baixo do seu corpo. Os olhos se encontraram. Ele sentia a cabeça latejar enquanto o ar entrava e saía dos seus pulmões. Podia sentir as unhas cravadas em suas costas e a pressão dos seios em seu peito.

— Quero ver você subir para o céu — murmurou Philip, as palavras doendo em sua garganta. — Vai saber que sou o único que pode levá-la ao êxtase total.

Ele a penetrou, mexendo e arremetendo até deixá-la com os olhos arregalados e vidrados. O grito de prazer saiu estrangulado pela garganta de Adrianne.

Philip podia sentir cada músculo separado em seu próprio corpo se contraindo, em absoluta tensão. Depois, os quadris de Adrianne iniciaram movimentos frenéticos, acompanhando as arremetidas. As sensações aumentaram. Ele podia ver o rosto iluminado de Adrianne, ouvir o sussurro dos lençóis, quase sentir os poros do seu corpo se abrirem. O perfume de Adrianne, seus braços, suas pernas, seus cabelos o envolviam por completo. A realidade entrou em foco na ponta de um alfinete. Philip imaginou que morrer devia ser assim. Depois, teve a visão ofuscada. O grito de gozo de Adrianne foi como um eco no momento em que ele atingia o orgasmo.

ELA ESPEROU que a vergonha e a repulsa por si mesma viessem. Mas havia apenas o resquício suave e agradável do prazer intenso. Philip fizera coisas que ela nunca soubera que podia desfrutar. E acolhera todas com a maior satisfação. Exultante. Mesmo agora, a paixão consumida, sabia que tornaria a recebê-las com profunda alegria. Ela manteve os olhos fechados, sabendo que Philip a observava.

Adrianne não podia saber como parecia, pensou ele. Nua, as pernas compridas e bem torneadas ainda entreabertas no abandono, a pele aquecida na esteira do sexo satisfatório, os cabelos espalhados pela renda branca dos travesseiros. Ela não usava nada além dos brincos de diamantes, que cintilavam, eróticos, à luz do abajur.

— Esses são verdadeiros — murmurou Philip, tocando os brincos.

— São.

— Quem os deu para você?

— Celeste. Quando fiz 18 anos.

— Ainda bem. Se o presente fosse de um homem, eu teria que sentir ciúme. Não tenho muita energia para isso no momento.

Adrianne abriu os olhos. Quase sorriu.

— Não sei o que deveria dizer.

— Pode dizer alguma coisa sobre ser uma excelente maneira de iniciar o novo ano.

Ela queria tocar nos cabelos de Philip. Eram quase dourados na luz, espalhados sobre o rosto. Suas mãos haviam feito isso no afã da paixão, mas ela as manteve paradas agora.

— Philip, você tem que compreender que o que aconteceu não pode mudar nada. Seria melhor que você voltasse para Londres.

— Hum, hum... Você tem uma verruga aqui. — Ele deslizou os dedos pelos quadris de Adrianne. — Eu poderia descobri-la no escuro.

— Tenho que ser prática. — Ao mesmo tempo em que falava, com toda intenção, ela se comprimia contra Philip. — Preciso ser prática.

— Uma ideia excelente. Vamos fazer um brinde a isso.

Ele se virou para pegar as taças.

— Quero que me escute, Philip. Eu podia estar errada ao ir embora daquela maneira no México, mas pensei que seria mais fácil. Queria evitar dizer coisas que precisam ser ditas.

— O seu problema, Addy, é que pensa mais do que sente. Mas pode falar. Diga o que está pensando.

— Não posso me envolver com você, nem com qualquer outra pessoa. O que tenho que fazer nesse momento exige toda a minha concentração. Sabe tão bem quanto eu como é vital não permitir que problemas interfiram no trabalho.

— É isso o que eu sou? — Ele se sentia bastante satisfeito para achar engraçado em vez de ficar furioso. — Um problema?

Ela ficou em silêncio por um momento.

— Você não faz parte dos meus planos em Jaquir. Mesmo depois de acabar, pretendo permanecer sozinha. Nunca mais vou construir a minha vida em torno de um homem. Nunca mais vou tomar decisões baseadas nos meus sentimentos por um homem. Se parece egoísmo, sinto muito, mas sei como é fácil perder quem e o que você é.

Ele escutou com os olhos firmes e a expressão solene.

— Tudo isso estaria certo, Adrianne, se não fosse por um pequeno problema. Eu amo você. — Ela entreabriu os lábios. Em choque, compreendeu Philip, irônico. Depois, Adrianne quase saiu da cama, mas ele a segurou. — Não vai fugir de mim. — Philip a puxou de volta, ignorando a taça que ela deixara na beira da cama e o champanhe que derramou no carpete. — E não vou deixar que fuja de si mesma.

— Não faça isso.

— Já fiz.

— Está deixando a imaginação dominar você, Philip. Romantizou o que aconteceu entre nós, acrescentando violinos e o luar.

— Pensar assim faz com que se sinta mais segura?

— Não é uma questão de me sentir segura, mas de ter bom senso. — Mas isso não era verdade, não quando ela podia sentir o medo embrulhando seu estômago. — Não vamos complicar a situação ainda mais.

— Está bem. Vamos manter as coisas o mais simples possível. — Ele pegou o rosto de Adrianne entre as mãos, dessa vez gentilmente. — Estou apaixonado por você, Addy. Vai ter que se acostumar com isso, porque não vai mais se livrar de mim. Agora, relaxe. — Ele baixou a mão para acariciar um dos seios dela enquanto murmurava: — Vou mostrar que estou falando sério.

Capítulo 21

♦ ♦ ♦ ♦

Adrianne se aconchegou no travesseiro, piscou contra a intromissão da luz e depois se esticou. O braço de Philip levantou junto com o dela. Metal retiniu. Atônita, em choque, olhou para as algemas que prendiam os pulsos dos dois.

— Seu desgraçado!

— Já chegamos a essa conclusão. — Ele baixou o braço, trazendo junto a mão de Adrianne, completamente nua. — Bom dia, querida.

Ela tentou se levantar, mas tornou a cair sobre ele.

— Mas o que é isso?

Adrianne puxou o braço com força suficiente para fazê-lo estremecer.

— Uma simples precaução... para evitar que você escapula pela porta. — Com a mão livre, ele pegou os cabelos dela e puxou seu rosto. Já estava com tesão só de lembrar. — Eu a amo, Addy, mas não confio em você.

— Tire isso agora mesmo!

Ele se virou, de tal forma que as pernas deles se entrelaçaram.

— Esperava que me deixasse provar que posso fazer amor com você com uma das mãos amarrada nas costas.

Ela reprimiu uma risada.

— Em outra ocasião.

— Como quiser.

Philip ajeitou a cabeça no travesseiro e fechou os olhos.

— Eu disse para tirar isso, Philip!

— Vou tirar, quando chegar a hora de se levantar.

Ela deu outro puxão brusco nos dois braços.

— Eu me recuso a ser algemada como uma espécie de escrava...

— Uma ideia adorável.

— E vou me levantar.

Ele abriu um olho.

— A essa hora?

— Já passa de meio-dia.

Irritada, ela levantou as algemas para poder estudar a fechadura. Calculou que poderia arrastá-lo até suas ferramentas.

— Sempre me levantei cedo antes de conhecer você.

— Para quê?

Em um acesso de irritação, ela passou por cima de Philip.

— Onde está a droga da chave?

— Está bem. Não precisa se zangar.

Com os pés bem plantados no chão, Adrianne deu um puxão. Caiu de joelhos, mas foi bastante satisfatório ver Philip se esparramar no chão.

— Essa não! — A dignidade esquecida, ele esfregou a parte que batera primeiro no chão. — Qual a pressa?

Com esforço para não rir, Adrianne afastou os cabelos dos olhos.

— Se quer mesmo saber... preciso ir ao banheiro.

— Por que não disse logo?

O ar assobiou entre os dentes quando ela os trincou.

— Não sabia que precisava anunciar, até que me descobri algemada a você.

— Um sentimento agradável, não é? — murmurou ele, inclinando-se para beijá-la.

— Philip!

— Ah, sim, a chave... — Ele olhou ao redor. Viu o jeans caído ao pé da cama. — Venha comigo.

Com Adrianne a reboque, xingando-o, ele alcançou o jeans.

— Está no bolso. — Philip enfiou a mão em um deles. Nada encontrou. Tentou no outro. — Acho que quer companhia.

— Philip!

Ela não queria rir. Naquele momento, o riso poderia ser um desastre.

— Não? Nesse caso... — Ele largou o jeans. — Tem um grampo de cabelo?

QUANDO ELE DESCEU, pouco depois, esperava um café. A última coisa que podia imaginar era encontrar Adrianne vestindo um *training* largo, fritando bacon. O aroma era suficiente para deixar um homem apaixonado.

— O que está fazendo?

— Preparando o café da manhã. O café está quente.

Philip foi até o fogão para ver o bacon na frigideira.

— Sabe cozinhar?

— Claro. — Ela tirou o bacon da frigideira e pôs para escorrer. — Mamãe e eu passamos muitos anos sem empregada. Ainda prefiro cuidar de tudo sozinha.

— E está fazendo o café da manhã para mim.

Tímida, ela pegou uma caixa de ovos.

— Não pense que pretendo fazer isso pelo resto da vida.

— Está fazendo o café da manhã para mim — repetiu Philip, enquanto afastava os cabelos da nuca de Adrianne para beijá-la. — Você me ama, Addy. Apenas ainda não compreende isso.

Ele ganhou tempo com a refeição, deixando-a relaxar. Não sabia que ela estava fazendo exatamente a mesma coisa. Sentados junto da janela, com uma vista do Central Park, demoraram a tomar o café. Foi nesse momento que os primeiros flocos de neve começaram a cair.

— A cidade fica adorável com a neve. Chorei na primeira vez que a vi, porque pensei que continuaria a nevar até cobrir todo mundo. Depois, mamãe saiu comigo e me ensinou a fazer um boneco de neve. — Adrianne empurrou o café para longe, sabendo que a cafeína a deixaria nervosa. — Gostaria de passar os próximos dias mostrando Nova York para você, mas tenho muito trabalho a fazer.

— Não me importo de acompanhá-la.

Ela limpou a garganta e tentou de novo.

— Se puder voltar daqui a algumas semanas, estarei livre para levá-lo a museus, alguns espetáculos na Broadway e algumas galerias.

Ele bateu com o cigarro na mesa antes de acendê-lo.

— Não vim para me divertir, Addy, mas para ficar com você.

— Viajo para Jaquir no fim de semana, Philip.

Ele deu uma tragada longa e tranquilizadora.

— Há uma coisa sobre a qual precisamos conversar.

— Não tente me convencer. Preciso fazer isso. Lamento que você não compreenda nem aprove, mas não vai, nem pode, fazer diferença.

Philip continuou a olhar para a neve. Um garoto entrava no parque com um bando de cachorros. Uma linda cena, pensou Philip. Ficaria contente em passar uma parte da sua vida naquele continente, naquela cidade, naquela cozinha. Quando falou, não foi com raiva, pois não era uma ameaça. Foi dito com a simplicidade calma do fato incontestável.

— Há coisas que posso fazer, Addy, que tornariam difícil, até mesmo impossível, sua saída do país, ainda mais para uma região tão instável quanto o Oriente Médio.

Ela levantou a cabeça apenas um pouco, mas o suficiente para lhe proporcionar um ar de realeza.

— Sou a princesa Adrianne de Jaquir. Se decidir visitar o país em que nasci, nem você nem ninguém poderá me impedir.

— Você faz isso muito bem. — Tão bem que a foto do pai dela surgiu na mente de Philip. — E, se planejasse uma simples visita, eu poderia aceitar. Mas posso impedi-la, Adrianne, e pode ter certeza de que o farei.

— A decisão não cabe a você.

— Mantê-la viva se tornou uma questão do meu interesse.

— Nesse caso, deve compreender que se eu não for e fizer o que tenho que fazer posso me considerar morta.

— Está sendo dramática. — Philip se inclinou sobre a mesa. Pegou as mãos de Adrianne, forçando-a a fitá-lo. — Sei um pouco mais agora. Passei boa parte dos últimos dias lendo sobre a sua mãe, as poucas notícias que pude encontrar sobre o seu pai, sobre os primeiros anos da sua vida.

— Não tinha o direito...

— Não tem nada a ver com direitos. Sei que foi difícil, até horrível, sob muitos aspectos, mas acabou. — Apertou as mãos de Adrianne. — Está se apegando a uma ideia que deveria ter abandonado há muito tempo.

— Vou tomar o que é meu por direito, pela lei e pelo meu nascimento. Quero recuperar a dignidade que foi roubada da minha mãe e de mim.

— Nós dois sabemos que pedras preciosas não proporcionam dignidade a ninguém.

— Você não compreende. Não pode compreender. — Os dedos de Adrianne apertaram os dele por um momento, depois relaxaram. — Venha comigo.

Ela o levou para fora da copa. Atravessaram o corredor até a sala de estar. Era decorada de branco sobre branco, com algumas manchas de vermelho e azul-real. Por cima da impecável lareira de mármore havia um retrato.

Mais do que quaisquer fotos recortadas de revistas e jornais, mais do que qualquer filme a que ele assistira, mostrava Phoebe Spring em sua glória. Os cabelos, de um ruivo rebelde, caíam em ondas sobre os ombros. A pele era como leite fresco contra um vestido esmeralda, com um decote profundo nos seios e ombros e braços à mostra. Ela sorria, à beira de uma risada, de tal forma que os lábios largos e sensuais pareciam ainda mais cheios. Os olhos, de um fascinante azul, iluminavam-se em promessa com uma inocência inequívoca. Um homem não podia contemplar aquela mulher sem se sentir atraído, sem desejar, sem especular.

Em torno do pescoço, como ele vira antes, estava o colar: o Sol e a Lua.

— Ela era magnífica, Addy. A mulher mais linda que já vi.

— É verdade. Mas também era mais do que a aparência. Era gentil, Philip. Muito gentil. De uma bondade imensa. Seu coração se comovia pelos problemas de um estranho. Magoava-se com facilidade, por uma palavra mais áspera, uma expressão irritada. Tudo o que mamãe sempre quis foi fazer as pessoas felizes. Não era assim que parecia quando morreu.

— Addy...

— Não, quero que você veja. Mandei pintar o retrato de uma foto que ela tirou pouco antes do casamento. Era jovem, mais jovem do que sou agora. E estava muito apaixonada. Pode ver, só de olhar, que naquele momento ela era uma mulher segura, feliz com a vida.

— Dá para perceber. O tempo passa, Addy, e as coisas mudam.

— Não foi uma questão de tempo para ela, de mudança natural. Esse colar... Um dia ela me contou como se sentiu na primeira vez em que o usou. Sentiu-se uma rainha. Não importava ter que renunciar a tudo o que conhecia, ir para outro país, passar a viver sob regras diferentes. Estava apaixonada e se sentia como uma rainha.

Ele estendeu a mão para o rosto de Adrianne.

— Ela era uma rainha.

— Não. — Adrianne ergueu a mão e pegou o pulso dele. — Era apenas uma mulher, ingênua, com um coração imenso, com medo do lado sinistro da vida. Conquistara uma carreira, tornara-se alguém. E abandonou tudo porque ele pediu. O colar era um símbolo, uma promessa de que Abdu seria tão dedicado a ela quanto ela a ele. Quando ele tomou o colar de volta, foi uma declaração de que renunciava a nós duas. Ele apagou o casamento como se nunca tivesse existido. Quando fez isso, acabou com o último resquício de dignidade da mamãe e roubou o meu direito hereditário.

— Addy, sente-se um pouco. Por favor. — Phil se sentou no sofá, sem largar as mãos de Adrianne. — Compreendo como se sente. Houve um tempo em que eu procurava o meu pai no rosto de cada estranho. Em cada professor que já tive, em cada guarda de que me esquivei, até mesmo nos alvos que escolhia. Passei a infância o odiando por virar as costas para minha mãe, por se recusar a me reconhecer, mas ainda assim o procurava. Não sei o que faria se o encontrasse, mas tenho certeza de que chega um momento em que você não pode mais continuar como era.

— Você tem a sua mãe, Philip. O que aconteceu com ela não a destruiu. Você não teve que ver a sua morrer pouco a pouco. Eu a amava demais. Devo muito a ela.

— O que acontece entre uma mãe e um filho não exige pagamento.

— Ela arriscou a vida por mim. Nada menos. Foi por mim que deixou Jaquir, muito mais do que por si mesma. Se fosse apanhada, levada de volta, sua vida teria acabado. — Quando os olhos de Philip se contraíram, ela acrescentou: — Não, ele não a mataria. Não ousaria. Mas ela desejaria ter morrido, pois a morte seria muito melhor.

— Por mais que a tenha amado, Addy, por mais que pense que lhe deve alguma coisa, não vale arriscar a sua vida. Pergunte a você mesma se ela iria querer que isso acontecesse.

Adrianne sacudiu a cabeça.

— Só importa o que eu quero. O colar é meu.

— Mesmo que conseguisse escapar de Jaquir com o colar, nunca poderia anunciar publicamente que o tomou, nunca poderia usá-lo.

— Mas não quero o colar para possuí-lo, não quero usá-lo. — Um fogo voltou aos seus olhos, um fogo perigoso. — Quero o colar para que ele saiba, finalmente saiba, que o odeio.

— Acha que isso importaria para ele?

— O fato de a filha odiá-lo? Não. Uma filha significa menos do que nada para um homem como ele. Uma mercadoria a ser negociada, como ele já negociou outras filhas, em troca de segurança política. — Adrianne tornou a olhar para o retrato. — Mas o Sol e a Lua significa tudo. Não há nada que valha mais em Jaquir, não pelo valor monetário. Está além de qualquer preço. É questão de orgulho e força. Se sair das mãos da família real, haverá revolução, derramamento de sangue, o desmoronamento do poder. A turbulência nas fronteiras de Jaquir vai varrer o país.

— Você quer vingança contra o seu pai ou contra Jaquir?

Ela se controlou. Tinha os olhos distantes, de uma pessoa que estivera sonhando.

— Eu poderia ter as duas coisas, mas vai depender dele. Abdu não vai arriscar Jaquir ou a sua posição. O seu orgulho. No final, o orgulho é que vai permitir a retaliação.

— O orgulho do seu pai pode muito bem se virar contra você.

— Talvez. É um risco que estou disposta a correr. — Adrianne se levantou. De costas para o retrato, estendeu a mão para Philip. — Não diga nada ainda. Há mais uma coisa que quero mostrar. Quer me acompanhar?

— Para onde?

— Vai precisar do casaco. Vou buscá-lo.

A neve caía, tangida pelo vento afunilado entre os edifícios.

Com o casaco de pele por cima do *training*, Adrianne tentou relaxar no calor da limusine. Nunca contara tanto a ninguém, nem mesmo a Celeste. E não mostrara a ninguém o que tencionava mostrar a Philip.

Era importante. Por mais que tentasse negar, o que ele pensava importava. Pela primeira vez em muito tempo, precisava do apoio e da aprovação de alguém.

O bairro no East Side era muito menos próspero que seu endereço no Central Park. A cobertura de neve ajudava, mas os grafites grosseiros, pintados com spray nas fachadas dos prédios, sobressaíam. Aqui e ali havia janelas tapadas com tábuas, e mais de um carro estacionado no meio-fio era obviamente roubado. Uma batida na porta certa podia resultar num papelote de cocaína, em componentes originais de aparelhos de som de última geração ou em uma facada nas costas. Philip nunca estivera ali antes, mas podia reconhecer os sinais.

— Um lugar estranho para visitar em Nova York.

Adrianne ajeitou os cabelos sob o gorro de pele.

— Não vamos demorar — informou ela ao motorista.

O homem acenou com a cabeça, torcendo fervorosamente para que assim fosse.

Havia fragmentos de lixo jogados na calçada, como um frasco de crack vazio, um preservativo usado, cacos de vidro. Philip a conduziu entre o lixo, enquanto sua irritação aumentava.

— O que estamos fazendo num lugar como este? Você pode ter a garganta cortada apenas pelos sapatos e ainda está usando um casaco de pele!

— Serve para me esquentar. — Ela pegou as chaves na bolsa. — Não se preocupe. Conheço a maioria das pessoas que moram nesta quadra.

— Já é uma boa notícia. — Ele a pegou pelo braço, quando ela começou a subir os degraus quebrados e escorregadios. — Vamos torcer para que não haja primos de fora da cidade visitando. Que lugar é esse?

Ela abriu as três fechaduras da porta do prédio. Empurrou-a, enquanto informava:

— O prédio é meu.

Philip fechou a porta, mesmo assim continuava frio.

— Nunca mencionou que era dona de um cortiço.

— Não alugo.

Entraram numa enorme sala vazia. Havia vários buracos no chão, o que fez Philip pensar, contrafeito, em ratos. Duas janelas estavam fechadas por tábuas; as outras, cobertas de poeira e sujeira. A claridade que vinha da rua era mínima e tão suja quanto as paredes. Umas poucas caixas e mesas quebradas estavam amontoadas nos cantos. Algum pintor local desenhara casais em várias posições sexuais, acrescentando legendas desnecessárias.

— Aqui funcionava um hotel ordinário. — Os passos de Adrianne ecoavam enquanto ela andava pela sala. — Eu o levaria até lá em cima para mostrar os quartos se a escada não tivesse desabado há dois ou três meses.

— Que falta de sorte a minha.

— Há 12 quartos em cada andar. Os encanamentos, na melhor das hipóteses, não merecem confiança. Toda a fiação elétrica precisa ser trocada. E um novo boiler é indispensável.

— Qual é o objetivo? Merda! — O rosto de Philip esbarrara em teias de aranha. — Se está pensando em entrar no ramo da hotelaria, Addy, pense de novo. Esse lugar precisaria de um milhão só para remover a sujeira e matar os bichos!

— Fiz a estimativa de um milhão e meio para a reforma, mais outro milhão para decoração, estoque e pessoal. Quero o melhor.

— O melhor fica a quilômetros daqui, no Waldorf. — Alguma coisa começou a roer no outro lado da parede. — Detesto camundongos!

— É bem provável que sejam mesmo ratos.

— Está bem, Addy. Eu amo você. — Philip removeu mais teias de aranha dos cabelos. — Se está pensando em se aposentar e usar seu dinheiro para fazer concorrência aos St. John no ramo da hotelaria, tudo bem. Mas acho que podemos fazer melhor do que isso.

— Não vai ser um hotel, mas uma clínica... a Clínica de Apoio Phoebe Spring, com os melhores terapeutas que eu puder contratar. Quando estiver pronta, poderá abrigar trinta mulheres e crianças que não tenham para onde ir.

— Addy...

Ela sacudiu a cabeça para fazê-lo se calar. Seus olhos brilhavam agora com um novo tipo de paixão.

— Pode compreender como é não ter para onde ir? Ficar com alguém porque não sabe mais o que fazer, porque ao longo dos anos quase se acostumou às surras e às humilhações? E se acostumou tanto que começou a sentir que as merecia?

Philip não tinha nenhuma observação sagaz para fazer agora, nenhum comentário tranquilizador.

— Não, não posso.

— Já vi mulheres assim, e crianças também. Espancadas, com mais do que meras equimoses, Philip... com cicatrizes na mente e no coração. Nem sempre são pobres, nem sempre são ignorantes, mas todas têm uma coisa em comum. A desesperança e o desamparo.

Ela se virou por um momento. As emoções sempre prevaleciam nesse ponto, mas Adrianne queria que ele visse o lado prático.

— Poderemos atender pelo menos trinta pacientes internadas e outras mais numa clínica externa. O dobro quando expandirmos. A equipe vai ser constituída por profissionais e voluntários. Os honorários terão uma escala móvel com base na capacidade de pagar. Nenhuma mulher vai ser rejeitada.

O vento assoviava através das aberturas das janelas e subia pelos buracos do chão. Era um lugar miserável, num bairro miserável. Ele gostaria de parar por aí, mas também tinha visão, como Adrianne.

— Há quanto tempo vem planejando isso?

— Comprei o prédio há seis meses, mas tenho o projeto há muito mais tempo. — Os passos de Adrianne tornaram a ecoar quando ela atravessou a sala. Havia manchas de umidade no teto, abaulado em vários pontos. — Pegar o colar é uma coisa que preciso fazer por mim mesma. O motivo é completamente egoísta.

— Tem certeza?

— Claro que tenho. — Adrianne tornou a se virar. — Não atribua qualquer nobreza ao ato, Philip, nem a mim. É vingança, pura e simples. Mas depois que roubar o colar, acabou. Não o quero. Não preciso dele. Abdu pode recuperá-lo... por um preço.

Na pouca claridade, os olhos de Adrianne eram muito escuros. Envolta pelo casaco de pele preto, parecia mesmo uma princesa.

— Cinco milhões de dólares. É apenas uma fração mínima do que vale o colar, em termos monetários e emocionais, mas é suficiente... o suficiente para reformar esse prédio, devolver a dignidade à minha mãe e permitir que eu me aposente como uma mulher muito rica. Preciso fazer todas as três coisas. Passei os últimos dez anos da minha vida me preparando para isso. Não há nada que possa dizer ou fazer para me impedir.

Ele enfiou as mãos nos bolsos.

— O que a faz pensar que ele pagará? Mesmo que pegue o colar e consiga sair viva de Jaquir, ele só precisa comunicar às autoridades.

— E admitir publicamente que violou a lei ao negar o colar à minha mãe? — Os lábios de Adrianne se contraíram. — Admitir publicamente que foi enganado por uma mulher e atrair a vergonha para a Casa de Jaquir? Ele vai querer me envergonhar, pode até desejar a minha morte, mas vai querer manter o seu orgulho... e o Sol e a Lua ainda mais.

— Há uma possibilidade de que ele encontre uma maneira de alcançar as três coisas.

Adrianne estremeceu sob o casaco de pele.

— Está frio aqui dentro! Vamos voltar.

Philip não disse nada ao partirem. Ainda podia ver como ela parecia, cercada por aquelas paredes imundas. Era fácil compreender por que o levara até lá, por que revelara seus planos. Deixara bem claro, de uma maneira que as palavras nunca poderiam fazer, que estava decidida. Ele não poderia impedi-la. Mas havia outra coisa que podia fazer. Cada decisão no passado sempre visara o seu ganho pessoal. Não se arrependia, nunca se arrependeria. Só podia torcer para que a decisão que estava tomando agora, uma decisão altruísta, não acarretasse arrependimento mais tarde.

No momento em que fechou a porta do apartamento de Adrianne, assumiu uma atitude profissional.

— Tem as plantas do palácio?

— Claro.

— Especificações de segurança, horários, rotas alternativas?

Ela tirou o casaco de pele. O blusão do *training* era largo nos quadris.

— Conheço o meu trabalho.

— Mostre-me as plantas.

Depois de tirar o gorro de pele, Adrianne sacudiu os cabelos.

— Para quê? Não preciso de um consultor.

— Não entro num trabalho enquanto não souber tudo o que há para saber. Usaremos a mesa de jantar.

— Do que está falando?

— Achei que estava óbvio. — Ele removeu a neve derretida do casaco. — Vou com você.

— Não. — Ela o segurou pelo braço antes que Philip pudesse seguir para a sala. Seus dedos finos e compridos o apertavam com toda força. — Não vai, não.

— Posso lhe assegurar que você tem condições de pagar os meus honorários.

— Isso não é uma piada. Trabalho sozinha. Sempre trabalho sozinha.

Ele pegou a mão de Adrianne e a ergueu para roçar os lábios nela.

— Seu ego está aparecendo, querida.

— Pare com isso!

Ela se desvencilhou e subiu a escada, furiosa. Andava de um lado para outro do quarto quando Philip a alcançou.

— Passei a metade da minha vida planejando isso. Conheço o país, a cultura, os riscos. Essa é minha visão, Philip. E é minha vida que está em jogo. Não quero você lá. Não posso ter o seu sangue nas minhas mãos!

Ele deitou na cama, como fizera na noite anterior.

— Eu já abria fechaduras quando você ainda brincava de boneca, querida. Já havia roubado o meu primeiro milhão antes de você usar o seu primeiro sutiã. Você pode ser boa, Addy, muito boa mesmo, mas nunca será a metade do ladrão que eu fui.

— Você não passa de um filho da puta presunçoso e egocêntrico! — gritou Adrianne, deixando-o na maior satisfação. — Sou tão boa quanto você era, provavelmente ainda melhor. E não passei os últimos cinco anos de cócoras, podando roseiras!

Philip se limitou a sorrir.

— Nunca fui apanhado.

— Nem eu!

Quando o sorriso de Philip se alargou, ela acrescentou, ainda mais furiosa:

— Aquilo foi muito diferente! Você apenas desconfiava, até que eu decidi contar.

— Foi relaxada quando entrou no meu quarto para pegar o seu colar... porque estava com raiva. Porque deixou que as emoções a dominassem. A vingança pode ser o seu propósito agora, mas é uma das emoções mais fortes. Não vai sozinha para Jaquir.

— Você está aposentado.

Ele pegou um pequeno pote de creme para as mãos na mesinha de cabeceira, desatarraxou a tampa e o cheirou.

— Estou temporariamente de volta ao ramo. Perguntou-me uma vez se eu não gostaria de realizar um último trabalho, algum feito extraordinário. — Depois de largar o pote na mesinha, Philip cruzou as mãos atrás da cabeça. — Decidi que vai ser esse.

— O trabalho é meu.

— Você vai para Jaquir comigo ou não vai. Só preciso pegar o telefone. Há um homem em Londres que teria o maior prazer em conhecê-la.

— Seria capaz de fazer isso? — Dividida entre a fúria e a traição, Adrianne se sentou no pé da cama. — Depois de tudo o que lhe contei?

— Vou fazer o que tiver que fazer.

Philip era rápido. Ela quase se esquecera disso. Seus braços a envolveram e puxaram.

— Estou apaixonado por você. É a primeira vez que isso acontece comigo. E não tenho a menor intenção de perdê-la. Tenho uma casa de campo que pode ter sido construída para você. Não importa o que for preciso fazer, você vai estar comigo lá na primavera.

— Nesse caso, irei na primavera. — Desesperada demais para pensar com lucidez, ela o agarrou pelo suéter. — Dou a minha palavra. Mas não suportaria se alguma coisa acontecesse com você.

Os olhos de Philip se estreitaram, o abraço se tornou mais apertado.

— Por quê?

Ela sacudiu a cabeça e fez menção de se desvencilhar.

Ele quase exigiu, mas depois mudou de ideia.

— Muito bem. Isso pode esperar. Agora, preste atenção. Não vou lhe dar opção, não nesse caso. Ou vamos juntos, ou você não vai. Estou tentando compreender por que é tão importante para você a ponto de não poder desistir. Vai ter que compreender por que isso faz com que também seja importante para mim.

Adrianne se recostou quando ele a soltou. Philip parecia muito como no dia em que o vira pela primeira vez, no nevoeiro, vestido de preto, os cabelos penteados para trás, os olhos concentrados. Ela estendeu a mão para tocar seu rosto, sem qualquer exortação dele, pela primeira vez.

— Você é um romântico, Philip.

— É o que parece.

— Vou pegar as plantas.

$\mathcal{E}$SPALHARAM TODA a pesquisa de Adrianne na mesa de jantar. Ela escolhera o tradicional para decorá-la: Chippendale, Waterford, toalha de renda irlandesa. Na parede cor de salmão havia uma ninfa marinha de Maxfield Parrish. Ao ver o quadro, Philip refletiu que Adrianne era mais romântica do que queria admitir.

Ele a interrogou, ponto por ponto, avançando, recuando, enquanto a neve caía lá fora. Quando o crepúsculo chegou, mais cedo, acenderam as luzes e requentaram o café. As pastas de arquivos e os livros de contabilidade, os estalidos ocasionais de uma calculadora, tudo criava um clima de reunião de negócios. Philip escrevia suas anotações enquanto comiam sanduíches frios.

— Como pode ter certeza de que o sistema de segurança não foi atualizado?

— Ainda tenho contatos lá. — Adrianne torceu o nariz. A borra do café tinha um gosto amargo. — Primas, tias. Quando o filho de Abdu...

— Seu irmão?

— O filho de Abdu — repetiu ela, pois não queria a interferência de qualquer emoção. Doeria demais pensar no menino e no quanto o amara. — Quando ele estudou na Universidade da Califórnia, passamos algum tempo juntos. Pude extrair algumas informações. Assim como a maioria dos membros da Casa de Jaquir que viaja para o exterior, Fahid se considerava muito americanizado, muito progressista. Pelo menos enquanto vestia um jeans Levi's e dirigia um Porsche. Queria que Abdu promovesse algumas mudanças políticas e culturais. Uma das suas queixas era a de que o palácio continuava o mesmo havia séculos. Os guardas ainda andam armados, quando um moderno sistema de segurança eletrônica tornaria isso desnecessário.

— Na parte externa.

— Isso mesmo. Os guardas e a posição do palácio são suficientes para garantir a segurança. Ainda mais porque não há ninguém em Jaquir que pensaria em desafiar essa segurança. Há muralhas e ameias de uma lado, e o mar do outro. Assim, é muito difícil um acesso clandestino por fora. É por esse motivo que vou exigir o meu direito de ser alojada no palácio.

— Descreva o cofre de novo.

Philip tocou com o dedo as plantas.

— O cofre tem mais de cem anos. Tem 2 metros quadrados, hermético, à prova de som. Pouco depois da passagem do século, uma esposa adúltera foi trancada lá dentro, para morrer entre as joias, lentamente e sozinha. Era conhecido antes como a Sala do Tesouro, mas desde então passou a ser a Tumba de Berina. — Ela esfregou os olhos, um pouco injetados da tensão. — Pouco depois da Segunda Guerra Mundial, a porta do cofre foi modernizada. Tem três trancas, duas com combinações e uma de chave. O soberano de Jaquir sempre anda com a chave, como símbolo do seu poder, para abrir ou fechar.

— E os alarmes?

Ela suspirou e empurrou a xícara vazia para o lado.

— Foram instalados nos anos 1970, quando o surto do petróleo levou muitos infiéis a Jaquir e ao restante do Oriente Médio.

— Infiéis?

Adrianne ignorou o tom divertido.

— Executivos americanos em particular. Como na maioria dos países árabes, eram ao mesmo tempo usados e desprezados. Sua tecnologia era necessária, desesperadamente necessária, para permitir que Jaquir lucrasse com o petróleo. O dinheiro corria, havia muito progresso em certas áreas. Eletricidade, estradas modernas, uma melhora na educação e nos cuidados com a saúde. Mas nunca se confiou nos estrangeiros. Os alarmes foram instalados para garantir que ninguém entrasse ou saísse do palácio sem ser visto. Acima de tudo, visam a evitar a entrada no palácio. Mas há um sistema no cofre. — Ela empurrou as especificações na direção de Philip. — Um sistema elementar, diga-se de passagem. Os fios podem ser grampeados e desativados, aqui e aqui, na fonte. — Ela indicou os pontos. — Prefiro isso a um corte, já que pode demorar um pouco antes que o produto do roubo possa deixar o país.

— Isso cuida do alarme quando se destranca a porta, não quando ela é aberta.

— Eu teria que ligar um controle remoto para o alarme secundário. É muito parecido com o sistema usado para controlar um aparelho de som ou de televisão do outro lado da sala. Levei quase um ano para aperfeiçoá-lo.

— E tem certeza de que conseguiu?

— Usei no trabalho Barnsworth no outono passado. — Ela deu um sorriso afável. — A eletrônica é a minha especialidade.

— Notei.

— Com isso, posso desligar o alarme a 40 metros de distância. A parte difícil são os guardas. Há alguns patrulhando também o interior do palácio. Até entrar, não vou conseguir descobrir os horários.

— Câmeras de segurança?

— Nenhuma. Abdu detesta câmeras.

— O que é isso?

— O túnel antigo entre os aposentos do rei e o harém para que uma mulher possa ser chamada e deixar o harém sem correr o risco de que a vejam.

— Ainda é usado?
— É possível. Não sei. Por quê?
— Apenas procurando rotas de fuga. Qual é a altura dessa janela?
— Uns 18 ou 20 metros. Para os rochedos e o mar.
— Prefiro o harém.
— Seria castrado se fosse apanhado lá. — Ela falou em tom incisivo. Estendeu um livro. — Esse é um excelente livro sobre o país e seus costumes. É melhor lê-lo antes de se descobrir numa cela escura por tocar no braço de uma mulher no mercado ou fazer a pergunta errada.
— Muito obrigado.
— Não é um país que você possa compreender, Philip. Vai ficar sozinho enquanto eu estiver lá dentro. Ainda não sei como vou entrar em contato com você para avisá-lo de que o trabalho foi feito.
— Se pensa que vou ficar esperando angustiado em algum hotel quente e miserável enquanto você banca a princesa no palácio, está muito enganada. Vou com você.

Adrianne se recostou, acenando com um dedo para o livro.
— Vai ter que ler este livro de qualquer maneira. Depois que eu chegar a Jaquir, você não vai poder nem sequer falar comigo, muito menos entrar no palácio. É a lei. Como mulher, estou proibida de ter contato com qualquer homem que não seja da minha família. Se eu fosse casada, também poderia ter contato com os homens da família do meu marido.
— Nesse caso, vamos ter que encontrar uma maneira de contornar isso. — Philip folheou o livro. — E você vai ter que me conseguir um convite para ir ao palácio.
— Não tenho condições de pedir favores ao Abdu. Ele vai ter que me deixar voltar ou vai se envergonhar, mas não é obrigado a me conceder nenhum favor.
— Então vai ter que se casar comigo.
— Não seja ridículo!

Adrianne se levantou abruptamente, pegou o bule de café e foi para a cozinha.
— Acho que podemos adiar. — Ele a seguiu até a cozinha. Começou a vasculhar a geladeira à procura de algo mais interessante do que sanduíches.
— Eu gostaria que conhecesse a minha mãe primeiro.

— Nunca vou me casar.

Ela jogou o pó do café no lixo.

— Como quiser. Vamos viver em pecado até a primeira criança nascer. Bem, vamos voltar a tratar de negócios. — Philip encontrou sorvete no freezer. Pegou uma colher e passou a comer direto da caixa. — E se fôssemos noivos? — Antes que Adrianne pudesse protestar, ele se apressou em concluir: — Pelo menos aos olhos de Abdu.

— Não vamos ficar noivos aos olhos de ninguém.

— Pense a respeito por um momento. Faz sentido. Depois de tantos anos, você volta a Jaquir para fazer as pazes com o seu pai antes de se casar. Para melhorar a situação, a viagem pode ter sido feita por insistência minha. Vou ficar feliz em bancar o chauvinista arrogante.

— Faria o papel muito bem. — Mas Adrianne estava pensando a respeito. Pegou a caixa de sorvete e tomou um pouco. — Acho que poderia dar certo. Pode até ser uma vantagem. Ele ia querer que você ficasse no palácio para avaliá-lo. E esperaria que a sua aprovação tivesse alguma influência. Se quiser ir de qualquer maneira, pode ser de algum proveito.

— Muito obrigado. — Ele empurrou o nariz de Adrianne para dentro da caixa. — Por que não pratica bancar a esposa quieta e subserviente enquanto dou alguns telefonemas?

— Prefiro engolir uma barata.

— Como quiser. Mas não faria mal nenhum ensaiar como balançar a cabeça em concordância e andar dois passos atrás de mim.

— Não pretendo passar mais do que duas semanas lá. — Ela limpou o sorvete do nariz. — Portanto, não se acostume.

— Farei o melhor que puder.

— Para quem vai ligar?

— Tenho que procurar alguns contatos para obter o visto para Jaquir. E preciso providenciar que a notícia do nosso noivado se espalhe depressa. O melhor para a nossa cobertura, alteza.

— Não vou casar com você, Philip.

— Certo. — Ele se encaminhou para a porta da cozinha, mas se virou antes de sair. — Uma pergunta. Se eu for apanhado fazendo amor com você em Jaquir, o que posso esperar?

— Ser açoitado com um chicote de pelo de camelo, no mínimo. Uma decapitação é mais provável... para os dois.

— Hum... Um homem tem que pensar a respeito.

Adrianne balançou a cabeça quando ele saiu. Olhou para o bule de café e o largou no balcão. O que precisava agora era de uma bebida. E das mais fortes.

Parte Três

O Doce

Mais cedo ou mais tarde, o amor é seu próprio vingador.

LORDE BYRON

O passado amargo, mais agradável é o doce.

SHAKESPEARE

Capítulo 22

♦ ♦ ♦ ♦

DEZESSETE ANOS era muito tempo para especular e planejar. Era muito tempo para odiar. O azul profundo de safira do Mediterrâneo se espalhava como um carpete lá embaixo, coberto apenas por umas poucas nuvens e o ponto de terra que era Chipre. Faltava pouco para chegar a Jaquir. A espera terminava.

Adrianne se recostou. A seu lado, na poltrona confortável do jato particular, Philip cochilava. O paletó do terno, a gravata e até os sapatos haviam sido deixados na parte de trás da poltrona, permitindo que se acomodasse da melhor forma possível, aproveitando a última etapa da viagem. Já Adrianne se mantinha plenamente vestida, desperta e consciente de cada minuto que passava.

Haviam feito amor selvagem depois da decolagem de Paris. Ou talvez ela apenas se sentia desesperada. Precisava daquela intimidade desvairada e insensata, carne contra carne, tanto quanto precisava do conforto e da serenidade que se seguiram.

Devotara a maior parte da sua vida àquela volta. Agora, os anos definhavam em minutos, e ela sentia medo. Não um medo que pudesse explicar para si mesma ou para Philip. A emoção não deixava as mãos pegajosas de suor, nem um gosto metálico na boca; apenas embrulhava o estômago e provocava uma pulsação um pouco dolorida por trás dos olhos.

Ainda tinha a imagem do pai que formara em sua mente de criança com o intenso amor e o medo que a acompanhavam. Podia vê-lo como era naquele tempo, esguio e atlético, a boca sisuda e forte, as mãos bonitas.

Durante 20 anos vivera sob a lei e a tradição ocidental, as convicções ocidentais. Nem uma única vez se permitira duvidar de que era, sob todos os aspectos, uma mulher ocidental. Mas a verdade, havia muito sepultada, era que tinha sangue beduíno, e o sangue podia reagir de uma maneira que nenhuma mulher americana compreenderia.

Quem ela se tornaria depois que voltasse a Jaquir para a casa do pai, restringida pela leis do Corão e pelas tradições determinadas e impostas pelos homens? Muito mais intenso do que o medo de ser apanhada, aprisionada ou executada era o medo de perder a mulher que tanto se empenhara para se tornar.

Esse medo a impedia de fazer promessas a Philip. Impedia-a de dizer as palavras que afloravam com tanta facilidade aos lábios de outras mulheres. Ela o amava, mas o amor não eram as palavras suaves dos poetas. O amor, com suas duas faces, era o que enfraquecia tantas mulheres, que as pressionava a fazer concessões em relação aos seus próprios anseios e suas próprias necessidades, aos anseios e necessidades de outra pessoa.

O avião começou a descer. O mar parecia subir ao encontro deles. Tensa, Adrianne pôs a mão no ombro de Philip.

— Tenho que me aprontar. Vamos aterrissar em breve.

Ele acordou no mesmo instante, percebendo a tensão na voz de Adrianne.

— Ainda pode mudar de ideia.

— Não, não posso. — Ela se levantou, atravessou o corredor e pegou uma bolsa de viagem. — Não se esqueça. Depois que desembarcarmos, vamos ser levados para o terminal em carros separados. Temos que aceitar os costumes.

Enquanto falava, prendia os cabelos num lenço preto até não restar nenhum fio solto.

— Pode ser um processo humilhante, mas a influência de Abdu talvez atenue um pouco o esquema. Não vou voltar a vê-lo até entrarmos no palácio, e não posso dizer quando isso será permitido. Fora de lá não pode haver contato. Lá dentro, porque não sou de sangue puro e acham que vou me casar com um ocidental, as normas vão ser um pouco mais relaxadas. Não me procure, em nenhuma circunstância. Se e quando possível, eu procuro você.

— Quarenta e oito horas. — Enquanto dava o nó na gravata, ele observava Adrianne vestir a *abaaya* preta, que a cobria do pescoço aos pés, tão pouco atraente quanto um saco de aniagem. Mais do que os olhos ou a cor da pele, isso fazia com que se tornasse uma mulher do Islã. — Se não encontrar uma maneira de falar comigo em 48 horas, darei um jeito de encontrá-la.

— E vai ser deportado, no mínimo. — Era o véu o que mais a incomodava. Em vez de prendê-lo, Adrianne deixou que pendesse de seus dedos. Com o paletó, Philip parecia muito britânico, subitamente estrangeiro. Ignorou a dor na garganta quando o coração começou a bater forte. O abismo estava se alargando. — Tem que confiar no meu julgamento nesse ponto, Philip. Não pretendo passar mais do que duas semanas em Jaquir e quero ir embora com o colar.

— Em vez de usar o verbo no singular, eu preferia que falasse no plural.

— Está bem, nós. — Com a insinuação de um sorriso, esperou até que Philip calçasse os sapatos. — Mas trate de convencer Abdu de que será um marido apropriado. E não deixe de negociar o preço da noiva.

Ele se adiantou para pegar as mãos de Adrianne. Eram firmes nas suas, mas geladas.

— Quanto acha que vale?

— Um milhão seria um bom ponto de partida.

— Um milhão de quê?

Foi um alívio para Adrianne que ainda fosse capaz de rir enquanto se sentava e afivelava o cinto de segurança.

— Libras esterlinas. Qualquer coisa menos, com os antecedentes que inventou para você, seria um insulto.

— Nesse caso, é melhor começarmos com isso.

Ele tirou uma caixa do bolso. Quando a abriu, o anel fez Adrianne retrair a mão. Philip tornou a pegá-la e enfiou o anel de diamante no terceiro dedo. A reação de Adrianne era exatamente o motivo pelo qual esperara até o último minuto, deixando-a com pouco tempo para argumentar.

— Pode considerar parte da cobertura, se quiser.

Tinha mais de 5 quilates. Pelo fogo branco gelado, Adrianne deduziu que era russo, da melhor água. Como os melhores diamantes, era ao mesmo tempo ardente e indiferente. Contra o preto da *abaaya*, parecia flamejar... e a levou a querer mais do que deveria ter.

— Um embuste caro.

— O joalheiro garantiu que teria o maior prazer em comprá-lo de volta.

Ela levantou os olhos no mesmo instante ao ouvir isso. Ainda viu o sorriso antes que Philip a beijasse. Havia fogo ali também, aumentando de intensidade enquanto o avião pousava. Por um momento, ela quis esquecer tudo, exceto aquilo, a promessa em seu dedo e a sedução no beijo.

— Vou sair primeiro. — Depois de respirar fundo, ela desafivelou o cinto de segurança. — Tome cuidado, Philip. Não quero o Sol e a Lua banhado no seu sangue.

— Dentro de duas semanas estaremos comemorando com champanhe em Paris.

— Que seja uma Magnum — murmurou Adrianne antes de cobrir o rosto com o véu.

𝓜UDARA BASTANTE. Mesmo sabendo da prosperidade que o petróleo trouxera para Jaquir nos anos 1970, mesmo sabendo que o Ocidente se infiltrara no país, ela não estava preparada para os edifícios, alguns reluzentes, de aço e vidro, nem para as ruas pavimentadas para atender o tráfego agora intenso. Quando partira, a construção mais alta de Karfia, a capital de Jaquir, era a torre de água, que estava ofuscada pelos prédios de escritórios e hotéis. Ainda assim, apesar das ruas modernas e dos vidros cintilantes, parecia que a cidade poderia, se Alá decidisse, voltar a ser um deserto.

Havia imensos caminhões circulando pela estrada e inúmeros cargueiros no porto com cargas esperando por liberação empilhadas no cais. Ela sabia que Jaquir estava em cima da cerca política, conseguindo apaziguar os vizinhos no Oriente e os nervosos partidários no Ocidente por meio da habilidade, da astúcia e do dinheiro. Havia guerra perto das suas fronteiras, mas Jaquir se apegava, pelo menos na superfície, à neutralidade.

Muita coisa permanecera igual. Enquanto atravessavam a cidade, Adrianne percebeu que, apesar das ruas modernas e do esforço obstinado dos expatriados ocidentais, Jaquir era como desejava ser. Constatara isso no aeroporto, onde as mulheres, carregadas de bagagens e carrinhos de bebê, eram conduzidas para ônibus separados por meio de uma porta com a indicação mulheres e famílias, policiadas por homens gritando ordens. Constatava a mesma coisa nos minaretes da mesquita que se projetavam para o céu de puro azul.

A prece do meio-dia já terminara; por isso, as lojas e os mercados estavam abertos. Embora mantivesse a janela do carro fechada, ela quase podia ouvir o zumbido de atividade, a cadência do árabe, os estalidos das contas de orações. Mulheres circulavam pelos estandes, em grupos ou acompanhadas por um parente. As ruas eram policiadas pelos *matawain*, que zelavam com empenho pelo cumprimento das leis religiosas, as barbas irregulares com hena nas pontas, empunhando os chicotes de pelo de camelo. Através da janela escura da limusine, Adrianne observou um deles avançar para uma mulher ocidental que tivera a péssima ideia de arregaçar as mangas, deixando os braços à mostra.

Podiam ser os últimos dias do século XX, mas Jaquir pouco mudara seus costumes.

Tamareiras margeavam as ruas. Assim como Mercedes, Rolls Royces e limusines. A Maison Dior tinha duas entradas, uma para homens, outra para mulheres. Adrianne avistou o brilho de pedras preciosas, radiantes ao sol do meio-dia, numa vitrine. Um burro todo empoeirado era conduzido por um homem de *throbe* branco e sandálias arrebentadas.

Muitas habitações eram de lama batida, não mais permanentes do que a areia do deserto. O que não impedia que flores subissem pelas paredes. As janelas eram de treliça para esconder as mulheres lá dentro... não porque fossem apreciadas e reverenciadas, refletiu Adrianne, mas porque eram consideradas criaturas insensatas, vítimas de seu impulso sexual incontrolável.

Os homens, de túnica e turbante, sentavam-se em tapetes vermelhos, comendo sanduíches. *Shawarma*. Era estranho que o gosto de cordeiro bem condimentado em pão árabe sempre ressurgisse em sua mente, pensou ela.

A limusine passou pelo mercado e começou a subir. Ali, as casas eram mais elegantes, à sombra das árvores. Uma ou outra até ostentava o luxo de um gramado. Lembrou-se de visitar uma daquelas casas e tomar chá verde numa sala escura, o som de seda farfalhando, o cheiro sufocante de incenso.

Passaram pelos portões do palácio, pelos olhos escuros e impassíveis dos guardas. Também mudara pouco, embora sua mente de criança acrescentasse grandiosidade além do que merecia. Ao sol forte da tarde, as paredes de estuque eram de um branco brilhante. O telhado de telhas verdes era uma arrogância de cor. As janelas, a maioria com cortinas para proteger da claridade, refletiam a luz do sol. Havia minaretes, mas em deferência a Alá não eram mais altos do que os da mesquita. Havia parapeitos em torno do palácio para que ele pudesse ser defendido em caso de guerra civil ou ataque externo.

O mar se projetava por trás contra os rochedos. Os jardins eram exuberantes, protegendo o palácio de olhos bisbilhoteiros e, mais do que isso, as mulheres da tentação quando passeavam por ali.

Embora houvesse uma porta para as mulheres e outra para os homens, foi para o jardim que a limusine seguiu, não para a entrada principal. Adrianne ergueu um pouco as sobrancelhas, o que significava que seria levada primeiro ao harém antes de se encontrar com Abdu. Talvez fosse melhor assim.

Esperou até o motorista abrir a porta. Embora tivesse certeza de que o homem era um parente, por mais distante que fosse, ele não ofereceu a mão para ajudá-la a sair. E teve o cuidado de manter os olhos desviados. Ela levantou a *abaaya* e saltou para a explosão de calor e cheiros. Sem olhar para trás, passou pelo portão do jardim.

Havia um filete de água escorrendo do chafariz. Adrianne sabia que era o chafariz que o pai mandara construir para a mãe durante o primeiro ano do casamento. Alimentava um pequeno laguinho, onde uma carpa crescia até o tamanho do comprimento do braço de um homem. Ao redor, flores se inclinavam, atraídas pela umidade.

Antes mesmo que ela a alcançasse, a porta oculta foi aberta. Adrianne entrou, passando pela criada toda vestida de preto. Foi envolvida pelas fragrâncias das mulheres, que a levaram de volta à infância. Enquanto a porta era fechada, fez o que ansiara durante toda a viagem desde o aeroporto. Tirou o véu.

— Adrianne. — Uma mulher saiu da sombra para a luz. Recendia a almíscar e usava um traje de lantejoulas vermelhas mais apropriado a um baile do século XIX. — Seja bem-vinda! — Enquanto falava, a mulher ofereceu o cumprimento tradicional, um beijo em cada face. — Era apenas uma criança quando a vi pela última vez. Sou Latifa, sua tia e esposa de Fahir, irmão de seu pai.

Adrianne retribuiu o cumprimento.

— Lembro-me de você, tia Latifa. Estive com Duja. Ela está bem e feliz. Mandou seu amor para você e respeito para o pai.

Latifa balançou a cabeça. Embora a posição de Adrianne fosse superior, ela tivera cinco filhos fortes e por isso ocupava um lugar de honra e inveja no harém.

— Venha comigo. Há refrescos à sua espera. As outras também querem lhe dar as boas-vindas.

Pouco mudara ali também. Havia a fragrância de café temperado, a sedução do perfume se misturando ao aroma insinuante do incenso. Adrianne encontrou uma mesa comprida, coberta por uma toalha branca com uma bainha dourada. Os alimentos na mesa eram tão coloridos quanto os trajes das mulheres. Havia sedas e cetins, e até mesmo o brilho do veludo, apesar da temperatura elevada. Contas e lantejoulas faiscavam. Havia o calor do ouro, o frio da prata e o cintilar das pedras preciosas. Pulseiras retiniam e rendas sussurravam enquanto cumprimentos tradicionais eram trocados.

Ela roçou os lábios nas faces da segunda esposa de Abdu, a mulher que tantos anos antes causara profunda infelicidade a Phoebe. Adrianne não experimentou qualquer ressentimento. Uma mulher fazia o que lhe era ordenado, o que foi confirmado pela descoberta de que Leiha, já mãe de sete filhos, com mais de 40 anos de idade, estava obviamente grávida outra vez.

Havia algumas primas de que ela se lembrava e mais uma vintena de princesas menores. Algumas tinham cabelos cortados curtos ou ondulados. Assim como os trajes vistosos, era algo que faziam para seu próprio prazer, como crianças com um brinquedo novo para mostrar às outras.

Lá estava Sara, a mais recente esposa de Abdu, uma jovem pequena, de olhos grandes, de apenas 16 anos e já grávida. A julgar pelas aparências, ela e Leiha haviam concebido na mesma ocasião.

Adrianne notou que as pedras em seus dedos e orelhas não eram menos cintilantes do que as usadas por Leiha. Essa era a lei. Um homem podia tomar quatro esposas, mas apenas se as tratasse com igualdade.

Phoebe nunca fora igual ali, mas Adrianne não sentia no coração nenhuma disposição para desprezar uma jovem por causa disso.

— Você é bem-vinda aqui — disse Sara, a voz sussurrante e musical tropeçando na frase em inglês.

— Essa é a princesa Yasmin. — A tia de Adrianne pôs a mão no ombro de uma jovem com cerca de 12 anos com um rosto escuro e enormes argolas de ouro nas orelhas. — Sua irmã.

Ela não esperava por isso. Sabia que conheceria as outras crianças de Abdu, mas não estava preparada para fitar olhos com os mesmos contornos e a mesma cor dos seus. Não estava preparada para um lampejo de afinidade ou reconhecimento. Por isso, o cumprimento foi contrafeito quando se inclinou para beijar as faces de Yasmin.

— Seja bem-vinda à casa do meu pai.

— Seu inglês é bom.

Yasmin ergueu as sobrancelhas, um gesto que indicou a Adrianne que já era mulher, embora ainda faltassem meses para começar a usar o véu.

— Frequento a escola para não ser ignorante quando eu for para o meu marido.

— Entendo. — O reconhecimento era de igual para igual enquanto Adrianne tirava a *abaaya*. Ela gesticulou para dispensar a ajuda de uma criada. Dobrou o traje com todo cuidado. Costurara no forro suas ferramentas de trabalho. — Vai ter que me contar tudo o que aprendeu.

Yasmin analisou a saia e a blusa branca simples de Adrianne com os olhos de uma crítica de moda. Certa vez, Duja contrabandeara para o harém fotos de Adrianne publicadas em jornais. Por isso, Yasmin já sabia que a irmã era bonita. Achou uma pena que Adrianne não estivesse usando alguma coisa vermelha e reluzente.

— Primeiro, eu a levarei para a minha avó.

Atrás delas, as mulheres já aproveitavam o bufê. A comida era uma das atrações prediletas; quanto mais suculenta, melhor. A conversa já se concentrava em torno de crianças e compras.

A velha sentada numa cadeira de brocado era esplendorosa, num vestido verde-esmeralda. As rugas haviam caído em dobras pelo rosto, mas os cabelos continuavam a ser pintados com hena. Os dedos, um pouco encurvados pela artrite, tinham vários anéis, que faiscavam enquanto ela afagava um menino de 2 ou 3 anos em seu colo. Duas criadas a ladeavam abanando leques para que a fumaça de um pote de latão para incenso perfumasse seus cabelos.

Quase 20 anos haviam se passado, e Adrianne tinha apenas 8 quando fora embora, mas ainda se lembrava. As lágrimas começaram tão abruptamente e de uma forma tão desconcertante que nada pôde fazer para contê-las. Em vez do cumprimento esperado, ficou de joelhos e encostou a cabeça no colo da avó. A mãe de seu pai.

Os olhos, frágeis, eram o que Adrianne podia sentir por baixo do cetim grosso. A fragrância da avó era a mesma, por mais inacreditável que pudesse parecer. Ao sentir a mão afagar seus cabelos, ela se aconchegou ainda mais. As lembranças mais doces que tinha de Jaquir eram daquela mulher escovando seus cabelos, contando histórias de piratas e príncipes.

— Eu sabia que voltaria a vê-la. — Jiddah, muito frágil aos 70 anos, mãe de 12 crianças, a única esposa que o rei Ahmend tivera, afagou os cabelos da neta muito amada ao mesmo tempo em que mantinha no colo o neto caçula. — Chorei quando você nos deixou e choro por sua volta.

Como uma criança, Adrianne enxugou o rosto com o dorso da mão. Ergueu-se para o beijo.

— Vovó, você está mais bonita do que eu me lembrava. Senti muita saudade.

— Você voltou como uma mulher adulta, parecida com o seu pai.

Adrianne se empertigou, mas conseguiu sorrir.

— Talvez eu me pareça com a minha avó.

Jiddah sorriu também, mostrando dentes muito brancos e retos para serem seus. A dentadura era nova e ela se orgulhava tanto dela quanto do colar de esmeraldas em seu pescoço.

— É possível. — Jiddah pegou a xícara de chá oferecida por uma criada. — Chocolate para a minha neta. Ainda gosta?

— Muito. — Adrianne se acomodou numa almofada, aos pés de Jiddah. — Lembro-me de que você sempre me dava um punhado de chocolate, embrulhado em papel vermelho e prateado. Eu levava tanto tempo para desembrulhar que o chocolate derretia, mas você nunca me repreendeu.

Notou que Yasmin continuava em pé, ao seu lado, o rosto jovem impassível, exceto por um brilho nos olhos que podia ser de ciúme. Sem pensar, Adrianne estendeu a mão e a puxou para a almofada.

— A avó ainda conta história?

— Conta. — Depois de uma breve hesitação, Yasmin se soltou. — Vai me contar sobre os Estados Unidos e o homem com quem vai se casar?

Com a cabeça no joelho da avó e uma xícara de chá verde na mão, Adrianne começou. Só mais tarde percebeu que falava em árabe.

EM MATÉRIA DE PALÁCIOS, Philip decidiu, preferia o estilo europeu. Uma construção de pedra, com janelas de barras verticais, madeira antiga e escura. Aquele palácio era escuro, já que cortinas e treliças bloqueavam o sol. Era suntuoso, sem dúvida, com tapeçarias de seda penduradas nas paredes, vasos Ming em nichos nas paredes. Na banheira da suíte, a água saía de torneiras de ouro. Ele refletiu que era britânico demais para apreciar o hábito oriental de tapetes de oração e mosquiteiros.

Seus aposentos davam para o jardim, o que ele aprovava. Apesar do sol, Philip abriu uma janela para deixar entrar a brisa quente, trazendo a fragrância de jasmim.

Onde estava Adrianne?

O irmão de Adrianne, o príncipe herdeiro Fahid, o recebera no aeroporto. O jovem, mal entrado na casa dos 20 anos, usava um turbante e um terno impecável. Philip o descobrira um exemplar perfeito do encontro do Oriente com o Ocidente, com seu excelente inglês e sua atitude inescrutável. Sua única referência a Adrianne fora para dizer a Philip que ela seria levada aos aposentos das mulheres.

Philip fechou os olhos, projetando as plantas. Ela estava dois andares abaixo, na ala leste. O cofre ficava na extremidade oposta do palácio. Naquela noite, ele faria sua excursão particular. Por enquanto, porém, pensou enquanto abria a mala, bancaria o hóspede perfeito e o futuro marido.

Aproveitara ao máximo a enorme banheira e acabara de desfazer as malas quando ouviu o chamado para a oração. A voz profunda e gutural do muezim entrou pela janela aberta. *Allahu Akbar*. Alá é grande!

Com uma olhada para o relógio, Philip calculou que deveria ser o terceiro chamado do dia. Haveria outro ao pôr do sol, logo acompanhado pelo último, uma hora depois.

Os mercados e suques fechariam e os homens se ajoelhariam para encostar o rosto no chão. Dentro do palácio, como em toda parte, as atividades cessariam em submissão à vontade de Alá.

Em movimentos silenciosos, Philip foi abrir a porta. Era uma ocasião tão boa quanto outra qualquer para fazer um levantamento da situação.

Achou que era melhor verificar primeiro a área próxima aos seus aposentos. O quarto ao lado estava vazio, as cortinas fechadas, a cama feita com uma precisão militar. O mesmo acontecia com o quarto do outro lado do corredor. Continuou pelo corredor e empurrou outra porta. Havia ali um homem, não, um menino, inclinado em súplica, o corpo virado para o sul, em direção a Meca. O tapete de orações tinha fios de ouro e as cortinas na cama eram azul-real. Philip fechou a porta antes de seguir para o segundo andar.

Ali ficavam os escritórios de Abdu, assim como as salas do conselho. Havia tempo suficiente para uma revista maior. Ele desceu para o andar principal, onde os cômodos estavam silenciosos como túmulos. Consciente da passagem do tempo, seguiu pelos corredores sinuosos até a sala do cofre.

A porta estava trancada. Foi preciso apenas a lixa de unha em seu bolso para abri-la. Com um rápido olhar para a esquerda e para a direita, entrou na sala e fechou a porta.

Ao passo que em outros cômodos havia pelo menos alguma claridade, aquele estava em total escuridão. Philip desejou ter se arriscado a levar uma lanterna enquanto tateava na direção do cofre. A porta era de aço, liso e frio ao toque. Philip mediu a extensão, a largura, a altura e a posição das trancas, usando as pontas dos dedos como olhos.

Como Adrianne informara, havia duas combinações. Tomou o cuidado de não tocar nos diais. Usou a lixa para medir e descobriu que o buraco da fechadura era grande e antiquado. As gazuas que trouxera não funcionariam numa tranca tão antiga, mas sempre havia outros meios. Satisfeito, recuou. Precisava voltar com uma lanterna, mas deixaria isso para mais tarde.

Já estendia a mão para a maçaneta da porta quando ouviu passos lá fora. Não havia tempo para qualquer xingamento enquanto ele se comprimia de costas na parede ao lado da porta.

Eram dois homens, falando em árabe. Um deles, se o tom servia de indicação, estava furioso, o outro, tenso. Philip torceu para que se afastassem logo. Foi então que ouviu o nome de Adrianne. Mais do que nunca, criticou-se por não falar árabe.

Discutiam a seu respeito. Ele tinha certeza. Havia veneno suficiente em uma das vozes para deixar seus músculos tensos e as mãos contraídas. Houve uma ordem ríspida, respondida com o silêncio, depois os passos impacientes de um homem se afastando. Philip ouviu o outro resmungar um palavrão em inglês. O príncipe Fahid, deduziu Philip. Portanto, não podia haver a menor dúvida de que a voz furiosa era de Abdu. Por que o pai e o irmão de Adrianne discutiam a seu respeito?

Ele esperou Fahid se afastar para sair da sala do cofre. O corredor estava vazio de novo, a porta trancada. Com as mãos nos bolsos, Philip seguiu na direção dos jardins. Se fosse encontrado ali, teria a desculpa plausível de seu interesse pela flora. Mas a verdade era que queria tomar ar fresco e pensar na situação.

*A*DRIANNE NÃO compreendeu que seria muito difícil fazer o que pretendia. Não em termos técnicos, pois tinha confiança em sua habilidade e na de Philip. O que não imaginara antes era que haveria tantas memórias. Lembranças que, como fantasmas, sussurravam para ela, roçavam nela. Havia alguma coisa confortadora no harém — as conversas das mulheres, as suas fragrâncias, seus segredos. Era possível esquecer o confinamento por um curto período de tempo e desfrutar a segurança. Independentemente do que acontecesse dali por diante, ela nunca mais seria capaz de virar as costas por completo.

A conversa continuou, ainda focada em sexo, compras e fertilidade. Mas havia também coisas novas. Uma prima que se tornara médica, outra que obtivera o diploma de professora. Havia uma jovem tia que trabalhava no ramo da construção como administradora, embora todos os contatos com os homens com quem trabalhava ocorressem por meio de cartas e telefonemas. A instrução se tornara acessível para as mulheres, que agarravam a oportunidade com suas mãos. Os professores davam aulas por meio de um circuito fechado de televisão, mas ensinavam. E elas aprendiam.

Se havia um meio de mesclar o novo com o antigo, seria encontrado.

Não percebeu quando uma criada se adiantou e se inclinou no ouvido da avó. Quando Jiddah tocou em seus cabelos, Adrianne virou o rosto e sorriu.

— Seu pai deseja falar com você.

Adrianne sentiu o prazer secar como uma poça ao sol do deserto. Levantou-se. Embora pusesse a *abaaya*, recusou-se a usar o véu. O pai veria seu rosto e se lembraria.

Capítulo 23

◆ ◆ ◆ ◆

Como Jaquir, seu soberano mudara; no entanto, permanecera essencialmente o mesmo. Envelhecera. E isso foi a primeira coisa que impressionou Adrianne quando o viu. Sua lembrança, reforçada pelos recortes da imprensa que a mãe guardava, era a de um homem apenas um pouco mais velho do que a idade que ela própria tinha agora; um falcão, o rosto sem rugas e cabelos pretos abundantes. O falcão continuava ali, nas feições aquilinas e firmes, mas havia rugas profundas que o tempo e o sol haviam escavado. Contornavam a boca que quase nunca sorria, realçavam os cantos dos olhos que vigiavam e avaliavam. Os cabelos ainda eram lustrosos e penteados para trás, como uma juba, tão abundantes quanto na juventude, parte da sua vaidade. Agora, com fios prateados. Ao longo dos anos, engordara muito pouco, de maneira que o corpo continuava a ser o de um soldado.

O *throbe* branco era bordado com fios de ouro, as sandálias cravejadas com pedras preciosas. Sem exagero, a idade o tornara ainda mais bonito, como acontece com a maioria dos homens. Era um rosto pelo qual as mulheres se sentiriam atraídas apesar de haver bem pouca compaixão nele... talvez exatamente por esse motivo.

Adrianne sentiu o estômago se contrair quando se aproximou. Andava devagar, não por incerteza, nem por respeito, mas pelo desejo de encarar aquele momento, aguardado por tanto tempo, de forma bem nítida. Nada fora esquecido. Nada seria esquecido.

Como ocorrera com o momento desconcertante no harém, havia também fragrâncias ali... verniz, flores, um vestígio de incenso. Ela continuou a avançar, chegando mais perto de um passado que nunca fora superado. Já se encaminhara para o pai antes ou recuara intimidada. Até aquele instante, porém, não se dera conta de que não conseguia recordar uma única ocasião em que ele fora a seu encontro.

Abdu não a chamara para uma das suas salas particulares, mas sim para a área imensa em que concedia suas *majlis* semanais, suas audiências. As cortinas nas janelas eram grossas, do azul-real de que ele tanto gostava. O tapete era antigo, o mesmo que pertencera antes ao pai e ao avô dele, pisado por muitos reis. Os desenhos eram em preto e azul com uma faixa dourada sinuosa que parecia uma cobra. Havia urnas tão altas quanto um homem nas laterais da porta. Segundo a lenda, foram trazidas da Pérsia para outro Abdu dois séculos antes. Dentro de cada uma viera uma virgem.

Um leão antigo, de ouro, com olhos de safira, guardava a cadeira de seda azul na qual Abdu se sentava, concedendo seu tempo ao povo.

Embora a sala fosse vedada às mulheres durante as audiências, o fato de Adrianne ser recebida ali indicava que Abdu ainda pensava nela como uma súdita, não como filha. Como as virgens da Pérsia, esperava-se que ela se submetesse à vontade do rei.

Adrianne parou diante do pai. Embora Abdu não fosse muito alto, ela teve que levantar a cabeça para olhá-lo nos olhos. O que ele sentia, se é que sentia alguma coisa, estava cuidadosamente oculto. Inclinou-se para a saudação tradicional. Os lábios mal tocaram as faces de Adrianne, com menos emoção do que seria dispensada a uma pessoa estranha. Doeu. Adrianne não esperava por isso, não estava preparada, e foi o motivo pelo qual doeu tanto.

— Você é bem-vinda aqui.

— Fico grata por sua permissão para voltar.

Ele se sentou. Depois de um longo momento de silêncio, apontou uma cadeira para ela.

— Você é uma filha de Alá?

Por isso ela esperava. A religião era como a respiração em Jaquir.

— Não sou muçulmana, mas Deus é um só.

A resposta aparentemente o satisfez, pois ele fez sinal para que um criado servisse o chá. Era uma espécie de concessão o fato de haver duas xícaras esperando.

— Agrada-me que vá se casar. Uma mulher precisa da proteção e da orientação de um homem.

— Não vou me casar com Philip por sua proteção ou orientação. — Adrianne tomou um gole do chá. — E ele não vai se casar comigo para aumentar a sua tribo.

Ela falara em tom incisivo, como um homem falaria com outro homem, não como uma mulher falaria com um rei. Abdu poderia agredi-la; tinha esse direito. Em vez disso, recostou-se, segurando a xícara de chá com as mãos. Era uma xícara delicada, de frágil porcelana francesa. Suas mãos eram largas e cheias de anéis.

— Você se tornou uma mulher do Ocidente.

— A minha vida é lá, como foi a vida da minha mãe.

— Não vamos falar da sua mãe.

Ele largou a xícara. Ergueu a mão quando um criado fez menção de se adiantar para tornar a enchê-la.

— Ela falava de você. Com frequência.

Alguma coisa aflorou nos olhos de Abdu. Adrianne não pôde evitar que uma parte dela torcesse para que fosse arrependimento. Mas era raiva.

— Como minha filha, você é bem-vinda com a honra que lhe é devida como integrante da Casa de Jaquir. Enquanto estiver aqui, respeitará as leis e as tradições. Cobrirá os cabelos e manterá os olhos abaixados. Os seus trajes e a sua fala serão recatados. Se me trouxer vergonha, será punida, como eu puniria qualquer mulher da minha família.

Como não conseguia manter os dedos firmes, Adrianne apertou a xícara. Depois de tantos anos, pensou ela, o pai só conseguia falar em ordens e ameaças. Seu plano de ser a mulher que ele esperava foi suplantado pela necessidade de ser o que ela era.

— Não vou trazer vergonha, mas sinto vergonha. A minha mãe sofreu e morreu angustiada, enquanto você não fez nada para ajudar.

Quando ele se levantou, Adrianne também se ergueu, tão depressa que a xícara caiu da sua mão e se espatifou no chão.

— Como pôde não fazer nada?

— Ela não era nada para mim.

— Nada além de sua esposa. Seria preciso muito pouco, mas você não deu nada. Você nos abandonou, nós duas. A vergonha é sua!

Abdu a golpeou nesse instante, um tapa com o dorso da mão que jogou sua cabeça para trás e deixou os olhos lacrimejando. Não era o tapa descuidado que um pai irado dá numa criança malcomportada, mas um golpe deliberado e firme com que um homem atinge seu inimigo. Se não esbarrasse na pesada cadeira e se apoiasse, Adrianne teria caído no chão. Embora cambaleasse, conseguiu permanecer em pé.

A respiração saía acelerada enquanto fazia um esforço para manter o controle e reprimir as lágrimas ardentes. Lentamente, levantou a mão para limpar o sangue onde a pedra de um anel lhe cortara a pele. Os olhos dos dois se encontraram, tão parecidos na forma, tão similares na expressão. Não fora Adrianne que ele agredira, e ambos sabiam disso. Fora Phoebe. Ainda era Phoebe.

— Muitos anos atrás eu poderia me sentir grata por tanta atenção da sua parte — murmurou Adrianne.

— Direi uma coisa e nunca mais a repetirei. — Ele fez um sinal para que a xícara quebrada fosse removida. A raiva que Adrianne provocara não era apropriada a um rei. — A sua mãe deixou Jaquir e perdeu todos os direitos, toda a lealdade e toda a honra. Ao fazer isso, acarretou a mesma coisa para você. Ela era fraca, como as mulheres são, mas também era dissimulada e corrompida.

— Corrompida? — Embora pudesse lhe valer outro tapa, Adrianne não foi capaz de conter as palavras. — Como pode dizer isso? Ela era a mulher mais gentil e de coração mais puro que já conheci!

— Ela era uma atriz. — Abdu falou como se a palavra tivesse um gosto horrível. — Exibia-se para os homens. A minha única vergonha é ter permitido que me enfeitiçasse a ponto de trazê-la para o meu país e me deitar com ela como um homem faria com qualquer prostituta.

— Já a chamou assim antes. — A voz de Adrianne tremia agora. — Como um homem pode falar dessa maneira sobre a mulher com quem se casou, a mulher com quem teve uma filha?

— Um homem pode se casar com uma mulher, pode plantar a sua semente nela, mas não pode mudar a sua natureza. Quando eu a trouxe para cá e os meus olhos clarearam, ela não quis aceitar o seu lugar, os seus deveres.

— Ela era doente e infeliz.

— Era fraca e pecadora. — Abdu levantou a mão, um homem acostumado a não precisar fazer mais do que isso para ser obedecido. — Você é o resultado da minha cegueira, e só está aqui porque o meu sangue corre nas suas veias e porque Fahid intercedeu em sua defesa. É uma questão de honra, a minha honra. E só vai continuar aqui enquanto respeitar isso.

Adrianne teve vontade de reagir, gritar e argumentar que ele não tinha honra. A parte dela que ainda ansiava por amor se fechara. Nem mesmo o mais hábil dos ladrões seria capaz agora de abrir essa tranca. Adrianne cruzou as mãos e baixou os olhos. Gestos de submissão. O pai poderia golpeá-la de novo, e ela aceitaria. Poderia caluniar a mãe, insultá-la, e ela aceitaria. Tamanho era o poder da vingança.

— Estou na casa do meu pai e respeito os desejos do meu pai.

Abdu balançou a cabeça; não esperava menos de uma mulher de sua família. Sentia-se à vontade na realeza. Quando voltara a Jaquir, tantos anos antes, com uma rainha, uma rainha ocidental, estava enfeitiçado. Esquecera suas raízes, deveres e leis por causa de uma mulher.

A punição fora o fato de sua primeira criança ser uma menina e de a rainha não poder lhe dar mais filhos. Agora, a filha desse casamento vergonhoso se postava à sua frente, de cabeça baixa, as mãos cruzadas. Como Alá quisera que ela fosse sua primogênita, Abdu daria a Adrianne o que lhe era devido, mas nada mais.

A uma palavra áspera e um gesto brusco, um criado se adiantou apressado para entregar uma caixa.

— Um presente, pelo seu noivado.

Adrianne recuperara o controle, o que tornou fácil estender a mão. Abriu a caixa. O púrpura intenso das ametistas cintilava, engastadas em ouro pesado, todo trabalhado. A pedra central tinha um corte quadrado, do tamanho do polegar de Adrianne. Um colar apropriado para uma princesa. Seu preço, se tivesse vindo anos antes, poderia ter mudado o destino de ambos.

Agora era apenas uma pedra colorida. Ela sempre roubara melhores.

— É muito generoso. Pensarei no meu pai sempre que usar o colar.

Era uma promessa. Ele fez outro sinal antes de falar:

— Receberei o seu noivo agora. Depois, enquanto conversamos sobre os termos do casamento, você voltará para os seus aposentos ou passeará pelo jardim.

Ela escondeu a caixa nas dobras da *abaaya* para que Abdu não visse como seus dedos a apertavam.

— Como desejar.

Quando entrou na sala, acompanhando o criado, Philip não esperava encontrar Adrianne, muito menos vê-la ainda vestida de preto, cabeça baixa e os ombros encolhidos, como se estivesse à espera de um tapa. Ao seu lado, o *throbe* branco de Abdu era um enorme contraste. Os dois estavam tão próximos que os tecidos quase encostavam, mas não havia qualquer senso de reunião ou afinidade. Abdu olhou por cima da cabeça de Adrianne como se ela não existisse.

— Com a sua permissão — murmurou ela.

— Está bem.

Abdu concedeu a permissão sem fitá-la.

— Rei Abdu ibn Faisal Rahman al-Jaquir, chefe da Casa de Jaquir, xeique dos xeiques, permita que lhe apresente Philip Chamberlain, o homem com quem casarei, se der o seu consentimento.

— Sr. Chamberlain... — adiantou-se Abdu, com a mão estendida. Podia se comportar à maneira ocidental quando lhe convinha. — Seja bem-vindo a Jaquir e à minha casa.

— Obrigado.

Philip apertou a mão lisa e forte estendida.

— Os seus aposentos são confortáveis?

— Mais do que isso. Fico com uma dívida.

— É meu hóspede. — Ele lançou um olhar para Adrianne. — Pode se retirar.

Era o tom usado para dispensar um criado. Philip percebeu, ressentido, quase decidindo achar engraçado. Foi nesse instante que Adrianne ergueu o rosto. O olhar foi breve, mas o suficiente para que Philip visse a marca em seu rosto já escurecendo. Ela tornou a baixar a cabeça e se afastou, a *abaaya* sussurrando em torno das pernas.

Ele teve que suspirar, uma respiração longa e superficial. Pelo bem de Adrianne, não diria nem faria nada precipitado. Talvez estivesse enganado. Não era possível que Abdu tivesse batido na filha que não via havia 20 anos logo no primeiro encontro.

— Não quer se sentar?

Philip recuperou o controle. Virou-se para Abdu. Os olhos que o fitavam eram penetrantes, avaliadores.

— Obrigado.

No momento em que ele se sentou, novas xícaras foram trazidas e o chá servido.

— Você é britânico.

— Isso mesmo. Nasci na Inglaterra e passo a maior parte do tempo lá, embora viaje com frequência.

— Por causa do trabalho. — Abdu ignorou o chá, cruzando as mãos com muitos anéis. — Negocia com pedras preciosas.

Havia anos que ele usava essa cobertura. Era bastante sólida, com a ajuda da Interpol.

— Isso mesmo. Exige um bom olho e algum talento para a negociação. Gosto de trabalhar com pedras preciosas.

— Árabes são negociadores naturais, e sempre compreendemos o valor das pedras preciosas.

— Sei disso. O rubi em seu terceiro dedo. Posso dar uma olhada?

Abdu estendeu a mão, erguendo uma sobrancelha.

— Sete a oito quilates, birmanês, à primeira vista... cor excelente, o que costumam chamar de vermelho de sangue de pombo, com o lustre vítreo que se espera de uma pedra de qualidade. — Philip se recostou. Pegou a xícara. — Reconheço e respeito as pedras de grande valor, alteza. Por isso quero a sua filha.

— Você é franco, mas há mais coisas envolvidas num casamento dessa natureza do que imagina.

Abdu não disse mais nada por um momento. Pensara um pouco a respeito do casamento de Adrianne, como faria com qualquer questão menor social ou política. Se fosse de sangue puro, nunca aprovaria seu casamento com um europeu, muito menos com algum mercador britânico de pedras preciosas de pele muito clara. O sangue de Adrianne, no entanto, era maculado. Aquela filha tinha menos valor para ele do que um bom cavalo. Em um nível mínimo, podia ser uma ligação entre Jaquir e a Europa. Mais importante, porém, era o fato de que ele não tinha o menor desejo de vê-la em Jaquir.

— Tive pouco tempo para pesquisar suas origens, Sr. Chamberlain, mas o que descobri é satisfatório. — E talvez, ao contrário da mãe, ela pudesse gerar filhos. Netos na Inglaterra poderiam ter algum proveito no futuro. — Se Adrianne tivesse permanecido na minha casa, um casamento diferente seria acertado, mais condizente com a sua posição. Mas como não foi o que aconteceu, estou propenso a aprovar... se concordamos sobre as condições.

— Não tenho a pretensão de ser um conhecedor da sua cultura, mas compreendo que um acordo é costumeiro.

— O preço da noiva, um presente que vai oferecer à minha filha. Esse presente vai ser de Adrianne e continuará pertencendo a ela. — Ele não pensou no o Sol e a Lua, mas Philip pensou. — Também se espera que você ofereça um presente à família da noiva como recompensa pela sua perda.

— Entendo. E que presente o recompensaria por Adrianne?

Ele pensou em brincar com Philip. Os relatórios indicavam que o inglês era rico, mas havia coisas mais importantes do que dinheiro para Abdu. A primeira era o orgulho.

— Seis camelos.

Philip teve que fazer esforço para disfarçar seu divertimento.

Pensativo, bateu com um dedo no braço da cadeira.

— Dois.

Abdu ficou mais satisfeito do que ficaria com uma concordância fácil.

— Quatro.

Embora não tivesse a menor ideia de onde poderia obter um camelo, muito menos quatro, Philip acenou com a cabeça em concordância.

— Fechado.

— Assim será escrito. — Ainda observando Philip, Abdu gritou uma ordem para um criado. — O meu secretário vai preparar os contratos, em árabe e em inglês. É satisfatório?

— Estou em seu país, alteza. Faremos tudo à sua maneira. — Ele pousou a xícara, ansioso por um cigarro. O chá era temperado com algum condimento um pouco desagradável ao paladar britânico. — Como pai da Adrianne, é natural que esteja preocupado que ela seja bem provida.

Abdu manteve o rosto impassível. Podia haver uma insinuação de sarcasmo na voz de Philip ou talvez fosse apenas o sotaque britânico.

— Claro.

— Pensei em 1 milhão de libras para o acordo.

Era raro para Abdu ser apanhado de surpresa, e mais raro ainda que essa surpresa transparecesse em seu rosto. Ou o inglês era louco, ou estava completamente apaixonado. Talvez Adrianne, como a mãe, tivesse o poder de cegar um homem, mas o destino do inglês não era do seu interesse, da mesma forma que o destino da filha, que o lembrava, só por existir, de um erro cometido. Não concederia a ela a honra de barganhar.

— Será escrito. Teremos uma refeição essa noite para apresentá-lo à minha família e anunciar o noivado.

Abdu se levantou para encerrar a conversa.

— O prazer será meu. — Philip tinha se preparado para achar Abdu frio, mas a realidade era mais rígida e mais implacável do que qualquer especulação.

— Vai comparecer ao casamento na primavera?

— Na primavera? — Os lábios de Abdu se contraíram pela primeira vez no que poderia ser um sorriso. — Se deseja ter uma cerimônia em seu país, não é da minha conta. Mas o casamento vai ser realizado aqui, na próxima semana, de acordo com as leis e as tradições de Jaquir. Deve desejar descansar até essa noite. Um criado o levará aos seus aposentos.

Philip ficou parado no lugar em que Abdu o deixara. Podia ter rido, mas duvidava de que Adrianne fosse considerar a notícia engraçada.

A NOITE SERIA uma mistura dos costumes antigos e dos novos. Adrianne prendeu os cabelos, mas ignorou o véu. Vestiu-se com recato, aceitando o *aurat*, as coisas que não podem ser mostradas, ao escolher um vestido de mangas compridas, saia longa e gola alta. A etiqueta, porém, era Saint Laurent. Espalhara-se pelos aposentos das mulheres que Philip seria apresentado à família naquela noite. Isso significava que ele fizera sua parte. Agora que Philip e o noivado tinham sido aceitos, o primeiro estágio do plano fora concluído.

Era tarde demais para voltar atrás. Sempre fora tarde demais.

O diamante em seu dedo faiscava no espelho enquanto cobria a equimose no rosto com maquiagem. Os símbolos dos dois homens que haviam mudado sua vida, pensou Adrianne.

Deu um passo para trás para uma última avaliação. Escolhera o preto de propósito, sabendo que as outras mulheres estariam coloridas como pavões. De preto, pareceria mais recatada e obediente. Relutante, pôs no pescoço o colar de ametistas. Era o que Abdu esperaria. Até deixar Jaquir, oferecia ao pai tudo o que ele esperava.

Philip acertara numa coisa. Quando permitira que as emoções aflorassem à superfície, ela se mostrara temerária. Por mais verdadeiras que fossem as palavras que dissera para Abdu naquela tarde, haviam sido precipitadas. Tinha a equimose no rosto para lembrá-la de que ele não era agora — e nunca fora — um homem que podia escutar o que havia no coração de uma mulher.

Adrianne a tocou. Não sentia raiva pelo tapa, nem mesmo ressentimento. A dor fora breve e a marca servia para lembrá-la de que por mais que houvesse em Jaquir novos prédios, novas ruas e novas liberdades, os homens ainda mandavam como julgavam mais conveniente. Era menos a filha de Abdu e mais uma coisa a ser casada e enxotada para longe do país, onde os erros que pudesse cometer não se refletiriam sobre a honra do pai.

Não lamentava por isso, mas ainda se ressentia por ter guardado em seu coração um lugar para a esperança de que poderia haver amor, arrependimento e reencontro.

A esperança morrera. Adrianne se virou ao ouvir a batida na porta. Agora, havia apenas determinação.

— *Yellah*.

Yasmin, vestida num cetim listrado e lustroso, adiantou-se para pegar sua mão.

— Vamos. Depressa! — repetiu ela, em inglês. — O meu pai mandou nos chamar. Por que usa preto, quando o vermelho seria mais favorável?

Enquanto os lábios de Adrianne se contraíam, Yasmin já a levava para junto das outras mulheres.

Os homens esperavam no salão. Abdu, três de seus irmãos, seus dois filhos, uma porção de primos. Adrianne lançou um olhar para o menino que era seu irmão mais moço. Tinha apenas 14 anos, mas já era integrado entre os homens. Em uma questão de segundos, estudaram um ao outro. Ela viu um lampejo da curiosidade que sentia, a mesma afinidade relutante. Dessa vez, não tentou evitar o sorriso e foi recompensada por uma breve contração dos lábios. No sorriso do meio-irmão, viu a avó.

E lá estava Philip, maravilhoso e firme, totalmente europeu. Como um oásis, pensou Adrianne, revigorante e confortador. Teve vontade de se aproximar, mesmo que apenas por um instante, e ficar de mãos dadas com ele. Estabelecer uma ligação. Em vez disso, manteve as mãos cruzadas à frente.

Ele também queria cinco minutos a sós com Adrianne. Não houvera oportunidade de trocarem uma só palavra desde que haviam desembarcado do jato. Gostaria de contar a Adrianne seu encontro com Abdu e descobrir o que o pai fizera com ela. Cinco minutos, pensou ele, impaciente com os costumes, que eram tanto cobertura quanto limitação. Havia um vulcão em Adrianne. Ele o vira aflorar por um momento em seus olhos, naquela tarde. Não havia como saber se o anúncio de Abdu causaria uma erupção.

Uma a uma, com uma formalidade apropriada ao Palácio de Buckingham, as mulheres foram apresentadas a Philip. Em seus trajes opulentos de festa eram um arco-íris de mulheres morenas de olhos escuros e vozes suaves. Alguns vestidos eram muito elegantes, outros espalhafatosos, alguns extravagantes, mas todas eram idênticas na atitude. Mantinham a cabeça baixa, olhavam para o chão, as mãos com muitos anéis cruzadas nas extremidades das mangas compridas.

Ele observou Adrianne se adiantar a um gesto do pai para cumprimentar os irmãos. Fahid a beijou nas faces e depois apertou seus braços de leve.

— Fico feliz por você, Adrianne. Seja bem-vinda.

O irmão era sincero, ela teve certeza. Embora fosse impossível se sentir bem-vinda em Jaquir, experimentou algum conforto. *Eu amo Adrianne.* Ele lhe dissera isso muitas vezes, com a maior simplicidade e absoluta honestidade, à maneira das crianças. Aquelas crianças haviam desaparecido, mas ainda restava alguma coisa na maneira como os olhos se encontraram e se mantiveram assim. Como ela poderia saber, depois de tanto tempo sem isso, que a família significaria alguma coisa?

— Estou contente por vê-lo de novo.

Ela também falava sério.

— Nosso irmão Rahman.

Ela esperou, como era apropriado, que ele a beijasse. Não foi constrangimento o que sentiu quando os lábios de Rahman roçaram em suas faces, mas timidez.

— Seja bem-vinda, irmã. Louvamos Alá por trazê-la de volta.

Rahman... Ele tinha os olhos de um poeta e o nome do bisavô, o guerreiro. Adrianne teve vontade de falar com ele, criar algum vínculo, mas Abdu a vigiava.

Philip continuou observando enquanto ela era apresentada ao restante da família. Reconheceu o irmão mais novo como o garoto que vira orando sozinho no quarto perto do seu. Qual seria a sensação, especulou Philip, de fitar um irmão que nunca vira antes? Era estranho, mas até aquele momento ele nunca considerara o fato de que poderia ter irmãos. Pensou na distância entre Adrianne e os outros filhos do seu pai. Talvez fosse melhor nunca saber.

Ela falava um árabe fluente e musical. Isso, mais do que qualquer outra coisa, fazia com que toda a cena parecesse um sonho. Embora ele desejasse, Adrianne não olhou em sua direção uma só vez. Foi para o lado de Abdu, obedecendo a uma ordem.

— Essa noite nos regozijamos. — Em deferência a Philip, Abdu falou num inglês claro e preciso. — Dou esta mulher da minha família a este homem. Pela vontade de Alá e em sua honra, eles vão se casar.

Ele pegou a mão de Adrianne, colocou-a na mão de Philip e acrescentou:

— Que ela possa ser uma esposa fértil e recatada.

Adrianne poderia sorrir ao ouvir isso, mas olhou para a avó, amparada por mulheres mais jovens, enxugando uma lágrima.

— Os documentos foram assinados — continuou Abdu. — O preço acertado. A cerimônia será realizada daqui a uma semana, a contar de hoje. *Inshallah.*

Philip sentiu os dedos apertarem os seus. Adrianne levantou a cabeça, e por duas batidas do coração o vulcão entrou em atividade, fumegando. Depois, tornou a baixar os olhos, aceitando os votos de felicidade e muitos filhos.

Ainda não tinham trocado uma palavra sequer quando Adrianne, junto com as outras mulheres, saiu do salão. Elas iam comemorar longe da vista dos homens.

Os sonhos de Adrianne foram perturbadores o bastante para fazer com que se revirasse na cama. Um se fundia indefinido no outro, deixando-a com um sentimento de apreensão e angústia. Acalentara a esperança de ficar exausta para depois escapar no sono. Ficara mesmo exausta depois de toda a conversa sobre vestido de noiva e noite de núpcias. Mas um sono atormentado por sonhos não era uma fuga.

Quando sentiu a mão cobrir sua boca, sentou-se na cama. Pegou o pulso no mesmo instante com uma das mãos, enquanto a outra procurava um ponto de apoio.

— Calma. — Philip disse a palavra num sussurro, direto em seu ouvido. — Se começar a gritar, seus parentes vão cortar pedaços vitais do meu corpo.

— Philip!

A primeira onda de alívio foi tão intensa que ela o abraçou. Philip se acomodou na cama e silenciou qualquer murmúrio com um beijo. Era esse o gosto de que precisara, pelo qual tanto ansiara durante toda a noite. Não imaginara que a necessidade podia se acumular tanto em questão de horas ou que a preocupação podia pesar como uma bigorna em sua nuca.

— Eu estava enlouquecendo — murmurou ele, colado à garganta de Adrianne. — Sem saber quando poderia falar com você, acariciá-la. Quero você, Addy... agora.

Em uma concordância sussurrada, ela passou os dedos por seus cabelos. No instante seguinte, porém, empurrou-o para o lado e sentou na cama.

— Por que veio aqui? Sabe o que vai acontecer se for descoberto?

— Também sentiu saudade.

— Isso não é brincadeira. Ainda usam a decapitação pública, perto do mercado.

— Não pretendo perder a cabeça por você. — Ele pegou a mão de Adrianne e a levou aos lábios. — Mais do que já perdi.

— Você é um idiota!

A pulsação de Adrianne era quase inexistente.

— Um romântico.

— É a mesma coisa. — Ela empurrou o lençol para o lado e se levantou. — Você tem que sair daqui o mais depressa possível.

— Só depois que conversarmos. São três horas da madrugada, Adrianne. Todo mundo está deitado, num sono profundo, de tanto carneiro e romã.

Ela voltou a se sentar na cama. Mais cinco minutos não fariam mal, disse a si mesma. E era bom ter a companhia de Philip.

— Como encontrou os aposentos das mulheres?

— Pelo túnel.

Philip dissera a verdade. Podia encontrar qualquer coisa no escuro.

— Por Deus, Philip! Se foi visto...

— Não fui.

— Quer me escutar?

— Sou todo ouvidos.

— E mãos. — Ela afastou suas mãos dele. — É um risco insensato sair da sua ala, mas vir até aqui...

Ela fez uma pausa por tempo suficiente para remover os dedos hábeis de Philip dos botões da sua camisola.

— Como descobriu qual era o meu quarto?

— Tenho meios para descobrir tudo.

— Philip!

— Pus um localizador no seu estojo de maquiagem.

Com um grunhido irritado, Adrianne andou pelo quarto.

— Trabalhou por tempo demais com a Interpol. Se continuar a tratar tudo isso como um romance de espionagem, vai acabar perdendo a cabeça.

— Eu precisava ver você. Tinha que verificar se estava bem.

— Agradeço a consideração, mas deveria esperar até que eu entrasse em contato.

— Não esperei. Quer desperdiçar o tempo discutindo essa questão?

— Não. — Adrianne achou que não seria sensato correr o risco de acender o lampião. Em vez disso, acendeu duas velas. — Acho que é melhor conversarmos sobre a pequena surpresa do Abdu.

— Lamento que tenha tomado conhecimento daquele jeito, mas foi impossível avisá-la.

— Em termos mais objetivos, o que vamos fazer a respeito?

— O que podemos fazer? — Uma certa presunção na voz de Philip não passou despercebida. — Já assinei na linha pontilhada. E duvido muito que possamos roubar o colar e descobrir uma rota alternativa para deixar o país em menos de uma semana.

— Tem razão. — Adrianne tornou a se sentar, tentando avaliar a situação, como fizera durante a noite inteira. — Tenho especulado se ele desconfia de alguma coisa e por isso quer apressar o casamento.

— Desconfia de que a filha é uma das maiores ladras dos últimos anos?

Ela ergueu uma sobrancelha.

— Uma das maiores?

— Ainda estou por aqui, querida. — Philip pegou o véu e o passou entre as mãos. — Acho difícil imaginar que Abdu desconfie da sua intenção, considerando que você conseguiu despistar a Interpol durante todos esses anos. Não é mais provável que ele queira controlar tudo?

— Por sentimentalismo paternal? Não creio.

— Não está pensando direito, Addy. — Ele falou em voz baixa, porque o tom de irritação de Adrianne o preocupava. — Desconfio de que seja mais uma questão de orgulho e imagem.

Ela ficou imóvel por um momento, contendo a amargura do passado.

— É bem possível. As duas coisas são muito importantes para Abdu. — Adrianne girou o anel de diamante no dedo. — Como vamos resolver o problema?

— Diga você. — Ele jogou o véu para o lado. — O jogo é seu.

— Vai deixar você numa situação muito embaraçosa, Philip.

— Uma situação em que já decidi me meter, se está lembrada. Pretendo me casar com você de qualquer maneira. Aqui ou em Londres, não importa.

Em toda sua carreira, Adrianne nunca se sentira mais acuada.

— Sabe como eu me sinto em relação a isso?

— Claro que sei. E daí?

Ela continuou sentada na cama, mexendo no anel.

— É apenas uma cerimônia, no final das contas. Não somos muçulmanos. Portanto, não precisamos levar a sério.

— Um casamento é um casamento.

Adrianne dissera a mesma coisa para si mesma.

— Muito bem, vamos aceitar a cerimônia. Mas um casamento muçulmano pode ser encerrado pelos costumes muçulmanos. Você pode se divorciar de mim assim que voltarmos.

Divertindo-se, ele se sentou na cama também.

— Sob que alegação?

— Você é um homem, Philip. Não precisa apresentar alegação. Só precisa dizer "eu me divorcio de você" três vezes e o casamento acaba.

— Muito conveniente. — Ele estendeu a mão para um cigarro, mas se conteve. — E vai ser apenas pelo preço módico de quatro camelos.

— Foi isso o que ele pediu? Quatro camelos?

— Negociei, como você sugeriu, mas não sabia se estava ou não sendo enganado.

— Não foi enganado. É um bom negócio. Pagaria mais por uma terceira esposa manca.

— Adrianne...

— O insulto é para mim, não para você. — Ela se desvencilhou da mão de Philip. — Não tem importância, ou pelo menos não vai ter depois que eu me apoderar do colar... O Sol e a Lua. Quatro camelos ou quatrocentos, ainda estou sendo comprada e vendida.

— Só precisamos jogar pelas regras de Abdu enquanto estivermos aqui. — Gentilmente, ele empurrou os cabelos dela para trás da orelha. — Dentro de duas semanas estaremos...

A chama da vela se inclinou para o rosto de Adrianne, fazendo a equimose sobressair.

— Como aconteceu?

— Por causa da honestidade. — Ela começou a sorrir, mas viu a expressão dele, que a deixou com a boca ressequida. — Philip...

— Foi ele quem fez isso? — Philip falava como se cada palavra pudesse quebrar se não fosse tratada com cuidado. — Bateu em você?

— Não foi nada. — O pânico fez com que Adrianne o segurasse quando ele fez menção de se levantar. — Não foi nada, Philip. Ele tem o direito...

— Nada disso. — Philip se desvencilhou. — Por Deus, ele não tem esse direito.

— Tem aqui. — Adrianne falava depressa, bloqueando seu caminho para a porta. A paixão vibrava na voz que ela não ousava elevar. — As regras dele, lembra? Foi o que você acabou de dizer.

— Não quando inclui bater em você dessa maneira.

— As equimoses desaparecem, Philip. Mas, se você passar pela porta e fizer o que vejo em seus olhos que pretende fazer, tudo vai estar acabado para nós dois. Há maneiras melhores de vingar a sua honra e a minha. Por favor.

Ela ergueu a mão para tocar o rosto dele, mas Philip se virou.

— Dê-me um minuto.

Ela tinha razão. Philip sabia disso. Sempre fora capaz de pensar em termos lógicos, mas nunca experimentara aquele ímpeto de violência. Não sabia até aquele momento que tinha a capacidade de matar. Ou que poderia gostar de matar.

Virou-se para ver Adrianne à luz da vela, as mãos unidas, os olhos arregalados e sombrios.

— Ele não vai machucar você de novo.

O ar que ela prendia nos pulmões escapou por entre os lábios. Ele era Philip de novo.

— Nem pode. Não onde importa.

Philip se adiantou e passou o polegar de leve pela equimose.

— Nem de qualquer outra maneira. — Ele lhe deu um beijo na testa e outro nos lábios. — Amo você, Addy.

— Philip... — Ela o abraçou, o rosto comprimido contra seu ombro. — Você significa mais para mim do que qualquer outra pessoa jamais significou.

Ele desceu a mão pelos cabelos de Adrianne. Era o mais próximo que ela já estivera de dizer as três palavras que ele descobrira que precisava.

— Estive na sala do cofre. — Quando Adrianne fez menção de recuar, ele a apertou com mais força. — Não me faça um discurso, Addy. É muito chato. O esquema é exatamente o que analisamos, mas acho que seria melhor se pudéssemos dar uma olhada juntos. Quanto à chave...

— A chave falsa que fiz deve servir. Podemos limá-la e ajustá-la, se for preciso.

— Eu me sentiria melhor se cuidássemos de tudo com antecedência. — Ele deu um passo para trás, sabendo que, com Adrianne, estava em terreno perigoso. — Se me der a chave, posso experimentá-la no cofre, talvez amanhã à noite, e resolver esse problema.

Ela pensou a respeito.

— Iremos até lá amanhã de noite para resolver esse problema.

— Não há necessidade de irem os dois.

— Está certo. Vou sozinha.

— Está sendo teimosa, Addy.

— Tem toda razão. Não há nenhuma parte desse trabalho da qual eu possa ser excluída. Ajustar a chave com antecedência faz sentido. Pelo menos os ajustes preliminares. Vamos fazer isso juntos ou vou sozinha.

— Seja feita sua vontade. — Ele voltou a tocar a marca no rosto de Adrianne com a ponta do dedo. — Vai chegar um dia em que você nem sempre vai fazer as coisas à sua maneira.

— É possível. Enquanto isso, pensei um pouco sobre a nossa noite de núpcias.

— É mesmo?

Com um sorriso, ele enganchou um dedo na parte superior da camisola e puxou-a.

— Pensei nisso também, mas tenho prioridades.

— E quais são?

— Não poderia haver uma noite melhor para pegar o colar.

— Os negócios antes do prazer? Você é cruel com o meu ego, Adrianne.

— É que você não faz ideia do quanto as cerimônias de casamento são longas, cansativas e chatas por aqui. Todo mundo vai comer até ficar em estado de estupor. Depois, teremos privacidade total. Ninguém pensaria em nos perturbar. E um dia ou dois depois poderemos ir embora sem que ninguém se sinta ofendido.

— Eu diria que é lamentável que você não seja mais romântica, mas faz sentido. E suponho que seja bem apropriado que dois ladrões aproveitem a primeira noite do casamento para um roubo.

— Não um simples roubo, Philip... o roubo de uma lenda. — Ela o beijou e depois se encaminhou para a porta. — Agora você tem que ir embora. É perigoso continuar aqui. Se tudo correr bem, eu o encontrarei na sala do cofre às três e meia da próxima madrugada.

— Vamos sincronizar nossos relógios?

— Não creio que seja necessário.

— Mas isso é necessário. — Antes que Adrianne pudesse abrir a porta para verificar os corredores, ele a abraçou. — Se estou arriscando a minha cabeça, tem que ser por mais do que conversa.

E Philip a levou de volta para a cama.

Capítulo 24

♦ ♦ ♦ ♦

—*V*OCÊ VAI ser uma linda noiva. — Dagmar, a *couturière* trazida de avião de Paris, ajeitou o cetim branco sobre os ombros de Adrianne. — Poucas mulheres podem usar um véu de puro branco. Mais renda aqui.

Ela pregava com alfinete, inclinada, já que era pelo menos 15 centímetros mais alta do que Adrianne. As mãos eram feias, mas rápidas e hábeis. Recendia à água de colônia que tinha seu nome e que acabara de ser lançada no mercado.

— A renda tem que fluir da garganta para o corpete — acrescentou ela.

Adrianne contemplou o reflexo no espelho. O pai trabalhava depressa. Devia ser muito caro ter um vestido de uma das maiores estilistas de Paris preparado em uma semana. Outra vez uma questão de honra, pensou ela. O rei Abdu não podia mandar a filha para o marido em algo que não fosse o do que o melhor. Sentiu que os dedos começavam a doer. Fez um esforço lento e deliberado para relaxá-los.

— Prefiro que seja simples.

Dagmar apertou as mangas compridas.

— Confie em mim. Será simples, mas não feio; elegante, mas não opulento. Muito disso e muito daquilo fazem com que as pessoas notem o vestido, mas não a mulher. — Ela levantou os olhos para as duas assistentes que entraram com mais vestidos. — Para as damas de honra. Recebemos uma lista.

Ela pegou um alfinete na almofada em seu pulso e apertou a cintura do vestido.

— E quantas serão as damas de honra?

Dagmar a fitou por um momento, surpresa pela noiva precisar perguntar.

— Doze. O azul-turquesa é uma excelente cor. Combina com quase tudo.

Ela gesticulou para que uma assistente levantasse um vestido. Tinha um decote festivo, que deixava uma parte do ombro à mostra, e uma saia longa, com renda por cima.

— A escolha coube a mim. Espero que aprove.
— Tenho certeza de que todos os vestidos ficarão bem.
— Vire-se, por favor.

Era raro encontrar uma noiva tão solene e indiferente. Dagmar já ouvira falar da princesa Adrianne e esperara ter a oportunidade de vesti-la, mas nunca imaginou que o faria em Jaquir, para um casamento providenciado às pressas. Se a noiva estava grávida, sua cintura estreita e a barriga lisa não davam indicação. De qualquer forma, Dagmar era discreta demais para fazer fofoca das suas clientes, ainda mais quando um trabalho podia levar a outros. Era francesa e, como tal, sempre prática.

— A cauda vai ser presa aqui. — Indicou um ponto abaixo dos ombros de Adrianne. — Daí se projeta do vestido como um rio. Uma corrente impetuosa. — Dagmar gesticulou com as mãos estreitas e feias enquanto acrescentava: — Muito real. *N'est-ce pas*?

Pela primeira vez, Adrianne sorriu. A mulher estava fazendo o melhor que podia.

— Parece adorável.

Encorajada, Dagmar deu a volta, mexendo na bainha. Ao longo dos anos, vestira as ricas e famosas, camuflando com a maior habilidade os defeitos e as protuberâncias. A princesa tinha um corpo adorável, pequeno e benfeito. Qualquer coisa que chegasse a um corpo assim seria notada e invejada. Concluiu que era uma pena que não tivesse havido a encomenda de um enxoval.

— Os cabelos... como vai usá-los? Presos? Soltos?
— Não sei. Ainda não pensei a respeito.
— Deve pensar. O penteado deve combinar com o vestido. — Depois de afagar os cabelos de Adrianne, deu um passo para trás. Era magra e forte, o rosto um tanto feio, mas com lindos olhos verdes. — Numa trança... acho que seria o melhor. Muito francês, muito sutil, como o vestido. Mas não severo. — Satisfeita, desviou os olhos críticos para o vestido. — Vai usar joias? Alguma coisa especial?

Adrianne pensou no colar — o Sol e a Lua — refulgindo contra o vestido de noiva da sua mãe.

— Não, nada sobre o vestido.

As duas ouviram os movimentos e risos no outro lado da porta.

— As damas de honra. — Dagmar revirou os lindos olhos verdes. — Vamos enlouquecer nessa semana, mas tudo ficará perfeito.

— Madame, quanto está cobrando por esse vestido?

— Alteza...

— Prefiro saber o preço do que é meu.

Dagmar deu de ombros, enquanto puxava a saia do vestido.

— Talvez 250 mil francos.

Com um aceno de cabeça, Adrianne tocou na renda em sua garganta. Ganhara mais do que isso em sua comissão do trabalho St. John. Parecia apropriado, se não mesmo irônico, que o dinheiro fosse usado assim.

— Mande a conta para mim, não para o rei.

— Mas, alteza...

— Mande a conta para mim — reiterou Adrianne, decidida a não usar um vestido pelo qual não pagara.

— Como desejar.

— O casamento é em Jaquir, madame. — Adrianne sorriu de novo. — Mas sou americana. É difícil romper antigos hábitos.

Para encerrar o assunto, ela se virou quando a porta foi aberta. Havia mais do que as damas de honra ali; havia pelo menos outra dúzia de mulheres para observar, tomar chá e conversar sobre casamentos e moda. Adrianne calculou que Dagmar teria encomendas para pelo menos mais seis vestidos antes de as provas da tarde terminarem.

As mulheres ficaram apenas com as roupas de baixo. Como a lingerie era uma paixão tão grande quanto as joias, as peças variavam do deslumbrante ao embaraçoso. Cinta-liga vermelha e renda preta, cetim branco e seda transparente. Em meio ao tumulto de vozes, vestidos foram experimentados e comentados. Houve perguntas sobre flores, presentes, lua de mel. Poderia ser divertido, até mesmo comovente, pensou Adrianne, se não fosse pela dor de cabeça que latejava por trás dos seus olhos. Talvez o casamento fosse uma farsa, uma medida temporária, até mesmo uma conveniência, mas a preparação era bastante real.

Observou a jovem irmã experimentando um vestido apropriado para uma mulher com o dobro da sua idade.

— Não. — Adrianne acenou com a mão para a mulher que ajeitava a bainha. — Esse vestido não serve para ela.

Yasmin levantou a saia larga.

— Eu gosto. Keri e as outras vão vestir a mesma coisa.

— Faz você parecer uma criança brincando de adulta. — À expressão rebelde de Yasmin, Adrianne gesticulou para Dagmar. — Quero uma coisa especial para a minha irmã, um vestido mais apropriado.

— O seu pai disse que as damas de honra deveriam ter vestidos idênticos. Os olhos de Adrianne se encontraram com os de Dagmar no espelho longo.

— Estou lhe dizendo que a minha irmã não vai vestir isso. Quero um vestido mais suave, mais... — Adrianne se conteve antes de dizer "mais jovem", — mais contemporâneo. Talvez rosa, para que ela sobressaia entre as outras.

Os olhos de Yasmin se iluminaram.

— Vermelho.

— Rosa — insistiu Adrianne.

Porque concordava e era mais provável que recebesse novas encomendas de Adrianne e não do rei, Dagmar decidiu cooperar.

— Talvez haja algum vestido no *salon* que eu possa mandar trazer.

— Pois faça isso. E também me mande a conta. — Ela tocou o rosto de Yasmin. — Você vai ficar linda. Especial. Como uma rosa entre samambaias.

— Fico linda nesse vestido.

Adrianne se virou a fim de que as duas pudessem se ver nos espelhos.

— Mais linda ainda. É uma tradição que a principal dama de honra use um vestido de estilo ou cor diferente dos outros vestidos para que seja mais notada.

Yasmin pensou um pouco a respeito e aprovou a ideia. Aceitaria o véu na maior felicidade quando chegasse o momento, mas, por enquanto, sempre que possível, preferia ser notada.

— De seda?

Ela mesma fora uma menina que ansiara por um vestido de seda.

— Claro.

Satisfeita, Yasmin avaliou os reflexos das duas.

— Quando eu casar, vou usar um vestido como o seu.

— Pode usar este, se quiser.

Yasmin franziu as sobrancelhas.

— Um vestido já usado?

— É outra tradição usar o vestido de noiva da mãe, irmã ou amiga.

Enquanto pensava a respeito, Yasmin passou um dedo pelo cetim da saia de Adrianne. Um costume estranho, refletiu ela, mas valia a pena — se o vestido fosse o certo — considerar a possibilidade.

— Eu não usaria o vestido da minha mãe. Não pode ter sido tão bonito quanto o seu. Ela foi uma segunda esposa. Por que você não usa o vestido da sua mãe?

— Não o tenho mais. Só restou uma foto. Um dia, quando me visitar nos Estados Unidos, eu mostro.

— Visitá-la? — Ela acenou com a mão, impaciente e autoritária, pensou Adrianne no momento em que uma criada ofereceu um chá. — Quando?

— Quando for permitido.

— Comeremos num restaurante?

— Se você quiser.

Por um momento, Yasmin parecia com qualquer menina a quem era oferecida uma guloseima.

— Algumas mulheres em Jaquir comem em restaurantes, mas o meu pai não permite isso para a família.

Adrianne pegou na mão da menina.

— Jantaremos em restaurantes todas as noites.

*P*HILIP QUASE não via o rei, mas estava sendo muito bem tratado. Como um diplomata visitante, pensou ele, depois de uma excursão guiada pelo palácio. Foi levado a todos os cômodos, inclusive aos aposentos das mulheres, enquanto o príncipe herdeiro oferecia um relato longo e muitas vezes tedioso da história de Jaquir. Sem deixar de escutar, Philip fazia anotações mentais sobre as janelas, portas, entradas e saídas. Observava guardas e criados passarem, atento aos horários, à procura de uma rotina.

E fazia perguntas. O livro que Adrianne lhe dera o informara muito bem para saber que comentários ou perguntas seriam considerados críticas. Por isso não fez nenhuma indagação sobre as mulheres ocultas por trás dos muros do jardim e das janelas com treliça... para o bem delas. Também não perguntou sobre os mercados de escravos que ainda funcionavam, embora em segredo. Nem sobre as decapitações, que não eram secretas.

Almoçaram caviar e ovos de codorna numa sala que tinha uma piscina com ondas. Aves de plumas brilhantes cantavam em gaiolas penduradas do teto. Conversaram sobre arte e literatura, mas não falaram sobre os chicotes tão usados nos suques. Rahman se juntou aos dois por um breve período. Depois de uma batalha contra a timidez, bombardeou Philip com perguntas sobre Londres. Sua mente era como uma esponja, absorvendo tudo.

— Há uma grande população muçulmana em Londres?

Philip tomou um gole do café, com saudade do chá britânico.

— Creio que sim.

— Eu gostaria de visitar a cidade, conhecer os prédios e museus, mas no inverno, quando há neve. Gostaria de ver a neve.

Ele recordou como Adrianne falara da primeira vez em que vira a neve.

— Nesse caso, deve ir a Londres no próximo ano e ser hóspede meu e de Adrianne.

Rahman pensou que seria maravilhoso ver a grande cidade, passar algum tempo com a irmã de sorriso e olhos adoráveis. Haveria muita coisa para aprender em Londres, e ele queria muito aprender. Lançou um olhar rápido para o irmão. Ambos conheciam a mente do pai.

— Você é muito gentil. Um dia irei a Londres, se Alá permitir. Peço licença agora, pois devo voltar para os meus estudos.

Mais tarde, numa limusine com ar-condicionado, eles percorreram a cidade. Fahid mostrou os navios no porto enquanto falava sobre os excelentes acordos comerciais entre Jaquir e os países ocidentais.

Havia uma grande beleza ali; Philip podia contemplá-la nas colinas escuras distantes, no azul forte do mar. Apesar do tráfego intenso e da disparada ensandecida dos táxis, havia um senso de antiguidade; mais do que isso, uma resistência à mudança.

Passaram por um pátio em que, menos de cinco anos antes, uma princesa menor e seu amante haviam sido executados por adultério. A distância, Philip podia avistar a coluna prateada de um prédio de escritórios, encimado por uma antena parabólica.

— Somos um país de contrastes. — Fahid observava um membro do Comitê de Proteção da Virtude e Prevenção da Imoralidade agarrar pelo braço uma mulher desacompanhada. — Houve muita mudança em Jaquir nos últimos 25 anos, mas ainda somos e sempre seremos um país do Islã.

Como havia a abertura, Philip resolveu esmiuçar mais um pouco.

— É difícil para você, que estudou no Ocidente?

Fahid continuou a observar o *matawain*, que gritava com a mulher sozinha, levando-a para fora do suque. Desaprovava essas coisas, mas ainda não era rei.

— Às vezes é difícil encontrar o equilíbrio entre o que é melhor no seu mundo e o que é melhor no meu. Se Jaquir quiser sobreviver a mais progresso, terá que fazer mais concessões. As leis do Islã não podem mudar, mas as tradições dos homens devem mudar.

Philip também percebera o incidente no suque.

— Tradições como a dos homens maltratarem fisicamente as mulheres?

Fahid deu algumas instruções ao motorista e se recostou em seguida.

— A polícia religiosa é dedicada, e é a religião que governa Jaquir.

— Não sou de criticar a religião dos outros, Fahid, mas é difícil para um homem ficar de braços cruzados ao ver uma mulher ser maltratada.

Ele pensava na mulher no suque, em Adrianne e em Phoebe. Fahid não teve dificuldade para seguir a trilha.

— Em alguns pontos, você e eu nunca estaremos de acordo.

— O que você vai mudar quando passar a governar?

— Não é tanto o que vou mudar, mas o que o povo vai permitir que seja mudado. Como muitos europeus, você acredita que é o governo que torna o povo o que é. Que oprime e liberta. Sob muitos aspectos, talvez a maioria deles, é o povo que retarda a mudança. As pessoas lutam contra o progresso mesmo quando abrem os braços para aceitá-lo. — Fahid sorriu. Havia na geladeira um jarro com suco de fruta gelado, que ele serviu em copos de cristal. — Ficaria surpreso se soubesse que muitas mulheres apreciam o véu? Não está na lei. O hábito foi popularizado pela elite há muitos séculos. O que se tornou moda na época de Maomé acabou virando uma tradição.

Quando Philip pegou um cigarro, Fahid o acendeu com um isqueiro de ouro.

— Nenhuma mulher tem permissão para dirigir um carro em Jaquir. Não é uma lei, mas uma tradição. Não está escrito que é indecoroso que uma mulher dirija um carro, mas isso é... desencorajado, porque, se ela tivesse um pneu furado, nenhum homem poderia ajudá-la. Se ela dirigisse de maneira imprudente, a polícia não poderia detê-la. Assim, a tradição se torna mais sólida do que a própria lei.

— E suas mulheres estão satisfeitas?

— Quem conhece a mente de uma mulher?

Philip sorriu.

— Nesse ponto, Oriente e Ocidente podem concordar.

— Era isso o que queria lhe mostrar. — Enquanto a limusine parava, Fahid gesticulava pela janela. — A Universidade Memorial Ahmand. Para mulheres.

O prédio fora construído em alvenaria, ao melhor estilo americano. As janelas tinham treliças, tanto para a proteção contra o sol quanto para desencorajar os olhares curiosos. Philip viu três mulheres, nos trajes tradicionais, subirem apressadas os degraus e passarem pela porta. Também notou que, por baixo da *abaaya*, as mulheres usavam Nikes e Reeboks.

— As famílias são encorajadas a mandar suas mulheres para estudar aqui em Jaquir. As tradições podem ser flexíveis. Jaquir precisa de mulheres médicas, professoras, banqueiras. Por enquanto, isso serve para tornar menos complicado que nossas mulheres recebam tratamento médico, sejam instruídas e cuidem do seu dinheiro. Nem sempre vai ser assim.

Philip deixou de analisar o prédio para voltar a fitar Fahid.

— Você compreende isso.

— E muito bem. Trabalho em estreito contato com o ministro do Trabalho. É uma ambição minha ver as pessoas do meu país, homens e mulheres, fortalecerem Jaquir com conhecimento e competência. Com a educação vem o conhecimento, mas também o descontentamento, pela necessidade de saber mais, ver mais, ter mais. Jaquir vai ser forçado a se ajustar... e, no entanto, o sangue não muda. As mulheres usarão o véu por opção pessoal. E vão se apegar ao harém porque encontram conforto ali.

— Acredita nisso?

— Tenho certeza.

Depois de um sinal para o motorista, Fahid cruzou as mãos sobre o colo. Era um homem equilibrado e erudito que ainda não tinha 23 anos. Seria o rei. Não tivera permissão para esquecer esse fato em momento algum desde o nascimento.

— Fui educado na América, amei uma mulher americana, apreciei muitas coisas americanas, mas tenho sangue beduíno. Adrianne tinha uma mãe americana e foi criada no Ocidente, mas tem sangue beduíno. Correrá por suas veias até o dia em que morrer. Isso a torna o que ela é.

— Não vai mudá-la.

— A vida de Adrianne não tem sido simples. Até que ponto ela odeia o meu pai?

— Ódio é uma palavra muito forte.

— Mas apropriada. — Fahid ergueu a mão com a palma para cima. Era uma questão importante e a principal razão de ele ter insistido em passar algum tempo a sós com Philip. — Amor e ódio nunca são simples. Se você a ama, leve-a embora depois do casamento. Enquanto o meu pai viver, mantenha-a longe de Jaquir. Ele também não perdoa.

O chamado para a oração soou, um canto que vinha do fundo da garganta. Com pouca confusão e sem dificuldades, portas se fecharam e homens se ajoelharam para baixar o rosto até o chão. Fahid saltou do carro. Sua túnica era de seda, mas ele se juntou aos outros homens que se submetiam à vontade de Alá.

Irrequieto. Philip saiu para o calor da tarde. Podia ver o muezim nos degraus da mesquita chamando os fiéis. Era uma cena forte, quase humilde, com o sol ardente e os cheiros fortes de suor e especiarias dos suques, os homens de túnica com as testas abaixadas no chão. As mulheres recuaram, abrigando-se nas poucas sombras que podiam encontrar. Podiam orar em silêncio, mas não tinham permissão para atender ao chamado. Uns poucos executivos ocidentais esperavam com a paciência dos resignados.

Enquanto observava, Philip começou a compreender Fahid. As pessoas não apenas aderiam ou se submetiam à tradição, mas a abraçavam e perpetuavam. Aquele modo de vida girava em torno da religião e da honra masculina. Prédios podiam ser construídos, a educação podia ser oferecida, mas nada mudaria o sangue.

Ele se virou da direção de Meca e olhou para o palácio. Os jardins eram uma mistura de cores a distância. Os telhados de telha verde faiscavam ao sol. Em algum lugar, dentro daquelas paredes, estava Adrianne. O chamado da oração a levaria até uma janela?

O DISPOSITIVO LEVADO por Adrianne era bastante sensível. Para aquele breve encontro, deixou o resto dos equipamentos em seu quarto. Levou apenas o pequeno amplificador, a chave de latão e uma lima. Por questão de cautela, também deixou a calça e a blusa pretas. Se fosse apanhada naquela noite, seria melhor que estivesse de saia comprida.

Usou o túnel, como as mulheres faziam havia gerações, ao seguirem de seus aposentos para a parte principal do palácio. Algumas teriam ido na maior satisfação; outras, resignadas. Sempre com um propósito, pensou Adrianne, como ela naquela noite. As sandálias não faziam barulho no chão. O caminho, como acontecia desde o passado distante, era iluminado por tochas, não por luz elétrica. As chamas baixas e irregulares acrescentavam sombras e romance.

Um homem podia passar por ali, um rei ou um príncipe, mas àquela hora o palácio dormia, e ela caminhava sozinha.

Preocupava-se com Philip. Era sempre possível que os aposentos dele estivessem sendo vigiados. Se fosse apanhado no lugar errado, na hora errada, seria deportado antes que pudessem trocar uma palavra. Ela podia levar uma surra ou ser confinada aos aposentos das mulheres, mas seria um preço pequeno a pagar pelo objetivo supremo.

Saiu do túnel para os aposentos do rei. Abdu dormia no quarto mais adiante. Sozinho, pois qualquer que fosse a esposa escolhida para aquela noite já fora enviada para sua própria cama depois de cumprir seu dever.

Podia sentir a fragrância do pai ali, o incenso de sândalo que ele preferia. Especulou quantas vezes a mãe teria sido chamada àqueles aposentos, como uma cadela que servia apenas para a reprodução.

Por um momento, apenas um momento, Adrianne se sentiu tentada a abrir a porta do quarto do pai, acordá-lo do sono presunçoso e lhe dizer tudo o que pensava, tudo o que germinara e brotara das sementes amargas daqueles primeiros anos, mas essa satisfação duraria apenas o tempo que levasse para dizer as palavras. E ela queria mais do que isso, muito mais.

Os guardas não eram trocados até uma hora antes do amanhecer. Adrianne olhou para o seu relógio e calculou o tempo de que dispunha. O suficiente, pensou. Mais do que o suficiente.

O corredor estava vazio, escuro, silencioso. Orientada pela planta em sua memória, seguiu para a ala adjacente. Foi até a porta da sala do cofre. Agachou-se para abrir a fechadura. As mãos estavam firmes, embora suadas. Irritada, enxugou-as na saia antes de terminar o serviço. Com um rápido olhar para a esquerda e a direita, entrou na sala e trancou a porta.

O coração quase parou quando sentiu a mão tapar sua boca. Xingou Philip quando o coração voltou ao normal. Com um movimento brusco, direcionou para seu rosto o facho estreito da lanterna.

— Faça isso de novo e vai perder a mão!

— Também estou feliz por vê-la. — Ele se inclinou para beijá-la. — Teve algum problema com a fechadura, não é?

— Não. — Adrianne começou a passar por ele, mas se virou de repente e o enlaçou pelo pescoço. — Não sabia que sentiria tanta saudade de você, Philip.

Ele roçou o rosto por seus cabelos, sentindo-lhes a fragrância, a textura.

— Ora, ora, está ficando cada vez melhor. O que você fez durante o dia inteiro, enquanto eu ganhava uma excursão pela cidade?

— Tomei intermináveis xícaras de chá, ouvi conferências sobre fertilidade e parto e fiz a prova do meu vestido de noiva.

— Dá a impressão de que não gostou de nenhuma parte.

— É terrível... não sabia que era tão difícil enganar a minha avó. E não gosto de experimentar um vestido de cetim branco para um casamento que não passa de uma farsa.

— Não precisa ser.

O tom era jovial, mas Adrianne não viu ironia em seus olhos.

— Sabe como me sinto a respeito disso, e esse não é o momento para discutir o assunto. Já examinou o cofre?

— De cima a baixo. — Philip iluminou a porta de aço com sua lanterna. — Pelas especificações, há um alarme em cada fechadura. Consome tempo, mas é relativamente simples. Vamos usar os grampos, como você sugeriu. Tenho sensibilidade para as combinações, e por isso não deve levar muito tempo.

— Isso deve ajudar. — Adrianne mostrou um botão da espessura do seu polegar, um pouco menor do que uma moeda de um quarto de dólar. — É um amplificador. Venho trabalhando nele há algum tempo. Encoste na porta ali e vai captar um espirro a três salas de distância.

Pensativo, Philip examinou o dispositivo.

— Você quem projetou isso?

— Reprojetei. Queria um aparelho compacto, sensível.

— Para alguém que não completou os estudos, você tem um jeito espantoso para a eletrônica.

— Talento natural. Calculo que vai ser preciso uma hora para abrir o cofre.

— Quarenta minutos. Cinquenta, no máximo.

— Vamos aumentar para sessenta. — Ela sorriu e tocou o rosto de Philip. — Sem qualquer crítica ao seu talento, querido.

— Aposto mil libras que posso abri-lo em quarenta.

— Fechado. Não vai poder começar em segurança até às três horas. Só vou começar a trabalhar nos alarmes às duas e meia. Trabalharei mais depressa se você vier direto para cá. Não toque em nada até às três horas. Virei me encontrar com você o mais depressa possível.

— Não me agrada a ideia de você cuidar dessa parte sozinha.

— Faria tudo sozinha se pudesse impor a minha vontade. Comece pelo botão de cima.

— Já falamos sobre isso, Addy. Sei como abrir um cofre.

Adrianne passou por ele, tirando a chave do bolso.

— Não deixe que o seu ego interfira.

— Não vou deixar, ando ocupado demais me esquivando do seu. Como posso ter certeza de que você desligou os alarmes?

— Fé. — À expressão de Philip, ela ergueu o queixo. — Trabalhei muito, planejei com todo o cuidado e não posso cometer um erro agora. Confie em mim ou me deixe fazer tudo sozinha.

Ele a observou passar a lima com toda delicadeza sobre a chave.

— Não estou acostumado a trabalhar com uma parceira.

— Nem eu.

— Ainda bem que vamos nos aposentar depois desse trabalho. Eu me sentiria melhor se você não estivesse tão tensa, Addy.

— E eu me sentiria melhor se você estivesse em Londres. — Ela ergueu a mão antes que Philip pudesse falar. — Podemos não ter a oportunidade de conversar de novo. Se alguma coisa der errado, se tivermos a impressão de que vai dar errado, quero que caia fora. Prometa.

— E você não?

— Não posso. Há uma diferença.

— Ainda não compreende, não é? — Ele estendeu a mão para o queixo de Adrianne, os dedos esticados. — Ainda não entrou na sua cabeça. Pode dizer que não acredita no amor, que não é capaz de senti-lo ou aceitá-lo, mas isso não muda a maneira como me sinto em relação a você. Vai chegar o momento, Addy, quando tudo isso estiver para trás, em que haverá apenas você e eu. E vai ter que enfrentar esse problema.

— Isso é um trabalho. Não tem nada a ver com amor.

— Não tem? Você está metida nisso não apenas porque odeia o seu pai, mas também porque amava a sua mãe. Talvez mais por amor. E eu vim porque tudo o que você é e sente se tornou importante para mim.

— Philip... — Ela pôs a mão em seu pulso. — Nunca sei o que dizer.

— Vai saber. — Sempre pronto para tirar proveito de qualquer situação, ele a abraçou. — Não quer me convidar para voltar ao seu quarto?

— Gostaria muito... — Adrianne fechou os olhos e aproveitou o beijo. — Mas não posso. Que tal adiar o encontro?

— Desde que seja para o mais breve possível.

Ela tornou a inserir a chave na fechadura. Tinha os ouvidos sintonizados para perceber o menor rangido de metal contra metal onde não deslizasse direito.

— Não posso correr o risco de destrancar agora. O remate final deve esperar até que os alarmes sejam desligados. Mas acho... — Adrianne tornou a inserir e a tirar a chave — ... que falta muito pouco.

Ela parou, a chave na mão, olhando para a porta.

— Está logo ali, do outro lado, bem perto de nós. Estou surpresa por não sentirmos o calor.

— Pensou alguma vez em ficar com o colar?

— Quando eu era jovem. Imaginava... imaginava pendurar o colar no pescoço da mamãe e ver a vida voltar ao rosto dela. Imaginava pôr o colar no meu próprio pescoço e sentir...

— Sentir o quê?

Ela sorriu.

— Sentir-me como uma princesa. — Adrianne guardou a chave no bolso. — Não é para mim. Depois de tanta tragédia que acompanhou o colar ao longo dos anos, agora vai ter um bom proveito. — Ela deu de ombros, sentindo-se tola, enquanto comentava: — Isso parece idealista e estúpido.

— É verdade. — Ele levou a mão de Adrianne aos lábios. — Mas só a desejei depois que compreendi que era idealista e estúpida.

Encaminharam-se para a porta de mãos dadas.

— Tome cuidado com o seu pai, Addy.

— Quase nunca cometo o mesmo erro duas vezes, Philip. — Ela pôs o amplificador de som na porta e esperou até ter certeza de que o silêncio era absoluto. — Não se preocupe comigo. Venho representando a princesa há anos.

Ele a abraçou antes de saírem.

— Não precisa representar o que você é, Adrianne.

Capítulo 25

♦ ♦ ♦ ♦

ELA NÃO ESTAVA convencida de que Philip tinha razão. Ao longo dos dias que se seguiram, Adrianne teve que recorrer a todo seu equilíbrio e controle. Parte de sua capacidade vinha do sangue real. Mas a maior parte do talento, na sua opinião, fora herdada de uma menina de Nebraska que conquistara Hollywood.

Adrianne compareceu a festas, incontáveis almoços e bufês, oferecidos por mulheres da família, em que a conversa era invariavelmente a mesma. Escutava os conselhos e respondia às perguntas que qualquer noiva podia esperar. Via Philip de vez em quando, nunca a sós. Consumia horas em provas de roupa e mais ainda em compras com tias e primas.

Os presentes começavam a chegar de todas as partes do mundo. Era um aspecto da farsa que ela não previra, mas que seria proveitoso. Travessas de ouro, urnas de prata, vasos da dinastia Sung, de chefes de Estado e aliados reais. A vingança, que outrora fora intensamente pessoal, espalhara-se para abranger tanto amigos quanto desconhecidos. Embora não tivessem conhecimento de nada, príncipes e presidentes haviam se tornado parte do jogo.

Como era esperado, ela agradeceu pessoalmente os presentes. O tempo era consumido escrevendo cartas e recebendo convidados que chegavam de avião para a cerimônia.

Havia, porém, um presente que se diferenciava dos outros, um presente muito especial, enviado de Nova York. Fora incumbência de Philip ligar para Celeste e solicitá-lo. Agora, estava guardado entre os outros presentes — uma caixa chinesa laqueada. Uma caixa de quebra-cabeça, em um padrão fascinante de aberturas corrediças e molas. Dentro de poucos dias, Adrianne esconderia o Sol e a Lua na gaveta secreta e a mandaria para casa, junto com os vasos e as travessas.

O plano temerário e potencialmente perigoso de contrabandear o colar escondido em seu corpo podia ser rejeitado. Abdu, por causa do seu orgulho, proporcionara o caminho perfeito para a vingança.

Adrianne só o viu mais uma vez antes do casamento, e só porque foi obrigada a procurá-lo. A autorização por escrito de um homem da família ainda era necessária para que uma mulher pudesse sair, princesa ou não.

Ela parou diante do rei, as mãos cruzadas nas extremidades das mangas compridas. Usava apenas o anel de diamante que Philip lhe dera e os brincos que ganhara de presente de Celeste. O colar de ametistas já fora guardado. Seria vendido para pagar o novo sistema de encanamento da clínica.

— Obrigada por me receber.

O escritório do pai era uma sinfonia de vermelho e azul-real. Uma espada com pedras preciosas no cabo estava pendurada na parede por trás de Abdu. Ele se sentava a uma escrivaninha de ébano, tamborilando impacientemente com os dedos sobre a superfície.

— Tenho pouco tempo para lhe conceder. Deveria estar se preparando para a cerimônia amanhã.

O orgulho herdado do pai aflorou. A habilidade herdada da mãe a conteve para que a voz saísse abafada.

— Tudo está pronto.

— Nesse caso, deveria passar o tempo pensando no casamento e em seus deveres.

Antes de falar, forçou as mãos a relaxarem.

— Quase não tenho pensado em outra coisa. Devo lhe agradecer por providenciar tudo.

Ambos sabiam que o custo do casamento de uma filha era outra maneira pela qual se julgava um homem.

— Isso é tudo?

— Também vim pedir a sua permissão para levar Yasmin e minhas outras irmãs à praia, hoje, por poucas horas. Tive muito pouco tempo para conhecê-las.

— Tempo havia, mas você preferiu viver em outro lugar.

— Ainda são minhas irmãs.

— São mulheres de Jaquir, filhas de Alá. Você nunca foi.

O gesto de manter a cabeça baixa e a voz contida foi uma das coisas mais difíceis que Adrianne já fizera.

— Nem você nem eu podemos negar o sangue, por mais que quiséssemos.

— Posso negar às minhas filhas a corrupção da sua influência. — Abdu abriu as mãos sobre a mesa. — Amanhã você vai estar casada numa cerimônia apropriada à sua posição. Depois, deixará Jaquir, e nunca mais pensarei em você. *Inshallah*. Para mim você morreu desde o dia em que partiu. Não há necessidade de negar o que não existe.

Ela se adiantou, sem se importar se seria agredida ou não por suas palavras, talvez até por algo pior.

— Ainda vai chegar o dia em que pensará em mim. Juro.

Naquela noite, sozinha em seu quarto, Adrianne não sonhou. Mas chorou.

O CHAMADO PARA a oração a acordou no dia do casamento. Adrianne abriu as janelas, recebendo com satisfação o calor e a claridade. Aquele seria o dia mais longo e talvez o mais difícil da sua vida. Só dispunha de mais uns poucos momentos antes que as mulheres da família e as criadas invadissem sua privacidade para iniciar a provação de vesti-la.

Com esforço para deixar a mente vazia, ela encheu a enorme banheira com água quente, à qual acrescentou óleos de banho.

Se o casamento fosse real, em seu coração haveria excitamento, alegria, ansiedade? Tudo o que sentia naquele momento era uma pulsação incômoda de pesar pelo que não podia ser. A cerimônia seria uma mentira, assim como as promessas feitas em tais cerimônias no mundo inteiro eram, com frequência, mentiras.

O que era o casamento senão a servidão para uma mulher? Ela aceitava o nome de um homem e renunciava ao seu e, com isso, renunciava também ao seu direito de ser outra coisa que não uma esposa. Prevaleciam a vontade do homem, os seus desejos, a sua honra, sem que se considerassem os dela.

Em Jaquir, chamava-se de *sharaf* a honra pessoal dos homens. As leis se baseavam no *sharaf*, e todas as tradições derivavam daí. Se um homem a perdia, nunca mais podia recuperar. Por isso, as mulheres da família eram vigiadas de maneira obsessiva... ou sua castidade, pois um homem era considerado responsável pelo comportamento da filha enquanto ela vivesse. Em lugar da liberdade, ganhavam criadas, uma ausência de trabalho físico e vidas vazias. A escravidão dourada se prolongava interminável. As mulheres se permitiam ser vendidas para o casamento, tanto quanto ela também permitia pelo preço da vingança.

Mas o que seu pai dissera também era verdade. Ela não era uma mulher de Jaquir, e Philip não tinha sangue beduíno. Era tudo uma farsa, fingimento. Naquele dia, o mais importante da sua vida, o dia que aguardara desde a infância, tinha que se lembrar disso. Podia ter o sangue de Abdu nas veias, mas não era sua filha.

Quando acabasse, quando a longa fanfarra de celebração chegasse ao fim, ela faria o que precisava fazer. O que jurara fazer. A vingança, ainda ardente depois de tantos anos, seria ao mesmo tempo arrebatadora e doce.

Ao final, todos os laços de família estariam irremediavelmente cortados. Sofreria por isso, sentiria uma profunda angústia, era inevitável. Havia um preço para tudo.

As mulheres da casa entraram em seus aposentos quando ela ainda estava molhada do banho. Vinham perfumar sua pele e seus cabelos, escurecer os olhos com *kohl* e avermelhar seus lábios. Tornaram-se um sonho a música incessante dos tambores, a sensação de pontas de dedos em sua pele e o som dos murmúrios femininos. A avó estava sentada em uma cadeira dourada, instruindo, aprovando e enxugando os olhos.

— Lembra-se do dia do seu casamento, vovó?

Um suspiro saiu, tão fraco e frágil quanto seus ossos.

— Uma mulher não esquece o dia em que se tornou uma mulher de fato.

Ajeitaram a seda no corpo de Adrianne, bordada, branco sobre branco.

— Como se sentiu?

Jiddah sorriu ao recordar. Era velha para uma mulher da sua cultura, mas ainda se lembrava do tempo em que era jovem.

— Ele era bonito e empertigado... e muito jovem. Você se parece com ele, assim como o seu pai. Éramos primos, embora ele fosse bem mais velho, como convinha. Fiquei honrada por ser escolhida por ele, mas também tive medo de não agradá-lo. — Jiddah soltou uma risada, a sexualidade aflorando em seus olhos. — Mas naquela noite não tive mais medo.

Sucederam-se gracejos sobre a noite de núpcias iminente, alguns divertidos, outros com evidente inveja. Mãos pegaram os cabelos de Adrianne, que foram trançados, ondulados, enquanto se abanava fumaça de incenso em sua direção. Adrianne não sentia o menor ânimo para protestar.

A maioria das mulheres teve que se retirar quando a *couturière* chegou com o vestido de noiva. A língua estalando, com instruções murmuradas, Dagmar ajudou Adrianne a pôr o vestido. Já se cansara do paraíso e queria voltar a Paris, onde o pior que uma mulher podia esperar, no passeio ao fim da tarde, eram alguns assobios e cantadas. Soaram exclamações de admiração enquanto ela prendia duas dúzias de botões forrados.

— É uma noiva magnífica, alteza. Espere um pouco. — Dagmar gesticulou impaciente para a ajudante que cuidava do véu. — Quero que veja o efeito completo quando se olhar no espelho.

O tule foi pendurado na frente dos seus olhos. Um véu, mesmo agora. Só mais do que um sonho, pensou Adrianne, enquanto olhava pela luz difusa. O espelho foi virado. Ela se viu envolta por seda branca e rendas delicadas, com uma cauda que brilhava à luz que entrava pelo outro lado do quarto. As costureiras haviam trabalhado por mais de cem horas no total para costurar as pérolas na cauda. O adorno na cabeça cintilava, uma pequena coroa de pérolas e diamantes.

— Ficou deslumbrante. O vestido é mesmo tudo o que prometi.

— E mais até. Obrigada.

— Foi um prazer. — E um alívio acabar. — Gostaria de lhe desejar felicidade, alteza. Que o dia de hoje seja tudo o que deseja.

Adrianne pensou no colar... o Sol e a Lua.

— Vai ser.

Pegou o buquê de orquídeas e rosas brancas.

Era uma noiva, mas não haveria marcha nupcial, nem sapatos e latas presos a um para-choque, nem arroz jogado. De certa forma, isso tornava mais fácil fingir que era apenas um espetáculo, apenas mais uma parte do jogo.

Com as mãos frias e firmes, o coração batendo fácil, seguiu as damas de honra para a sala em que seria apresentada ao marido e aos homens da sua própria família.

Ao vê-la, Philip não conseguiu respirar. Não havia outra maneira de descrever sua reação. Em um momento ele respirava normalmente, pensando como qualquer homem, e no instante seguinte, ao contemplá-la, tudo parou.

Até mesmo seus dedos ficaram dormentes. Um nervosismo que nunca imaginara que poderia sentir o deixou quase sufocado.

Adrianne foi beijada pelos homens da família, algumas vezes com a maior solenidade, outras com alegria. Depois, recebeu um beijo contrafeito do pai. Abdu pegou sua mão e a levou até Philip. E cortou o vínculo com ela.

Receberam as bênçãos. Palavras do Corão foram lidas em árabe. Philip não entendeu nada. Sabia apenas que a mão na sua era gelada e começava a tremer.

Adrianne não sabia que ele usaria o *throbe* branco e o turbante do Islã. Deveria fazer com que parecesse mais irreal, mas fez com que lhe ocorresse, por mais que simulasse ou negasse, que o casamento era um fato. Seria temporário, dissolvido com facilidade, mas, naquele dia, era real.

Mais de uma hora se passou antes que começasse a procissão tradicional. Foi anunciada por um grito, acompanhado pelo tradicional estalar de língua das beduínas esperando no salão do casamento. Philip podia ouvir os tambores e a música quando iniciaram a longa caminhada.

Naquela noite, tornariam a passar por aqueles corredores, mas em segredo.

— Isso é tudo?

Ela quase teve um sobressalto com o sussurro de Philip. Depois, disse a si mesma que era tempo de se divertir um pouco com a situação.

— Nem de longe. Os convidados para o casamento precisam de diversão. Os músicos e dançarinos se apresentam primeiro. Você não tem permissão para vê-los. — Adrianne ofereceu um sorriso rápido. — Não deve levar mais de vinte minutos.

— E depois?

— Haverá o cortejo nupcial. Vamos circular entre as cadeiras. Haverá uma espécie de palanque. Com muitas flores. Sentaremos lá para a cerimônia e receberemos os cumprimentos pelas duas horas seguintes.

— Duas horas? Maravilhoso... Por acaso nos dão alguma coisa para comer?

Adrianne sentiu vontade de beijá-lo por isso, mas apenas riu.

— Só depois, no banquete de casamento. Por que está vestido dessa maneira?

Porque Abdu pedira, mas ele achou que era melhor não dizer.

— Quando em Roma...

Não houve mais tempo para continuar a conversa. Adrianne não exagerara sobre as flores. Havia verdadeiras muralhas de flores, do chão ao teto. Só as joias das mulheres privilegiadas pelo convite eram mais espetaculares. Ela também não exagerara sobre o tempo. Sentaram-se sob um caramanchão, apertando mãos, recebendo beijos, agradecendo os votos de felicidades, durante mais de duas horas. A fragrância e os perfumes penetrantes deixaram Philip com dor de cabeça e um latejamento persistente por trás dos olhos.

Mas ainda havia mais. Foram levados, conduzidos como uma manada, para um vasto salão, com uma entrada estreita, onde havia inúmeras mesas, cheias de comida, frutas cristalizadas, apetitosas sobremesas, carnes bem temperadas. No centro do salão havia um bolo com vinte camadas.

Alguém levara escondida uma câmera Polaroid. As mulheres posavam com a maior alegria, escondendo as fotos em seguida. Philip pediu que tirassem uma foto sua com Adrianne, que guardou no bolso.

Oito horas depois de ter posto o vestido de noiva, Adrianne foi levada com Philip para os aposentos em que passariam a primeira noite como marido e mulher.

— Ufa! — murmurou ela, depois que a porta foi fechada e as últimas risadas desapareceram na distância. — Foi um espetáculo e tanto.

— Só faltou uma coisa.

— Mulheres lutando na lama?

— Mas que cínica! — Philip pegou as mãos de Adrianne antes que ela tirasse a pequena coroa. — Não beijei a noiva.

Ela relaxou o suficiente para sorrir.

— Ainda há tempo.

Adrianne se apoiou nele e aceitou o conforto dos seus braços. Só por uma vez, disse a si mesma. Só por uma vez se permitiu acreditar que poderiam ser felizes para sempre. A fragrância das flores ainda os impregnava. Seu beijo foi ardente, firme, mais do que qualquer coisa de que ela precisava.

— Você está linda, Addy. Quase fiquei sem ar quando a vi entrar naquela sala.

— Eu não estava nervosa até ver você. — Ela encostou a cabeça no ombro de Philip. — Nunca vou poder retribuir tudo o que está fazendo por mim.

— Quando as coisas são feitas com um propósito egoísta, não há razão para retribuir. Vamos partir amanhã...

— Mas...

— Já avisei ao seu pai. — Depois de soltar a coroa e o véu, Philip os largou em uma mesinha. Os dedos ansiavam por soltar aqueles cabelos. — Ele não se opôs ao meu desejo de levar a minha esposa para uma viagem de lua de mel o mais depressa possível. Informei que passaríamos duas semanas em Paris e depois voltaríamos para Nova York.

— Tem razão. É a melhor coisa. Quanto menos eu me encontrar com os meus irmãos e as minhas irmãs, mais fácil vai ser saber que nunca mais vou voltar a vê-los.

— Não pode ter certeza do que vai acontecer.

— Ele não vai permitir que entrem em contato comigo depois disso. Sei disso e aceito o fato. Só não imaginava que seria tão difícil renunciar a uma coisa que tive por tão pouco tempo. — Adrianne levou as mãos à nuca para começar a desabotoar o vestido. — Precisamos descansar, Philip. Vai ser uma longa noite.

Philip assumiu a tarefa de abrir os botões.

— Há algumas coisas que precisam ser feitas antes do descanso. — Ele a beijava no rosto enquanto descia pelos botões. — Tenho sentido saudade de você, Addy. Saudade do seu gosto.

Ela afastou a túnica do ombro de Philip.

— Só dessa vez você pode saborear tudo o que quiser.

A dedicada costureira francesa teria estremecido se visse a seda cair no chão como uma pilha informe.

Ele acordou no escuro e ficou imóvel, sentindo o peso do corpo de Adrianne comprimido contra o seu. Ela dormia, mas era um sono leve. Philip sabia que, se fizesse qualquer movimento ou sussurrasse seu nome, ela ficaria alerta no mesmo instante, mas ainda havia tempo para isso.

Philip quase nunca dormia antes de um trabalho. O problema com algumas profissões era o fato de elas nunca se tornarem rotineiras, corriqueiras ou bastante chatas para que suas atividades fossem consideradas comuns.

O Sol e a Lua... Em um passado não muito distante, a ideia de pegar o colar o deixaria em êxtase por semanas. Agora, queria apenas que tudo aquilo terminasse logo, que pudesse levar Adrianne para Oxfordshire e lá se sentarem diante de um fogo aconchegante na lareira com dois cães pastores a seus pés.

Devia estar envelhecendo.

Ou, então, que Deus o guardasse, estava se tornando convencional.

A verdade é que estava apaixonado, e isso ainda não era fácil de aceitar.

Passou o dedo pelo anel de diamante que Adrianne usava, o anel que pusera em seu dedo durante o circo que passara por cerimônia de casamento. Significara alguma coisa, mais do que ele esperava ou queria, um símbolo genuíno. Ela era sua esposa, a mulher que queria levar para casa, apresentar à mãe, a mulher com a qual queria planejar o futuro.

Planejar o futuro... Philip ergueu a mão para afastar os cabelos dos olhos. Dera um salto grande em pouco tempo, de planejar a diversão da próxima noite para pensar em filhos e jantares em família, mas já dera saltos antes e, até aquele momento, até aquele momento, caíra sem perder o equilíbrio.

Uma pena que não pudesse ser uma noite de núpcias simples. Champanhe, música e loucura até o amanhecer. Embora não pudesse deixar de admitir que houvera muita loucura antes de adormecerem. Adrianne fora como um vulcão, fumegante, perigoso; e a erupção final o deixara trêmulo como um adolescente no banco traseiro de um carro. As tensões com que conviviam desde a vinda para Jaquir haviam sido esquecidas, mesmo que apenas por poucas horas.

Haviam sido parceiros na cama, e agora, para o melhor ou para o pior, seriam parceiros na vingança. Encostou a mão no rosto de Adrianne e murmurou seu nome. Ela acordou no mesmo instante.

— Que horas são?

— Pouco mais de uma.

Com um aceno de cabeça, ela se levantou e começou a se preparar.

Haviam se vestido de branco à tarde. Agora, vestiriam preto. Não havia necessidade de palavras enquanto verificavam ferramentas e ajustavam cintos. Adrianne pendurou uma pequena bolsa enviesada sobre o peito. Havia ali grampos para fiação elétrica, um controle remoto, uma bolsa acolchoada, suas limas e uma chave de latão.

— Dê-me trinta minutos. — Ela verificou o relógio, apertando depois o botão do cronômetro. — Não deixe a suíte antes de duas e meia ou correrá o risco de esbarrar com aquele guarda na ala leste.

— Não precisaríamos nos separar se fôssemos bastante rápidos.

Tanto ele quanto Adrianne puseram luvas cirúrgicas.

— Já conversamos sobre isso, Philip. Você sabe que estou certa.

— Isso não significa que eu tenha que gostar.

— Apenas se concentre nas combinações. — Ela se ergueu na ponta dos pés para beijá-lo. — Boa sorte.

Philip a puxou para um beijo mais ardente.

— Só a melhor sorte.

Como uma sombra, Adrianne deixou o quarto e desapareceu.

Tinha que pensar a respeito como fazia em qualquer trabalho. Com absoluta frieza. Planejara tudo. E esperara muito tempo. Agora que chegara a noite que aguardara durante toda sua vida, estava nervosa, como se estivesse furtando alguma coisa na Macy's pela primeira vez, num dia de pouco movimento. Foi avançando depressa, junto das paredes, sempre escutando, atenta a qualquer som.

Seus olhos se ajustaram logo à escuridão. Aqui e ali havia manchas de luar onde uma janela fora deixada com a treliça aberta. Havia fortunas nos corredores e pequenas salas, como marfim indiano, jade chinês, porcelana francesa. Não a interessavam mais do que os berloques no mercado. Mas os guardas a interessavam. Desceu a escada para o primeiro andar.

Tudo estava em silêncio ali. Adrianne podia ouvir a própria pulsação. Flores trazidas da Europa para o casamento impregnavam o ar com sua fragrância adocicada. Um par de pombas brancas dormia numa gaiola de ouro, no meio de mil pétalas. Adrianne passou por ali, por todos os salões e escritórios. A porta para a sala da guarda ficava num canto discreto. Os hóspedes deviam ser protegidos sem serem incomodados por problemas banais, como alarmes e armas. Prendeu a respiração ao empurrar a porta.

Esperou cinco segundos, dez... mas a escuridão e o silêncio permaneceram constantes. Os sapatos de sola de borracha não faziam qualquer barulho quando entrou na sala e fechou a porta. Ali, a escada era íngreme e aberta. Se o momento fosse errado e a descobrissem, não haveria onde se esconder, nenhuma desculpa para oferecer. Sem uma lanterna, sem um corrimão para orientá-la, não podia ir muito depressa, para não correr o risco de uma queda. Cautelosa, devagar demais para seu sossego, desceu.

O coração batia descompassado quando alcançou a base da escada, por isso se forçou a respirações longas e profundas. Um olhar para o relógio indicou que tinha vinte minutos para desligar os alarmes antes que Philip tocasse no primeiro botão. Tempo suficiente. Pegou uma lanterna pequena, de facho largo, e examinou a sala.

Havia caixotes empilhados até a altura de dois homens. A camada de poeira comprovava que não eram novos ali. Uma parede era ocupada por um armário com portas de vidro, de tranca dupla. Havia rifles enfileirados, como soldados. Óleo brilhava nos canos. O sistema de alarme ficava na parede oposta. Adrianne começou a trabalhar, fazendo esforço para ignorar os rifles às suas costas.

Não se preocupou com o sistema de alarme externo. Levou cinco suados minutos para desatarraxar a placa da caixa do alarme, identificar e prender com um grampo o primeiro fio. Eram doze, no total, quatro para cada tranca. Com precisão — as especificações do alarme em foco na mente —, foi prendendo os fios, na ordem do código de cores. Primeiro branco, depois azul, preto e vermelho.

Olhou para o teto, especulando se Philip já estaria em posição. Os dois alarmes haviam sido desligados, mas a tensão permanecia, quase como uma pressão firme na base do crânio. O menor erro agora e estaria perdida uma vida inteira de planejamento.

Localizara o último fio e estendia um grampo quando ouviu passos. Sem tempo para entrar em pânico, pôs a placa no lugar e girou com o dedo um único parafuso para sustentá-la antes de se esconder atrás dos caixotes.

Eram dois guardas, armados cada um com uma pistola no coldre, usado por cima de um *throbe*. As vozes, num nível normal, soavam como estampidos de tiros na cabeça de Adrianne. Ela se contraiu como uma bola e prendeu a respiração.

Um guarda se queixava do trabalho noturno extra por causa do casamento e dos hóspedes. O outro se mostrava mais filosófico a respeito. Preferiu se gabar de uma recente viagem à Turquia, onde se divertira com prostitutas trazidas de Budapeste. A esposa agora tinha sífilis que ele lhe transmitira.

Luzes acenderam antes que ele parasse, a menos de um passo do lugar em que Adrianne se fundia com os caixotes. Com uma risada, o segundo homem tirou uma revista de baixo da túnica. Na capa havia uma mulher nua, as pernas abertas, com a mão em ação entre elas. Guardas do palácio ou não, se os *matawain* descobrissem a revista, eles poderiam perder a mão ou um olho. O suor pingava do pescoço de Adrianne à medida que os minutos passavam.

Um cigarro turco apareceu e foi acendido enquanto os dois homens se deliciavam com as fotos. A fumaça do cigarro flutuou até Adrianne, deixando-a tonta. Um homem baixou a mão para se acariciar, antes de devolver o cigarro ao companheiro.

Ela escutou os grunhidos e os comentários que poderiam deixar corada uma prostituta veterana. Um homem mudou de posição, e isso fez com que a bainha de seu *throbe* quase roçasse no pé de Adrianne. Ela podia sentir o cheiro de suor. Houve negociação, jovial a princípio, depois mais acalorada. Ela não ousava fazer qualquer movimento, nem mesmo olhar para o relógio. Philip estaria em posição lá em cima naquele momento, com os dedos no primeiro botão de segredo. A qualquer momento o alarme podia disparar. E tudo estaria perdido.

O dinheiro trocou de mãos. A revista desapareceu. O cigarro foi apagado e a guimba escondida. Ela ouviu as risadas dos guardas, os ouvidos latejando. Eles se afastaram e Adrianne esperou que a luz fosse apagada.

Levantou-se no instante em que isso aconteceu. Não havia tempo para cautela agora. O mostrador do relógio indicava que só tinha noventa segundos para prender o último fio.

Sentia a boca ressequida. Isso e a náusea eram uma experiência nova. Quando removeu a placa, ela quase escapuliu de seus dedos. Quarenta e cinco segundos. Prendeu a placa entre os joelhos e pegou o fio. A mão era firme, tão firme que parecia pertencer a outra pessoa, não à mulher encharcada de suor. Com a delicadeza de um cirurgião, fechou o circuito. Vinte segundos. E, finalmente, prendeu o grampo para manter o fio na posição.

Adrianne passou o dorso da mão pela boca. Olhou para o relógio. Dois segundos. Esperou, em contagem regressiva. Depois, ficou imóvel, paciente, contando por um minuto inteiro. Nenhum alarme rompeu o silêncio. Parou de rezar pelo tempo suficiente para prender a placa no lugar.

Os dedos de Philip eram ágeis e o ouvido, aguçado. Trabalhava com a paciência de um mestre da lapidação. Ou de um ladrão. Parte do seu cérebro formulava a mesma pergunta, várias vezes, enquanto escutava os estalidos na fechadura. Onde ela estava?

Já haviam se passado 15 minutos além do tempo calculado para que Adrianne percorresse os corredores até a sala do cofre.

Através do amplificador, ouviu o ruído característico, indicando que a primeira tranca se soltara. Ela desligara o alarme. Significava algum conforto, mas não muito. Philip acariciou o segundo botão e inclinou a cabeça, os olhos fixados na porta. Mais cinco minutos, prometeu a si mesmo. Se Adrianne não aparecesse em cinco minutos, sairia à sua procura e que se danasse o colar. Flexionou os dedos como faz um pianista prestes a iniciar um arpejo. O primeiro pino se deslocou no instante em que ele ouviu a maçaneta da porta girar. Estava atrás da porta, comprimido contra a parede, quando Adrianne entrou.

— Está atrasada.

Uma risadinha escapou, mostrando como ela estava com os nervos à flor da pele.

— Desculpe. Não consegui arrumar um táxi.

Ela o abraçou por um instante e foi o suficiente para recuperar o controle.

— Algum problema?

— Nem tanto. Apenas dois guardas com uma revista pornográfica e um cigarro de maconha turco. Uma festa e tanto.

Ele ergueu o rosto de Adrianne. Seus olhos eram claros e firmes, mas ela estava pálida.

— Devo lembrá-la que é uma mulher casada agora. Na próxima vez, não vá a uma festa se eu não for convidado também.

— Combinado. — Deu um passo para trás, espantada pela rapidez com que o medo se dissipara. — Alguma sorte?

— Que pergunta sem sentido. É melhor começar a trabalhar na chave, querida. Estou quase acabando.

— Meu herói.

— Não se esqueça disso.

Trabalharam lado a lado; Philip na combinação, Adrianne na pesada chave. Ele parou duas vezes porque o barulho da lima o distraiu.

— Pronto. — Philip recuou. — Quase havia me esquecido do som maravilhoso das trancas se abrindo.

Ele olhou para o relógio, depois anunciou:

— Trinta e nove minutos e quarenta segundos.

— Meus parabéns.

— Você me deve mil libras, querida.

Ela enxugou o suor da testa enquanto o fitava.

— Ponha na minha conta.

— Eu deveria saber que me daria o calote. — Philip suspirou e se inclinou. — Quase pronto?

— Você ficou com a parte mais fácil. É um desenho muito complicado. Se eu tirar demais, a chave pode não funcionar.

— Posso tentar uma gazua. Talvez demore uma hora.

— Não precisa. Estou chegando perto.

Adrianne tornou a inserir a chave. Girou-a gentilmente para a direita, depois para a esquerda. Podia sentir a resistência nas pontas dos dedos. Os olhos fechados, quase via o latão forçando contra os ajustes. Retirou a chave, limou uma fração aqui, uma fração ali, acrescentou óleo, depois trocou por uma lixa, para o trabalho mais delicado. Tinha cãibras nos dedos, como um cirurgião durante uma operação longa e tediosa.

Demorou mais trinta minutos. Finalmente ela inseriu a chave, girou-a e sentiu a fechadura ceder. Por um momento conseguiu apenas permanecer de joelhos, a chave imóvel na mão. Toda sua vida fora dirigida para aquele momento. Agora que acontecia, não era capaz de se mexer.

— Addy?

— Sabia que é um pouco como morrer? Depois de tanto tempo, realizar o objetivo mais importante da sua vida. Saber que, ao acabar, estará acabado e nada jamais terá o mesmo impacto. — Ela tirou a chave e a guardou na bolsa. — Ainda assim, não acabou.

Pegou o controle remoto e apertou o código. A luz vermelha piscou. O diamante em seu dedo cintilava quando acionou o circuito secundário. A luz vermelha apagou e a verde acendeu.

— Isso deve resolver.
— Deve?
Adrianne sorriu.
— Não tenho nenhuma garantia.
Por compreendê-la, Philip recuou e deixou que abrisse a porta do cofre. Houve um fluxo de ar quente. Adrianne quase pôde ouvi-lo. Talvez fosse o choro da rainha havia muito morta. Iluminou com a lanterna o interior do cofre, onde faiscavam ouro, prata e pedras preciosas.
— A caverna de Aladim — murmurou Philip. — A suprema fantasia de qualquer ladrão. Meu Deus! E eu que pensava que já tinha visto de tudo...
Havia barras de ouro empilhadas em uma pirâmide até a altura da cintura, com lingotes de prata ao lado. Havia taças, urnas e travessas, feitas com os mesmos metais, algumas incrustadas com pedras preciosas. Uma coroa para mulher, com rubis como se fossem gotas de sangue, estava ao lado de uma coroa de homem, feita com diamantes. Numa arca aberta por Adrianne havia tantas pedras não lapidadas que podiam ser afundados os braços nelas até os cotovelos.
Havia também obras de arte, telas de Rubens, Monet, Picasso. O tipo de quadros que Abdu nunca exibiria no palácio, mas nos quais seria sensato investir. Eles atraíram o olhar de Philip, desviando sua atenção das pedras preciosas. Ele se agachou, iluminando as telas e pensando.
— O tesouro do rei — murmurou Adrianne. — Alguns comprados com petróleo, alguns com sangue, alguns com amor, alguns com traição. E a minha mãe morreu sem nada, a não ser o que eu podia roubar para ela.
Philip se levantou e a fitou enquanto ela acrescentava:
— E o pior, o pior de tudo, é que mamãe ainda o amava quando morreu.
Gentilmente, Philip passou os polegares pelas faces dela para enxugar-lhe as lágrimas.
— Ele não vale isso, Addy.
— Não, não vale. — Com um suspiro, ela se livrou do resto da tristeza. — Vou pegar o que é meu.
Virou a lanterna para a parede oposta, procurando lentamente. Quando o encontrou, o Sol e a Lua pareceu uma explosão de vida.
— Ali.

Ela se adiantou. Ou talvez o colar a tenha atraído. Agora suas mãos tremiam, mas não de medo, não de tristeza, mas de euforia. O colar era envolto por uma redoma, mas o vidro não podia extinguir o fogo. Amor e ódio. Paz e guerra. Promessa e traição. Bastava olhar para sentir as paixões e prazeres.

Todas as joias eram pessoais, mas nenhuma jamais seria tão pessoal quanto aquela. Philip também virou sua lanterna para o colar, os fachos se fundindo.

— Por Deus, é mais do que eu imaginava. Nada do que fantasiei se compara com isso. É seu. — Ele pôs a mão no ombro de Adrianne. — Pegue-o.

Ela levantou a redoma e pegou o colar. Era pesado. De certa forma, isso a surpreendeu. Parecia uma ilusão, a ilusão de que pudesse se escoar pelas mãos de qualquer pessoa que tentasse se apossar. Mas era pesado em suas mãos, pulsando com vida, faiscando com promessa. Enquanto o contemplava, Adrianne quase podia ver o fluxo de sangue que se derramara sobre o colar tantos anos antes.

— Pode ter sido feito para ela.

— É possível.

Isso fez Adrianne sorrir, porque sabia que ele compreendia.

— Sempre me perguntei como seria ter o destino nas minhas mãos.

— E o que sente agora?

Ela se virou para Philip, o colar nas mãos como uma promessa.

— Só consigo lembrar como era quando mamãe ria. E lamento não poder devolver a ela o colar.

— Está fazendo mais do que isso. — Ele pensou no prédio infestado de ratos em Manhattan que Adrianne transformaria numa clínica para mulheres vítimas de estupro. — Ela se orgulharia de você, Addy.

Com um aceno de cabeça, tirou da bolsa um rolo de veludo e envolveu o colar.

— Ele irá atrás. — Adrianne cobriu o diamante e depois cobriu a pérola. — Você tem que compreender isso.

— Compreendo que a vida com você nunca vai ser um tédio.

E mais uma vez correu o facho da lanterna pelo cofre. Algo esculpido na parede, por trás da redoma vazia, atraiu sua atenção. Adiantou-se para ver melhor. Era antiga, mas ainda bastante clara. As marcas podiam ter sido feitas com um diamante.

— O que diz?

— É uma mensagem de Berina. Diz: "Morro por amor, não por vergonha. *Allahu Akbar*." — Adrianne pegou a mão de Philip. — Talvez agora ela possa descansar em paz.

Capítulo 26

◆ ◆ ◆ ◆

*J*A DOER. Adrianne continuou fazendo as malas enquanto Yasmin andava de um lado para outro do quarto, parando aqui para cheirar um vidro de perfume, parando ali para arrancar as pétalas de uma flor murcha. A luz do sol entrava pela janela e incidia sobre as listras brilhantes do vestido de Yasmin, faiscava no ouro que ela usava nos pulsos, nos dedos e nas orelhas. Adrianne desejou que fosse o sol que estivesse fazendo seus olhos doer e lacrimejar. Doera quando deixara Jaquir antes, mas sobrevivera.

Dessa vez, levaria o colar, mas deixava para trás mais do que julgara possível.

— Pode ficar mais um pouco... mais um dia.

Yasmin observou Adrianne dobrar uma saia comprida e guardá-la numa mala. Não parecia justo que ganhasse de repente uma irmã tão bela e fascinante só para perdê-la de novo, tão depressa. Suas outras irmãs eram chatas, mesmo que apenas porque as conhecera durante toda sua vida.

— Sinto muito, mas não posso.

Teria sido mais fácil se ela não tivesse descoberto como amar podia ser simples. Adrianne guardou uma caixa com uma pulseira dupla de ouro batido, um presente de Rahman. Ele queria ser engenheiro... pela glória de Alá. Era estranho, ou era o destino, que ele partilhasse o objetivo de Adrianne na infância? Tornou a pegar a caixa e pôs a pulseira no braço. Já pregara o broche da pantera na lapela do tailleur.

— Philip tem negócios a tratar. Já passou tempo demais aqui.

E ela também, se tivesse tempo para se arrepender. Adrianne fechou a mala. Seria um prazer se pudesse jogar no mar, pela janela do avião, o conteúdo da mala, as saias compridas que tudo escondiam, as blusas de mangas compridas e golas altas.

— Quando tiver permissão para visitar os Estados Unidos, pode ficar lá na minha casa.

— Para conhecer o lugar de que você falou... Radio City?

Adrianne não pôde deixar de rir enquanto vestia a *abaaya*.

— Isso e muito mais.

— Bloomerdale's.

— Bloom*ing*dale's.

— É mesmo maior do que o suque?

Não era preciso muito tempo para saber onde se encontrava o coração de Yasmin.

— Todas as roupas que se pode imaginar em um só lugar sob o mesmo teto. Balcões e mais balcões de perfumes e cremes.

— E posso levar o que quiser se tiver o cartão de plástico.

Com um balanço de cabeça afirmativo, Adrianne pegou o véu.

— Os vendedores vão adorá-la.

Aconteceria um dia. Ela precisava acreditar.

— Quero muito viajar e conhecer lugares como o metrô e a Trump Tower.

— Tenho certeza de que os Trump terão o maior prazer em conhecê-la.

— É bom ter coisas para pensar enquanto você está longe. Mas sei que vai voltar a Jaquir.

Adrianne poderia ter mentido. Aprendera a mentir sem dificuldade. Virou-se e fitou a irmã, sentada entre as almofadas macias de uma *chaise longue*.

— Não, Yasmin, não vou voltar a Jaquir.

— O seu marido não permitirá?

— Philip permitiria, se eu quisesse.

Yasmin empurrou as almofadas para o lado.

— Não quer me ver de novo.

Cansada, Adrianne se sentou, puxando Yasmin para se sentar ao seu lado.

— Quando vim para Jaquir, não conhecia você nem Rahman. Fahid ainda era um menino na minha memória. Não pensei que importaria se só ficasse por alguns dias. Agora parte o meu coração ter que deixá-la.

— Então por que não fica? Ouvi dizer que os Estados Unidos é uma terra do mal, com homens sem religião e mulheres sem honra. — Ela esqueceu convenientemente a Bloomingdale's e o Radio City. — É melhor você ficar aqui, onde o meu pai é sábio e generoso.

Que ele sempre seja assim com você, pensou Adrianne.

— Os Estados Unidos não são piores nem melhores do que outros lugares. As pessoas de lá são como as pessoas em toda parte, algumas boas, algumas más. Mas é o meu lar, como Jaquir é o seu. O meu coração está lá, Yasmin, mas deixo um pedaço aqui com você.

Ela pegou um anel, uma água-marinha simples, de corte quadrado, numa argola fina de ouro.

— Isso pertenceu à mãe da minha mãe. É um presente para você... para que se lembre de mim.

Yasmin virou a pedra para que refletisse a luz. O olho experiente lhe dizia que tinha pouco valor real. Mas a achou linda, e era bastante mulher para ser sentimental. Em um súbito impulso, tirou das orelhas as argolas de ouro.

— Para que você se lembre de mim. Vai me escrever?

— Claro.

As cartas podiam ser confiscadas, mas Adrianne sabia que contaria com a avó para que fossem entregues. Para agradar as duas, Adrianne tirou das orelhas as pérolas e pôs as argolas de ouro.

— Um dia vou mostrar a você todos os lugares sobre os quais escreverei.

Yasmin aceitou o abraço. Ainda era uma criança, e "um dia" era tão distante quanto sua imaginação.

— Tinha razão sobre o vestido, Adrianne. Fez com que eu parecesse especial.

Adrianne a beijou de novo. Especulou se a vida de Yasmin seria sempre tão simples quanto a escolha do vestido certo. As chances eram de que não tornaria a ver a irmã até que Yasmin fosse adulta com suas próprias filhas.

— Vou me lembrar de você usando o vestido. Venha comigo. Preciso me despedir da Jiddah.

Ela não queria chorar. Não queria experimentar aquela sensação angustiante de perda. Mas, quando se ajoelhou aos pés da avó, as lágrimas afloraram. Aquela era uma parte da sua infância que lhe fora devolvida por um momento, mas que acabaria para sempre depois daquele dia.

— Uma jovem esposa não deve derramar lágrimas.

— Vou sentir saudade, vovó. Nunca a esquecerei.

Jiddah enroscou os dedos nas palmas das mãos de Adrianne enquanto a beijava nas faces. Conhecia o filho tão bem quanto conhecia a si mesma. O coração de Abdu nunca se abriria o suficiente para incluir Adrianne.

— Amo você tanto quanto amo todos os filhos dos meus filhos. Voltaremos a nos ver. Não nessa vida, mas na outra.

— Se eu tiver filhos, contarei a eles todas as histórias que ouvi de você.

— Terá filhos. *Inshallah*! Vá para o seu marido!

Houve outras despedidas, antes que ela pudesse passar pelo portão do jardim. Mais de uma mulher invejou sua liberdade para partir. Mais de uma mulher se compadeceu por ela perder a proteção do harém. Adrianne beijou Leiha, depois Sara. As duas levavam vidas que as prendiam a Jaquir. Ao lhes virar as costas, Adrianne se perguntou se algum dia tornaria a sentir aquele mesmo tipo de união intensa.

Mas o harém, com todas as suas fragrâncias, todos os seus símbolos, ficou para trás. Ouviu as águas das fontes murmurando enquanto atravessava o jardim e seguia adiante. O palácio e as lembranças que continha também ficaram para trás.

O carro já esperava. Ao seu lado estava Philip, junto com os dois irmãos de Adrianne.

— Desejo toda felicidade para você. — Fahid a beijou nas faces. — E uma vida longa e fecunda. Sempre a amei.

— Sei disso. — Ela encostou a palma da mão no rosto de Fahid. — Se algum dia voltar aos Estados Unidos, a minha casa estará à sua disposição. À disposição dos dois.

Adrianne entrou no carro. Não disse nada a caminho do aeroporto. Philip a deixou absorvida em seus pensamentos, que sabia que não eram sobre o colar escondido na caixa, no porão de carga de um avião já voando para oeste. Pensava nas pessoas que deixava para trás. Não olhou para a direita nem para a esquerda ao atravessarem a cidade. Também não lançou um último olhar para o palácio que diminuía na distância.

— Está bem?

Ela continuou a olhar reto para a frente, mas pôs a mão sobre a de Philip.

— Vou ficar.

No aeroporto, ele conseguiu desencorajar os carregadores turcos, que falavam sem parar e pegavam as malas a fim de levar aos táxis ou aos portões quer os passageiros quisessem, quer não. Com ameaças e gestos, Philip os manteve a distância. Ele e o motorista carregaram a bagagem para o avião à espera. O piloto estendeu a mão para ajudar Adrianne a embarcar.

— Boa tarde, senhor. Boa tarde, senhora. Espero que façam uma boa viagem.

Philip teve o súbito impulso de dar um beijo na boca do piloto, apenas pelo alegre sotaque britânico.

— Como está o tempo em Londres, Harry?

— Horrível, senhor, simplesmente horrível.

— Graças a Deus.

— Seu quarto em Paris está reservado, senhor. E permita que lhe dê os parabéns pelo casamento.

— Obrigado. — Philip virou a cabeça, lançando um último olhar para Jaquir. — Agora, tire-nos daqui.

Adrianne já tirara a *abaaya* quando ele embarcou. Usava por baixo um tailleur sob medida, da cor de framboesa. Os cabelos, agora descobertos, estavam soltos. Philip se perguntou se ela sabia que o estilo a fazia parecer mais exótica do que nunca.

— Sente-se melhor agora?

Ela olhou, como Philip fazia, para os símbolos que descartara, a *abaaya*, o lenço para os cabelos e o véu.

— Um pouco. Quanto tempo falta para decolarmos?

— Assim que recebermos autorização. Aceita um drinque?

Como já vira o balde com o champanhe, conseguiu sorrir.

— Adoraria.

Adrianne fez menção de se sentar, mas, sabendo que estava irrequieta demais, pôs-se a andar de um lado para outro da cabine.

— Por que me sinto mais nervosa agora do que no momento em que chegamos?

— É bastante natural, Addy.

— É? — Ela mexeu no broche em sua lapela. — Você não está assim.

— Não estou deixando nada para trás.

Adrianne baixou a mão e entrelaçou os dedos. Era difícil dizer se apreciava ou se ressentia do fato de Philip conhecê-la tão bem.

— Temos muito que decidir, Philip, inclusive o que fazer com todos os presentes de casamento.

Se ela não queria pensar sobre o verdadeiro motivo para seu turbilhão emocional, Philip podia esperar. Ele tirou a rolha da garrafa com um estalo abafado. O champanhe subiu pelo gargalo, mas logo tornou a descer.

— Pensei que haviam sido despachados para Nova York como camuflagem para o colar.

— E foram. Mas não podemos ficar com eles.

Ele deu a ela um olhar sugestivo enquanto servia o champanhe.

— Para uma ladra, você tem uma consciência excepcional.

— Roubar é muito diferente de aceitar presentes sob um falso pretexto.

Ela pegou a taça. Philip bateu com a sua de leve, observando-a atentamente.

— A cerimônia não foi legal?

— Acho que se pode considerar que foi. Mas é mais uma questão de intenção, não é mesmo?

Como sabia qual era exatamente sua própria intenção, Philip sorriu.

— Eu diria que é melhor nos concentrarmos no colar, o Sol e a Lua, do que em alguns jogos de lençóis e toalhas. — Como Adrianne franziu as sobrancelhas para a maneira como ele descartara uma pequena fortuna em presentes, Philip acrescentou: — Um passo de cada vez, Addy.

— Está certo. A gaveta secreta na caixa chinesa vai guardar o colar em segurança.

— Ainda mais porque é revestida com chumbo.

— Não é tão satisfatório quanto partir com o colar no meu pescoço, mas é mais prático. — Ela conseguiu sorrir. — É bastante improvável que a alfândega efetue uma revista meticulosa nos presentes de casamento da princesa Adrianne. Como religuei o alarme, é possível que se passem semanas até Abdu descobrir que o colar desapareceu.

— Isso a incomoda?

— O quê? — Ela tinha de fazer um esforço para se desvencilhar do passado. — Não, não me incomoda. Talvez me agradasse confrontá-lo, mas seria uma estupidez extraordinária provocar isso em seu território.

O foco era agora no futuro. Depois de uma pausa, Adrianne murmurou:

— Ele vai me procurar.

— Pois vamos deixar para nos preocupar no momento em que isso acontecer.

O alto-falante chiou.

— Recebemos autorização para decolar, senhor. Por favor, sentem-se e apertem os cintos de segurança.

O pequeno avião disparou pela pista. Adrianne sentiu o momento em que as rodas levantaram do solo. Deixaram Jaquir. A inclinação do avião a empurrou para o encosto quando fechou os olhos. Pensou na mãe e em outra ocasião.

— Na última vez em que deixei Jaquir também seguia para Paris. Estava muito excitada, muito nervosa. Era a primeira vez que deixava o país. Não parava de pensar nos vestidos novos que mamãe me prometera, na permissão para comer num restaurante. — Após dizer isso e pensar em Yasmin, ela balançou a cabeça. — Mamãe já havia decidido fugir, e devia estar apavorada. Mas ria enquanto sobrevoávamos o mar. Mostrou-me um livro com fotos da Torre Eiffel e de Notre-Dame. Nunca chegamos a subir na Torre Eiffel.

— Podemos subir agora, se você quiser.

— Eu gostaria.

Cansada, Adrianne esfregou os olhos. Ao mantê-los fechados, podia ver o colar exatamente como no momento em que o escondera, ao amanhecer. Os raios do sol incidiam nas pedras. Gelo guerreara com fogo, num combate que jamais acabaria.

— Ela o deixou para trás. Deixou tudo para trás, menos eu. Só quando estávamos sãs e salvas em Nova York é que compreendi que ela arriscara a vida para me tirar de Jaquir.

— Nesse caso, estou em dívida com ela tanto quanto você. — Ele pegou as mãos de Adrianne e as levou aos lábios. Sentiu a pulsação e o poder se agitarem dentro dela. — A sua mãe era uma mulher extraordinária. Tão extraordinária quanto a filha e o colar que você recuperou para ela. Jamais vou esquecer a sua expressão quando o pegou. E devo dizer que estava enganada. O colar é para você.

Adrianne lembrou o peso. Lembrou a glória. E sentiu a tristeza.

— Faça amor comigo, Philip.

Ele desafivelou os dois cintos. Pegou a mão de Adrianne e a levantou. Parados no estreito corredor, Philip tirou o casaco dela e o deixou cair no chão. Quando a beijou, sentiu o nervosismo que ela tentava controlar. Adrianne tinha os lábios macios. Entreabriu-os, vulnerável. Seus dedos, sempre tão seguros, tiveram dificuldade para abrir os botões da camisa de Philip.

— Incrível... — Ela baixou as mãos. — Parece a primeira vez.

— E, de certa forma, é mesmo. Há muitos momentos decisivos na vida, Addy.

Ele tirou a blusa e a saia de Adrianne. Ela usava apenas uma combinação quase transparente e o anel que Philip lhe dera.

Devagar, precisando prolongar o momento, ele lhe tirou os grampos dos cabelos, que se derramaram sobre os seios. Ela se adiantou, os corpos se encontrando.

Philip não se apressou, por si mesmo e por ela. Beijos lentos, carícias suaves. Um murmúrio. Um suspiro. Enquanto o avião sobrevoava o mar, ele a baixou para o sofá estreito, os dois enlaçados.

Havia força em Philip, uma força que ela descobrira camada por camada. Ele era muito mais do que um homem que oferecia a uma mulher rosas e champanhe ao luar. Mais do que um ladrão que escalava prédios para entrar por uma janela no escuro. E cumpriria sua palavra, e ficaria do seu lado, se ela permitisse. Ofereceria surpresas, mas também estabilidade, por mais estranho que pudesse parecer.

Adrianne não sabia dizer quando passara além das suas fronteiras e se apaixonara. Não podia dizer por que acontecera, apesar da sua determinação para evitar. Talvez tivesse sido naquela primeira noite, como estranhos, cruzando-se no nevoeiro. Mas ela sabia em que momento finalmente admitira para si mesma. Agora.

Ele sentiu a mudança, mas não podia descrevê-la. O corpo de Adrianne parecia mais quente, mais macio, a pele fluindo como vinho sob suas mãos. E o coração batia como uma trovoada. Ela o apertou, a boca se abrindo. A paixão estava ali, mas temperada por alguma coisa mais sombria, mais profunda. A pele de Adrianne era úmida, esquentando grau a grau, enquanto as carícias desciam... seios, cintura, coxas. Ela tremia. Quando Philip levantou o rosto, descobriu que ela tinha os olhos úmidos.

— Addy...

— Não. — Ela encostou um dedo em seus lábios. — Apenas me ame. Preciso de você.

Os olhos de Philip se contraíram num alerta de fúria ou desejo. Mas seus lábios continuaram gentis, enquanto ele reprimia o impulso de devorar com voracidade o que lhe era oferecido.

— Diga de novo.

Antes que ela pudesse falar, Philip a levou a um ponto máximo, em que os dedos dela apertaram seus ombros, carne úmida fazendo pressão contra carne úmida. E Adrianne despejou sua paixão, um fluxo na mão de Philip, deixando-a ofegante, os olhos arregalados e vidrados, enquanto o corpo se contraía para depois ficar inerte. A respiração tornou a acelerar quando iniciou a ascensão seguinte. Agora só pensava em Philip. Seu corpo era como água, fluindo, ondulando, avolumando-se. A luz inundava a cabine, investindo contra suas pálpebras fechadas como um nevoeiro vermelho.

Ela mudou de posição, ansiosa por lhe proporcionar o mesmo prazer desvairado. O corpo de Philip era fascinante, esguio e firme, a pele muito mais clara do que a sua. E Adrianne deslizou por aquele corpo, deixando beijos molhados e linhas de calor. Através dos lábios, ela podia sentir as batidas do coração; com as pontas dos dedos, fez com que disparasse. Uma parte era instinto, uma parte o que ele lhe ensinara. Em combinação, o conhecimento de Adrianne era tudo o que ele podia pedir.

Sentiu os dedos de Philip descerem por seus braços. As palmas se encontraram. Ao abrir os olhos, Adrianne descobriu que ele a observava. Os dedos se entrelaçaram, apertaram-se firmes, como uma promessa.

Adrianne estremeceu quando ele a penetrou. E se projetou ao seu encontro, os movimentos harmonizados, os ímpetos se juntando.

O avião balançava através das nuvens. Enlaçados, os dois sentiam apenas a própria turbulência. Paris era um nevoeiro na distância. Foi o nome de Philip que ela gritou, revelando a ele tudo o que queria saber.

— *P*ARTIREMOS PARA Nova York amanhã.

Philip levou o telefone até a janela e olhou para Paris. A cidade estava molhada de chuva fina, o céu tão cinzento quanto chumbo. Não era a primeira vez, mas mesmo assim desejou que Adrianne não tivesse saído sozinha.

— É muita gentileza sua me avisar.

Philip achou melhor ignorar o sarcasmo de Spencer.

— Um homem tem direito à privacidade durante a lua de mel.

— Quanto a isso... — Spencer apertou entre os dentes a haste do cachimbo. — Meus parabéns.

— Obrigado.

— Poderia ter me informado antes.

— Foi... ahn... um romance rápido. Isso não significa que está isento de mandar um presente de casamento, meu caro. Um presente de bom gosto e de alto preço.

— Não incluir uma repreensão em sua ficha já é um grande presente. Repreensão por ignorar os canais normais para autorização, depois se esgueirar sem me falar nada para um país esquecido por Deus, enquanto estamos absorvidos num caso da maior importância.

— O amor faz coisas estranhas com um homem, Stuart. Tenho certeza de que ainda se lembra disso. — Quando Spencer limpou a garganta para protestar, ele se apressou em acrescentar: — Quanto ao caso, não o negligenciei por completo. A informação dos meus antigos associados é a de que o homem se aposentou. E deixou o continente por enquanto.

— Lamentável!

— Também acho, mas talvez eu possa compensá-lo.

— Como?

— Lembra-se de um Rubens que foi roubado da coleção Van Wyes há cerca de quatro anos?

— Três anos e meio... Um Rubens, junto com dois Corot, um Wyeth e um bico de pena de Beardsley.

— Tem uma memória fabulosa, capitão. Mas é com o Rubens que posso ajudar.

— De que maneira?

— Tenho uma pista.

Philip sorriu ao se lembrar de sua lanterna iluminando o quadro por um instante no cofre-forte de Abdu. Havia vários caminhos para a vingança.

— É possível que o Rubens possa levá-los aos outros quadros.

— Quero você em Londres amanhã, Philip, para um relatório completo.

— Lamento, mas assumi um compromisso anterior. — Antes que Spencer pudesse gritar qualquer coisa, ele continuou: — Estarei mais do que disposto a lhe contar tudo o que sei, o que é muito, dentro de poucos dias. Desde que possamos chegar a um acordo.

— Que tipo de acordo? Se você tem informações sobre um quadro roubado, é seu dever me relatar tudo.

Philip ouviu a porta abrir. O sorriso dele se alargou quando Adrianne entrou. Ela tinha os cabelos úmidos da chuva. Sentiu um enorme prazer só de observá-la tirar as luvas.

— Sei exatamente qual é o meu dever, capitão. Exatamente. — Ele passou um braço pela cintura de Adrianne e a beijou no alto da cabeça. — Teremos uma longa conversa mais tarde. Seria ótimo se pudesse ir até Nova York. Gostaria que conhecesse a minha esposa.

Ele desligou para poder beijar Adrianne de uma maneira mais satisfatória.

— Está gelada!

Philip esfregou as mãos de Adrianne.

— Era o seu capitão Spencer?

— Ele manda parabéns.

— Posso apostar. — Ela largou a bolsa de compras. — Até que ponto ele está irritado?

— Muito. Mas tenho uma coisa que deve animá-lo. Comprou alguma coisa para mim?

— Isso mesmo. Comprei uma echarpe de seda para a Celeste na Hermès, e vi isso. — Ela tirou da bolsa de compras um suéter de cashmere da mesma cor dos olhos de Philip. — Não trouxe roupa para um inverno em Paris. Imagino que deve ter centenas de agasalhos em casa.

Talvez fosse tolice se sentir comovido, mas ele ficou.

— Não tenho nenhum presente para você. Foi por isso que não quis me deixar acompanhá-la?

— Não. — Adrianne puxou a bainha do suéter depois que ele a meteu pela cabeça. — Precisava passar algum tempo sozinha para pensar. Liguei para Celeste. Tudo foi entregue no meu apartamento. Ela abriu a caixa chinesa.

— E o colar?

— Está exatamente onde o guardei. Eu disse a ela para deixá-lo lá. Prefiro cuidar de tudo pessoalmente, quando voltarmos.

— Parece que tem tudo sob controle. — Ele levantou o queixo de Adrianne com a ponta do dedo. — Agora, por que não me conta o que realmente pensou?

Ela respirou fundo.

— Philip, mandei uma carta para o meu pai. Comuniquei a ele que estou com o Sol e a Lua.

Capítulo 27

••••

— Tenho que lhe dizer que me sinto profundamente magoada por você ter se casado sem a minha presença.

— Já expliquei que foi apenas um artifício, Celeste.

— Artifício ou não, eu deveria estar presente. — Celeste ajustou a echarpe nova em torno do pescoço e avaliou o efeito no espelho. — Além do fato de que, se sou capaz de julgar qualquer coisa, você vai precisar correr, e por uma grande distância, para escapar de um homem como Philip Chamberlain. — Ela sorriu, passando os dedos pela echarpe. — Há vinte anos, eu teria corrido com você para conquistá-lo.

— Seja como for, vamos seguir por caminhos separados assim que tudo acabar.

— Minha querida... — Ela se virou do espelho para fitar Adrianne. — Você não é tão boa atriz quanto a sua mãe.

— Não sei do que está falando.

— Está apaixonada por ele, e eu diria que se trata de um caso terminal. O que me deixa emocionada por você.

— Sentimentos não mudam fatos. — Ela pensou no anel em seu dedo. — Philip e eu temos um acordo.

— Minha querida... — Celeste beijou o rosto de Adrianne. — Os sentimentos mudam tudo. Gostaria de falar a respeito?

— Não. — Adrianne suspirou, irritada porque o som parecia um lamento. — Para ser franca, nem quero pensar a respeito por enquanto. Já tenho problemas suficientes com que me preocupar.

Foi preciso apenas um instante para o sorriso de Celeste se desvanecer.

— Estou preocupada com você... preocupada com o que ele vai fazer agora que sabe que o colar está em seu poder.

— O que ele pode fazer? — Para encerrar o assunto, Adrianne pegou seu casaco. — Pode querer me assassinar, mas isso não lhe devolveria o colar.

Ela tornou a se contemplar no espelho, enquanto prendia os colchetes.

— Acredite em mim. Sei o quanto ele quer o colar, o quanto está disposto a dar para recuperá-lo.

— Como pode falar isso com tanta calma?

— Sou beduína o bastante para aceitar o meu destino. Foi por isso que esperei durante toda a vida. Não se preocupe, Celeste. Ele não vai me matar... e vai pagar o que eu pedir. — Adrianne viu seus olhos endurecerem no espelho. — E, depois que isso acontecer, talvez eu possa contemplar o resto da minha vida com mais clareza.

— Addy... — Celeste pegou a mão de Adrianne. — Valeu a pena?

Ela pensou em todos os caminhos que percorrera, tudo levando a um cofre-forte num palácio antigo. Em um gesto involuntário, tocou nas argolas em suas orelhas.

— Tem que valer. Vai valer.

Adrianne saiu. Decidiu percorrer a pé as poucas quadras até seu apartamento em vez de pegar um táxi. A rua estava vazia. Era quase fevereiro agora, frio demais para passeios a esmo. Haveria uns poucos obstinados correndo pelo parque gelado, a respiração saindo em nuvens. Os porteiros estavam envoltos em lã, as orelhas cobertas. Com as mãos enfiadas nos bolsos, caminhava sem pressa.

Sabia que era seguida. Avistara o homem no dia anterior. Uma iniciativa do pai, tinha certeza. Mas não mencionara a Philip. O colar era o seu seguro.

A essa altura, ele devia estar em sua reunião com Spencer.

Havia algum segredo ali, refletiu ela. Ele parecia distraído quando se separaram naquela tarde. Na verdade, mostrava-se distraído desde o momento em que Spencer telefonara para avisar que chegara a Nova York.

Não era da sua conta, disse a si mesma. Não acabara de dizer a Celeste que ela e Philip tinham um acordo? Se ele tinha segredos, ou problemas com seu superior, a privacidade era um direito seu. Mas ela gostaria — não podia deixar de desejar — de que Philip tivesse lhe confidenciado tudo.

Avistou a limusine comprida e preta parada na frente do seu prédio. Não era uma cena excepcional, mas seu coração disparou. Sabia quem saltaria antes mesmo que a porta fosse aberta.

Abdu trocara o *throbe* por um terno, as sandálias por sapatos italianos. Mas ainda usava o turbante de seu país. Os dois pararam, fitando-se em silêncio.

— Venha comigo.

Ela fitou o homem ao lado de Abdu. Sabia que ele estava armado e que obedeceria a qualquer ordem do seu rei sem pensar duas vezes. A fúria podia fazer com que Abdu quisesse que ela fosse fuzilada ali mesmo, na rua. Mas ele não era nenhum tolo.

— Acho que é melhor o contrário: você vem comigo.

Adrianne virou as costas e recomeçou a andar. Prendeu a respiração enquanto entrava no prédio. Ao sentir que Abdu a acompanhava, acrescentou:

— Mande o seu homem esperar aqui fora. O assunto é entre nós dois.

Entraram no elevador. Se alguém olhasse, veria um homem bonito e distinto, de terno azul-escuro, e uma jovem de casaco de pele, obviamente sua filha. Poderia pensar que ofereciam uma cena fascinante antes de a porta do elevador se fechar.

Adrianne sentia calor. Nada tinha a ver com o aquecimento do prédio ou o casaco de pele. Não era medo, embora soubesse que o pai tinha mãos fortes o suficiente para estrangulá-la antes que chegassem ao último andar.

— Recebeu a minha carta. — Embora Abdu não respondesse, ela inclinou a cabeça para fitá-lo. — Enviei outra há muitos anos. Não apareceu naquela ocasião. Ao que parece, o colar vale mais do que a vida da minha mãe.

— Eu poderia levá-la de volta para Jaquir. E ficaria agradecida por ter apenas as mãos cortadas.

— Você não tem nenhum poder sobre mim. — Ela saltou do elevador quando a porta se abriu. — Não mais. Houve um tempo em que eu o amava... e o temia ainda mais. Agora até isso desapareceu.

Adrianne abriu a porta do apartamento. Percebeu no mesmo instante que havia sido revistado pelos homens de Abdu. As almofadas estavam rasgadas, as mesas viradas, as gavetas jogadas no chão. Fora mais do que uma busca, algo mais pessoal, mais vingativo. Fúria aflorou em seus olhos.

— Pensou que eu o esconderia aqui? — Foi para o quarto, contornando a bagunça. — Esperei tempo demais para fazer com que fosse simples para você.

Adrianne esperava o golpe e conseguiu recuar a tempo, de maneira que a mão dele apenas roçou seu rosto.

— Se tentar me agredir de novo, juro que nunca mais verá o colar!

Ele cerrou as mãos ao lado do corpo.

— Vai devolver o que me pertence.

Adrianne tirou o casaco e o jogou para o lado. A caixa chinesa estava no chão, quebrada, mas já cumprira sua função. O colar estava outra vez num cofre, em um banco de Nova York.

— Não tenho nada que lhe pertença. Tenho o que pertencia à minha mãe, e agora é meu. É a lei do Islã, a lei de Jaquir, a lei do rei. — Os olhos de Adrianne eram um espelho dos do pai. — Vai desafiar a lei?

— Eu sou a lei. O Sol e a Lua pertence a Jaquir e a mim, não à filha de uma prostituta!

Adrianne foi até o retrato da mãe, arrancado da parede e jogado no chão. Com todo cuidado, ela o endireitou para que o rosto glorioso ficasse virado em sua direção. Esperou até Abdu olhá-lo e lembrar.

— Pertencia à esposa de um rei, perante Deus e perante a lei. Foi você quem roubou dela... o colar, a honra e, no final, até a vida. Jurei que o pegaria de volta, e foi o que fiz. Jurei que faria você pagar, e é o que vai acontecer.

— É típico de uma mulher cobiçar pedras preciosas. — Ele agarrou o braço de Adrianne, os dedos a apertando com toda força. — Não tem conhecimento do verdadeiro valor, do verdadeiro significado.

— Tanto quanto você — declarou Adrianne, desvencilhando-se. — Talvez melhor do que você. Acha que me importo com o diamante ou com a pérola? — Com um grunhido de repulsa, ela se afastou. — Era o presente que importava para ela, e a traição quando o tirou, a usurpação. Ela não se preocupava com o colar, a cor, os quilates. Só se importava por ter lhe dado amor e recebido ódio em troca.

Abdu detestou ter o retrato ali, fitando-o, lembrando-o.

— Eu estava louco quando dei o colar e curado quando o peguei de volta. Se quer continuar a viver, entregue-me o colar!

— Outra morte nas suas mãos? — Ela deu de ombros, como se não se importasse com isso. — Se eu morrer, o colar morre comigo.

Esperou até ter certeza de que ele acreditava.

— Já compreendeu que falo sério. Estou disposta a morrer por isso. Se eu morrer, ainda terei a vingança, mas prefiro evitar. Pode levar o colar de volta para Jaquir, mas vai ter que pagar um preço.

— Levarei o colar de volta, e você é que vai pagar o preço.

Ela se virou para ele. Aquele homem era seu pai, mas Adrianne nada sentia. Graças a Deus, dessa vez não sentia nada.

— Passei a maior parte da minha vida odiando você. — Ela falou com calma, incisiva, a voz um espelho das suas emoções. — Sabe como ela sofreu, como ela morreu. — Adrianne esperou, observando os olhos de Abdu. — Claro que sabe. Dor, tormento, tristeza, confusão. Observei-a morrer pouco a pouco, ano a ano. Sabendo isso, deve compreender que não importa o que fizer comigo.

— Talvez não com você, mas não vive sozinha.

Ela empalideceu, o que deixou Abdu satisfeito.

— Se fizer algum mal ao Philip, juro que dou um jeito de matá-lo. E o destino do colar, o Sol e a Lua, vai ser o fundo do mar.

— Portanto, ele importa para você.

— Mais do que você é capaz de compreender. — Com um aperto na garganta, Adrianne jogou a carta final. — Mas nem mesmo ele sabe onde está o colar. Só eu sei. Tem que negociar comigo, Abdu, só comigo. Prometo que o valor que cobrarei pela sua honra será muito abaixo do da vida da minha mãe.

Ele ergueu o punho dessa vez. Adrianne se preparou para o golpe no instante em que a porta foi batida.

— Encoste a mão nela de novo e mato você!

Enquanto Adrianne cambaleava para trás, Philip agarrava Abdu pela lapela.

— Não faça isso! — Em pânico, ela agarrou o braço de Philip e o puxou. — Ele não me bateu!

Philip lhe lançou um rápido olhar.

— O sangue no seu lábio.

— Não é nada. Eu...

— Não dessa vez, Addy.

Ele falou calmamente, antes de acertar um soco no queixo de Abdu. O rei caiu, arrastando uma mesinha Queen Anne na queda.

A ardência nas articulações de Philip proporcionou mais satisfação do que segurar uma centena de pedras preciosas.

— Isso foi pela equimose que deixou no rosto da minha mulher! — Esperou que Abdu se sentasse no sofá rasgado, antes de continuar: — Pelo resto do que deve a ela, eu teria que matar você. Mas Adrianne não o quer morto. Por isso, vou dizer que há sempre meios de mutilar um homem. Tenho certeza de que sabe disso. Pense neles, com todo cuidado, antes de levantar a mão para ela outra vez.

Abdu limpou o sangue da boca. A respiração era pesada, não de dor, mas de humilhação. Não era agredido, nem tocado, se não concedesse permissão desde o dia em que se tornara rei.

— Você é um homem morto!

— Acho que não. Seus dois guardas lá fora já estão respondendo a algumas perguntas dos meus companheiros sobre o motivo pelo qual carregavam armas escondidas. O capitão Stuart Spencer, da Interpol, está no comando. Eu me esqueci de mencionar que trabalho para a Interpol, não é mesmo? — Philip olhou a bagunça ao redor. — É melhor despedir a empregada, Adrianne. Eu gostaria de tomar um conhaque. Incomoda-se de procurar a garrafa?

Ela nunca o vira com aquela atitude. Nunca ouvira sua voz tão incisiva. Não sentira medo de Abdu, mas teve medo de Philip naquele instante. E medo por ele.

— Philip...

— Por favor. — Ele tocou o rosto de Adrianne. — Faça isso por mim.

— Está bem. Volto num instante.

Philip esperou que ela deixasse a sala e sentou no braço de uma poltrona.

— Em Jaquir, você não viveria até o sol se pôr... e louvaria Deus quando morresse.

— Você é um filho da puta, Abdu. E o fato de ter sangue azul não o torna menos filho da puta. — Ele deixou escapar um longo suspiro. — Agora que concluímos as amenidades, quero começar por dizer que não estou nem um pouco preocupado com os seus costumes. Não aqui. E o que sinto por você nesse momento também não importa. Isso é negócio. E, antes de entrarmos no assunto, eu gostaria de explicar as regras.

— Não tenho negócios para tratar com você, Chamberlain.

— Independentemente de todo o resto, você não é estúpido. Não preciso detalhar os motivos para Addy pegar o colar. Só participei nos últimos estágios. Embora seja um golpe para o meu orgulho admitir, sei que ela poderia fazer o trabalho sozinha. Pegou o colar debaixo do seu nariz e vai ter que pagar a ela. — Philip fez uma pausa. — Mas vai ter que pagar para mim se ela sofrer qualquer coisa. Devo acrescentar que, se você está pensando em fazer um acordo para depois mandar cortar as nossas gargantas, a Interpol já está a par de todos os detalhes da transação. As nossas mortes, acidentais ou não, vão acarretar uma investigação sua e do seu país, que creio que preferirá evitar. Ela levou a melhor sobre você, Abdu. E o meu conselho é aceitar como um homem.

— O que você sabe sobre ser homem? Não passa de um cachorrinho submisso de uma mulher.

Philip apenas sorriu, mas até seu divertimento era ameaçador.

— Prefere sair e acertar as contas num beco? Posso garantir que sempre concordo com uma boa proposta.

Ele olhou quando Adrianne entrou na sala.

— Obrigado, querida. — Depois de pegar o copo de conhaque, ele gesticulou para Abdu. — Acho que devemos tratar logo do nosso negócio. Abdu é um homem ocupado.

As mãos de Adrianne estavam firmes de novo. Deliberadamente, ela escolheu uma cadeira entre Philip e Abdu.

— Como disse, o colar é minha propriedade. Essa é a lei, que seria respeitada até em Jaquir se a situação se tornasse pública. Prefiro evitar a publicidade, mas recorrerei à imprensa aqui, na Europa, e, se for necessário, no Oriente Médio. O escândalo teria pouca consequência para mim.

— A história do roubo e a traição acarretariam a sua ruína.

— Ao contrário. — Adrianne sorriu. — Eu poderia ter jantares de graça pelo resto da vida só para contar a história. Mas não é essa a questão. Vou devolver o colar a você e renunciar a qualquer reivindicação. Manterei silêncio sobre o tratamento que dispensou à minha mãe e sua desonra. Pode voltar para Jaquir com o Sol e a Lua, além dos seus segredos... por 5 milhões de dólares.

— Cobra um preço muito alto por sua honra.

Os olhos firmes de Adrianne voltaram a encontrar os do pai.

— Não é a minha honra, mas a da minha mãe.

Ele poderia mandar matá-los. Abdu avaliou a satisfação de vê-los destruídos por um carro-bomba, assassinados por balas disparadas de uma arma com silenciador, envenenados em alguma festa americana decadente. Tinha os meios e o poder para providenciar. A satisfação seria imensa. Mas quais seriam as consequências?

Se as mortes fossem ligadas a ele, não poderia abafar o clamor. Se todo mundo soubesse que haviam lhe tirado o Sol e a Lua, seu povo poderia se amotinar e ele seria envergonhado. Queria o colar de volta, mas não podia se vingar.

Seus vínculos com o Ocidente eram odiosos, mas necessários. O dinheiro era bombeado do deserto todos os dias. Cinco milhões de dólares não afetariam tanto seu tesouro.

— Terá o seu dinheiro, se é isso o que precisa.

— É tudo o que preciso de você.

Adrianne levantou-se e pegou a bolsa. Tirou um cartão, que entregou a Abdu.

— Os meus advogados. A transação será efetuada por intermédio deles. No momento em que eu tiver a confirmação de que foi feito o depósito na minha conta na Suíça, entregarei o colar a você ou ao seu representante.

— Nunca mais voltará a Jaquir, nem terá contato com qualquer pessoa da minha família.

Era o preço a pagar, mais alto do que imaginara antes.

— Nunca enquanto você viver.

Ele falou em árabe, a voz baixa. Adrianne empalideceu. Depois, Abdu virou-se e foi embora.

— O que ele disse?

Porque era importante não se importar, mesmo agora, ela deu de ombros.

— Disse que viveria por muito tempo, mas que para ele e para todos os membros da Casa de Jaquir eu já estava morta. E que vai orar a Alá para que eu morra em dor e desespero, como a minha mãe.

Philip se levantou. Ergueu o queixo de Adrianne.

— Não podia esperar uma bênção.

Ela forçou um sorriso.

— Não, não podia. Está feito. Eu esperava sentir uma onda fabulosa de alegria e satisfação.

— E o que sente?

— Nada. Depois de tudo, não consigo sentir absolutamente nada.

— Nesse caso, acho melhor sairmos para dar uma olhada no seu prédio.

O sorriso veio fácil. Adrianne passou a mão pelos cabelos.

— Tem toda razão. Preciso saber que fiz o certo.

Ela olhou para o retrato da mãe e sentiu que os músculos relaxavam.

— O dinheiro nada significava para ele, mas quero ter certeza de que Abdu compreendeu e vai se lembrar.

— Ele compreendeu, Addy. E não vai esquecer.

— Philip... — Ela tocou sua mão, depois recuou. — Temos que conversar.

— Preciso de mais conhaque.

— Quero que saiba como me sinto grata por tudo o que fez.

— Hum...

Ele decidiu que era melhor se sentar de novo.

— Não pense que é pouca coisa. Você me ajudou no momento mais importante da minha vida. Sem você, eu ainda poderia conseguir, mas não significaria a mesma coisa.

— Duvido de que fosse capaz de realizar o trabalho sem a minha ajuda. Mas se isso faz com que se sinta melhor, não me incomodo.

— Eu sabia exatamente o que... — Adrianne se controlou. — Não importa. O importante é que preciso agradecer por tudo.

— Antes de me acompanhar até a porta?

— Antes de cada um retomar a sua vida.

— Está tentando me irritar?

— Claro que não. Apenas ter certeza do que exatamente você quer.

— Já acabou de me agradecer?

— Já. — Ela se virou para chutar um vaso quebrado. — Acabei.

— Poderia ter falado um pouco mais, mas me contentarei com o que disse. Agora, se entendi direito, você quer que eu passe pela porta e saia da sua vida.

— Gostaria que fizesse o que é melhor para nós dois.

— Nesse caso...

Quando ele a segurou pelos ombros, Adrianne se desvencilhou.

— Acabou, Philip. Tenho planos para pôr em prática. A clínica, a aposentadoria... a minha vida social.

Philip decidiu que podia esperar um dia ou dois para comunicar que ela passaria a trabalhar para a Interpol. E, quando o momento fosse apropriado, acrescentaria que Abdu teria que responder a algumas perguntas difíceis sobre a posse de um quadro roubado. Mas precisavam tratar primeiramente de outros problemas... questões pessoais.

— E não há lugar na sua vida para um marido.

— O casamento foi parte da encenação. — Adrianne virou as costas. Aquela conversa deveria ser fácil, pensou. Deveriam rir antes de seguirem por caminhos separados. — Pode ser um pouco desagradável tratar com a imprensa e os amigos bem-intencionados, mas entre nós tudo pode ser resolvido sem dificuldade. Não há razão para nos prendermos...

— A uma promessa? Pelo que me lembro, houvera algumas.

— Não torne a situação mais difícil do que o necessário.

— Está bem. Jogamos à sua maneira até agora. E terminaremos à sua maneira. O que devo fazer?

A boca ressequida, ela pegou o copo de conhaque de Philip e tomou um gole.

— É fácil. Basta dizer "Eu me divorcio de você" três vezes.

— Só isso? Não preciso ficar equilibrado sobre um único pé, numa noite de lua cheia?

Adrianne largou o copo com um grunhido.

— Não é nada engraçado.

— Pode não ser engraçado, mas é ridículo.

Ele pegou a mão de Adrianne, mantendo-a firme quando ela fez menção de retirá-la. Philip sabia como calcular as chances. Sempre soubera. Mas dessa vez não podia ter certeza se lhe eram favoráveis.

— Eu me divorcio de você.

Ele se inclinou para beijá-la. Os lábios de Adrianne tremeram, os dedos se contraíram.

— Eu me divorcio de você.

Com a mão livre, Philip a puxou e tornou o beijo mais ardente.

— Eu me...

— Não! — Furiosa, ela o abraçou e apertou. — Não!

O alívio o deixou com os joelhos bambos. Por um momento, apenas um momento, comprimiu o rosto contra os cabelos de Adrianne.

— Você me interrompeu, Addy. Agora vou ter que começar tudo de novo. Daqui a cinquenta anos.

— Philip...

— À minha maneira agora.

Ele recuou, a fim de poder contemplar o rosto de Adrianne. Ela estava pálida de novo. Ótimo. Esperava tê-la deixado apavorada.

— Estamos casados, para o melhor ou pior. Se necessário, teremos outra cerimônia, aqui ou em Londres. Do tipo que exige advogados, muito dinheiro e muita dificuldade para dissolver.

— Nunca disse que eu...

— Tarde demais. — Ele mordeu de leve o lábio inferior dela. — Perdeu sua chance.

Ela fechou os olhos.

— Não sei por quê.

— Sabe sim. Diga em voz alta, Addy. A sua língua não vai cair. — Quando ela tentou recuar, Philip segurou-a com firmeza. — Vamos, querida. Nunca foi covarde.

Isso fez com que ela abrisse os olhos. Philip viu a expressão fulminante e sorriu.

— Talvez eu ame você.

— Talvez?

Ela deixou escapar um suspiro.
— Acho que amo você.
— Tente mais uma vez. Vai acabar falando direito.
— Eu amo você — falou depressa Adrianne. — Pronto. Satisfeito agora?
— Não, mas pretendo ficar.
E ele a levou para o sofá todo rasgado.

Impresso no Brasil pelo
Sistema Cameron da Divisão Gráfica da
DISTRIBUIDORA RECORD DE SERVIÇOS DE IMPRENSA S.A.
Rua Argentina, 171 – Rio de Janeiro, RJ – 20921-380 – Tel.: (21)2585-2000